感傷的旅程：在香港讀文學

陳國球著

臺灣 學生書局 印行

感傷的教育

──香港、現代文學，和我（代序）

　　我的中學教育，是在六十至七十年代香港的「英文中學」中完成的。「英文中學」的英文原作 "Anglo-Chinese Schools"，意思是為華人提供英式教育的學校。這比通行的中文名稱更能說明問題；相對於「中文中學」而言，「英式華人中學」一直是香港教育的主流（早在二十世紀初期，香港政府提供的教育當中，已有「漢文學校」和「英文書館」之分，後者的就學的人數一直比前者多），更是殖民教育或隱或顯的政策的集中表現。近年來，我對文學史、文學教育與文化意識之間的關係頗感興趣。際此歷史時刻❶，友人來令叫我談談香港，並作出不得用學究式言說的規限；於是我就站在懷舊的簷緣，把舊事記憶拼貼剪輯一下，嘗試對我受過的文學教育作個粗略的掃描。

　　我要講的是在中學過程中我對現代文學的認識。

---

❶　本文寫於 1997 年 6 月。

一

我想，「朱自清」是香港中學語文課本中一個最重要的符碼。這個名字不單止是白話文學典範的象徵，更連年累月的發揮符義功能（signification），潛移默化地模塑了在學的青少年對世界的認識。剛進中學的小伙子，誰不是在謔浪笑敖中度日呢？但同輩朋友中，沒有幾個不曾受過「一篇三下淚」的〈背影〉感染，大家在預想異日嚴父的背影，嘗試感知父子的關係有這樣溫柔的一面。小時候，我足跡所及之處，都是三合土建成的狹小空間；對於中學二年級所讀的〈荷塘月色〉，印象最深的是這些屬於「異域」氣氛的句子：「月光如流水一般，靜靜地瀉在這一片葉子和花上。薄薄的青霧浮起在荷塘裏。葉子和花彷彿在牛乳中洗過一樣；又像籠著輕紗的夢。……塘中的月色並不均勻；但光與影有著和諧的旋律，如梵婀玲上奏著的名曲。」記得老師很努力的解說甚麼是「梵婀玲」，和月光有甚麼關係。我想，老師那時應該未聽過「通感」的說法。以後，中三又由朱自清教我們觀賞藝術；老師要我們將題作〈一張小小的橫幅〉（原題〈「月朦朧，鳥朦朧，帘捲海棠紅」〉）的課文還原為畫作，還要記住當中的「淪肌浹髓」的「情韻」。此外，還有些不怎麼佔記憶的文章，如節選自《倫敦雜記》的〈倫敦動物園〉、選自《語文影》的〈論說話〉等，無聲無色的、或者不舍晝夜的，和我們渡過中學五年的歲月。到了唸大學預科班（中學六年級和七年級），還要讀〈論雅俗共賞〉一文。你說，我們和朱自清有何等密切的友誼！

這個文學世界，其基調是絕對的陰柔（feminine）。〈背影〉固然是滿紙的淚光；〈荷塘月色〉中的荷葉「像亭亭的舞女的裙」，荷花「有裊娜地開著的，有羞澀地打著朵兒的；正如粒粒的明珠，又如碧天裏的星星，又如剛出浴的美人」；〈小小橫幅〉中的圓月「柔軟與和平，如一張美人的臉」，海棠花枝「欹斜而騰挪，如少女的一隻臂膊」；這些軟綿綿的話兒，如果不是「宮體」，起碼是《花間》。是不是教育家們認為少年人太暴戾，亟需「愛的教育」？於是我們要細讀在淚痕中化解誤會的〈少年筆耕〉（夏丏尊譯，中一課文）；又看到像「白衣安琪兒」的冰心向我們「微微的笑」（〈笑〉，中一課文），和我們通訊（《寄小讀者通訊·十》，中二課文），訴說母愛的偉大。（〈母愛〉，中一課文）記得老師教同學在課堂中朗讀唯美而煽情的寫景名作〈可愛的詩境〉（易家鉞作，中三課文），讀到「我小立橋端，銷磨了幾度黯淡的黃昏，癡等新月的東升，驚醒了棲鴉之夢」、「我與她，變成了畫中的詩人，詩中的畫家；變成了燦爛的流霞，變成了團團的明月，變成了並蒂的蓮花」時，大家都要學習陶醉於其中。

中學的課文中，也不乏〈岳飛之少年時代〉、〈祭田橫墓文〉、〈祖逖傳〉、〈大鐵椎傳〉等滿紙陽剛氣的文章，但這都是文言文；感覺上，這是古人的世界，與我們的生活隔了不止一層。我們最親近的現代文學名家，卻都是文弱、感傷的，愁腸百結、涕淚交零的。在六七十年代的我們，還只是蒙昧的少年，對人生、對未來，對香港、對中國，都只會是惘惘然的無所定向，自然未懂得思考自己的文化身分。在家、在學，就由父兄師長輩為我們指點前路；誰料，我們不知不覺間竟要延續上一代對已逝年華的感懷呢！

二

　　說香港的現代文學教育就像是老輩要留住已逝的韶華，不是無根的游談。由三十年代到一九四九年以前，香港的中文教材，主要來自中國內地，例如商務印書館的《現代初中國文讀本》，就是香港政府頒布的「課程標準」指定課本之一。五十年代以後，香港教育司署開始不批准學校採用大陸出版的語文和歷史教科書，改而重新編訂中文科「課程標準」（大陸已改稱「教學大綱」，香港則仍然沿用四九年前國內所用的「課程標準」一詞），再由出版商編寫課本。然而，所謂「重新」編訂，只是異乎當時中國大陸的課程，掌其事的人並沒有乘機加入一些新的元素，來配合當時當地的社會文化需求。所選用的教材，十九不離以前中華、商務、開明等課本開列的篇章。再以現代文學的範圍而論，葉紹鈞的〈蠶兒和螞蟻〉、〈春聯兒〉、〈籃球比賽〉，胡適的〈差不多先生傳〉、他所譯的都德〈最後一課〉，魯迅的〈風箏〉，周作人的〈懷愛羅先珂君〉，徐志摩的〈想飛〉、〈我所知的康橋〉，老舍的〈趵突泉的欣賞〉，巴金的〈繁星〉，許地山的〈落花生〉，以至徐蔚南的〈山陰道上〉、呂夢周的〈水的希望〉等等，就和上文提到的〈背影〉、〈母愛〉諸篇，從四十年代的中國，接枝傳承，調控著香港由五十年代到八十年代的青少年的文學觀以至文化觀、人生觀。

　　例如：胡適的〈差不多先生傳〉，好比《阿Q正傳》的初級版，秉承五四以來知識分子對國民劣根性的反省；〈最後一課〉講國家陷敵的文化危機，也是五四救亡與啓蒙的意識的反映。朱自清的〈背

影〉講父親要在各地流離謀事；葉紹鈞的〈春聯兒〉講到老俞以大
兒子抗日爲榮；巴金瓢洋到法國留學，在海上每晚與繁星相對；徐
志摩到英國訪羅素未遇，在康橋用長篙子撐船；這種種近代中國的
人世經驗，透過老師的口講手畫，牢牢的貼在少年人的心靈深處。
我們還追隨〈風雪中的北平〉（金兆梓作）、〈白馬湖之冬〉（夏
丏尊作）、〈趵突泉的欣賞〉（老舍作）等言說去作文化地志的認
同，認識「我們祖國」的山川名勝，這種感覺絕不是「倫敦動物園」
和「康橋」一類地名所能提供的。

由於眾所周知的原因，自五十年代以後香港和中國的文化聯繫
未絕如線；在華人的文化場域中，不同的意識形態曾經歷一番爭逐。
殖民統治者注意圍堵當前大陸的政治文化，但對傳統中國文化的傳
播卻採取不干預的政策；由是，華夏文化反而可以在這片殖民地的
土壤以一種獨特的方式保存下來。四九年以後，不少中國知識分子
寄蔭於香港；這一群南來的「文化遺民」，或者潛心儒學，或者薪
傳五四；他們與一直根據血緣而作文化體認的本土學人匯成一種力
量，在不同的教育崗位，影響了香港新生一代的文化觀念。在這裏，
五四、抗日，北平、白馬湖，本是異時異域的情事，但卻一股腦兒
來到眼前。爲我們講授新文學的老師，因爲直承五四遺風，所以會
指出胡適是新文學運動的主要領導者，會教我們欣賞徐志摩「想飛」
的浪漫；我們在課堂餘暇，可以讀多點周作人、沈從文、林語堂、
梁實秋的作品。我還記得初讀趙聰《五四文壇點滴》和曹聚仁《文
壇五十年》的經驗，記得買到剛出版的司馬長風《中國新文學史》
上冊時的情景。這樣得來的新文學知識，可能比同期的大陸學生全
面；不必等八十年代以來文學史的重新書寫，才陸續興驚艷之嘆。

也因爲是五四之餘，所以我們不必如台灣學生的廢魯迅、郭沫若、聞一多不讀，也不必去猜「西諦」是誰（鄭振鐸的《插圖本中國文學史》在台出版時，作者或題爲「本社編輯部」，或作「西諦」）、不必以朱自清之名兼攝郭紹虞（郭紹虞的《語文通論》在出版時，作者名氏換了朱自清）。

三

當我們數說文學教育在香港這個借來的時空中顯出的獨特優勢，數說歷史在大陸、台灣被刻意的遺忘時，其實不必沾沾自喜。我們之能夠擁有這部分的記憶，其實也是透過另一種的遺忘去完成。

香港學生接觸到的現代文學教材，正如上文所說，太半是陰柔的浪漫，更有不少是中年人的感傷，對人生作回憶多於期盼。這種內容，大概很能配合當時老師們的感舊情懷。事實上，老師爲我們開列的課外閱讀書目當中，總少不了亞米契斯原著的《愛的教育》，夏丏尊葉聖陶合著的《文心》、《文章講話》，朱光潛的《給青年的十二封信》等，這或許就是老師年輕時的讀物；通過師生授受，我們就活在老師的回憶之中。

在六十年代的香港，叫少年人學習回首不屬於自己的前塵，也就是對當前的情況少作聞問。在落馬洲以北，絃歌誦習的〈白楊禮贊〉（茅盾 1941 年作）、〈荷花淀〉（孫犁 1945 年作），絕不會出現於香港的課程標準。這種取捨，也是意識形態的考慮；現在看來，雖然不必就諒宥同情，但起碼可以明白了解。最令今天的我們感到失望的，是老輩們限制我們認識自己、教我們遺忘自己。

如果徐志摩的〈濃得化不開〉一類以中原心態對香港作獵奇式描畫的文本，不適宜作學校教材，我們爲甚麼不能讀施蟄存的《薄鳧林雜記》，體會一下四十年代居於香港的中國人的「抗戰氣質」？爲甚麼不讀戴望舒的《山居雜綴》，分享香港市民傍山而居，迎風冒雨的滋味？我們的老師講五四運動，爲我們分析〈答林琴南書〉，但從來不提到香港仔有子民先生的墓。我們也遺忘了葉靈鳳的《香港方物志》、《晚晴雜記》。至如許地山、蕭紅，都是遙遠的中國神話的一部分，不知道神話中竟有一角吾土。我們曉得《家》、《駱駝祥子》和《倪煥之》，就是未聽過侶倫的《窮巷》，更不要說在課本中找到《未名草》的一章半段了。

香港，我們的一代，就是這麼一個失去自己身世的孤兒。現在，又見老父輩來教我們認祖歸宗；我們的記憶，或許於大家族中話聚天倫時，不無少補；我們的失憶，正好把這段野外求生的經歷忘掉。香港，本是借來的空間、借來的時間；歷史，不屬於我們。

感傷的旅程：在香港讀文學

目　錄

附 錄

後 記

第一輯

身世兩相棄：文學史與香港

傳統的暌離

——論胡適的文學史重構

　　「新文學運動」又可稱爲「文學革命」或者「白話文運動」。每一個名稱都有其特定的指涉方向，而都是有效的。這個運動是廣義的「五四運動」的一部分。❶「五四運動」在政治上固然有其特定的意義和作用，在社會文化各方面，亦和反權威、反傳統的精神匯流。「文學革命」一詞正可以反映當時有關文學活動方面的取向。「文學革命」成功地推翻了傳統的文學史觀，從此中國文學眞正有傳統與現代之分。在這項革命事業中出力最多，理論最有代表性的是胡適。本文試圖從主要構成觀念、建構過程的邏輯程序、造成的影響等方面討論胡適的文學史觀。在構築和檢討胡適的文學史觀時，筆者或會自居於客觀公正的立場作出褒貶月旦；然而無論從選題、徵述取捨，以至透視定點諸方面，在在顯示出筆者正被自己所

---

❶　部分學者主張「新文學運動」只是「新文化運動」的一部分，與「五四運動」有關，但沒有從屬關係；胡適則選用「中國文藝復興」來代替包括「新文學運動」的「新文化運動」，他認爲「五四運動」只是一項政治活動，對「新文化運動」來說，是「一場不幸的政治干擾」（參 Hu Shih; Grieder; 唐德剛《胡適口述自傳》174）。有關「五四運動」的廣義解釋，可以參考周策縱的討論（Chow Tse-tsung 1-6）；本文基本上採納周策縱的主張。

處的意識川流所支配。對於歷史局限的失覺與自覺，在文中潛顯不定，先請讀者鑑察。

一　「白話文學」與「文學進化觀」

胡適對中國文學發展過程的描寫，最詳盡者應是 1928 年上海新月書店出版的《白話文學史》。這本書只有上卷。胡適在〈自序〉中說：「這部文學史的中下卷大概是可以在一二年內繼續編成的。」（12）但他並沒有實踐這個諾言。《白話文學史》上卷寫到唐代韻文部分；唐代散文及宋元以後的發展都未及討論。胡適另有《國語文學史》的講稿，由黎錦熙在 1927 年出版，亦只講到南宋爲止。如果我們要簡約的掌握胡適的「白話文學史觀」，可以參考他的《五十年來中國之文學》一段簡述中國文學歷史演變的文字。❷胡適其他論述大柢亦沒有離開這段文字的架構，故此在這裏先作引述，作爲討論的開端。

首先胡適指出漢朝的「中國的古文」已經成了一種死文字，政府通過舉仕的制度才「延長了那已死的古文足足二千年的壽命」。「但民間的白話文學是壓不住的。這二千年之中，貴族的文學儘管得勢，平民的文學也在那裏不聲不響的繼續發展」。以下他就將「白話文學」的發展分期敘述，並乘間與「古文文學」並論：

---

❷ 本篇原是胡適爲上海《申報》五十周年紀念而作的長文，收入 1923 年上海申報出版的《最近五十年》，後來由新民國書局於 1929 年出版單行本。又見《胡適文存》二：57-85；這裏的引述以單行本《五十年來中國之文學》爲據。

第一期：

漢魏六朝的「樂府」代表第一時期的白話文學。

第二期：

樂府的真美是遮不住的，所以唐代的詩也很多是白話的，大概是受了樂府的影響。中唐的元稹、白居易更是白話詩人了。晚唐的詩人差不多全是白話或近於白話的了。中唐晚唐的禪宗大師用白話講學說法，白話散文因此成立。唐代的白話詩和禪宗的白話散文代表第二時期的白話文學。

第三期：

但詩句的長短有定，那一律五字或一律七字的句子究竟不適宜於白話；所以詩一變而為詞。詞句長短不齊，更近說話的自然了。五代的白話詞，北宋柳永歐陽修黃庭堅的白話詞，南宋辛棄疾一派的白話詞，代表第三時期的白話文學。詩到唐宋，有李商隱一派的妖孽詩出現，北宋楊億等接著，造為『西崑體』。北宋的大詩人極力傾向解放的方面，始終不能完全脫離這種惡影響。所以江西詩派，一方面有很近白話的詩，一方面又有很壞的古典詩。直到南宋楊萬里陸游范成大三家出來，白話詩方才又興盛起來。這些白話詩人也屬於這第三時期的白話文學。

第四期：

南宋晚年，詩有嚴羽的復古派，詞有吳文英的古典派，都是背時的反動。然而北方受了契丹女真蒙古三大征服的影響，古文學的

權威減少了，民間的文學漸漸起來。金元時代的白話小曲——如《陽春白雪》和《太平樂府》兩集選載的——和白話雜劇，代表這第四時期的白話文學。

第五期：

明朝的文學又是復古派戰勝了；八股之外，詩詞和散文都是帶著復古的色彩，戲劇也變成又長又酸的傳奇了。但是白話小說可進步了。白話小說起於宋代，傳至元代，還不曾脫離幼稚的時期。到了明朝，小說方才到了成人時期；《水滸傳》《金瓶梅》《西遊記》都出在這個時代。明末的金人瑞竟公然宣言『天下之文章無出水滸傳右者』，清初的《水滸後傳》，乾隆代的《儒林外史》與《紅樓夢》，都是很好的作品。直到這五十年中，小說的發展始終沒有間斷。明清五百多年的白話小說，代表第五時期的白話文學。（《五十年來》87-89）

從胡適的這段文字，可以見到他的文學史觀由幾組概念組成；以下再分項討論：

㈠ 「白話」、「文言」與「死文學」、「活文學」

胡適在文中作了「白話」、「文言」的分劃，分列「古文」和「白話散文」、「古典詩」和「白話詩」等對立概念；在較早期（1917年5月）一篇文章〈歷史的文學觀念論〉中他又從白話文學的立場確立這種對立：

故白話之文學，自宋以來，雖見屏於古文家，而終一線相承，

至今不絕。

又說：

> 夫白話之文學，不足以取富貴，不足以邀聲譽，不列於文學
> 之「正宗」，而卒不能廢絕者，豈無故耶？豈不以此爲吾國
> 文學趨勢，自然如此，故不可禁遏而日以昌大耶？（《胡適文
> 存》一：33-85）

從胡適的描述來看，「白話」並非傳統文學史上的「正宗」，然而
生命力強，故能一線相承。但在他後來的敘述中卻索性以「白話文
學」爲文學史的中心，《白話文學史·引子》說：

> 白話文學史就是中國文學史的中心部分。中國文學史若去掉
> 了白話文學的進化史，就不成中國文學史了。只可叫做「古
> 文傳統史」罷了（3）。

和這個分劃配合的另一組概念就是「活文學」和「死文學」的
對立。胡適說中國的古文「在二千年前已經成了一種死文字」，在
〈建設的文學革命論〉中又說：

> 中國這二千年何以沒有眞有價值眞有生命的「文言的文
> 學」？……這都是因爲這二千年的文人所做的文學都是死
> 的，都是用已經死了的語言文字做的。死文字決不能產生活
> 文學。……簡單說來，自從三百篇到於今，中國的文學凡是

有一些價值有一些兒生命的，都是白話的，或是近於白話的。
其餘的都是沒有生氣的古董，都是博物院中的陳列品！（《胡
適文存》一：57）

作爲「革命」的口號，「白話」、「文言」，和「活文學」、「死
文學」的對立二分是很明白清楚的；界分了敵我，就可以全力進攻
「文言」、「死文學」的堡壘。然而從理論層面而言，「白話」、
「文言」一類界分實在不能解釋語言運用的複雜現象。❸本來在中
國傳統文學之中，語言的交流溝通長時間以來就只局限於文人集團
之內，其間的應用語體少見「俗語俗字」也在所當然。再者，因爲
中國幅員遼闊，在士人階層流通的書面語有需要保持一個相對地穩

---

❸ 強調「白話」的重要性的一個前提是口語與書面語的合一。一般以西方語
言如英語的使用爲例，以爲口語可以直接記錄，就成爲書面文字，而中國
的書面文言卻與口語有極大距離，不能「我手寫我口」。但這個想法只有
部分是正確的。Bruce Liles 就指出：以英語來說，口語與書面語合一通常
只限於非正式的 (informal) 運用，如筆記、信札等，一些正式的 (formal)
文字應用，無論在詞彙或句子結構上，都與口語有顯著的差距 (25)。一個
語言系統即使以其並時結構（synchronic structure）而言，已包融多種語體
（styles），例如 Martin Joos 在語體分析時就列出「冷凍體」、「正式體」、
「洽商體」、「隨意體」、「親切體」五種（The Five Clocks），另外 D. Crystal
and D. Davy 亦提出了「會話的語言」、「口頭評論的語言」、「宗教的
語言」、「新聞報導的語言」、「法律文件的語言」等劃分（Investigating
English Style）。視乎語境不同，大家就會採用不同的語言策略，根本沒有
理想的語文合一。再加上歷時因素的考慮，語文是否合一、能否合一等問
題更難簡單的提出答案。有關言文之間的轇轕尚可參 Walter Ong 在 Orality
and Literacy 的論述。

定的結構；這又必會拉遠書面語和口語的距離。最重要的問題是，在歷時層面中「白話」「文言」或者說「俗語」「雅言」之間有複雜的互動關係，一個時期的俗語可以是另一個時期的雅言；❹「文言」「白話」的界線在古代漢語不斷演化的過程中，難以清楚釐分。胡適爲了鞏固白話文學是「中國文學史的中心部分」這一論點，就將「白話」家義放寬，他說：

> 我把白話文學的範圍放的很大，故包括舊文學中那些明白清楚近於說話的作品。我從前曾說過，「白話」有三個意思：一是戲臺上說白的「白」，就是說得出，聽得懂的話；二是清白的「白」，就是不加粉飾的話；三是明白的「白」，是明白曉暢的話。（《白話文學史·自序》13）

看來，胡適只是選定某種語言風格——明白曉暢、不加粉飾——的作品作爲討論對象，並沒有理清文言和白話的畛域。再者，胡適說「聽得懂」、「明白曉暢」的性質，究竟是誰人的感受呢？是作品面世時的讀者？是二十世紀的現代讀者？依著這條線索，我們又要考慮「活文學」、「死文學」的分野了。文學作品的完成是歷史上的事實（fact），說它有生命與否，是指作品有沒有發揮審美的功能；簡單地說除了白話文學以外都是死文學，是故意忽略了李商隱詩或吳文英詞在當世或者以後曾經在讀者群中起過感發意興的作

---

❹ 胡適在〈國語文法概論〉提出的「寧馨」、「阿堵」就是很好的例證（見《胡適文存》一：452-453）。

用。胡適在討論古代非白話文學作品的生命時曾說：

> 我也承認《左傳》、《史記》在文學史上有「長生不死」的
> 位置。但這種文學是少數懂得文言的人的私有物，對於一般
> 通俗社會便同「死」的一樣。（〈答朱經農〉，《胡適文存》一：
> 89）

根據這裏的說法，胡適的立場就明顯了。他將讀者的範圍限於「一
般通俗社會」，異於「少數懂得文言的人」。本來，在古代中國社
會的限制之下，能夠掌握文字書寫系統的究屬少數，文學作品既然
以書寫紀錄為流傳的主要途徑，則「一般通俗社會」不能夠也不願
意作熱心的關注也是必然的了。如果將文人集團的文學活動排除開
去，則「活文學」的活動範圍只能夠集中在書寫權下放，城市經濟
興起以後的通俗流行文學，或者較早期的口頭文學如民間謠諺、祭
祀歌樂等的紀錄。❺這樣，文學系統就會愈加狹小了。相信就因為
這個緣故，胡適不得不放寬他的「白話文學」的範圍，否則難以擔
得起「中國文學史的中心部分」這個稱號。事實上，《白話文學史》
上詳加討論的作品，如陶淵明的「白話詩」，也不是「一般通俗社
會」有興趣去閱讀或者欣賞的；嚴格來說，這也是「死文學」了。
但如果我們不將讀者範圍規限於平民百姓，則古代中國文學很多時
候都是呈現著活潑開放的面貌。由於既定立場的限制，胡適並沒有

---

❺ 實際上這些口頭文學的記載也是由執掌「死文字」的士人負責，也不是為
平民百姓閱覽而作。

考慮「文言文學」的開放與保守的變易互動的種種關涉，所以他的「文言」「白話」與「死」「活」文學的分劃，就只停留於空泛的概念層面，只是革命宣傳的口號而已。

(二) 「文學進化觀」

1. 「進化」與「進步」

胡適表示他的文學史觀是「歷史進化的文學觀」，這個觀念的根源是十九世紀以來西方思潮的支柱——「達爾文進化論」（見胡適《建設理論集・導言》19），其中理論的邏輯是「文學者，隨時代而變遷者也」，「文學因時進化，不能自止」（〈文學改良芻議〉，《胡適文存》一：7）。這種進化的觀念影響當時及以後的中國文學史研究最大；❻然而在簡單的標語底下，其糾結夾纏的理念層次著實相當複雜，故此很值得我們審視。

本來胡適所講的「進化」一詞原是 evolution 的中譯，本指事物因應環境的變異而生變化，所謂「物競天擇，適者生存」，只應說是「演化」而不必是「進化」(progression)。❼但由於十九世紀以來

---

❻ 新文學運動開展以後，幾乎所有文學史都標榜「進化觀」，最直接的聲明有譚正璧《中國文學進化史》一類著作。直到現在，通行的文學史都以「進化」的角度討論文學發展；文學批評則稱揚任何類似「進化論」的文學觀念，貶斥一切看來像「退化觀」的文學意見。

❼ 胡適在〈五十年來之世界哲學〉一文中曾說：「evolution 一個字，我向來譯為『進化』，近來我想改為『演化』。本篇多用『演化』，但遇可以通用時，亦偶用『進化』。」（《胡適文存》二：280）。文中有專節介紹「演化論的哲學」。

西方對科學發展的憧憬，對人類文化前途的滿懷信心，由舊而新的「演化」被詮釋為「進化」，也就順理成章了。❽胡適運用「進化」一詞時也保持了這種樂觀、進步的意念，❾並且理所當然地解釋中國文學史的過程，在上引《五十年來中國之文學》中說：「平民的文學在那裏不聲不響的繼續發展」、「民間的文學漸漸起來」、「白話小說可進步了；……到了成人時期」等語，都是由「進化論」的角度立說的；在〈文學改良芻議〉第二條「不摹倣古人」之下，胡適又對「文學進化之理」作出說明：

> 文學者，隨時代而變遷者也。一時代有一時代之文學：周、秦有周、秦之文學，漢、魏有漢、魏之文學，唐、宋、元、明有唐、宋、元、明之文學。此非吾一人之私言，乃文明進化之公理也。（《胡適文存》一：7）

分析這段話先要看「時代」的意義究竟是甚麼？如果「時代」一詞僅指時間歷程，則這番看似科學真理的話都是廢話，說「周秦有周

---

❽ 例如 Herbert Spencer 就在 *Illustrations of Universal Progress* （1880）中討論文學發展時也認為這是由簡到繁的進化過程（參 Wellek "Evolution in Literary History" 41）.；Wellek 曾對達爾文、史賓塞等人的進化論對文學史研究所產生影響有簡明的討論，可以參考（"Evolution in Literary History" 41-46）。

❾ 但「進化論」傳入中國時，其吸引國人注意力的是「物競天擇，適者生存」的危機意識，郭湛波〈近來想的介紹〉和王爾敏〈清季知識分子的自覺〉都有析述（郭湛波　476-483；王爾敏　95-164）。晚近張汝綸也對晚清以來「進化論」傳入中國的歷史脈絡有深入探討（張汝綸　3-108）。

秦之文學」、「漢魏有漢魏之文學」好比說 1987 年有 1987 年的文學、1989 年有 1989 年的文學，絕對正確，但卻沒有任何意義，因為前說的「周秦」、「漢魏」是時間標籤，後說的「周秦」、「漢魏」同為時間標籤。在〈文學進化觀念與戲劇改良〉一文，胡適對「時代」與「文學」的關係稍作引申補充：

> 文學乃人類生活狀態的一種記載。人類生活隨時代變遷，故文字也隨時代變遷；故一代有一代的文學。（《胡適文存》一：144）

「時代」不同，政治經濟社會文化都有所變遷，生活狀態自然亦有變化，文學又會因生活狀態的不同而變化——這種講法在理論上沒有值得懷疑之處，但究之亦沒有甚麼深義。因為「生活」也是一個整合甚至抽象的觀念，要解釋「生活」和「文學」的關係還得要具體考察各種政治、社會、經濟、文化的因素對文學的影響。在這個情況底下，我們固然可以承認文學在並時層面與政治社會經濟文化等互相指涉構合，然而文學或者政治社會經濟文化各個系統都有其歷時進程，各系統的制約環境和反應能力不一，其間互動的作用異常複雜，根本難以保證有平行並進的發展（參陳國球〈文學結構與文學演化過程〉）。因此，從這個角度解釋「一時代有一時代之文學」，重點反而落在「文學」與「時代」的並時關係；即使企圖由此揭示不同時代的差異，也難免為了遷就外緣因素的解釋而對文學系統的發展作出不一定適當的切割；於是文學史就很容易變成社會史，經濟史的附庸了。

　　胡適在〈文學改良芻議〉中接著舉列中國的詩文發展為證，其中論「文」部分說：

> 即以文論，有尚書之文，有先秦諸子之文，有司馬遷、班固之文，有韓、柳、歐、蘇之文，有語錄之文，有施耐庵、曹雪芹之文：此文之進化也。（《胡適文存》一：7）

其實這許多例證，一點都沒有講清楚「文之進化」，只是說不同作家有不同作品而已。如果以文學史的眼光來說，簡單指陳作家作品有相異的地方，比辨析作家作品有甚麼相同共通之處，理論價值還要低。文學發展的線索是需要有「同」才能串聯，在這基礎上才能講異同的制衡變化。❿

　　胡適這篇文章最能動人的地方是說：

> 吾輩以歷史進化之眼光觀之，決不可謂古人之文學皆勝於今人也。左氏、史公之文奇矣；然施耐庵之《水滸傳》，視《左傳》、《史記》，何多讓焉？〈三都〉、〈兩京〉之賦富矣；然以視唐詩宋詞，則糟粕耳！此可見文學因時進化，不能自止。唐人不當作商、周之詩，宋人不當作相如、子雲之賦，——即令作之，亦必不工。逆天背時，違進化之跡，故不能

---

❿　當然在胡適的著作中並非完全不提文學作品的異同關係或者淵源影響，《白話文學史》中就有許多這方面的探討。這裏是就胡適的似是而非的論點而作的批評。

工也。（《胡適文存》一：7）

這種古不必優於今的觀念在理論邏輯上也沒有破綻，不過如果我們不能證明今必優於古的講法，則「進化」云者，也是空言；胡適所舉的例證，就完全不能做到這一點。正如陳慧樺指出，以《左傳》、《史記》和《水滸傳》，〈三都賦〉、〈兩京賦〉和唐詩宋詞等不同文類作比較，實在不易找到立足點，❶更何況「何多讓」或者「精粗」等價值判斷，出於主觀觀受多於客觀分析呢！

2. 「進化」與「革命」

「文學革命」在胡適眼中直接與「文學進化」有關，他在《留學日記》（1916 年 4 月 5 日）中說：

> 革命潮流即天演進化之跡。自其異者言之，謂之「革命」。
> 自其循序漸進之跡言之，即謂之「進化」可也。

照這裏的解釋，「進化」一詞是著眼於演變過程的連續性，「革命」是側重過程前後的變異不同，其指涉的對象是同一的。胡適就用這個觀念去解釋中國文學的現象：

---

❶ 陳慧樺〈文學進化論的謬誤〉一文根據 William Hazlitt 的理論批評了葛洪、蕭統、胡適和洛夫的「進化論」（《文學創作與神思》93-103）。陳氏另有英文稿刊於《中山學術文化集刊》十九集。新文學運動的反對者梅光迪在早在 1921 年《學衡》的第一期發表〈評提倡新文化者〉一文，也舉出 Hazlitt 之論來指斥「文學進化論為流俗之錯誤」（梅光迪 127-132）。

> 文學革命，在吾國史上非創見也。即以韻文而論：《三百篇》變而爲《騷》，一大革命也。又爲五言，七言，古詩，二大革命也。賦之變爲無韻之駢文，三大革命也。古詩之變爲律詩，四大革命也。詩之變爲詞，五大革命也。詞之變爲曲，爲劇本，六大革命也。何獨於吾所持文學革命論而疑之？（見《胡適古典文學研究論集》101-103）

胡適在〈逼上梁山〉中引述這篇日記時說：

> 從此以後，我覺得我已從中國文學演變的歷史上尋得了中國文學問題的解決方案。（見胡適《建設理論集》11）

換句話說，中國文學的發展既可說是進化史，又可說是革命史；但「文學革命」一詞在《白話文學史》中卻有不同的意義：

> 歷史進化有兩種：一種是完全自然的演化；一種是順著自然的趨勢，加上人力的督促。前者可叫做演進，後者可叫做革命。演進是無意識的，很遲緩的，很不經濟的，難保不退化的。有時候，自然的演進到了一個時期，有少數人出來，認清了這個自然的趨勢，再加上一種有意的鼓吹，加上人工的促進，使這個自然進化的趨勢趕快實現；時間可縮短十年百年，成效可以增加大倍百倍。因爲時間忽然縮短了，因爲成效忽然增加了，故表面上看去很像一個革命。其實革命不過是人力在那自然演進的緩步徐行的歷程上，有意的加了一

鞭。白話文學的歷史也是如是。……這幾年來的「文學革命」，所以當得起「革命」二字，正因爲這是一種有意的主張，是一種人力的促進。（《白話文學史·引子》5-7）⓬

雖然他還將「革命」歸在「進化」項下，但其實他的取意已與前不同。例如元曲之興，在前文是革命，在後者則只是演進，「文學革命」保留給他領導的這次運動（《白話文學史·引子》6）。事實上，「革命」一詞的用法還是以《白話文學史》所講比較合理。革命的意義本是推翻舊體制，另立新系統；放在學術領域來看，則典範（paradigm）的轉移或可相比；⓭胡適舉出的「哥白尼的天文革命」就有這個含意（《建設理論集·導言》21）。⓮但前文所舉如「古詩變爲律詩」、「詩之變爲詞」等，都不是取而代之的革命，在文學傳統而言，是增加了一種文體，擴充了發展的領域。中國文學傳統是一個向心力、凝聚力極強的系統，但也是一個相當開放的系統；例

⓬ 又胡適〈談新詩〉也有類似的講法：「自然趨勢逐漸實現，不用有意的鼓吹去促進他，那便是自然進化。自然趨勢有時被人類的習慣守舊性所阻礙，到了該實現的時候卻不實現，必須用有意的鼓吹去促進他的實現，那便是革命了。一切文學制度的變化，都是如此的。」（《胡適文存》一：171）。

⓭ "Paradigm"的觀念是 Thomas Kuhn 研究科學史時提出的（*The Structure of Scientific Revolutions*），後來被引介到其他學術領域之上。余英時就以這個觀念去說明胡適在「思想革命」的貢獻（《中國近代思想史上的胡適》16-21）。

⓮ 哥白尼 (Copernicus) 的「天才革命」也是 Thomas Kuhn「典範」說的例證之一。

如樂府歌謠、燕樂民間文學的元素,就被傳統吸納而融合無間,演成五七言詩和詞等「正統文學」。過去文學史上雖然有不少推行革新的運動,如李贄、公安三袁、金聖嘆等都發表過令崇古之士驚駭的言論,但也不能稱得上全面推翻建制的革命。**⑮**胡適的長期論敵梅光迪,在〈評提倡新文化者〉文說:

> 夫革命者,以新代舊,以此易彼之謂。若古文白話遞興,乃文學體裁之增加,實非完全變遷,尤非革命也。誠如彼等所云,則古文之後,當無駢體;白話之後,當無古文;而何以唐宋以來,文學正宗,與專門名家,皆爲作古文或駢體之人?此吾國文學史上事實,豈可否認,以圓其私說者乎?(鄭振鐸《文學論爭集》128)。**⑯**

在今天看來,梅光迪並未把握到當世的脈搏,他對白話文運動的看法,是落在時代之後了。但他對中國文學史的觀察,正代表傳統中國文學的一貫思維方式,傳統文學史中事實上並不存在「文學革命」。然而歷史只有成例,並無成律;過去沒有的不等於今天沒有。

---

⑮ 周作人、任訪秋等都討論過胡適等人的新文學運動與公安派類同的地方(周作人;任訪秋 219-221)。周質平則認爲二者相似的地方雖多,但「骨子裏一個『改良派』(指公安派),而一個是『革命黨』(指胡適)」(周質平 77-101)。

⑯ 有關梅光迪等「學衡派」的理論在八十年代以前學界罕有探討,比較早期的研究見侯建 1974 年出版的《從文學革命到革命文學》(57-93),專題討論則有 1984 年沈松僑的《學衡派與五四時期的反新文化運動》。晚近研究轉多,代表性的著作有沈衛威、鄭師渠等人的著作。

胡適領導的,確是一場「文學革命」,而且胡適把當前的革命意識,投射到文學史現象的解釋方面,他對梅光迪批評的回應是:

> 正爲古文之後還有那背時的駢文,白話已興之後還有那背時的駢文古文,所以有革命的必要。若「古文之後無駢體,白話之後無古文」,那就用不著誰來提倡有意的革命了。
> (《五十年來中國之文學》106)

由這段說話,我們就不難理解胡適在前文講及前代文學史的變化時,加上「革命」稱號的原因。他的著眼點是:「何獨於吾所持文學革命論而疑之?」「文學革命何可更緩耶?何可更緩耶?」(《胡適古典文學研究論集》10; 13)

3. 詩歌的進化

上文討論胡適「一時代有一時代的文學」的論點時,曾指出這個提法只說明了各個時代有不同的文學作品,而未能揭出文學發展的軌跡。但胡適並非不注意文學史的「古今不斷之跡」,他在〈寄陳獨秀〉說:

> 文學史與他種史同具一古今不斷之跡,其承前啓後之關係,最難截斷。(《胡適文存》一:30-31)

他尤其重視詩歌體裁的歷史變化。在文首引述《五十年來中國之文學》一段的大部分文字都是討論詩歌的演變;此外,在那篇被新文

學運動中人視爲「金科玉律」的〈談新詩〉一文（朱自清《詩集·導言》2），就從「進化觀」的角度描繪中國詩歌的變遷：

我們若用歷史進化的眼光來看中國詩的變遷，方可看出自《三百篇》……到現在，詩的進化沒有一回不是跟著詩體的進化來的。《三百篇》中雖然也有幾篇組織很好的詩，……但是《三百篇》究竟還不曾完全脫去「風謠體」（ballad）的簡單組織。直到南方的騷賦文學發生，方才有偉大的長篇韻文。這是一次解放。但是騷賦體用兮些等字煞尾，停頓太多又太長，太不自然了。故漢以後的五七言古詩刪除沒有意思的煞尾字，變成賞串篇章，便更自然了。……這是二次解放。五七言成爲正宗詩體以後，最大的解放莫如從詩變爲詞。五七言詩是不合語言之自然的，因爲我們說話決不能句句是五字或七字。詩變爲詞，只是從整齊句法變爲比較自然的參差句法。唐、五代的小詞雖然格調很嚴格，已比五七言自然的多了。……這是三次解放。宋以後，詞變爲曲，曲又經過許多變化，根本上看來，只是逐漸刪除詞體裏所剩下的許多束縛自由的限制，又加上詞體所缺少的一些東西如襯字套數之類。但是詞曲無論如何解放，終究有一個根本的大拘束；詞曲的發生是和音樂合併的，後來雖有不可歌的詞，不必歌的曲，但是始終不脫離「調子」而獨立，始終不能完全打破詞調曲譜的限制。直到近來的新詩發生，不但打破五言七言的詩體，並且推翻詞調曲譜的種種束縛；不拘格律，不拘平仄，不拘長短；有甚麼題目，做甚麼詩；詩該怎樣做。這是第四

次的詩體大解放。這種解放，初看去似乎很激烈，其實只是
《三百篇》以來的自然趨勢。（《胡適文存》一：169-171）

其中主要論點如「近說話的自然」在前述《五十年來中國之文學》
已經見到，但〈談新詩〉則更詳細清楚，胡適想指出中國詩歌發展
的「自然趨勢」是朝著詩體的「解放」方向「進化」；「進化」的
終極是打破種種的束縛，再印證他在〈文學進化觀念與戲劇改良〉
一文所說的：

> 每一類文學不是三年兩載就可以發達完備的，須是從極低微
> 的起原，慢慢的，漸漸的，進化到完全發達的地位。有時候，
> 這種進化剛到半路上，遇著阻力，就停住不進步了；有時候，
> 因為這一類文學受種種束縛，不能自由發展，故這一類文學
> 的進化史，全是擺脫這種束縛力爭自由的歷史；有時候，這
> 種文學上的羈絆居然完全毀除，於是這一類文學便可以自由
> 發達；有時候，這種文學革命只能有局部的成功，不能完全
> 掃除一切枷鎖鐐銬，後來習慣成了自然，便如纏足的女子，
> 不但不想反抗，竟以為非如此不美了！這是各類文學進化變
> 遷的大勢。（《胡適文存》一：145）

他大概認為詩歌一直順著「自然趨勢」發展，而且「從極低微的起
原」進化到「完全發達的地位」，就像達爾文的生物進化論所說的
一樣。但我們能不能說《三百篇》是「極低微」的單細胞生物，經
歷兩三千年的發展而進化到萬物之靈的新詩呢？這種「低微」、「發

達」的價值判斷又有甚麼根據呢？再說，詞由五七言詩「變成」、
曲由詞「變成」的講法，是否合乎事實呢？❶胡適以理順詞暢的文
筆滔滔道來，根本沒有讓人有機會審度其看似暢順的理論中間藏有
那麼多的缺口。

在這種「物類由來」的解說基礎之上，胡適更發展出「代興」
的觀念，〈文學改良芻議〉說：

> 詩至唐而極盛，自此以後，詞曲代興，唐、五代及宋初之小
> 令，此詞之一時代也；蘇、柳(永)、辛、姜之詞，又一時代
> 也；至於元之雜劇傳奇，則又一時代矣。（《胡適文存》一：7）

因爲胡適認爲詞曲自詩詞進化而成，以「物競天擇，適者生存」的
角度看來，詩的地位在宋代就被詞取代了，詞的地位到元代又被曲
取代了。這種講法本來不是胡適獨創，❶但在胡適的「進化論」包
裝之下，加上他持之有恆的推廣宣傳，就成爲以後文學史編寫者緊
守的信念。例如陸侃如、馮沅君在他們合撰的那本有名的《中國詩
史》中，宋以後就只論曲，好像詩體在唐代以後已被自然淘汰，絕

---

❶ 胡適在《留學日記》(1915 年 6 月 6 日) 中記載他的「詞乃詩之進化」的
想法，又有〈詞的起源〉一文，更具體分析詩詞的關係（《胡適古典文學
研究論集》594; 535-549）。但據任半塘的研究，唐代「聲詩」與詞本爲
二體（《唐聲詩》上：341-403）；葉嘉瑩亦有〈論詞的起源〉一文，分
析「詞爲詩餘」一說的不可信（《靈谿詞說》1-27）。

❶ 龔鵬程在〈試論文學史之研究〉一文中指出「詩體代興」之說本出自宋明
以來「極狹隘的文體觀念和崇古論」（252-255）。但在胡適筆下，「代
興」之說卻是「進化論」的例證，其中關係，值得玩味。

跡於世上一樣。⓳但事實上無論以創作的人數、流傳作品的質和量，對後世文學發展的影響程度來說，宋詩都比宋詞來得重要；即使新文學運動的啓導者胡適，其文學思想也頗受宋詩的影響（詳見本文下一節的討論）。除非我們祭起「死文學」的判令，宣判這大批曾發揮重大作用的作品都是「死文學」，否則「代興」之論很難說得完滿。

4. 「進化」與「復古」

胡適在《五十年來中國之文學》中說：

> 這二千年之中，貴族的文學儘管得勢，平民的文學也在那裏不聲不響的繼續發展。（87）

《白話文學史·引子》說：

> 中國文學史上何嘗沒有代表時代的文學？但我們不該向那「古文傳統史」裏去尋，應該向那旁行斜出的「不肖」文學裏去尋。（4）

胡適界分「白話傳統」和「古文傳統」是有問題的，上文已有討論。

⓳　《中國詩史》分上中下三卷，其下卷爲「近代詩史」，分論唐五代詞、南宋詞、散曲及其他，唐以後詩完全不論；此書原由大江書舖在 1931 年印行，1956 年由北京作家出版社再版，但全書結構沒有更動。

不過照他這裏的講述，「文學革命」以前，「古文傳統」一直占著主導、「正宗」的地位；「白話傳統」只在「旁行斜出」之處。所以他就刻意追溯「白話文學」在過去如何「不聲不響的發展」，《白話文學史》一書就是這種意向的實踐。胡適這番工作對我們了解中國文學語言的系統是很有幫助的。不過，胡適為了推動「白話文運動」，有時就將他筆下本來是潛流的「不聲不響」、「旁行斜出」的「白話文學」當成主流，將「白話文學」以外的文學現象描寫成「背時的反動」，如《五十年來中國之文學》中所說的：

> 詩到唐末，有李商隱一派的妖孽詩的出現，北宋楊億等接著，造為「西崑體」。北宋的大詩人極力傾向解放的方面，但終不能完全脫離這種惡影響。……南宋晚年，詩有嚴羽的復古派，詞有吳文英的古典派，都是背時的反動。……明朝的文學又是復古派戰勝了；八股之外，詩詞的散文都帶著復古的色彩，戲劇也變成了又長又酸的傳奇了。（88-89）

如果胡適承認白話文學在過去並未「得勢」，那麼「古典派」就是順應主流派方向的發展，怎麼算得是「背時」呢？這就是文學史的透視點（perspective）的錯置顛倒了。

如果再具體一點看，李商隱詩和吳文英詞等文人傳統對藝術的探索，對詩歌語言的發展，不能說沒有積極的貢獻；嚴羽的重要性在於詩歌理論的發展而不在創作，他的詩論在當時有救江西末流和四靈派之弊的作用。胡適的批評並沒有顧及他們的作品或理論在其所屬的文學系統中的發展意義。再如明代的「復古思潮」，胡適批

評最力,他在《留學日記》(1916 年 4 月 5 日)中說:

> 總之文學革命至元代而極盛。其時之詞也,曲也,劇本也,
> 小說也,皆第一流之文學,而皆以俚語爲之。其時吾國眞可
> 謂有一種「活文學」出現。儻此革命潮流不遭明代八股之劫,
> 不遭前後七子復古之劫,則吾國之文學已成俚語的文學;而
> 吾國之語言早成爲言文一致之語言,可無疑也。……惜乎,
> 五百餘年來,半死之古文,半死之詩詞,復奪此「活文學」
> 之席,而「半死文學」遂苟延殘喘以至於今日。(《胡適古典
> 文學研究論集》12-13)

〈歷史的文學觀念論〉中又說:

> 及白話文之文體既興,語錄用於講壇,而小說傳於窮巷。當
> 此之時「今文」之趨勢已成,而明七子之徒乃必欲反之於漢
> 魏之上,則不容辭矣。……惟元以後之古文衆,則居心在於
> 復古,居心在於過抑通俗文學而以漢、魏、唐、宋代之。(《胡
> 適文存》一:35-36)

不過這種文學史的描述,實在經不起查證:

(1)元代並非沒有「傳統文學」,胡適所標舉的戲曲小說基本上
是另一個文化階層的活動;二者並無正面衝突,又無競逐文
學「正宗」的鬥爭意識。

(2)明代「正統文學」與八股文之間雖有互動關係,但八股文的

寫作只被傳統文士視爲登仕所需的不得已的妥協，一般自命高雅之士都鄙視八股文。反而大膽反復古的李贄、公安三袁等，都很重視八股文。

(3)明代文人都有求廣博的傾向而趨於雜學，他們雖然特別重視詩文的創作（這是文人傳統的延續），但不見得他們刻意阻塞戲曲小說的發展，被胡適斥罵的七子之徒如康海、王九思都是戲曲作家，後七子的王世貞論曲的意見就很受當世重視，甚至被懷疑爲戲曲《鳴鳳記》的作者；被列爲末五子之一的胡應麟也寫了不少小說和戲曲的研究論評。雖然他們仍然擺脫不了士大夫的立場和觀點，但他們的文化意識絕非如胡適形容的封閉。

由是而言，胡適的文學進化觀是由懸空的概念、零碎的文學現象，加上極度簡化的價值判斷所串聯而成，只宜視作一種信仰，不宜查究。

(三) 小結：士人傳統與民間傳統的糾結

中國的文學傳統一向以文人集團的階級意識爲主導，這是無法避免而又無可奈何的事實。文學的承傳雖可口耳相傳，但無論於時間或空間的流播，都比不上書面文字的穩定而有效。書寫系統既操縱於文人集團手上，對於階級身分象徵的傳統詩文加倍重視，也是自然而然的事。即使在社會動量（social mobility）大增的時候，從下層社會上升，進入士人階層的分子，亦會認同文人集團的文化意識。

士人階層的文學傳統有強大的凝聚力，不易破毀；但卻一直有

吸收承納外來的包括民間文學的各種元素，韻文如詩詞、散文如傳奇，其發展過程都可以作為例證。另一方面，通俗文學的勃興，又有待一定的社會經濟條件，例如工商業發達，城市經濟出現，知識下放，書寫權流入民間的速度加劇等。由於通俗文學牽涉一個由上而下的知識轉移過程，傳統士人的影響力不能一一除淨；故此通俗文學在內容上充斥著仰慕士人社會的意識，在形式上套用大量文士的詩詞歌賦，就不值得奇怪。

換句話說，士人傳統與民間傳統基本上分屬兩個活動層面，但界線不一定很清楚，兩個階層的交涉亦不少，強烈的對立抗衡意識並不多見。論源遠流長，論支配影響，不能不以文人傳統為中國文學的中心。再說，胡適本身不也是文人集團的現代版本嗎？平民百姓不一定有他的要求和主張；他和新文化運動的同道，都要喚醒民眾，啟導民智；這不就證明了「我」和「群眾」的不同嗎？❷⓿

二　從宋詩到俗話文學

㈠　晚清民初宋詩風的影響

胡適的文學革命論本來是由詩的討論而萌生的。根據〈嘗試集自序〉的記載，1915 年 9 月胡適在綺色佳（Ithaca）送梅光迪赴哈佛大學，作了一首長詩，其中有一段說：

> 梅君梅君毋自鄙！

---

❷⓿　唐德剛更判定新文學運動屬於「縉紳傳統」的活動（《胡適雜憶》87-91）。

神州文學久枯餒，百年未有健者起。

新潮之來不可止，文學革命其時矣！

吾輩勢不容坐視，且復號召二三子，

鞭笞驅除一車鬼，再拜迎入新世紀！

以此報國未云菲，縮地戡尺差可儗。

梅君梅君毋自鄙！（《胡適文存》一：189）

由這幾句詩我們可以見到兩個要點：一、胡適認爲「文學革命」是爲「報國」，使國家進入「新世紀」；二、他對當時中國的文學狀況極爲不滿，認爲近百年來都沒有好的作家和作品。同時他又寫了一首給任鴻雋等人的詩：

詩國革命何自始？要須作詩如作文。

琢鏤粉飾喪元氣，貌似未必詩之純。

小人行文頗大膽，諸公一一皆人英。

願共戮力莫相笑，我輩不作腐儒生。（《胡適文存》一：190）

「詩國革命」就是他的「文學革命」的出發點，主要方向是「作詩如作文」；而「不作腐儒生」的意義就是前首所講的「報國」功業。

「作詩如作文」的主張其實正是清中葉以來詩壇的正面同時也是反面的影響。胡適等一群留學國外而又關心中國文學的知識分子，對當前詩壇實在看不過眼。胡適說：

我主張的文學革命，祇是就中國今日文學的現狀立論。（《胡

適文存》一:196）

任鴻雋與胡適討論「文學革命」時說：

> 有文無質，則成吾國近世萎靡腐朽之文學，吾人正當廓而清
> 之。（胡適〈逼上梁山〉《建設理論集》9）

胡適在《留學日記》（1916年4月17日）說：

> 吾國文學大病有三：一曰無病而呻。……二曰摹倣古人。三
> 曰言之無物。……晚近惟黃公度可稱健者。餘人如陳三立、
> 鄭孝胥，皆言之無物者也。文勝之敝，至於此極，文學之衰，
> 此其總因矣。（《胡適古典文學研究論集》14）

任鴻雋形容當時詩壇說：

> 吾嘗默省吾國今日文學界，即以詩論，其老者，如鄭蘇盦、
> 陳伯嚴輩，其人頭腦已死，只可讓其與古人同朽腐。其幼者，
> 如南社一流人，淫濫委瑣，亦去文學千里而遙。（《胡適文存》
> 一:197）

胡適〈寄陳獨秀〉又說：

> 嘗謂今日文學之腐敗極矣；其下焉者，能押韻而已矣。稍進，

> 如南社諸人，夸而無實，濫而不精，浮夸淫瑣，幾無足稱者。
> （南社中間亦有佳作。此所譏評，就其大概而言之耳。）更進，如
> 樊樊山、陳伯嚴、鄭蘇盦之流，視南社爲高矣，然其詩皆規
> 摹古人，以能神似某人某人爲至高目的，極其所至，亦不過
> 爲文學界添幾件贋鼎耳，文學云乎哉！（《胡適文存》一：2）

以上提及的都是當時詩壇的著名人物，其中陳三立，字伯嚴；鄭孝
胥，字蘇盦；與陳衍、沈曾植等都是光緒期間得大名的詩人，繼承
清中葉以來宋詩派的風尚，稱爲「同光體」，主張「不墨守盛唐」，
杜甫、元白、王安石、黃庭堅都是他們效法的對象；另外黃公度是
黃遵憲，寫詩主張「我手寫我口」，梁啓超以爲是「詩界革命」的
旗幟。樊增祥字樊山，與易順鼎等爲清末晚唐派的代表。南社則是
辛亥革命前後的文學團體，包括陳去病、柳亞子、蘇曼殊、馬君武
等多人，社員中尊唐尊宋不一，詩風並不純粹。在胡適眼中，除了
黃遵憲之外，其餘都是「言之無物」、「文勝質衰」的代表。他在
〈文學改良芻議〉中，又舉出陳三立詩來批評：

> 昨見陳伯嚴先生一詩云：
> 濤園鈔杜句，半歲禿千毫。所得都成淚，相過問奏刀。萬靈
> 噤不下，此老仰彌高。胸腹回滋味，徐看薄命騷。
> 此大足代表今日「第一流詩人」摹倣古人之心理也。其病根
> 所在，在於以「半歲禿千毫」之工夫作古人的鈔胥奴婢，故
> 有「此老仰彌高」之歎。若能灑脱此種奴性，不作古人的詩，
> 而惟作我自己的詩，則決不至如此失敗矣。（《胡適文存》一：8）

論詩，這一首並不是陳三立的上乘作品；但胡適亦沒有真正評析其優劣，只以其中崇敬杜甫的想法爲嘲弄對象，顯示出他與詩壇領袖爭衡所採取的策略：仿古只能同陳三立等一路；要「不作古人的詩」，才能有突破。

胡適在〈寄陳獨秀〉及〈文學改良芻議〉當中對詩壇的種種狀況作出批評，這裏不必細論。❹我們可以留意一下他所肯定的是前代哪一類型的作品。〈逼上梁山〉記載 1916 年他和梅光迪辯論「詩之文字」、「文之文字」時說：

> 古詩如白香山之〈道州民〉，如老杜之〈自京赴奉先詠懷〉，如黃山谷之〈題蓮華寺〉，何一非用「文之文字」，又何一非用「詩之文字」耶？
> 即如白香山詩：「誠云臣按六典書，任土貢有不貢無，道州水土所生者，只有矮民無矮奴！」李義山詩：「公之斯文若元氣，先時已入人肝脾。」……此諸例所用文字，是「詩之文字」乎抑「文之文字」乎？（《建設理論集》9）

同年的《留學日記》（4 月 17 日）說：

---

❹　在〈寄陳獨秀〉一函中胡適大力批評了《新青年》三號所載謝无量的一首長律；〈文學改良芻議〉在「不作無病之呻吟」、「務去爛調套語」、「不用典」等項下，又舉了不少「時弊」的例子，其中以胡先驌的一首詞作爲挑剔對象，可能是引發後來胡先驌苛評《嘗試集》的原因之一（《胡適文存》一：112; 519）

詩人則自唐以來，求如老杜〈石壕吏〉諸作，及白香山〈新樂府〉、〈秦中吟〉諸篇，亦寥寥如鳳毛麟角。（《胡適古典文學研究論集》14）

同年十月〈寄陳獨秀〉說：

老杜〈北征〉何等工力！然全篇不用一典。（其「未聞殷、周衰，中自誅褒、妲」二語乃比擬，非用典也。）其〈石壕〉〈羌村〉諸詩亦然。韓退之亦不用典。白香山〈琵琶行〉全篇不用一典。〈長恨歌〉更長矣，僅用「傾國」「小玉」「雙成」三典而已。律詩之佳者，亦不用典。堂皇莫如「雲移雉尾開宮扇，日映龍鱗識聖顏」。宛轉莫如「豈謂盡煩回紇馬，翻然遠救朔方兵」。纖麗莫如「夢爲遠別啼難喚，書被催成墨未濃」。悲壯莫如「永夜角聲悲自語，中天月色好誰看」。然其好處，豈在用典哉？（《胡適文存》一：2）

〈嘗試集自序〉說：

我初做詩，人都說我像白居易一派。……我讀杜詩，只讀〈石壕吏〉、〈自京赴奉先詠懷〉一類的詩。（《胡適文存》一：187）

從胡適舉的詩例看來，他喜歡的是開展了散文化傾向的詩，雖然他舉了許多唐詩作爲例子，但這種寫詩的方法都在宋詩得更大的發展

（參《白話文學史》355; 418）胡適少年時代正是宋詩極受尊崇的年代；他雖然對當時詩壇不滿，但他的思維範疇也離不開宋詩的格局。〈逼上梁山〉記載了他的想法：

> 我認定了中國詩史上的趨勢，由唐詩變到宋詩，無甚玄妙，只是作詩更近於作文！更近於說話。近世詩人歡喜作宋詩，其實他們不曾明白宋詩的長處在那兒。宋朝的大詩人的絕大貢獻，只在打破了六朝以來的聲律的束縛，努力造成一種近於說話的詩體。我那時的主張頗受了讀宋詩的影響，所以說「要須作詩如作文」，又反對「琢鏤粉飾」的詩。（見《建設理論集》8）

宋詩作爲時期風格（period style）的統稱，本來就存在著「雅」和「俗」的對衡辯證關係。宋代詩人探求詩的法度，講修辭，講章法，不是爲了天才而作的（天才不必問詩法），而是爲了普通讀書人而設的；「詩法」、「句眼」的講求，一方面使神聖的詩境世俗化，另方面也爲俗世架起登天的雲梯。宋詩的議論、紀日常情事，是詩境的擴闊，但宋詩人又無時不想「以俗爲雅」。胡適所指摘的陳三立、鄭孝胥，講求「清蒼幽峭」、「生澀奧衍」是傳統文窟求雅的向上一路；㉒感染胡適的卻是宋詩的俗世人情，他描述當時文學的背景時說：

㉒ 陳衍曾將道光以來的詩分爲「清蒼幽峭」、「生澀奧衍」兩派，認爲鄭孝胥屬於前者，陳三立屬於後者（《石遺室詩話》三：2上下）。

這個時代之中，大多數的詩人都屬於「宋詩運動」。宋詩的特別性質，不在用典，不在做拗句，乃在做詩如說話。北宋的大詩人還不能完全脫離楊億一派的惡習氣；黃庭堅一派雖然也有好詩，但他們喜歡掉書袋，往往有極惡劣的古典詩。（如云「司馬寒如灰，禮樂卯金刀。」）南宋的大家楊陸范，方才完全脫離這種惡習氣，方才貫徹這個「做詩如說話」的趨勢。但後來所謂「江西詩派」，不肯承接這個正當的趨勢（范陸楊尤都從江西詩派的曾幾出來），卻去摹倣那變化未完成的黃庭堅，所以走錯了路，跑不出來了。近代學宋詩的人，也都犯了這個毛病。（《胡適文存》二：214-215）

所以他努力爲「做詩如說話」找例證，上文引述他爲說明好詩可以不用典時，曾舉出杜甫律詩〈秋興〉、〈諸將〉、〈宿府〉，甚至李商隱的〈無題〉例，但實際上他不能欣賞律詩，〈嘗試集自序〉中提及自己早年讀詩的經驗時說：「七律中最討厭〈秋興〉一類的詩，常說這些詩文法不通，只有一點空架子。」（《胡適文存》二：188）後來在〈答任叔永書〉中分析杜甫幾首著名七律就說：〈諸將〉五首「完全失敗」，「不能達意又不合文法」，〈詠懷古跡〉五首有「律詩極壞的句子」、「實在不成話」，〈聞官軍收河南河北〉也有「做作」、「不自然」之處。（《胡適文存》二：97）

看他苛評律詩時所執的標準，可知他最欣賞的是能夠發議論、語氣自然、合文法（注意：是散文的文法）的「白話」詩；另一方面，從他對同一些作品前後的評價如此懸殊看來，我們又可推知他在表達文學主張時所搬弄的文學史事例，主要是爲了論說方便，而不一

定是對作品的眞正認識。因此，在要建立他的「白話文學」爲文學史中心的理論時，我們可以想像他是先訂目標，再四處翻尋合用的例證。有關這一點下文再有補充。

胡適在宋詩的環境中選擇了宋詩不爲當時注重的作詩如「作文」、「說話」的一面向就好像在文學傳統中選擇了不受重視的民間傳統一樣，再而專門推尊傳統的白話詩，一方面固然是性分所趨，另一方面也有歷史條件爲基礎。

㈡ 俗話文學的發現

在胡適提出他的「文學革命」理論之前，白話的應用主要見於兩個地方。一是傳教士以至部分教育改革家運用白話以傳播新思想以及開導民智，❷胡適和陳獨秀在早年亦曾加入這個運動的行列（Chow Tse-tsung 270-271；李孝悌 1-42）。其次是白話小說的大量產生，胡適在《五十年來中國之文學》中曾略加總結，分成南北兩組：北方的評話小說有《兒女英雄傳》、《七俠五義》、《小五義》、《續小五義》等；南方的諷刺小說有《官場現形記》、《老殘遊記》、《二十年目睹之怪現狀》、《恨海》、《廣陵潮》等（68）。教育家推廣白話以改革社會的目標，啓迪了胡適的致用文學觀，切合了

---

❷ 例如維新運動中人裘廷梁就有〈論白話爲維新之本〉一文，其結論是：「由斯言之，愚天下之具，莫文言若；智天下之具，莫白話若。……文言興而後實學廢，白話行而後實學興；實學不興，是謂無民。」（郭紹虞、王文生《中國歷代文論選》四：172）他又編印《白話叢書》，主辦《無錫白話報》。約略同時出現的白話報章，還有《杭州白話報》、《蘇州白話報》、《紹興白話報》、《安徽俗話報》等等（參李孝悌 1-42）。

他早就認同的白居易一派「文章合爲時而著，歌詩合爲事而作」的「實際主義」（realism）。❷民間白話小說之盛行，則與新知識份子所懷抱的民眾力量有關，胡適說：

> 在這五十年之中，勢力最大，流行最廣的文學，説也奇怪，並不是梁啓超的文章，也不是林紓的小説，乃是許多白話的小説。……這些南北的白話小説，乃是這五十年中國文學的最高作品，最有文學價值的作品。（《五十年來中國之文學》6-7）

胡適的「文學革命」本來由「詩國革命」出發，所以他曾刻意的去搜羅白話詩來作爲自己理論的張本，但歷史能夠提供的材料不多，他說：

> 白話詩確是不多；在那無數的古文詩裏，這兒那兒的幾首白話詩在數量上確是很少的。（〈逼上梁山〉《建設理論集》20）

因此他後來就要花好多氣力去證明白話可以作詩，終於寫出《嘗試集》的各個篇章來，這已是後話。在美國留學時，胡適和任鴻雋、梅光迪等討論「作詩如作文」，一直得不到他們的支持；於是他就把目光由詩轉向「俗話文學」，認爲這些白話文學有重要的價值。

---

❷ 胡適在 1915 年 8 月 3 日的《留學日記》中就抄錄了白居易〈與元九書〉的論詩意見，他認爲白居易的理論屬於「實際主義」（realism）（《胡適古典文學研究論集》377-381）。

這種看法，所受的攻擊就少了。㉕由是，胡適決定以「俗話文學」
為基礎，建立他的文學史觀：

> 我到此時纔把中國文學史看明白了，纔認清了中國俗話文學
> （從宋儒的白話語錄到元朝明朝的白話戲曲和白話小說）是中國的
> 正統文學，是代表中國文學革命自然發展的趨勢的。我到此
> 時纔敢正式承認中國今日需要的文學革命是用白話替代古文
> 的革命，是用活的工具替代死的工具的革命。（〈逼上梁山〉
> 《建設理論集》10）

胡適說自己在 1916 年的 2、3 月間，「把中國文學史看明白了」，
在年底寫成的〈文學改良芻議〉當然不會將鄭孝胥、陳三立等人視
為當世文學的代表，他心目中的人物正是白話小說名家：

> 吾每謂今日之文學，足與世界「第一流」文學比較而無愧色
> 者，獨有白話小說（我佛山人，南亭亭長，洪都百鍊生三人而已！）
> 一項。（《胡適文存》一：8）

當世文學有吳趼人（我佛山人）、李伯元（南亭亭長）、劉鶚（洪都百
鍊生）三人為代表，文學史上也有必要列舉「正宗」作支援：

㉕ 梅光迪曾寫信給胡適，贊成他對宋元白話文學的意見說：「來書論宋元文
學，甚啓聾瞶。文學革命自當從『民間文學』入手，此無待言。」（〈逼
上梁山〉，《建設理論集》10）

> 今人猶有鄙夷白話小說爲文章小道者，不知施耐庵、曹雪芹、
> 吳趼人皆文學正宗，而駢文律詩乃眞小道矣。（《胡適文存》
> 一：15）

本來胡適在討論中國「今日」（當日）的文學革命需要用白話替代古
文，但他看成了中國文學「史」都要以白話替代文言爲「正宗」；
於是他就在中國文學史上檢查追索一條白話文學的發展脈絡。〈歷
史的文學觀念論〉一文就揭示了他的探索發現：

> 惟愚縱觀古今文學變遷之趨勢，以爲白話之文學種子已伏於
> 唐人之小詩短詞。及宋而語錄體大盛，詩詞亦多有用白話者。
> （放翁之七律七絕多白話體。宋詞用白話者更不可勝計。南宋學者往
> 往用白話通信，又不但以白話作語錄也。）元代之小說戲曲，則更
> 不待論矣。此白話文學之趨勢，雖爲明代所截斷，而實不曾
> 截斷。語錄之體，明清之宋學家多沿用之。……小說則明清
> 之有名小說，皆白話也。近人之小說，其可以傳後者，亦皆
> 白話也。（筆記短篇如《聊齋志異》之類不在此例。）故白話之文
> 學，自宋以來，雖見屏於古文家，而終一線相承，至今不絕。
> （《胡適文存》一：33）

文學革命的目的在於「當前」的文學、「將來」的文學；但胡適爲
了與傳統的文學勢力抗爭，於是標舉「過去」文學傳統的潛流，爲
「當前」的革命方向增加聲勢：

若要造一種活的文學，必須有活的工具。那已產生的白話小說詞曲，都可證明白話是最配做中國活文學的工具的。我們必須先把這個工具抬高起來，使他成爲公認的中國文學工具，使他完全替代那半死的或全死的老工具。（〈逼上梁山〉，《建設理論集》19-20）

他抬高「新工具」的方法，是否定「老工具」曾經是「工具」，說「新工具」才是唯一的工具；因此追溯白話文學的源流，變成文學史的「正統」之爭。

原本胡適說：「夫白話之文學，不足以取富貴，不足以邀聲譽，不列於文學之『正宗』」，但因爲他主張「今日之文學，當以白話文學爲正宗」（《胡適文存》一：33-34），所以文學史也要重新改寫。他費心勞力的工作：

(1)找來「白話詩人王梵志」（參《胡適古典文學研究論集》360-367；《白話文學史》229-236）、訪得韋莊的〈秦婦吟〉（參《胡適古典文學研究論集》171）、發現「南宋的」《京本通俗小說》（參《胡適古典文學研究論集》679-700；《白話文學史·自序》11）；

(2)把「白話」的定義放寬，連本屬「死文學」的《史記》都變成是白話活文學的部分（參《白話文學史·自序》13；〈答朱經農〉《胡適文存》一：89）。

(3)又把「文學」的定義放鬆，連佛經譯本、宋儒語錄都包括在內（參《白話文學史》157-215；《胡適文存》一：33）。

於是，他可以正式的宣布：「白話文學」是「中國文學史的中心部分」，「最可以代表時代的文學史」（《白話文學史·引子》3; 5）。

這個過程，正好說明了歷史如何被「寫」出來。由這個角度看，胡適推動的確是一場「革命」，他「這種新的文學史見解」不單是「文學革命的武器」（《建設理論集·導言》21），開展了將來的局面，更加改造了過去的歷史。

隨著文學革命的成功，以往的傳統文學只能退居幕後，就如胡適在〈答黃覺僧君折衷的文學革新論〉中所預言一樣：

> 大學中，「古文的文學」成爲專科，與歐、美大學的「拉丁文學」「希臘文學」佔同等的地位。
> 古文文學的研究，是專門學者的事業。（《胡適文存》一：114）

三　作爲「遺形物」的中國文學

胡適的「文學革命論」的一個主要論點，就如〈逼上梁山〉所說：

> 一部中國文學史只是一部文字形式（工具）新陳代謝的歷史，只是「活文學」隨時起來替代了「死文學」的歷史。文學的生命全靠能用一個時代的活的工具來表現一個時代的情感與思想。工具僵化了，必須另換新的，活的，就是「文學革命」。（《建設理論集》9）
> 凡向來舊文學的一切弊病，如駢偶，如用典，如爛調套語，如摹倣古人，——都可以用一個新工具掃的乾乾淨淨。……
> 舊文學該推倒的種種毛病——雕琢，阿諛，陳腐，鋪張，迂

晦，艱澀——也都可以用這一把斧頭砍的乾乾淨淨。（《建設
理論集》19）

所以胡適的重要工作是整理出這個「工具」在文學史上的發展之跡，
建立以「民間文學」爲骨幹的文學史觀。

　　作爲「工具」而言，這些民間的「白話」的文學，確實能夠成
爲學習的楷模；但在「內容」方面，胡適就未有辦法具體講清楚。
〈文學改良芻議〉所列八項主張，只有「須言之有物」一項屬於內
容方面，但亦只標出作品須有「高遠之思想」、「眞摯之情感」兩
個空洞的口號（《胡適文存》一：6）。再將這兩個內容的要求套到他
提倡的「工具」上面時，就會發覺兩者並不能絲絲入扣。因爲「高
遠之思想」和「眞摯之情感」本是傳統知識分子的理想中物，與人
民大眾喜見樂聞的消閒娛樂有一定的差距。胡適在〈中國文學過去
與來路〉一文中論及民間文學的「缺陷」說：

> 因爲這些是民間細微的故事，如婆婆虐待媳婦囉，丈夫和妻
> 子吵了架囉，……那些題目、材料，都是本地風光，變來變
> 去，都是很簡單的，如五七言詩、詞曲等也是極簡單不複雜
> 的，這是因爲匹夫匹婦、曠男怨女思想的簡單和體裁的幼稚
> 的原故，來源不高明，這也是一個極大的缺陷。第三缺陷爲
> 傳染，如民間淺薄的荒唐的迷信的思想互相傳染是。（《胡
> 適古典文學研事論集》195-196）

在評價通俗文學作品時，胡適也免不了上智下愚之分。例如《五十

年來中國之文學》分評北方和南方小說時說：

> 北方的評話小說可以算是民間的文學，……著書的人多半沒
> 有甚麼深刻的見解，也沒有甚麼濃摯的經驗。他們有口才，
> 有技術，但沒有學問。他們的小說，確能與一般的人生交涉
> 了，可惜沒有我，所以只能成一種平民的消閒文學。……南
> 方的諷刺小說便不同了。他們的著者都是文人，往往是有思
> 想有經驗的文人。……思想見解的方面，南方的幾部重要小
> 說都含有諷刺的作用，都可算是「社會問題的小說」。他們
> 既能為人，又能為我。（68）

〈逼上梁山〉中又引述他給任鴻雋的信說：

> 高腔京調未嘗不可成為第一流文學。……適以為但有第一流
> 文人肯用高腔京調著作，便可使京調高腔成第一流文學。病
> 在文人膽小不敢用之耳。元人作曲可以取仕宦，下之亦可謀
> 生，故名士如高則誠關漢卿之流皆肯作曲作雜劇。今之高腔
> 京調皆不文不學之戲子為之，宜其不能佳矣。此則高腔京調
> 之不幸也。（《建設理論集》20）

即是說，民間文學的高水準作品，也需要「文士」的參與。㉖事實

㉖ 胡適批評「文學革命」以前的社會家把社會分作下等的、應用白話的「他
　們」和上等的、應用古文古詩的「我們」；而他參與其中的「文學革命」

上，無論有沒有文人參與，通俗作品的消閒目的與胡適等知識分子
喚醒國民、啓導民智的理想始終有距離；所以錢玄同在贊成「文學
革命」之餘，曾提出：

> 從青年良好讀物上面著想，實在可以說，中國小說沒有一部
> 好的，沒有一部應該讀的。……中國今日以前的小說，都該
> 退到歷史的地位。（〈答胡適之〉《建設理論集》88）

胡適認爲周作人的〈人的文學〉是「當時關於改革文學內容的一篇
最重要的宣言」（《建設理論集·導言》29）。這篇宣言說：

> 中國文學中，人的文學，本來極少，從儒教出來的文章，絃
> 乎都不合格。（《建設理論集》196）

周作人在篇中又舉出十類「妨礙人性的生長，破壞人類的平和」的
文學作品，認爲「統應該排斥」，其中就包括胡適推崇的《西遊記》、
《水滸傳》、《七俠五義》等（《建設理論集》196-197）。胡適也同
意這個講法，他說：

> 我們一面誇讚這些舊小說的文學工具（白話），一面也不能不

主張「白話文學」，則沒有「他們」和「我們」的分別（《建設理論集·
導言》13-14；《五十年來中國之文學》90-91）。其實胡適他們又何嘗沒
有上智下愚之分呢！

承認他們的思想內容實在不高明，夠不上「人的文學」。用
這個新標準去評估中國古今的文學，眞正站得住腳的作品就
很少了。（《建設理論集‧導言》30）

「廟堂文學」被推倒了，「平民文學」的內容又過不了「人的文學」
這一關，中國文學的發展，還有甚麼憑藉呢？胡適在〈建設的文學
革命論〉裏，有一段「破壞」力很強的評論：他檢討過歷代中國文
學之後，發覺「中國文學的方法實在不完備，不夠作我們的模範」，
以下就有這一大段批評：

即以體裁而論，散文只有短篇，沒有布置周密、論理精嚴、
首尾不懈的長篇；韻文只有抒情詩，絕少紀事詩，長篇詩更
不曾有過；戲本更在幼稚時代，但略能紀事掉文，全不懂結
構；小說好的，只不過三四部，這三四部之中，還有許多疵
病；至於最精采的「短篇小說」，「獨幕戲」，更沒有了。
若從材料一方面看來，中國文學更沒有做模範的價值，才子
佳人、封王掛帥的小說；風花雪月、塗脂抹粉的詩；不能說
理、不能言情的「古文」；學這個、學那個的一切文學：這
些文字，簡直無一毫材料可說。至於布局方面，除了幾首實
在好的詩之外，幾乎沒有一篇東西當得「布局」兩個字！——
——所以我說，從文學方法一方面看去，中國的文學實在不夠
給我們作模範。（《胡適文存》一：70-71）

胡適覺得不論「體裁」、「材料」，以至「布局」，中國文學都極

度不足,那麼,新文學運動應該朝哪一個方向發展呢?錢玄同的意見是:

> 從今日以後,要講有價值的小說,第一步是譯,第二步是新做。(〈答胡適之〉《建設理論集》88)

周作人則認為:

> 還須介紹譯述外國的著作,擴大讀者的精神,眼裏看見了世界的人類,養成人的道德,實現人的生活。(〈人的文學〉《建設理論集》199)

而胡適更耐心解說他的「建設性」的主張:

> 西洋的文學方法,比我們的文學,實在完備得多,高明得多,不可不取例。即以散文而論,我們的古文家至多比得上英國的倍根(Bacon)和法國的孟太恩(Montaigne);至於像柏拉圖(Plato)的「主客體」,赫胥黎(Huxley)等的科學文字,包士威爾(Boswell)和莫烈(Morley)等的長篇傳記,彌兒(Mill)弗林克令(Franklin)吉朋(Gibbon)等的「自傳」,太恩(Taine)和白克兒(Buckle)等的史論;……都是中國從不曾夢見過的體裁。更以戲劇而論,二千五百年前的希臘戲曲,一切結構的工夫、描寫的工夫,高出元曲何止至十倍。近代的蕭士比亞(Shakespeare)和莫逆爾(Moliere)

更不用說了。最近六十年來，歐洲的散文戲本，千變萬化，
遠勝古代，體裁也更發達了；最重要的，如「問題戲」，專
研究社會的種種重要問題；「象徵戲」（symbolic drama），
專以美術的手段作的「意在言外」的戲本；「心理戲」，專
描寫種種複雜的心境，作極精密的解剖；「諷刺戲」，用嬉
笑怒罵的文章，達憤世救世的苦心。……更以小說而論，那
材料之精確，體裁之完備，命意之高超，描寫之工切，心理
解剖之細密，社會問題討論之透切，……真是美不勝收。至
於近百年新創的「短篇小說」，真如芥子裏面藏著大千世界；
真如百鍊的精金，曲折委婉，無所不可；真可說是開千古未
有的創局，掘百世不竭的寶藏。──以上所說，大旨只在約
略表示西洋文學方法的完備。因爲西洋文學真有許多可給我
們作模範的好處，所以我說：我們如果真要研究文學的方法，
不可不趕緊翻譯西洋的文學名著做我們的模範。（《胡適文存》
一：72-73）

胡適在〈文學進化觀念與戲劇改良〉中提到「文學進化觀念」的多
層意義，其中之一是：

一種文學的進化，每經過一個時代，往往帶著前一個時代留
下的許多無用的紀念品；這種紀念品在早先的幼稚時代本來
是很有用的，後來漸漸的可以用不著他們了，但是因爲人類
守舊的惰性，故仍舊保存這些過去時代的紀念品。在社會學
上，這種紀念品叫做「遺形物」（Vestiges or Rudiments）。

另一層意義是：

> 一種文學有時進化到一個地位，便停住不進步了；直到他與
> 別種文學相接觸，有了比較，無形之中受了影響，或是有意
> 的吸收別人的長處，方才再繼續有進步。

雖然他討論的是戲劇問題，但這兩層意義大概也合乎他對中國傳統
文學的看法。傳統文學大部分都是他眼中的「遺形物」，而改進的
途徑，則有賴與西方文學比較，接受其影響了：

> 大凡一國的文化最忌的是「老性」；「老性」是「暮氣」，
> 一犯了這種死症，幾乎無藥可醫；百死之中，只有一條生路：
> 趕快用打針法，打一些新鮮的「少年血性」進去，或者還可
> 望卻老還童的功效。現在的中國文學已到了暮氣攻心、奄奄
> 斷氣的時候！趕緊灌下西方的「少年血性湯」，還恐怕已經
> 太遲了；不料這位病人家中的不肖子孫還要禁止醫生，不許
> 他不藥，說道，「中國人何必吃外國藥！」啐！（《胡適文存》
> 一：148-156）

從這段文字就可以看到胡適的救亡意識是如何的濃重。誠如胡適所
言，「不肖子孫」的冥頑不靈，盲目排外，確是不可原諒；不過，
萬一善心的醫生診斷有偏差，所下的針藥不盡切用，那又如何呢？
在這裏如何以西藥治中病的中西比較文學的具體問題不必細論，我
們要注意的是其中的危機感、恐懼感；中國文學種種不如人的想法

不見得就帶來了謙虛承納的心態；胡適及其友儕對傳統文學的排斥態度或者不下於拒用西藥的「不肖子孫」。他們將自身猛力的抽離於傳統，帶來的就是傳統與現代的對立，文化意識的斷裂。

四　傳統的消逝

余英時在〈五四運動與傳統〉一文中，指出新文化運動的打破傳統偶像的風氣其來有自；就好像清代考據學可以上溯到明代的學風一樣，新文化運動也可追溯到清季的今古文之爭。史學家力求探索歷史的發展之跡，照他的分析，打著反傳統旗號的「五四」人物，也不能外於傳統，最多是「回到傳統中非正統的源頭上去尋找根據」（余英時　93-107）。將範圍收窄到新文學運動，余說看來仍是有效的。正如上文所論，清末黃遵憲、梁啓超等已提出「文界革命」、「詩界革命」，裘廷梁早已提到「崇白話而廢文言」的好處；這都可說是文學革命的先聲；在胡適引導之下，白話文學又在文學傳統中尋得根源，因此，我們也不能不同意新文學運動與傳統有「千絲萬縷的牽連」（余英時　93）。

事實上，文學革命者如胡適等，都經歷中國文化傳統的浸潤，他們本身當然與傳統構成直接的關係，但就他們所建立的功業來說，他們是成功建築了一個新的「傳統」，就好像夏志清所說的一樣（〈中國古典文學之命運〉25；〈自序〉《新文學的傳統》2-3）。即使新文學運動可以溯源清末甚或明季（周作人《中國新文學的源流》；任訪秋《中國新文學淵源》），是「古已有之」，但到了胡適、陳獨秀的手上時，已是由量變轉成質變的時刻。如前所言，胡適的主要成績正

是將歷史解體，一筆勾銷了掌握書寫權的文人傳統的歷史作用。

文學傳統本來就在文人之間薪火相傳，通過包融、承納、消化各種內在演化（如文學體式或創作技法的更新）或外來刺激（包括民間文藝、外域思潮等的衝激），在書寫系統的支援下，文學傳統不斷在擴充拓建。在這個情況下，文人可說是活在文學傳統之中，傳統不是「非我的」、「異己的」；李白、杜甫透過「建安」到「盛唐」的距離，去認識自己在「大雅」、「正體」的傳統中的位置，去作「大雅思文王」或者「頗學陰何苦用心」，去「將復古道」或者「貫穿古今」。傳統對他們來說，不僅有過去性，也具有現在性；而他們以自己的作品令傳統的秩序重整。他們在估量自己的價值時，也就是文學傳統的價值重估，「將復古道」的李白沒有泯滅自我，「頗學陰何」的杜甫也沒有和「正體」對立。

但文學的歷史在胡適等革命家手上，經歷了不能和過去任何一個時代相比的承傳過程。這不僅僅因為被胡適供奉的「重新估定一切價值」（transvaluation of all values）得到實踐，❷基本上每一個稱得上「文學時期」（literary period）的個中人都會「重新估定一切的價值」；重要的是這次估定強調了文學的「過去性」（pastness），否定了文學的「現在性」（presentness）。過去的「重估」往往滋養了傳統，豐富了傳統的內涵，但新文學運動的目標是徹底破壞文言文學的所有功能——「現在」不能寫作「文言文學」；「過去」

---

❷　胡適在〈新思潮的意義〉一文中特別標舉尼采的話：「尼采説，現今時代是一個『重新估定一切價值』的時代。」以此解釋新思潮的方法和態度（《胡適文存》一：728）。

的「文言文學」都是已「死」文學，不但在「現在」是已「死」的，在「過去」亦早已「死」去。即使我們說「文言文學」並沒有具體的形體，不會因爲被攻擊而湮滅於整個文化傳統之中；但我們要知道，文化傳統與個人是需要透過一定的接觸點而起互動作用的，如果視傳統爲一個大型的價值系統，其中必有等級梯次（hierarchy），通過「文學革命」的一次梯次分子的重組（permutation），駢文律詩只好安放到集體潛意識的層面去了。這就是我認爲文學革命是一次成功的「革命」的原因。胡適在 1936 年寫信給湯爾和說：

> 至於「打破枷鎖，吐棄國渣」，當然是我的最大功績。所惜者，打破的尚不夠，吐棄的尚不夠耳。（見耿雲志〈年譜〉《胡適研究論稿》466）

若果以文學革命來說，所破的也差不多了，問題是所立的不足而已。

胡適扶立了小說、戲曲等民間文學的傳統，使得元曲、明清章回小說成爲有生命力的文學體類，成爲「文學正宗」，這是他的一項重要的功績。從文學革命的成果來說，胡適可說是一個成功的「修辭家」（rhetorician）；❷❽義無反顧、勢若長河的論理方法，使文學革命得以成功推展。但從「文學史學」的角度看來，他的文學史觀只是由簡單的、武斷的（arbitrary）概念和價值界劃所組成。他沒有嘗試考慮文學史上種種複雜的現象；他並沒有關注到體類間或者運

---

❷❽　Wei Shulun 的博士論文就是從修辭的角度去分析胡適的「文學革命」，可以參考。

用不同體類的作者之間的並存功能（synfunction）：❷文言詩文與白話小說並非各爲絕緣體；其背後的社會因素如士人階層的擴散和士庶階層間的流動，文學現象如白話戲曲小說承襲文言的套語，傳統詩文通過反常合道、以俗爲雅的手段容納白話元素等問題。在他的文學史論述中都沒有適當的照顧。因此他所建立起來的文學傳統只是過分簡化的、單薄平面的價值觀。再加上胡適及其同道根本未脫「上智下愚」的救世者心態，而「文學」與「大眾文化」的天然差距，就令到胡適等對自己以進化之跡的線索編成的「活文學史」都沒有絕對信心，於是大砲鐵船以外的精神文化也要師夷長技，以西方文學濟急；於是，傳統與現代的裂痕，更深無可補了。當然我們可以樂觀的說新文學運動帶來了一個新的傳統（事實上，我們也別無他法），這個新的傳統滋養了以後的歷史意識，但我們要知道，新傳統與文學革命以前的傳統再不是普通的承傳關係，最多只能說有對應的（reciprocal）關係而已。

　　經過歲月的沖洗，胡適的文學史觀不一定完全支配現今文學中人的思想，然而胡適及其同道的努力確實把文學革命以後的知識分子和傳統文學的距離拉遠；我們對傳統的認識很難不經過五四意識的過濾。再加上現代政治帶來重重波折，文學意識的斷層愈多愈深，要瞻望古老的文學傳統，往往需要透過多重積塵的砂窗，而望窗的就如胡適的預言，只剩下大學堂中的專門學者。其他人嘛，唯有惜助大腦基因所殘存的種族記憶，再難像韋力克所講的觸摸傳統的任何部分了（Wellek 51）。

---

❷　這裏套用 Jurji Tynjanov 講文學作品在文學系統演化中的一個術語（"On Literary Evolution" 68）。

引用書目

中文部份

王爾敏。《中國近代思想史論》。台北：華世出版社，1977。

任半塘。《唐聲詩》。上海：上海古籍出版社，1982。

任訪秋。《中國新文學淵源》。鄭州：河南人民出版社，1986。

朱自清編。《詩集》。《中國新文學大系》。趙家璧主編。第八集。

余英時。《中國近代思想史上的胡適》。台北：聯經出版公司，1984。

余英時。《史學與傳統》。台北：時報文化公司，1982。

李孝悌。〈胡適與白話文運動的再評估——從清末的白話文談起〉。
　　《胡適與近代中國》。周策縱等。台北：時報文化公司，1991。
　　1-42。

沈松僑。《學衡派與五四時期的反新文化運動》。台北：台灣大學
　　文史叢刊，1984。

沈衛威。《回眸「學衡派」——文化保守主義的現代命運》。北京：
　　人民文學出版社，1999。

周作人。《中國新文學的源流》。北京：人文書店，1934。

周質平。〈胡適文學理論探源〉。《胡適與魯迅》。台北：時報文
　　化公司，1988。

侯健。《從文學革命到革命文學》。台北：中外文學月刊社，1974。

胡適。《五十年來中國之文學》。北平：新民國書局，1929。

胡適。《白話文學史》。上海：新月書店，1928。

胡適。《胡適文存》。台北：遠東圖書公司，1975。

胡適。《胡適古典文學研究論集》。上海：上海古籍出版社，1988。

胡適。《國語文學史》。北平：文化學社，1927。

胡適編。《建設理論集》。《中國新文學大系》。趙家璧主編。第
　　一集。

唐德剛。《胡適雜憶》。台北：傳記文學雜誌，1980。

唐德剛譯註。《胡適口述自傳》。台北：傳記文學出版社，1983。

夏志清。〈中國古典文學之命運〉。《知識分子》。1985 春季（1985.4）：
　　25。

夏志清。《新文學的傳統》。台北：時報文化公司，1979。

耿雲志。《胡適研究論稿》。成都：四川人民出版社，1985。

張汝綸。〈從進化論到歷史主義〉。《現代中國思想研究》。上海：
　　上海人民出版社，2001。3-108。

梅光迪。〈評提倡新文化者〉。《中國新文學大系》第二集。《文
　　學論爭集》。鄭振鐸編。127-132。

郭紹虞、王文生編。《中國歷代文論選》。上海：上海古籍出版社，
　　1979。

郭湛波。《近代中國思想史》。香港：龍門書店，1973。

陳衍。《石遺室詩話》。台北：商務印書館，1976。

陳國球。〈文學結構與文學演化過程——布拉格學派的文學史理
　　論〉。《書寫文學的過去——文學史的思考》。台北：麥田出
　　版社，171-210。

陳慧樺〔陳鵬翔〕。〈文學進化論的謬誤〉。《文學創作與神思》。
　　台北：國家書店，1976。93-103。《中山學術文化集刊》。19

（1977.3）：107-121。

陸侃如、馮沅君。《中國詩史》。上海：大江書舖。1931。北京：
　　作家出版社，1956 再版。

葉嘉瑩。〈論詞的起源〉。《靈谿詞說》。繆鉞、葉嘉瑩。1-27。

趙家璧主編。《中國新文學大系》。上海：良友圖書公司，1935。

鄭師渠。《在歐化與國粹之間——學衡派文化思想研究》。北京：
　　北京師範大學出版社，2001。

鄭振鐸編。《文學論爭集》。《中國新文學大系》。趙家璧主編。
　　第二集。

繆鉞、葉嘉瑩。《靈谿詞說》。上海：上海古籍出版社，1987。

譚正壁。《中國文學進化史》。上海：光明書局，1929 初版，1932
　　四版。

龔鵬程。〈試論文學史之研究〉。《文學散步》。台北：漢光文化
　　公司，1985。252-255。

外文部份

Chow Tse-tsung. *The May Fourth Movement.* Cambridge, Mass.:
　　Harvard UP, 1960.

Crystal, D. and D. Davy. *Investigating English Style.* London: Longman
　　& Green, 1969.

Grieder, J. B. *Hu Shih and the Chinese Renaissance.* Cambridge, Mass.:
　　Harvard UP, 1970.

Hu Shih. The *Chinese Renaissance.* Chicago: U of Chicago P, 1934.

Joos, Martin. The *Five Clocks.* Bloomington: Indiana University

Research Centre, 1962.

Kuhn, Thomas. *The Structure of Scientific Revolutions.* Chicago: Chicago UP, 1970.

Liles, Bruce. *An Introduction to Linguistics.* Englewood Cliffs: Prentice-Hall, 1975.

Ong, Walter. *Orality and Literacy: The Technologizing of the Word.* London: Methuen, 1982.

Spencer, Herbert. *Illustrations of Universal Progress.* New York, 1880.

Tynjanov, Jurji. "On Literary Evolution." *Readings in Russian Poetics: Formalist and Structralist Views.* Ed. L. Matejka and K. Pomorska. Ann Arbor, Michigan: The U of Michigan P, 1978. 55-78.

Wei Shulun. "A Study of Hu Shih's Rhetorical Discourses on the Chinese literary Revolution." Ph. D. Thesis. Bowling Green State University, 1979.

Wellek, René. "Evolution in Literary History." *Concepts of Criticism.* New Haven & London: Yale UP, 1963. 37-53.

敘述、意識形態與文學史寫作
——以柳存仁《中國文學史》為例

一、歷史與文學·歷史與文學史

文學史的撰寫，究竟是怎樣的一項活動？這個問題可以從很多不同的角度去思考。或者我們先以韋力克（René Wellek）的一些觀察為討論的出發點。韋力克在〈文學史〉（"Literary History"）一文曾經指出：

> 「文學史」或則被視為歷史的一個分支，尤其是文化史的一支，而文學作品就如歷史的「文獻」或證據（"documents" and evidence）的被徵用；或則被視為一種藝術史，文學作品就像藝術「碑誌」（"monuments"）的被研究。（20）❶

前者是把文學作品看作往昔某種境況的集中表現，有助我們（在史

---

❶ 按視文學作品為"monuments"的講法，早見於丹納（Hippolyte Taine）的《英國文學史》；參 Lee Patterson 252.

家引領下）對此一境況作具體的了解，其屬性因此是「過去的」。後一種講法是認爲文學作品只會歷久常新，永遠沒有「過去」。韋力克作爲新批評學風的重要倡導者❷，似乎比較傾向於後者，對前一種處理態度顯得憂心忡忡。雖然他也提及兩種態度並非互相排斥。這種將文學作品的性質區辨爲史料與藝術品的作法，在當下文學理論已全速向文化理論靠攏的時刻，❸ 似乎顯得過時；但作爲我們回顧過往的文學史著作，或者重新思考文學史撰作活動的出發點，還是很有用的。比方說，我們正可參照歷史著作的撰寫情況，考察兩者的同異。

　　一般歷史或者文學史的「史」字，已先驗地限定這種活動的性質：必須包含「回顧」的姿態，面對過去的時空。當然，「回顧」的姿勢是當下所作，但「過去」畢竟有「非現在」的成分，它的存現方式就是當下的「回憶」。班納特（William J. Bennett）說「歷史」就是「組織起來的回憶」（"organized memory"）（165）；正如「自傳」、「回憶錄」就是個人面向自己的「過去」，將記憶中的種種事件與行動（events and actions）組織起來，歷史大概就是民族、國家的集體記憶組合整理。再而問題或者就轉到，甚麼情事才能進入集體的記憶領域？這些篩選又由誰決定？是否能爲人力決定？鄭振鐸在《插圖本中國文學史》的〈緒論〉中提到昔人稱「歷史」爲「相斫書」：

---

❷　韋力克本屬捷克布拉格學派中人，但他的文學史觀卻與穆卡洛夫斯基不同；韋氏主張文學有客觀的價值，這種看法使得他與美國的新批評思潮一拍即合。參陳國球〈文學結構〉110-111。

❸　參 Anthony Easthope; 他就以「典範」的轉移來描述這個趨向。

> 所謂「歷史」，昔人曾稱之為「相斫書」，換一句話，便祇
> 是記載著戰爭大事，與乎政治變遷的。在從前，於上云的戰
> 爭大事及政治變遷之外，確乎是沒有別的東西夠得上作為歷
> 史的材料的。所以古時的歷史只不過是「相斫書」而已。(1)

無論所謂「太史簡」、「董狐筆」，所注視的不外乎是可以用政治
民族等集體規範（即所謂「大義」）審判的人物情事。再說，「立
功」、「立言」、「立德」的「不朽」目標，也就是進入集體記憶
的企盼。當然我們還見到正史中有「貨殖」、「游俠」、「滑稽」
等傳，近世更有經濟、民生、風俗的專史，但我們可以理解，歷史
所記是關乎大眾的，個體只是作為整體的選樣示例，或者象徵隱喻
而出現於史冊之中。

　　然則文學史所處理的又是甚麼記憶？鄭振鐸又說過：

> 我們要了解一個時代，一個民族，或一個國家，不能不先了
> 解其文學。……文學史的主要目的，便在於將這個人類最崇
> 高的創造物文學在某一個環境、時代、人種之下的一切變異
> 與進展表示出來；……「中國文學史」在這樣的情形之下，
> 便是一部使一般人能夠了解我們往哲的偉大的精神的重要書
> 冊了。一方面，給我們自己以策勵與對於先民的生活的充分
> 的明瞭，一方面也給我們的鄰邦以對我們的往昔與今日的充
> 分了解。(7-8)

劉大杰在《中國文學發展史》的〈自序〉中也指出：

中國文學發展史，是中國文化發展史中的一部分，也可以說是最精采的一部分。（1）

他又引述朗松〈論文學史的方法〉的說法：

一個民族的文學，便是那個民族生活的一種現象，在這種民族久長富裕的發展之中，他的文學便是敍述記載種種在政治的社會的事實或制度之中，所延長所寄託的情感與思想的活動，尤其以未曾實現於行動的想望或痛苦的神祕的內心生活爲最多。（1）❹

這都是十九世紀實證主義的論見。於是文學展示的是時代精神（*Zeitgeist*），文學只有第二性的身分，只是從屬於歷史（Patterson 251）。其背後的哲學假設就是「模仿論」（Mimesis）：文學要能表現人生，表現情感與思想。這種五四以後新文學家視爲「進步」的觀念，充斥於一般的文學史著之中，包括我們熟悉的鄭振鐸、劉大杰的著作。在此一觀照下，文學史也就是要處理一些集體的象徵，正如劉大杰說：

文學史者要集中力量於代表作家代表作品的介紹，……因爲那些作家與作品，正是每一個時代的文學精神的象徵。（1）

---

❹　朗松原文刊於 1910 年，中譯見昂利‧拜爾　1-32。

據此，文學作家作品的重要性在其整體性，在能成爲時代精神的象徵；而整體性的重視，又是指向民族集體記憶這一個理念。❺

這樣開展出來的文學史觀，自然離不開文學與歷史的關係。我們可以說，劉大杰等人嘗試在文學中「讀出」歷史（reading history out of literature），與現今把文學「讀入」歷史之中（reading literature into history）的要求（Arac 106），實有差距；以「回憶」爲喻，也可能引入很有意思的思考，問題是對「回憶」作爲一個活動過程（process）有沒有足夠的敏感。然而，我們現在「回顧」這些「天眞浪漫」的「時代精神」時，又是否游走於「讀出」與「讀入」之間呢？以下筆者預備以柳存仁《中國文學史》的實際情況再多方面思考一下以上提到的有關問題。

柳存仁（1917- ）的《中國文學史》於 1956 年由香港的大公書局出版，面世後大受歡迎，一直到六十年代後期還不斷再版；❻又有楊維楨的學術書評，予以極高的評價（333-336）。柳存仁是現今國際有名的漢學家，而《中國文學史》卻是他僑居香港時爲高中學生寫的一本參考書。這個例子特別有意義：一方面，作爲五、六十年代香港極受歡迎的高中參考書，可以揭示當時一般人都能接受的想法；另一方面，其著者既是學養精深，就不致有一般流行書冊的粗濫傾向，當中於專精與普及的取捨，也很值得注意。

---

❺　文學史是民族記憶的講法，又參 Kolodny 300.

❻　直至 1968 年共出八版，以下引文主要以第八版爲據，因爲本文要處理部分後來的增補。

二　文學史與求眞

柳存仁在《中國文學史》〈引論〉開首說：

> 我們現在講中國文學史，是〔講〕在中國歷史上特富創作能
> 力，不帶模擬色彩，而合乎時代性的文學。（1）

「合乎時代性」是目的、是標準，「特富創作力，不帶模擬色彩」
是「表現當代」、「表現眞實」的手段、方法（7）。這也是以「模
倣」、「反映」爲衡度的根據。韋力克所掛慮的就是這種選擇性的
處理文學與歷史的關係，只顧把文學看成歷史在某個範疇的投射，
文學史就只能是歷史的一個分支；所以他會有擔心文學作品變成印
證時代歷史的證據的表示。然而，文學作品在文學史敘述中的作用，
實際會與一般歷史敘述的材料和「證據」不同。這一點我們可以分
別討論一下。

歷史若係回憶的組合，回憶的根據不外乎是史蹟、文獻。歷史
家從官方實錄、私家著述、野史雜記，去綜合過去已發生的情事，
曾出現的人物及其活動。這個組織過程雖然充滿種種屏障，但「求
眞」必然是史家的努力方向。❼換句話說，歷史最關心的是「指涉
性的眞僞」問題（referential falsifiability）（Arac 105）。

---

❼　懷特（Hayden White）曾對歷史撰述與其中的虛構成分有很好的論述，代
表了現今理論家對歷史求眞的理念的質疑，參 *Metahistory.*

文學史也有類似的重組過去的「真實」的訴求;例如柳存仁書中引用宋趙彥衛《雲麓漫鈔》以證明唐代傳奇小說與科舉中溫卷制度的關係（149），據明祝允明《猥談》、元周德清《中原音韻》、明葉子奇《草木子》等說明南戲的淵源（234），都有類史家的以「求真」的精神去徵引材料，以重構屬於過去時空的「實況」;其「真」與否，理想中也有鑒定的可能。❽

然而，文學史要處理的重心更在文學家和文學作品，其間與「求真」的關係並不容易理清。一般的說法是：文學史中的作家已難重起於地下，只能倚靠歷史文獻以重構他們的行跡。但也有論者主張，文學作家不是指作為物質形態的人，而是作品總貌的集合體（陳國球，〈文學結構〉　96）;準此，則作家只是文本在閱讀過程中的派生物，無所謂「真偽」的問題。至於文學作品，當然也有面世年代、版本流變、作者歸屬等有待實證之處;但不要忘記，文學作品的主要屬性是供人閱讀（正如其他的藝術品有賴觀賞者的感知一樣），而這個閱讀的行為不僅限於一時一地發生，苦心重構文本於面世時的種種「實況」，仍未足夠;於是有所謂作品「接受史」的研究，考鑒作品在不同時代如何與讀者共構不同的關係。這些考慮，都還切合文學史之以「過去」為探究對象的假定：文學作品與讀者（文本與領受者）的相互作用都在文學史的敘述活動之前完成。

---

❽　有兩點先要在此說明：1.以《雲麓漫鈔》證明傳奇與溫卷關係已屢受質疑，這更提醒我們歷史材料的指涉和證偽的問題;2.柳氏《文學史》中這一類的論證說明多是傳統習見之論的撮述，並未代表他的學力;柳先生的考據學問可見於所著 *Chinese Popular Fictions*，*Wu Cheng-en*，*Selected Papers*，以及《和風堂文集》等。

可是，我們還需注意，文學作品因為其特有的存有模式（mode of existence），❾使得「過去」與「現在」在文學史的敘述體中畛域難分。所謂特有的模式是說文學作品的存有不在其物質層面。此一特質甚至使文學作品與書畫雕塑等藝術品不同；比方說，畫的藝術性只能寄附在具體的帆布、宣紙之上，觀賞者絕難人手一幀。然而詩歌小說卻可以傳抄印刷等多種方式流通；唐人讀到的李白詩與今天我們讀的李白詩只有物質上的差異，但基本上還是同一藝術品。當然我們可以說在不同背景或物質環境中出現的李白詩就有不同的閱讀方法，但起碼我們不能說我們看到的只是複製品。由是我們又如何面對跑到「現在」的「過去」？這還是不是「過去」？這一點在柳存仁的《文學史》中或者比其他文學史著更明顯特出。我們發覺這本不到二十萬字的文學史中，引錄了很多作品，即如《孔雀東南飛》（51-55）、《京本通俗小說》的《菩薩蠻》（205-213）等，都完整地在我們面前搬演。這些眼前的經歷和敘述體中其他作品的摘錄或撮述構成一種甚麼關係？和敘事者或詳或略的評介批點，以至辛苦構築的「文壇背景」等不同聲音又以何種方式並存或爭持？「求真」的知性活動會否被藝術的審美經驗覆蓋？這都是我們從理論的角度思考文學史問題時所必須正視的。（參 Crane 46）

　　文學史的「求真」企圖在柳存仁的一類「插圖本文學史」最顯

---

❾　"Mode of existence"是 Roman Ingarden 和 René Wellek 頗不愉快地共用的術語。參 René Wellek and Austin Warren 142-157; chapter 12; Ingarden 9-12; I.3, "The problem of the mode of existence of the literary work," and esp. lxxx of "Preface to the third German edition"; Wellek, "An Answer to Roman Ingarden" 21-26.

出理論的困境。自從鄭振鐸開始了插圖本文學史的編製以後，似乎很爲讀者接受。（陳福康《鄭振鐸論》 586）柳存仁《中國文學史》的初版並沒有插圖，在往後的版本卻在封面和書脊清楚標明「插圖本」，看來這個增訂應該是鄭書方向的繼承。一直到今天，我們還見到相類的文學史計劃；例如冰心、董乃斌、錢理群等主編《彩色插圖本中國文學史》，楊義等合著《二十世紀中國文學圖志》，陳思和正在編寫「插圖本」現代中國文學史。❿ 這種選擇，我們不能僅僅以出版商的促銷伎倆視之；實際上「插圖」於文學史著作中究竟起了甚麼作用？還是值得我們思考一下。鄭振鐸的文學史中有兩則「例言」專門說明他對這項「創製」的理解，其中之一說：

> 中國文學史的附入插圖，爲本書作者第一次的嘗試。……作者以爲插圖的作用，一方面固在於把許多著名作家的面目，或把許多我們所愛讀的書本的最原來的式樣，或把各書裏所寫的動人心肺的人物或其行事顯現在我們的面前；這當然是大足以增高讀者的興趣的。但他方面卻更有一個重要的原因，使我們需要那些插圖的；那便是，在那些可靠的來源的插圖裏，意外的可以使我們得見各時代的眞實的社會的生活的情態。故本書所附插圖，於作家造像，書版式樣，書中人物圖像等等之外，並盡量搜羅各文學書裏足以表現時代生活

---

❿ 冰心的書後有對圖片和文字的配合方式作簡略的說明；錢理群、吳曉東又有〈「分離」與「回歸」〉一文介紹同書 20 世紀部分的寫作構想。又楊義也曾就「圖志」的效用作出解釋，見〈序言〉 1-11。有關陳思和的寫作計劃見氏著〈一本文學史的構想〉 48-73。

的插圖，複製加入。（3）

我們試以柳存仁的文學史來思考鄭振鐸的講法。柳著的插圖其實不多，只有八幅。當中包括「韓熙載夜宴圖」（插圖三、四）、「宋張擇瑞清明上河圖」（插圖六）等，目的就正如鄭振鐸所講的要「表現時代生活」。前者要使讀者「想像得到」西蜀南唐的君王貴族們宴樂時「那種笙歌妙舞的情韻」，他們如何的「沉醉於宮廷享樂的富貴生活」，而「詞的發展也極有賴於這一群飽食嬉遊，不理國事，卻專門努力填詞作曲的帝王和貴族們」；（166）後者則表現了「宋代繁華街巷生活……，這也是民間講唱文學產生的背景」。（插圖六說明）

這些「時代生活」其實已由書中的文字表述構築出來，插圖的目的只為增加文字指涉的可信程度，好等讀者更易於接受所重構的「事實」。但有趣的是，這些圖像並非可以驗證的史蹟（譬若可以印證殷商文化生活的甲骨文），而只是史家以為可以取資的藝術品。從柳書敘事者對插圖的說明看來，其對讀者的要求也是如某些歷史著述一樣，只從反映論的角度去進行這個「取信」（make-believe）的活動。於是，我們見到的是：以藝術構築去證信文字構築。如果這種行動行之有效，又是甚麼緣故呢？

至於書影如「大唐三藏取經詩話及新雕大唐三藏法師取經記」（插圖七）及「元代建安虞氏新刊全相武王伐紂平話」（插圖八）等，大概可以讓讀者假想自己接觸到作品「最原來的式樣」（見上引鄭振鐸語）。實際而言，這不過是「原樣」的一鱗半爪；文學史的讀者不能真的捧讀整部作品。換句話說，這也是構築假象的方法而已。

文學史插圖以虛設取信的情況，於作者圖像一類尤其明顯。柳書並無此類插圖，但在鄭振鐸書中我們就可以見到屈原、陶淵明等詩人的「真貌」。以這種連藝術反映論的觀念都用不上的藝術製品去謀使讀者信任，這不是訴諸「藝術效應」多於「科學求真」嗎？**⓫**

以上主要討論文學史敘述與「求真」假設的種種關涉，下文再從敘事行動本身去剖視文學史作為一種書寫活動的有關問題。

三　作為敘事體的文學史

正如上文所說，文學史寫作與一般歷史的撰述有不少異同之處；但基本上二者都離不開一項主要的活動：以書寫行動將所能掌握的「過去」按照一定的方向和目標構述出來，讓讀者有機會在另一時空去體驗此一「過去」；換句話說，當中有的是包括敘事者（narrator）、敘事體（narrative），和接受者（narratee）的一項敘事行動（narration）。在這一個層面，歷史敘事學家懷特曾有深入的探索，很值得我們借鑑。懷特指出歷史撰述作為敘事行動有三個階段：

1. 史事編序（to make a chronicle）：即依時序排列史事；
2. 故事設定（to shape a story）：即選取敘事體的主角，安排故事的起中結，使某一時限之內呈現為一個過程；
3. 情節結撰（emplotment）：以某種為讀者熟悉的敘事模式去組織故事情節。（*Metahistory*, "Introduction" 5-7; *Tropics of*

⓫　有關文本與插圖於表義效應上的爭逐，或可參 Miller 的 *Illustration*。

Discourse 58-63,83-85,109-110）

借助這個思考方向，我們可以觀察一下柳存仁《中國文學史》如何設定故事的起結，如何安排情節。

柳書的一個特點就是故事脈絡清晰，情節簡單明確。整本《文學史》其實是由詩歌、小說、戲曲三個系列的情節縮合而成。全書共六編，十八章。其中第一至五編，除了第八、十二、十五章，主要都是敘述詩歌傳統的發展；第三編的第八章、第四編的第十二章、第五編的第十五章、第六編的第十七和十八章則講及小說傳統的歷史過程；第六編的第十六、十七、十八章又敘述了戲曲的興替。

文學史的敘述就像歷史敘述一樣，受所「知」的「歷史實在」的限制；正如柏肯斯（David Perkins）在《文學能成史嗎？》（*Is Literary History Possible?*）一書所講，歷史敘事與虛構小說有根本的不同：小說可以由情節主導，改變故事內容；但文學史和歷史不能改變史料在故事（story）層次的次序，更不能隨意更動內容。（34-35）不過，在言說（discourse）的層次，敘述行動的作用力（或者說，作者的經營匠心）也就能夠顯現出來。❷我們只要留意柳存仁書中各個情節系列的起中結部分，就會發現它們都不是「歷史過去」的直接、等速、「如實」的再現。例如小說的起源，按時序應在第一編敘述，但由先秦到漢之間有關小說的濫觴卻以壓縮撮要的方式在魏晉南北朝一編中描述。類似的情況又見於元代一章（第六編第十六章），這裏的開首部分又把上古先秦至宋期間與戲劇有關的

---

❷ 這裏"story"和"discourse"的用法是參考 Seymour Chatman 的敘事學分割；見氏著 *Story and Discourse.*

事蹟作一簡述，而沒有依時序在前面的章節作交代。對於一般讀者來說，這種處理方式好像是理當如此，沒有甚麼問題。為甚麼呢？因為作者和讀者已同在敘事體的框架內展開思維活動，自覺或者不自覺地接受了敘事系列中有主要的行動者（「主角」）的想法。志怪大概是小說系列的主角的童年；而元劇則是戲曲系列的少年英雄。主角一經圈定，他的前世祖先只能為他開道鳴鑼，只能成為備考的系譜了。

至於詩歌系列以《詩經》一集為起始點，也頗堪玩味。⓭正如其他文學史選用商、周，甚至唐、虞時期作為起始點會引來許多的詰疑；⓮代之以《詩經》也只是模糊了讀者的視野而已。若中國文學史以此啟程，到底我們是以這本總集編定的時間算起，還是以個別篇什的面世時間作準？從西周到春秋有六百年的時間，我們就只含含糊糊的把它看成渾沌的一片？相對於本書中北宋詞（只歷經 167 年）的分為四期、元曲（時段為公元 1234-1367）分為三期等非常人工化的安排，我們又要怎樣理解其中「真正」的歷史流程呢？⓯

中國文學史的敘述終點似乎比較容易解決。柳存仁說：「本書

⓭　同以《詩經》為起始點的文學史著很多，例如胡雲翼、楊蔭深、趙景深、劉麟生、霍衣仙、趙聰等人所撰的文學史都是。

⓮　柳存仁在《文學史》的〈引論〉部分就批評了這些主張；並提出：「中國文學的信史……應自殷商開始。」（12-16）可是下文他又指出現存「類似商代的文學作品，遠不及卜辭記事的簡單樸實，我們現在只好列為傳疑。所以，簡明的中國文學史應該從商代以下的西周講起。」（18）於是正文就以《詩經》開展他的論述。

⓯　前一種做法可說是「時序的並時化」（synchronization of the diachrony），後者可稱作「過度的時序化」（excessive diachronization）。

的寫作範圍，斷自清代」，因爲：

> 民國以來中國文學的趨向，尤其是五四新文學運動以後的新
> 的發展，是應該有多少部專史的收集纔夠敍述清楚明白，來
> 做編通史的參考資料的。（255）

下限之設是因爲清以後文學有了「新的發展」；新舊的變化在清末
完成：

> 古典的貴族的舊傳統文學，終於失去領導社會的地位。（248）

這個講法和劉大杰在《中國文學發展史》說：「清代文學是中國舊
體文學的總結束」，大略相同。（428）劉大杰依著這個判斷去觀照
清代文學，因此在他的筆下，「清代文學」面世之時就好像專意爲
一本文學史作最後一章似的；作爲一個敍事體，這樣的收束是非常
得體的，讀者在掩卷時心理上自有舒緩之感。至於柳書則在最後一
章以小說系列的舖敍爲結，特別強調它與「舊傳統文學」的爭衡，
這種安排也頗能增進閱讀快感，這一點下文再有補充。

　　首尾定位以後，內裏的過程就要編成易於感知的情節。從柳存
仁《文學史》看來，敍事者主要先把「文學」對立二分：一方面是
平民文學，另一方面是貴族或士大夫的文學。二者有時成爲異同對
照，有時互相爭鬥，有時互相合作；敍事者對這兩個不同的角色並
沒有公平看待，他立場鮮明地站在平民文學一邊。在第一、二章描
敍代表平民文學的《詩經》和貴族文學的《楚辭》時，敍事者只作

異同的區辨；到第三、四章討論賦和樂府的時候，敘事者就「深刻」
地揭露平民文學和貴族文學的「善」、「惡」本質了。依著這個方
向，敘事者在第五章指出建安文學的成功是因爲文士清客們能夠「模
倣民間俚俗的樂府詩辭」。（56）第六章提到「傳統的文學〔指辭
賦〕對於當時的影響仍很巨大，剛得些生機的民間文學又漸漸的縮
回頭去了。」（72）第七章則敘說在南方「民歌勢力的浩蕩」，（84）
連「宮廷貴族」和「文人清客」都競相摹仿，因而促成絕句的產生；
（86）但北朝地區卻因「學著貴族文學化起來」，「再也作不出快
馬健兒的英雄好漢文學了」。（92）諸如此類的由衝突到匯流的不
同情節，就被套用到不同世代的文學過程之上。

　　除了「貴族文學」和「平民文學」這些主要角色的正面爭衡之
外，還有不同作用的元素在不同的層次參與其事。例如「戰爭禍亂」
或「太平盛世」、「儒家思想」或其他另類文化等。在這個論述框
架底下，一般地說太平盛世會促進貴族文學和士大夫文學的發展，
例如漢時的賦、初唐的應制詩等；（35、109）儒家思想又是創新平
民文學的障礙，例如小說就因「一班士人腐儒」而「不能及早成熟」；
（93）至於外來文化的輸入如「佛教東漸」卻有助小說發展；（96）
戰亂又有助文學風氣轉向，例如建安時期的紛亂，使文人「不能再
做粉飾太平富麗的辭賦了」，反之，「使他們深刻地，普遍地受到
民間文學極大的影響」，「以通俗化的詩歌作文壇上的骨幹，脫離
了豐縟詞藻的辭賦，表現他們自己慷慨悲壯的感情」；（56）天寶
十四年（公元755）的安史之亂，使得唐代文學有了新趨勢：「再也
不是那種歌舞昇平浪漫綺靡的玩意兒了，相反地，詩人們要拿自己
經歷過的這流離困苦黑暗顛沛的苦境，非常深刻非常真實地寫在他

們的作品裏面」。（128）這些不同的因素為讀者究問情節的因果關
係時，提供了懸解的樂趣。準此，文學史上不同的發展趨向以至各
種內緣的爭逐抗衡和外緣的衝激影響，從功能分析的角度來看，就
好像英雄（hero）和惡漢（villain）及他們的幫助者以不同面相在各
處爭鬥，有如普洛普（Vladimir Propp）在《民間故事形態學》（*The
Morphology of the Folktale*）中分析各種故事人物時所揭示的情況一
樣。（20-21）有趣的是，有時同一元素可以成為英雄的助手，也可
以成為惡漢的幫兇，例如政治紛亂可助成「建安風骨」，也可以促
使西晉末東晉初的詩人「逃避現世，傾向莊老談玄理的厭世思想」，
作品「流為怪誕頹廢」。（56、74-75）就對唐詩的影響來說，政治
紛亂可以激發盛唐詩人如杜甫的「盡情地把自己的痛苦憤慨抒寫出
來」，也可以造就中唐「平淡真實的一派」，更可使晚唐出現「一
種避開現實沉淪痲醉的風氣，使人又回轉傾向唯美文學的舊路。」
（128、134、145）

　　到最後敘事者還安排了一個高潮的結局，於清代的各種文學體
類中獨選小說作比較詳細的交代，因為小說到這個世代：

> 已經有了相當地位能夠和正統文學相抗衡，並且很快地壓倒
> 了幾千年來的傳統文學，而更形突飛猛進的活躍，這個現象
> 尤其是到了清代末年，使古典的貴族的舊傳統文學，終於失
> 去領導社會的地位。（248）

英雄惡漢的爭持有了最後的解決，故事可以了結，讀者可以安然掩
卷。

我們作這樣的釋讀，目的不在指證一本文學史著如何未臻完美，而企求另闢門徑來揭示「眞正」的因果關係；我們只想說明文學史上的種種現象，有賴文學史家去梳理串連；其編整的步履，正如懷特所講，很自然的會選用了大眾最容易理解最熟悉的情節結構。當我們進行閱讀時，應該對敘述過程中的人爲作用有所警覺。

四　在歷史中的敘事體

作爲敘事體的《中國文學史》，其敘事的聲音是很清晰的。我們暫不攀附向來的「春秋義法」或「太史公曰」的傳統；就以文本所見爲論，說話人從不匿藏他的身影。本書〈引論〉第一句就說：

> 我們現在講中國文學史……。

說「我們」、說「現在」，就是要表明立場：根據當前的認識去回溯過去。他沒有像劉大杰的聲明「要做作品之客觀的眞確的分析」，❶但他也像最權威的傳統敘事者一樣，預期讀者不會懷疑〈引論〉中那些「我們」的、「現在」的主張的「正確」程度。❷然而，既

---

❶ 劉大杰於《中國文學發展》〈自序〉中引述朗松的講法，又說自己「寫本書時，是時時刻刻把他這一段話記在心中的。」（1-2）

❷ 筆者在《中國文學史的省思》一書的導言〈文學史的探索〉中分析過文學史敘事體的幾個特徵：（1）敘事者表明所敘述的不是謊言，乃是眞相；（2）敘事者假設自己和讀者對相關知識的掌握程度並不對等；敘事者訪得了知識的火光，然後傳遞給蒙昧的讀者；（3）基於不平等的地位，基於高度的自信，敘事體充滿從上而下的指導語態，藏有嘉惠後學的自慰心理。見4-5。

然筆者及其預期讀者是不一樣的「我們」，有不一樣的「現在」，我們就有可能、也有需要思考一下這把敘事聲音的立場和態度。

我們最容易察覺到的，是柳書於五四傳統的繼承。〈引論〉中有這樣的講法：

> 我們試比較一下，能夠表現清末社會的作品，是李伯元、吳趼人、劉鶚等的白話小說呢？還是其他的文人學士們擬古的作品呢？我們再看是明代的李夢陽、何景明等極力摹倣唐宋的古文能夠表現時代呢？還是湯顯祖的傳奇能夠表現時代呢？推而上之，元曲、宋詞、唐詩，戰國時期的辭賦……都是很有價值的文學作品，它們都受了民間文學的影響。民間文學，就是白話文學的起源。（6-7）**⑱**

這正是胡適在《白話文學史》的論調。（尤參〈引子〉 3-5）胡適等領導的「白話文運動」或者「新文學運動」雖然在理論上絕難說得上周密圓通，（陳國球〈傳統的睽離〉）但卻能傾動一時，甚且發揮了巨大的歷史作用；自此所構建的種種迷思，如：

　1.只有白話文才能表現真實；

---

⑱ 如果容許我們現在回應柳書的詰問，我們可以說李夢陽、何景明或湯顯祖各以撰製的文本表現了當世各種政治社會經濟文化力量在其間的角力爭逐；我們可以問：難道李何的擬古不是當時作為正統文人抗衡平庸無生氣的臺閣體的一種表現嗎？難道擬古文風不就知識分子有感於當世政治黑暗而在祖遺文本的迷思中探求出路的一種現象嗎？

2.白話文學適合平民欣賞；

3.白話文學等同平民文學；

4.平民文學才能反映時代精神；

諸如此類，對後來的文學史的書寫方向，都有顯著的影響。而柳存仁的《中國文學史》更可說與此有直系的傳承；有關的理念也助成了全書的情節構撰。上文提到的以象徵平民文學的小說「壓倒了」「古典的貴族的舊傳統文學」為全書的高潮收束已經是一個明證。此外，胡適等在推動文學革命時，以桐城古文為當前的鬥爭對象，到了《白話文學史》，胡適更著意的貶抑「古文傳統」，說：

> 「古文傳統史」乃是模倣的文學史，乃是死文學的歷史；我們
> 講的白話文學史乃是創造的文學史，乃是活文學的歷史。(5)

這也是柳書古文觀點的理論根據，〈引論〉中對「擬古的死文學」的反覆論證，都可以在《白話文學史》中尋見。（柳存仁　6-12；胡適，《白話文學史》　1-9）正如上文所述，《中國文學史》只集中討論詩歌、小說和戲曲，刻意迴避古文和駢文的傳統；為此柳存仁提出一個非常務實的解釋：

> 故茲篇所敘，凡近日課本之所詳者如駢散文以及傳統之文
> 論，則稍略之，於課文之太略而又涉獵策問所已及者，則補
> 充之。非必以輕八家而炫新異，亦稍有裁制，以丞當務之急。
> （〈序〉）

然而，細考之這個「稍作裁制」以補充教學課程、協助學生應付會
考的講法可能只是個藉口；古駢文情節的刪略，主要還是配合五四
運動以來師效西方文學觀念的大方向。柳存仁在本書的〈引論〉部
分特別指出「文學」的廣狹二義，如章太炎所講的「包括一切著於
竹帛者」的是「廣義的文學」；❿本書所主張的卻是狹義的「純文
學」，因爲：

> 廣義的文學，是古人對於學術和文學，沒有分清楚時候籠統
> 的界說，現在一般地說，已經不能適用。（6）

柳書的說法是很有代表性的，尤其在「五四」以後，不少的文學論
著和文學史都強調舊學的不「科學」，概念不清；「現今」（即經
「新文學運動」洗禮後）大家都應該明白「文學」的「眞義」，知道甚
麼是「純粹的文學」。⓴事實上，這些當時矜爲「進步」的想法，
不外是西方在十九世紀以後學科釐分的主張的東傳。西方模型的影
響更反映在文體類型的體認之上：文學史家心目中的「純文學」或
者「眞正的文學」甚至要在西方的三分文體中存現；例如劉大白《中

---

❿ 章太炎《國故論衡·文學總略》，見《中國文學史》 5-6 引；柳書還引
  述潘科士脫（Pancoast）之說：「文學有廣義和狹義兩種：凡可寫錄的……
  叫做廣義的文學。凡專爲述作，惟主情感，娛意志的，叫做狹義的文學。」
  （6）

⓴ 看柳書認同的文學的界說，分別是羅家倫（《什麼是文學》）、魯迅（譯
  《苦悶的象徵》）、朱自清（《文學的一個界說》）等人的意見（分見 4-5），
  就可知其淵源所自。

國文學史》就說：

> 文學底具體的分類就是詩篇，小說，戲劇三種，……只有詩
> 篇，小說，戲劇可稱爲文學，……我們所要講的中國文學史，
> 實在是中國詩篇小說、戲劇底歷史。（6）㉑

柳存仁雖然沒有像劉大白一樣從文體類型的角度具體說明他的「純
文學」的範疇，但確也只論及詩歌、小說、戲曲三體。這樣的選擇，
與其說是教學所需，不如說是五四的遺傳。事實上本書的理論主張，
基本不出胡適等人的文學觀念範圍。

這一點或者我們可以追溯本書的生產過程，以探測其間的部分
因由。楊維楨在評論本書時提到：

> 這不是我們首次讀到柳存仁先生所寫的中國文學史了，因爲
> 在一九三五年他出版過《中國文學史發凡》，一九四八年他
> 又出版《上古秦漢文學史》一書。（〔附錄〕 1）

一九三五年的一本文學史由蘇州文怡書局出版，作者署名「柳村
任」。㉒我們將其中的綱目與本書比較，可以見到二者的基本架構

㉑ 同期又有劉經庵的《中國純文學史綱》專論詩詞、戲曲、小說。

㉒ 這本書現在已不易見到，我們在幾個相關的書目中找到署名「柳村任」的
同名書錄，應該就是楊維楨所講的一本；分見《中國新文學大系 1927－
1937》，《史料·索引二》 34；陳玉堂 87；北京圖書館 201。

無大分別；㉓從內容而言，都是不講散文，有意標舉民歌、小說和戲曲等「平民文學」；從形式而言，「編」、「章」的分割大同小異，而篇末同附「中國文學人名生卒考」。因此，我們有理由相信這個一九三五年本是本書的底本。至於一九四八年的《上古秦漢文學史》，可能是作者企圖編撰一本更大規模的文學史的前期部分；其中所論所述，與本書前兩編：「漢以前」和「漢代文學」頗有重覆而更加詳悉。例如第七章論漢代的民歌，和本書一樣以《孔雀東南飛》的討論作結；然而本書在引錄原文之後，只有不足三行的說明；（5）《上古秦漢文學史》卻據「悲劇格式」、「對話敘述」、「敘述手腕經濟」、「作風樸實」、「敘述善於穿插」、「篇幅分量分配有相當之比例」六點詳細分析詩篇的「文學上之特色」。（170-171）

　　一九三五年本面世之日，正是以胡適為旗手的五四文學史觀全面普及化的時候。胡適的「文學革命」思想雖然早在一九一五至一六年留學美國時期已經萌生，但有系統的以白話文運動為基礎來建構文學史，再著為篇籍，則要遲至一九二七至二八年的《國語文學

㉓　柳村任《中國文學史發凡》分八編，凡二十章：第一編，漢以前（一、詩經，二、楚辭）；第二編，漢代文學（三、漢賦，四、漢代的民歌，五、建安文學）；第三編，魏、兩晉、南北朝（六、詩歌，七、繼續發展的民歌，八、小說的起源和發達）；第四編，唐代的文學（九、唐代文的時期及社會，十、初唐的詩，十一、盛唐的詩，十二、中晚唐的詩，十三、唐代的小說，十四、詞的起來及晚唐的詞）；第五編，五代文學（十五、五代詞的光輝）；第六編，宋代文學（十六、宋的詩和詞，十七、小說）；第七編，元明文學（十八、元代戲曲的特別發展）；第八編，近世文學——清代（二十、清代的戲曲和小說）。

史》和《白話文學史》。❷自此以後，採納這種新觀念（相對於林傳甲、汪劍餘等的舊式文學史觀而言）來重構文學史的風氣大盛，（參陳玉堂 1-110；鄭志明）「柳村任」的《中國文學史發凡》正是這個風潮中的產物，當中的承傳關係，自可想見。一九四八年的《上古秦漢文學史》其實也早在一九四零年以前寫定，❷書中繼續以當時的「正統」文學觀為基礎，援引亦以胡適、顧頡剛、傅斯年和容肇祖等人的論著為多，因此全書的論述取向，以至類似前面舉出的作品分析等等，都不出五四品味，也就不難理解。❷一九五六年的《中國文學史》與這兩本著作既是一脈相承，文學觀點有所延續，就作者思想的內在理路而言，是極其自然的事。

但我們仍然不能完全解釋文本和文脈的關係；換句話說：為甚麼這本在一九五六年的香港出版的一本高中學生參考書會以薪傳五四的面貌出現？這個問題的焦點需要從香港與中國的文化關連這個角度才能掌握。

香港作為英國在中國大門口的一個殖民地，其地位相當特殊。在這裏，沒有一般殖民地所有的土著文化為宗主國文化扼殺禁絕的

---

❷　胡適在 1921 到 1922 年間為教育部國語講習所授課的時候，編成《國語文學史》的講義，到 1927 年黎錦熙把當時有限流通的講義修訂出版，胡適自己則另寫成《白話文學史》於 1928 年出版；參《白話文學史》〈自序〉1-12；陳國球〈傳統的睽離〉56-79。

❷　《上古秦漢文學史》的〈自序〉成於 1940 年臘月，序中說：「自纂述之日迄於完成，亦已兩歷寒暑。各章文字，先後在光華大學及太炎文學院印為講章，教授諸生。」觀此大抵可知此書的寫作時間。

❷　書中〈自序〉說：「凡所援徵，大率以胡適之，顧頡剛，傅孟真，容元胎四先生所說為最多。」

現象。（Bray 324-325; Jones 142）這不是說大英帝國特別厚待這裏的原住民；而是說爲了遠東貿易的龐大利益，有需要保持香港與中國在文化上的一些聯繫。戰前香港的中小學一直維持有中文教育，而且沿用中國內地的教科用書；全國性的出版社如商務印書館也有在香港設立分店，出售中國教育部審定的課本。（參 Sweeting, *Phoenix* 6-7, 213-214, *Education*; Luk; Ng Lun）宗主國文化固然在「精英」階層佔主導地位，絕大多數的居港華人仍然自以爲生活在中國文化的網絡之內。雖然在「中原正統」的人士眼中，香港還是「化外」之地，但中國文化成爲香港文化的模範楷式，這一點是毫無疑問的。中國文學史在香港華人社會中的作用與地位，與在大陸無異；北京上海出版的中國文學史也在香港流通，少數在香港出版的文學史如霍衣仙的《新編中國文學史通論》（1936 年初版，1940 年香港培正書局修訂版），也只應看作是居住在南中國的學人的著述。雖然這個文化流播的過程難免有「時間差」，但橫向並時的基本模式還是顯然易見的。

　　然而一九四九年中國大陸政權轉移的大變化，對香港的文化構建造成重要的影響；越界而來的，不光是文化製成品，更是成品的創製主體、文化人。不少原居大陸的學人於四九年前後輾轉流徙到香港；他們並不能認同大陸主流文化的革命性改變，於是有在大陸以外「繼承」、「重建」或者「復興」中華文化的企圖。❷❼當這一批南下的文化力量在本地以不同的方式定位以後，香港文化與中原

---

❷❼　徐復觀在香港繼續出版《學原》，錢穆等創辦新亞書院，都是這種想法的相應行動。

文化的承接不再是並時橫向，雖然追慕的心態依舊，但已轉移到歷時的軌軸之上了。

至於這時期的中國大陸，無論政治、社會、經濟、文化都掀起巨大的變革浪潮；而國家政權的締建與文學史的書寫（nation and narration）的關係更以一種最直接、最不矯飾的方式展現；無論上下，由國家掌領文教的權力機構到高等學校的學生，都在同一種意識形態的導引下，企圖揣摩一套最能「古爲今用」的文學史敘述。雖然劉大杰和鄭振鐸等大部頭的文學史的修訂重印還只是在原有基礎之上的擴充，❷但補漏的意識就是要把敘述做到更完足，而文字上的添補刪訂也是爲了讓新的敘事聲音更易突顯。至於陸侃如馮沅君的改寫《中國文學史簡編》、林庚把《中國文學史》修改成《中國文學簡史》，更讓我們清楚見到同一時段的文學史過程如何變成不同的敘事體。❷意識形態力量的集結更表現在國家高等教育部審

---

❷ 鄭振鐸的《插圖本中國文學史》初版在 1932 年由北平樸社出版，修訂版由北京作家出版社於 1957 年出版。劉大杰的《中國文學發展史》初版上下卷分別於 1941 年及 1949 年由上海中華書局出版；1957 年增訂後由上海古典文學出版社出版；1962-63 年又作修訂增補，由中華書局重排新一版；七十年代前期再根據儒法鬥爭的方針改寫，由上海人民出版社於 1973 及 1976 年出版第一、第二卷。參陳玉堂 60-63，110-113；吉平平、黃曉靜 56-58，61-63。

❷ 陸侃如、馮沅君《中國文學史簡編》1932 年大江書鋪初版，1957 年作家出版社修訂版。林庚《中國文學史》1947 年廈門大學初版，《中國文學簡史》（止於唐代）1954 年上海文藝出版社初版，1957 年上海古典文學社新版；1988 年又有修訂版，1995 年再有補寫到五四前夕的新版，均由北京大學出版。參陳玉堂 60-61，122-123；吉平平、黃曉靜 54-56，65-66。

定的《中國文學史教學大綱》；其洶湧的波濤則見於以北京大學中文系 1955 級及復旦大學中文系古典文學組爲代表的學生集體編寫的文學史著（參中國作家協會）。

這些「新貌」，並沒有在同期香港出版的文學史，例如柳存仁這本《中國文學史》之中得到反映。作爲南下的知識分子之一，柳存仁有需要對自身的經歷以至所背負的文化傳統重新思考，更要切合當前的政治經濟環境。他一方面以公立中學教員的身份加入本地的建制之中，另一方面又和錢穆等以繼承中國傳統文化爲己任的文化人有一定的接觸；他所寫的這本文學史正由來源不同的多種力量所互動而成。

爲了配合宗主國的全球策略，殖民地政府對於一大批從中國大陸南下的「文化遺民」採用了「積極的不干預」政策。正如上文所說，香港的華人居民，除了少數的「精英分子」以外，向來以大陸爲文化母體，但到了五十年代，南下的學人卻可以更直接的提供文化養料；他們與當前中國大陸學界於意識形態的分野更有助殖民地政府在無需直接申令的情況下，使香港與大陸的文化關連減到最低。政府在其主持的教育機制中提倡的是最與現實遠離的經學、國學知識，文學教育則以駢文、古文爲主導。柳存仁《中國文學史》的序文中指出：

> 依照目前學校中國語文所用課本及教材，初中已有列子，左傳，以及王維、陸游諸作，文字非淺，而高中暨投考大學入學試諸生，時復馳騁於儒墨、名法、詩、書、禮記之門；則以所選有思想史，有學術史，亦有經學源流，非必文學總略

之所賅也，然皆歸之爲舊學常識。其不能識者，惟志記誦。
即以文章一端而論，普通課本之最大部分爲駢散文，附以詩
詞套曲小說諸事，兼羅並蓄。

這種「重古學避今事」的傾向，不一定始於五十年代，崇古尊古本
是中國舊文化的特性之一；但於五十年代以後，殖民政府刻意在教
育文化政策上將這個傾向加以強化，則又是不爭的事實。（Sweeting,
Phoenix 192-220, "Hong Kong Education" 40-47; Morris and Sweeting 252-288;
Luk 664-668; Bray 338）

　　觀此，柳存仁《中國文學史》將五四的神話重新鑲嵌在這個歷
史時空就有其特定的意義。在書序中，我們可以看到柳存仁很委婉
地表達他的看法，說刪略古文駢文是因爲這部分是「課本之所詳
者」，需要補充的是「課文之太略而涉獵策問所已及者」，他還聲
明「非必以輕八家而炫新異，亦稍有裁制，以丞當務之急」。表面
看來，本書內容的輕重取捨只是出於補充課本教材的務實考慮，是
斟酌當前實際情況的「裁制」。但如果我們對照本書雛型的《中國
文學史發凡》，就會發覺所謂「裁制以丞當務之急」的講法，並沒
有把最重要的考慮說出來；事實上，他不是新編一個文本，也不是
把原來包容駢散文和傳統文論的底本裁減成今本模樣，只要我們翻
看書中對這些「傳統文學」的評價，就會發現他所作的，是抗衡多
於補漏：他只是繼續襲用五四那種「純文學」的觀念，來抗衡舊式
的文學教育；委婉的姿態不外是建制的制約下的一種掩飾而已。

　　五四精神的神話功能在柳存仁筆底有兩個方面的發揮：一、在
面向中國文化母體時，既予疏離，也予承接；所承接的是柳存仁在

二三十年代所吸收承納的白話文學或民間文學為重心的文學史觀，所疏遠的是當前的大陸文學史與階級政治結合的書寫熱潮；是橫的疏離，也是縱的繼承。二、在面向殖民政府的教育機制時，既有配合，也有抗衡；政府的治理策略是盡量把本地華人居民與當前大陸的種種關聯凍結，以配合宗主國在政治經濟圍堵中國大陸的全球戰略，崇古略今的文學教育正是此一政策下的文化實踐；柳存仁《文學史》以五四的啟蒙視野來書寫中國文學傳統，在不違背從上而下的政策規條的情況下，為這個傳統的接受過程保存了疏通透氣的孔洞。

五四的啟蒙精神本來就與危機及救亡的意識同生，是中西文化撞擊下激生的自卑自衛的綜合情結；胡適等文學革命家比照中西，主要是為中國傳統文學診症看病，指出中國文學如何不如西洋；（胡適 1: 72-73, 148-156；陳國球〈傳統的睽離〉 72) 在五六十年代的香港，歷史時空有異，不少「文化遺民」審世度情，反而以中國傳統為終極的寄託。柳存仁的《中國文學史》縮合了這些不同的思維方向；啟蒙意識在書中的表現是鎖國自限的超越，但焦點再不是中國文學如何不如西方；反之，是試圖為中國文學在世界版圖定位。開卷第一章的首句是：

> 《詩經》是在中國古代文學中，最光榮，最偉大，最足以誇耀於世界文學之林的不朽權威。（19）

第十章論李白詩說：

李白的詩歌,在盛唐中固然很偉大,而同樣地也爲中國詩歌
在世界文壇上吐出萬丈的光芒,照耀著千古,當然不是一件
尋常的事情。(123)

第十七章論《西遊記》說:

> 世界著名奇幻詭譎的《天方夜談》,恐怕也不及它的趣味和
> 雄壯的結構罷。(243)

第十八章論《紅樓夢》說:

> 像這樣偉大的傑作不但在過去中國小說裏可以稱霸,即推列
> 於世界的文壇,亦無遜色。(250)

這樣的意見或者不能說是創獲,因爲在三四十年代的文學論述中已
不難見到類似的說法,但我們應該結合以下這些話語,再思考其中
的意義:

> 近年英國學者 Arthur Waley 氏曾特別研究中國古代的巫,並
> 把《九歌》完全英譯了,見所著 *The Nine Songs* (George Allen
> & Unwin 1955 版),可見《九歌》只是當時沅湘間祀神歌舞
> 的謳歌。(28)

> 在世界各國翻譯的中國詩歌作品裏,杜詩的數量也要算最多

的。近百年來歐洲有許多國家的譯本甚至有僞造的杜詩出現
（見拙著〈讀洪煨蓮著杜甫傳〉書評，刊香港大學東方文化
研究所出版《東方文化》第二卷第二期。）（133）

近年向世界介紹研究唐代小說最成功的，要推英國的 E. D.
Edwards 教授了。她費了多年的心血，把幾百篇傳奇用現代
的文筆完全英譯了出來，使歐洲學者如入寶山，頓覺唐代故
事有許多地方較之正史更足以說明它的特質和社會背景。但
是她的書名卻稱爲《唐代的散文》（*Chinese Prose Literature
of the Tang Period*, Probsthain 版），這正足以說明傳奇在中
國散文裏的重要地位。（150）

誇耀中國文學世界地位的論述，很多時只是自由心證，是主觀願望
的投射，好比知道西方有莎士比亞，就說中國也有湯顯祖，所以「亦
無遜色」；這是自卑心理的反彈。留心西方如何認識品評中國文學，
引介西方漢學的成果，是沿著五四思維方向的理性發展；當然，這
裏沒有所謂「東方主義」（Orientalism）的警覺，反之西方的抑揚
判斷更成爲反擊中國固有標準或「定論」的犀利武器。由此可見，
這是五四意識的延續，但也是一種變奏。在香港這個有更多機會面
向世界（其實只是西方世界）的地方，就有足夠的空間讓這個變奏發
展。柳存仁作爲中國學人的身分，也在此開始有所蛻變，他在《上
古秦漢文學史》的自序說：

　　書成之歲，余移居香港，治西洋漢學，謁林語堂、許地山、

容元胎、陳寅恪、袁守和諸先生，頗加策許，擬更自譯此書
爲西文。（1）

柳存仁也就是在香港這個環境中經歷了研治西方漢學而至投入其中
的過程，今日就以「華裔澳大利亞學者」的身分，（參《和風堂文集》，
作者介紹）繼續他在國際漢學的貢獻。至於《中國文學史》一書，所
包含的五四式的西方視野，究心於「純文學」、推重小說戲劇的「正
面形象」，以貼近口語、趨近民眾的作品爲文學正宗，也在這時期
的華人文學教育中發揮一定的歷史作用；整個書寫活動，眞正的爲
歷史作見證。我們這個閱讀，正如前文所講的游走於「讀出」與「讀
入」之間；然而在汝南月旦之餘，似乎也應該有「後設」之思。

引用書目

中文部份

上海文藝出版社、上海圖書館編。《中國新文學大系 1927－1937》。
　　上海：上海文藝出版社，1984-1989。

中國作家協會上海分會文學研究室編。《中國文學史討論集》。上
　　海：中華書局，1959。

北京大學中文系文學專門化 1955 級。《中國文學史》。北京：人民
　　文學出版社，1958。

北京圖書館編。《民國時期總書目・中國文學》。北京：書目文獻
　　出版社，1992。

冰心主編，董乃斌、錢理群副主編。《彩色插圖本中國文學史》。
　　艾蒙：祥雲（美國）出版公司，1995。

吉平平、黃曉靜。《中國文學史著版本概覽》。沈陽：遼寧大學出
　　版社，1992。

昂利・拜爾編，徐繼曾譯。《方法、批評、及文學史：朗松文論選》。
　　北京：中國社會科學出版社，1992。

林庚。《中國文學史》廈門：廈門大學出版社，1947。

林庚。《中國文學簡史》1954。北京：北京大學出版社，1995。

柳存仁。《上古秦漢文學史》。上海：商務印書館，1948。

柳存仁。《中國文學史》1956。香港：大公書局，1968 八版。

柳存仁。《和風堂文集》。上海：上海古籍出版社，1991。

胡適。《白話文學史》。上海：新月書店，1928。

胡適。《胡適文存》。台北：遠東圖書公司，1975。

胡雲翼。《新著中國文學史》。上海：北新書局，1932。

高等教育部。《中國文學史教學大綱》。北京：高等教育出版社，
　　　1957。

陳玉堂。《中國文學史書目提要》。合肥：黃山書社，1986。

陳思和。〈一本文學史的構想：《插圖本20世紀中國文學史》總序〉。
　　　《中國文學史的省思》。陳國球編。香港：三聯書店，1993。
　　　48-73。

陳國球。〈文學史的探索〉。《中國文學史的省思》導言。1-14。

陳國球。〈文學結構與文學演化過程：布拉格學派的文學史理論〉，
　　　《文學史》1（1993）： 87-114。

陳國球。〈傳統的睽離：論胡適的文學史觀〉。《東方文化》28.1
　　　（1990）：56-79。

陳福康。《鄭振鐸論》。北京：商務印書館，1991。

陸侃如、馮沅君。《中國文學史簡編》1932。北京：作家出版社，
　　　1957。

復旦大學中文系古典文學組。《中國文學史》。上海：中華書局，
　　　1958-59。

楊義、中井政喜、張中良。《二十世紀中國文學圖志》。台北：業
　　　強出版社，1995。

楊蔭深。《中國文學史大綱》。上海：商務印書館，1938。

趙聰。《中國文學史綱》。香港：友聯出版社，1959。

趙景深。《中國文學小史》1928。上海：大光書局，1937二十版。

劉大白。《中國文學史》1933。上海：開明書店，1934 再版。

劉大杰。《中國文學發展史》。上海：上海人民出版社，1973-76。

劉大杰。《中國文學發展史》。上海：中華書局，1949。

劉大杰。《中國文學發展史》1957，1962。上海：上海古籍出版社，1982。

劉經庵。《中國純文學史綱》。北京：自印本，1935。

劉麟生。《中國文學史》。上海：世界書局，1932。

鄭志明。〈五四思潮對文學史觀的影響〉。《五四文學與文化變遷》。中國古典文學研究會主編。台北：學生書局，1990。381-405。

鄭振鐸。《插圖本中國文學史》。北京：北平樸社，1932。

鄭振鐸。《插圖本中國文學史》1957。北京：人民文學出版社，1982。

錢理群、吳曉東。〈"分離"與"回歸"：繪圖本《中國文學史》（20 世紀）的寫作構想〉。《文藝理論研究》1995.1：37-44。

霍衣仙。《新編中國文學史通論》，1936。香港：培正書局，1940 修訂。

外文部份

Arac, Jonathan. "What is the History of Literature?" *Modern Language Quarterly* 54（1993）：105-110.

Bennett, William J. *Our Children and Our Country: Improving America's Schools and Affirming the Common Culture*. New York: Simon and Schuster, 1988.

Bray, Mark. "Colonialism, Scale, and Politics: Divergence and Convergence of Educational Development in Hong Kong and

Macau." *Comparative Education Review* 36.3（1992）: 322-342.

Chatman, Seymour. *Story and Discourse: Narrative Structure in Fiction and Film*. Ithaca: Cornell UP, 1978.

Crane, R. S. *Critical and Historical Principles of Literary History*. Chicago: U of Chicago P, 1971.

Easthope, Anthony. *Literary into Cultural Studies*. London: Routledge, 1991.

Ingarden, Roman. *The Literary Work of Art*. Trans. and intro. George G. Grabowicz. Evanston: Northwestern UP, 1973.

Jones, Catherine. *Promoting Prosperity: The Hong Kong Way of Social Policy*. Hong Kong: Chinese UP, 1990.

Kolodny, Annette. "The Integrity of Memory: Creating a New Literary History of the United States." *American Literature* 57（1985）: 298-316.

Liu, Tsun-yan（柳存仁）. *Chinese Popular Fictions in Two London Libraries*. Hong Kong: Longman, 1968.

Liu, Tsun-yan. *Wu Cheng-en: His Life and Career*. Leiden: E. J. Brill, 1976.

Liu, Tsun-yan. *Selected Papers from the Hall of Harmonious Wind*. Leiden: E. J. Brill, 1976.

Luk, Bernard Hung-kay. "Chinese Culture in the Hong Kong Curriculum: Heritage and Colonialism." *Comparative Education Review* 35.4（November 1991）: 650-668.

Miller, J. Hillis. *Illustration*. Cambridge, Mass.: Harvard UP, 1992.

Morris, Paul, and Anthony Sweeting. "Education and Politics: The Case of Hong Kong from an Historical Perspective." *Oxford Review of Education* 17（1991）: 249-267.

Ng Lun, Ngai-ha. *Interactions of East and West: Development of Public Education in Early Hong Kong.* Hong Kong: Chinese UP, 1984.

Patterson, Lee. "Literary History." *Critical Terms for Literary Study.* Ed. Frank Lentricchia and Thomas McLaughlin. Chicago: U of Chicago P, 1990. 250-262.

Perkins, David. *Is Literary History Possible?.* Baltimore and London: The Johns Hopkins UP, 1992.

Propp, Vladimir. *The Morphology of the Folktale.* Trans. Laurence Scott. Austin and London: Texas UP, 1968.

Sweeting, Anthony. *A Phoenix Transformed: The Reconstruction of Education in Post-War Hong Kong.* Hong Kong: Oxford UP, 1993.

Sweeting, Anthony. *Educaion in Hong Kong, Pre-1941 to 1941: Fact and Opinion.* Hong Kong: Hong Kong UP, 1990.

Sweeting, Anthony. "Hong Kong Education within Historical Processes." *Education and Society in Hong Kong: Toward One Country and Two Systems.* Ed. Gerard A. Postiglione. Hong Kong: Hong Kong UP, 1992. 39-81.

Wellek, René. "An Answer to Roman Ingarden." *Komparatistik: Theoretische Uberlegungen und sudosteuropaische Weschselseitigkeit（Festschrift fur Zoran Konstantinovic）.* Ed. Fridrun and

Klaus Zerinschek. Heidelberg: Carl Winter, 1981. 21-26.

Wellek, René. "Literary History." *PMLA* 67（1952）: 19-29.

Wellek, René, and Austin Warren. *Theory of Literature*, 3rd edn. New York: Harcourt, Brace & World, 1966.

White, Hayden. *Metahistory: The Historical Imagination in Nineteenth -century Europe.* Baltimore and London: The Johns Hopkins UP, 1973.

White, Hayden. *Tropics of Discourse: Essays in Cultural Criticism.* Baltimore: Johns Hopkins UP, 1978.

Yang, Wei-chen（楊維楨）. Review on *A History of Chinese Literature. Journal of Oriental Studies* 3.2（1958）: 333-336; 中譯見柳存仁《中國文學史》書後 1-4.

詩意與唯情的政治
——司馬長風文學史論述的追求與幻滅

　　香港作為一個受英國殖民統治近百年的華人地區，其文化的多元混雜，游離無根，已是眾所同認的現象。因為無根，所以沒有歷史追尋的渴望；香港有種種的文化活動，可是沒有一本自己的文學史。歷史的意識，每每在身分認同的求索過程中出現。在香港書寫的寥寥可數幾本文學史，都是南移的知識分子對中國文化根源的回溯。當然在這個特定時空進行的歷史書寫，往往揭示了在地文化的樣式及其意義。香港既是一個移民都市，異地回憶作為文化經驗的主要構成也是正常的，到底香港還有一個可以容納回憶的空間。現在我們要討論的司馬長風（1920-1980），正是一位於一九四九年以避秦心態南移香港的知識分子（參關國煊 417-418）。他寫成的《中國新文學史》，是香港罕見的有規模的文學史著，但也是一份文化回憶的紀錄。在這本多面向的書寫當中，既有學術目標的追求，卻又像回憶錄般疏漏滿篇；既有青春戀歌的懷想，也有民族主義的承擔；既有文學至上的「非政治」論述，也有取捨分明的政治取向。以下的討論會試圖從這本文學史書寫的語意元素、思辨範式，從其文本性（textuality）到歷史性（historicity）等不同角度作出初步的探索。

　　據司馬長風自己描述，他在 1973 年到香港浸會學院代徐訏講授現代文學，才苦心鑽研文學，並且在 1974 年完成《中國新文學史》上卷，於 1975 年由香港昭明出版社出版（〈中卷跋〉，中：323；❶〈代序：我與文學〉，《文藝風雲》4-5），1976 年中卷出版，下冊在 1978 年出版。當時在香港比較易見的新文學史包括王瑤《中國新文學史稿》、劉綬松《中國新文學史初稿》、丁易《中國現代文學史略》（以上大陸出版的著作都有翻印本在香港流通）、李輝英《中國現代文學史》等，但司馬長風所著一出，令人耳目一新，很受讀者歡迎，以至再版三版。❷在台灣亦有盜印本出現（〈台版前記〉1），遠在美國的夏志清也有長篇的書評（夏志清 41-61）。到八十年代初本書又傳入大陸，對許多現代文學的研究者都產生過影響（黃修己 431, 424）。但打從夏志清的書評開始，司馬長風《中國新文學史》就被定性為一本「草率」之作，很多學術書評都同意司馬長風「缺乏學術研究應有的嚴肅態度」（黃里仁 87；陳思和 61）。可是上文提到這本文學史的繁複多音的意義，還未見有充分的討論。本文就嘗試在已有的眾多學術批評的基礎上，作另一方向的剖析。

---

❶　即司馬長風《中國新文學史》，中卷，頁 323。除非另外說明，本文引用《中國新文學史》都以香港出版的各卷初版本為據。

❷　《中國新文學史》正式刊印的版次情況是：

　　1. 港版：　香港：昭明出版社；上卷：1975 年 1 月初版；1976 年 6 月再版 (1976 年 9 月再版序)；1980 年 4 月三版 (1979 年 12 月三版序)；中卷：1976 年 3 月初版；1978 年 11 月再版 (1978 年 11 月再版說明)；1982 年 8 月三版；1987 年 10 月四版；下卷：1978 年 12 月初版；1983 年 2 月再版；1987 年 10 月三版。

　　2. 台版：　台北：傳記出版社，1991 年，上下二冊。

一 從語言形式到民族傳統的想像：
一種鄉愁

㈠ 語言與新文學史

　　《中國新文學史》的批評者之一王劍叢，在〈評司馬長風的《中國新文學史》〉一文指出司馬長風的其中一項失誤：

> 作者把文學革命僅僅看成是文學工具的革命，……以一九二〇年教育部頒布全國中小學改用白話的命令作爲文學革命勝利的標誌，就說明了他這個觀點。……這是一個形式主義的觀點。（39-40）

偏重語言的作用是不是失誤或可再議，但無庸置疑，這確是司馬長風文學史論述的一個特徵。他在全書的〈導言〉中就以「白話文學」的出現作爲「新文學史」開端：

> 因此要嚴格的計算新文學的開始，可以從一九一八年一月算起。因該年一月號《新青年》上，破天荒第一次刊出了胡適、沈尹默、劉半農三人的白話詩，是新文學呱呱墜地的第一批嬰兒。（上：9）

據他看來，文學革命的成功在於「白話文的深入人心」，「政府不

能不跟著不可抗的大勢走」，在一九二〇年一月十二日頒令國文教科書改用白話的命令（上：74）。這種閱讀文學革命的方式，並非司馬長風獨創；胡適在 1922 年寫成的《五十年來中國之文學》小冊子，就以教育部的頒令作爲「國語文學的運動成熟」的標誌（104）。作爲新文學運動的重要倡導者，胡適的策略就是以形式解放爲內容改革開路；他在 1919 年的〈嘗試集自序〉中清楚的說明：

> 我們認定文學革命須有先後的程序：先要做到文字體裁的大解放，方才可以用來做新思想新精神的運輸品。（姜義華 382）

他在〈《中國新文學大系》第一集導言〉再次說明他的想法：

> 這一次的文學革命的主要意義實在只是文學工具的革命。（姜義華 259）

由於胡適既是運動中人，他的歷史敘述又輕易得到宣揚，❸於是較早出現的新文學史論述如陳子展《最近三十年中國文學史》（215-217）、

---

❸ 《申報》在二十年代已請胡適爲過去的文學發展作歷史的回顧，寫成的《五十年來中國之文學》很快(1923 年)就由日本人橋川譯成日文，當中寫文學革命的「第十節」又被阿英收入《中國新文學大系》的《史料・索引》卷首，可見這一段論述的廣爲接受。再者，1935 年趙家璧主編《中國新文學大系》，又請胡適主編當中的《建設理論集》，集內的〈導言〉亦成了當時的「正史」論述。此外，他的〈說新詩〉、〈嘗試集自序〉、〈逼上梁山〉，以至許多描敘文學革命的演說文章都有多種形式的流通。

王哲甫《中國新文學運動史》（51-52）、霍衣仙《最近二十年中國文學史綱》（21、29）等都承襲了胡適的說法。已經成爲不少早期的新文學史所認同的歷史論述。事實上文言白話之爭，可說是現代文學史必然書寫的第一頁（參王瑤 24-27；唐弢 50；錢理群等 7、11、19-20）。

　　然而胡適並沒有以語言或者白話取代文言的變化，涵蓋一切新文學運動的論述。他在〈《中國新文學大系》第一集導言〉中，就重點提到周作人的「人的文學」論，視爲新文學運動的思想取向（姜義華 255-258）。到晚年追憶時，胡適又作了這樣的概括：

> 事實上語言文字的改革，只是一個我們曾一再提過的更大的文化運動之中，較早的、較重要的、和比較更成功的一環而已。（唐德剛 174）

其他的文學史著作在檢討過「文學革命」一段歷史之後，也很快就轉入文學思潮的報導；尤其是當中的「啓蒙精神」，或者「文學革命」之演變爲「革命文學」的歷程，都是後來文學史論述的中心（陳子展 274；王哲甫 58-59、94；王瑤 84；唐弢 43-44；錢理群等 5、25）。部分論述在回顧早期胡適的主張時，就反過來指摘他只重形式：

> 提倡文學革命的根本主張只有「國語的文學，文學的國語」十個字，這只是文體上的一種改革，換言之就是白話革文言的命，沒有甚麼特殊的見解。（王哲甫 94）

批評者認爲語言變革的言論「沒有甚麼特殊的見解」，其實是沒有

考慮到語言與意識形態的密切關係。從這些文學史的資料安排以至論斷褒貶，可知語言因素被看成是次要的，比不上「思想」的言說那麼「有意義」。

司馬長風對「語言」在新文學史上的作用，卻有比他們有更持久的執著。在他的敘述中，白話文還有一段從初生到成熟的歷史；在「誕生期」（1917-1921）的語言是生澀不純的：

> 作品的特色是南腔北調、生硬、生澀不堪，因爲還沒有共通的白話國語，不得不加雜各地方言；語文既不純熟，寫作技巧也很幼稚；百分之九十以上的作品，都不堪卒讀。
> （上：11）

到了「收穫期」（1929-1937）作品的語言已臻成熟：

> 白話文直到抗戰時期才完全成熟。由於各省同胞的大遷徙，使各地方言得到一大混合，遂產生了一新的豐富的國語，可稱之爲抗戰國語。這種新的國語才是最多中國同胞喜見樂聞的國語，同時期的白話文才是流行最廣的白話文。(中：156)

以「白話」（或者加上民族主義意識形態標籤的「國語」）爲焦點，視其變化爲一段「成熟」的過程，作爲新文學史歷時演進的表現，司馬長風這種論述方式，看來正是一種「形式主義」的「工具論」。

(二) 「國語文學」與「文藝復興」

司馬長風的新文學史論述,與胡適關於「文學革命」的歷史論述都被人批評,都被指摘爲語言工具論或者形式主義。二人的論述又確實有承傳的關係。然而這些以語言形式爲中心的論述,背後卻隱藏了豐富的意識形態內容。從這個角度作進一步的觀察,我們會發覺由於文化語境的差異,司馬長風和胡適的論述其實各有不同的深義。

胡適論「新文學運動」以「國語的文學,文學的國語」作中心。這個論述先見於 1918 年寫成的〈建設的文學革命論〉,當時這是推行革命的一項行動。到了 1935 年應趙家璧之邀寫《中國新文學大系》的導言時,同類的論述已變成歷史的敘述。在歷史中的行動與後來描述歷史的書寫當然有本質的差異,但胡適佔有一個特殊的位置,在歷史行動當中他已不斷的挪用回憶(如《留學日記》、書信等),故此他在行動中的書寫與描述歷史的書寫之間,可謂互相覆蓋,這是文學史研究的一個極有興味的課題。有關情況,還待另文探討。這裏只能先立下這分警覺,以免論述時迷失了方向。

從文學革命的開端,胡適就一直以文學史爲念,以行動去寫文學的歷史,並以文學史的方式去報導行動。他對「國語文學」一詞非常重視,因爲他心中有一段文學史供他參照,甚至代入。這就是他理解的歐洲文藝復興時期各國的國語文學史變革。他的文學革命第一炮〈文學改良芻議〉,已提到:

> 歐洲中古時,各國皆有俚語,而以拉丁文爲文言,凡著作書

> 籍皆用之，如吾國之以文言著書也。其後意大利有但丁諸文
> 豪，始以其國俚語著作。諸國踵興，國語亦代起。……故今
> 日歐洲諸國之文學，在當日應爲俚語。迨諸文豪興，始以「活
> 文學」代拉丁之死文學，有活文學而後有言文合一之國語也
> （姜義華 28）。

更清楚的思想紀錄是胡適在 1917 年回國前，日記中有關閱讀薛謝兒
女士（Edith Sichel）《文藝復興》（*Renaissance*）一書的感想：

> 書中述歐洲各國國語之興起，皆足供吾人之參考，故略記之。
> 中古之歐洲，各國皆有其土語，而無有文學〔；〕學者著述
> 通問，皆用拉丁。拉丁之在當日猶文言之在吾國也。國語之
> 首先發生者，爲意大利文。……（《胡適留學日記》1151-1152）

胡適的整個新文學和「國語」的觀念，其實是建構在「文藝復興」
這個比喻上的。他是看了文藝復興的歷史，再將自己的種種思考整
合成類似的歷史，並按照這個認識去行動，也依此作書寫。胡適對
「文藝復興」之喻可說達到迷戀的程度，1926 年 11 月胡適在英國
皇家國際事務研究所作的演講，就正式以歷史敘述方式標舉「『中
國』文藝復興」。❹往後他對新文學運動的歷史敘述都一定會借用

---

❹ 這次演講及講評的記錄載 *Journal of the Royal Institute of International
Affairs*, 5 (1926): 265-283. （見周質平 195-217）。後來胡適對「中國文藝
復興」一說迷戀愈來愈深，就如高大鵬所說的「歷史幅度愈來愈擴大、愈
來愈深化」，將中國近千年的學術文化演變都包融在內（高大鵬 xiv）。

這個比喻。

目下「文藝復興」的研究，由於新歷史主義的帶動，已成為各種文學理論的實驗場；❺然而對於胡適及其同輩而言，他們的理解主要還是受當時西方學界的觀念所支配：以歐洲中世紀與文藝復興時期作二元對立；前者是充滿種種束縛限制的時代；後者是覺醒時期，是從黑暗步向光明，步向現代世界的開端。這些觀念大柢根源於 1860 年布加特（Jacob Burckhardt）的經典著作《意大利文藝復興時期的文明》（*The Civilization of the Renaissance in Italy*）。到今天布卡特的許多論點已經備受質疑，例如布克（Peter Burke）就把那些二元對立的想像稱為「文藝復興的神話」(the myth of Renaissance)（Peter Burke, *The Renaissance* 1-6 ❻）。

回到中國的情況。即使以傳統的解釋為據，「文藝復興」這個概念在歐洲的歷史意義，也不盡能配合五四前後的文化境況。「文藝復興」的「復」是指恢復中世紀以前的希臘羅馬的文化精神，而歐洲各國以方言土語為國家語言以及伴隨的國族意識卻是中世紀以後的新生事物。胡適等五四時期的文化領袖並沒有復興某一時段中國古代文化的懷舊意識，反之破舊立新才是當時的急務。❼早在 1942

胡適這種思想演化的格局，好比他將晚清到五四的白話文學發展講成幾千年的「國語文學史」一樣。

❺ 這些研究方向的較新評估可參 Comensoli and Stevens。

❻ 又參見 Peter Burke, *The European Renaissance*；余英時早年有〈文藝復興與人文思潮〉一文介紹四五十年代西方學界對布加特的批評，見余英時 305-337。

❼ 他在 1917 年的日記上說應以「再生時代」去取代「文藝復興」這個舊譯，其重點正在一「生」字（《胡適留學日記》1151）；他在回到北京大學任

年李長之寫的〈五四運動之文化意義及其評價〉一文，就認爲「外國學者每把胡適譽爲中國文藝復興之父」，是「張冠李戴」，他認爲五四運動「乃是一種啓蒙運動」（330）。❽

　　當時唯一可稱得上是「復」的，只有在語言層面所作的「發明」或者「發現」中國的「白話文傳統」，並以之爲新文學運動承傳的遺產（參陳國球 57-60）。這種比附當然也有不恰當的地方，❾但已經不是「革命時期」的參與者所能細思的了。無論如何，歐洲的語言

　　教時，爲學生傅斯年等辦的雜誌《新潮》選上"Renaissance" 爲英文刊名，也說明了他看重「新」的一面（唐德剛 174-175）；在 1958 年的一次演講中，胡適干脆說：「Renaissance 這個字的意思就是再生，等於一個人害病死了再重新更生。」（《胡適演講集》1:178）。正如 Jerome B. Grieder 所說，他毋寧是取其新生的意義多於復舊（314-319）。

❽ 高大鵬《傳遞白話的聖火──少年胡適與中國文藝復興運動》一書從心理的角度嘗試追蹤胡適的「白話文運動」如何演變提昇爲「一個文藝復興運動」，很值得參考（87-104）；但只能說是胡適心中情意結的解繹。

❾ 由中世紀到文藝復興的語言境況，並不是拉丁文被各國方言取代的簡單過程。Peter Burke 就指出當時意大利要「復興」的語言不是本國土語，而是相對於中世紀拉丁文（Medieval Latin）的古典拉丁文（Classical Latin）或希臘文，最低限度在 1500 年以前，方言文學並不受重視。再者，以歐洲各國語言書寫的文獻，也有不少被譯爲拉丁文作國際流通之用；又方言書寫興起之後，各國又出現混雜的方言拉丁化（Latinization）現象（*The Renaissance* 11-15; *The European Renaissance* 135-137）；另一方面，在中世紀時期亦不見得各國方言沒有應用於知識傳授的環節上，現存資料可以看到中世紀的經籍注疏既有拉丁文，也有各地的方言文字（Klaus Siewert 137-152）。至於五四時期的語言發展，唐德剛也認爲不應以極度簡化的「白話取代文言」去理解，而拉丁文於歐洲各國的歷史作用並不同於中國的文言文（182-185 註）。又 Masini 對中國現代「國家語言」的歷史淵源，與前代各種文化因素的關係，有比較詳盡可信的解釋（109-120）。

變革確實觸動了胡適的心弦，增強了他的革命信心。他所提出的「國語的文學，文學的國語」的口號，結合了清末的白話文運動以至民國時期的「國語運動」，正如黎錦熙《國語運動史綱》所說：「文學革命」與「國語運動」呈雙潮合一之勢（70-71；又參李孝悌 1-42）。胡適在〈建設的文學革命論〉所提出、〈《中國新文學大系》第一集導言〉再度引述的論點，特別值得我們注意：

> 我們所提倡的文學革命，只是要替中國創造一種國語的文
> 學。有了國語的文學，方才可以有文學的國語。有了文學的
> 國語，我們的國語才可算得真正的國語。國語沒有文學，〔便
> 沒有生命，〕便沒有價值，便不能成立，便不能發達。（姜
> 義華 41、249）

近代歐洲民族國家以方言文學建立文化身分的過程，對胡適的「國語文學」說有很大的啓發作用。所以看重文學語言的作用，並非簡單的「工具論」；錢理群等就認爲胡適的主張在當時具有特殊的策略意義，在文學革命成長的「國語」，成爲「實現思想啓蒙和建立統一的現代民主國家的必要條件。」（20）

(三) 文言、白話的「二言現象」

要進一步說明胡適的文學革命與語言的關係，我們可以用社會語言學的「二言現象」（diglossia）說去解釋當時的語言境況。❿據

---

❿ "Diglossia" 不譯作雙語，因爲雙語應爲 bilingualism 的中譯，與 diglossia

傅格遜（Charles Ferguson）題爲"Diglossia"的一篇經典論文所界說：「二言現象」是指在一個言語社群（a speech community）之中存在著兩種不同功能階次的語言異體（language varieties），而這兩種異體又可以根據不同的語用而分割爲高階次語體（H or "high" variety）和低階次語體（L or "low" variety）。⓫

在清末民初的中國，傅格遜所描述的「二言現象」非常明顯：⓬「文言」是屬於廟堂的、建制的H，「白話」是民間的、非公用的L。

並不相同。Fishman 説 bilingualism 是心理學家或語言心理學家的研究對象，而 diglossia 則是社會學家或社會語言學家的對象（Fishman 92; 又參見 Fasold 40）。

⓫ 傅格遜從「功能」（function）、「聲價」（prestige）、「文學承傳」（literary heritage）、「掌握過程」（acquisition）、「標準化程度」（standardization）、「穩定性」（stability）、「語法」（grammar）、「詞彙」（lexicon）、「語音狀況」（phonology）等方面去解釋 H 與 L 的「二言現象」。例如阿拉伯地區以可蘭經的語言爲基礎的古典阿拉伯文就是 H，而如埃及開羅的通用口語卻只能算是一種 L；在大學的正式課堂，就只會用 H，不少國家甚至有法例規定中學老師不能以 L 教學。（Ferguson 236）他所作的簡明定義是："DIGLOSSIA is a relatively stable language situation in which, in addition to the primary dialects of the language (which may include a standard or regional standards), there is a very divergent, highly codified (often grammatically more complex) superposed variety, the vehicle of a large and respected body of written literature, either of an earlier period or in another speech community, which is learned largely by formal education and is used for most written and formal spoken purposes but is not used by any sector of the community for ordinary conversation." (245) 又參 Trask 76-78。

⓬ Ferguson 在他的經典論文中也借助趙元任的論説，指出漢語中的「二言現象」（246-247），又參 Schiffman 210.

以林紓為例，他自己曾寫過不少白話文，但這是為啓導「下愚」而寫的。❸至於胡適等人的主張，在他眼中，是「行用土語為文字」，依此則「都下引車賣漿之徒所操之語，按之皆有文法」（〈致蔡鶴卿書〉，見薛綏之等 88），這是他完全不能接受的。於是分別寫了論文〈論古文白話之相消長〉釐清兩種語體的歷史功能，又寫小說《荊生》痛罵陳獨秀、胡適（薛綏之等 81-82），再寫信給北京大學的校長蔡元培大聲抗議；這都是當時在不少知識分子心中，H、L 兩種語體涇渭分明、不容侵奪的戲劇性表現。正是在這個語言狀況下，才會有胡適所領導的「文學革命」──對「二言現象」的功能階次作出一個重要的調整（repermutation）甚至消滅；將原屬 L 的「白話」的位置調為 H，而宣佈原來居高位的「文言」是「死文字」。若果這是歷史發展的報導，則新的國家語言就正式建立。可是，如果我們細心考查當時語言運用的情況，「文言」絕對未「死」；當前的「白話」還未能完全適應新的位階，所以胡適等除了要作宣傳工作之外，還要進行不少的探索和試驗。「怎樣做白話文？」在當時還是一個要討論研究的問題，傅斯年在《新潮》雜誌中，以此為題寫了探索的文章（傅斯年 1119-1135），而胡適在〈《中國新文學大系》第一集導言〉的話，也很能顯示出運動之不能一蹴而就：

---

❸　張俊才〈林紓年譜簡編〉記載：「本年（1900），林紓客居杭州時，林萬里、汪叔明二人創辦白話日報，林紓為該報作白話道情，頗風行一時。」又：「〔1919 年〕3 月 24 日，北京《公言報》為林紓等闢〈勸世白話新樂府〉專欄。……4 月 15 日和 23 日，又在《公言報》發表〈勸孝白話道情〉各一篇。」（薛綏之等 26、49）。又據包天笑《釧影樓回憶錄》說：「其時創辦杭州白話報者，有陳叔通、林琴南等諸君。」（168）

> 我們提倡新文學的人，儘可不必問今日中國有無標準國語，
> 我們儘可努力去做白話的文學。……中國將來的新文學用的
> 白話，就是將來中國的標準國語。造中國將來白話文學的人，
> 就是製定標準國語的人。（姜義華 250）

胡適、傅斯年等人的建議包括：一、講究說話，根據「我們說的活
語言」去寫；二、多看《水滸》、《紅樓》、《儒林外史》一類白
話小說；三、歐化；四、方言化（姜義華 251）。可見這時期的關切
點，是「文言」如何被取代，「白話文」還只是一個模糊的概念，
是尚在追尋的目標。這個運動的終點確如胡適所宣揚的一樣，是一
種新的國家語言標準的建立；然而當時只不過是革命的開端，離開
行動成功而作歷史追述的地步還有距離（參 Ferguson 247）。

㈣ 「純淨」白話文的追求在香港

以胡適的情況來參照，我們就可以叩問，司馬長風對語言形式
的執著，是否有深一層的文化政治意義。司馬長風在《中國新文學
史》上卷提出一種「純淨」語言的要求：

> 筆者認為散文的文字必須純淨和精緻，龐雜是大忌。吸收外
> 國語詞雖然不可避免，但是要把它消化得簡潔漂亮，與國語
> 無殊才好，不可隨便的生吞活剝，方言和文言則越少越好。
> （上：176-177）

下卷又反復申說：

新文學自一九一八年誕生以來，散文的語言，爲兩大因素所左右，一是歐化語，二是方言土話。這兩個因素本是兩個極端，居然同棲於現代散文中，遂使現代散文生澀不堪。歐化語是狂熱模仿歐美文學的結果；方言土話是力求白話口語的結果。這兩個東西像兩隻腳鐐一樣，套在作家們的腳上，可是因爲興緻太高，竟歷時那麼久，覺不出桎梏和沉重。（下：144）

在文學史中標示這種語言觀，表面看來只是白話文的推重，與胡適的說法相去不遠。但在歷史語境不同的情況下，兩者的意義卻大有差別。胡適的革命很清楚，是尋找一種新的國家語言，以改變原來的Ｈ、Ｌ並存的「二言現象」。依照這個想法，文言文的Ｈ地位不但要被推翻，它在社會的一般應用功能也要取消。在「國語」建立的過程中，除了要向他構築的「白話文學傳統」學習之外，還有必要參酌歐化和方言化的進路。但司馬長風則強烈排斥歐化和方言化的傾向。原因是甚麼呢？我們或者應該考察一下司馬長風所面對的語言環境及其文化政治狀況。他在全書開卷不久，解釋文學革命以前的語言環境時說：

古文〔文言文〕是科考取士的根本，是士人的進身之階，與富貴尊榮直接相關。這正如今天的香港，中文雖被列爲官方語文，只要仍是英國的殖民地，重視英文的心理就難以消失，因爲多數白領階級，要依靠英文討生活。道理完全一樣。（上：25）

這段話向我們透露了一個訊息：司馬長風的文學史論述不是一段抽離自身處境的第三身「客觀」報導。他的敘述體本身就包藏了不少的社會文化意識。司馬長風將文言文的地位與香港的英文相比，就是其中一個值得注意的現象。在七十年代以前，香港存在的不是傅格遜所描述的「經典二言現象」（classical diglossia），⓮而是如費什門（Joshua Fishman）所定義的「廣延二言現象」（extended diglossia）。⓯在這個殖民地之內，高（H）低（L）位階的語體不再是同一語言的異體，而是本無語系關連的英語和粵語。社會上的華裔精英以英語作為政府公文、法律甚或高等教育的通用語體；而粵語則是普羅大眾的母語，最貼近日常生活的語言。⓰當然香港的語言環境中還有以普通話（或稱國語）為基礎的中文書面語，看來是一種「三言現象」（triglossia）或者「複疊二言現象」（double overlapped diglossia）(Mkilifi 129-152；Fasold 45)，但實際上在七十年代的香港，這第三語體的運用並不全面，因為香港的華人一般都沿用粵語去誦讀這種書面的「雅言」，通曉北方官話的口語及其書面形式的，只屬少數。

　　準此，我們可以檢視「白話」和「白話文」在香港的特殊意義。

⓮　Ferguson 後來也有補充申明：他提出的「二言現象說」不能完全解釋所有多元的語用情況（Ferguson "Diglossia Revisited" 91-106）。

⓯　"Classical diglossia" 及 "extended diglossia" 是 Schiffman 在檢討 Ferguson 及 Fishman 的理論之後所作的概括（208）。

⓰　在 1974 年以前，英語是香港的唯一法定語文，直到〈一九七四年法定語文條例〉在立法局通過之後，中文才被承認為一種有法律地位的語文（王齊樂 351-352）。

「白話」在中國其他地區往往是指口語，而「白話文」與口語的密切關係，就如胡適和傅斯年〈怎樣做白話文〉所說，「白話文必須根據我們說的活語言，必須先講究說話。話說好了，自然能做好白話文。」（姜義華 251；參傅斯年 1121-1127）但在香港「白話」只與「白話文」一詞連用，而「白話文」（或稱「語體文」）是與日用語言有極大距離的北方官話相關的，是在學校的語文課內學習而得的。對於以粵語為母語的香港人來說，這種書面語並沒有「活的語言」的感覺。

可是，如司馬長風這樣一個成長於北方官話區的文化人，當南下流徙到偏遠的殖民地時，面對一個高位階用英文、日用應對用粵語的語言環境，當然有種身處異域的疏離感。他反對歐化、方言化的主張，正好和他所面對的英文與粵語的環境相對應；❼「白話文」就是他的中國文化身分的投影。這個民族文化傳統的意識更顯示在「文藝復興」概念的運用上。司馬長風在《中國新文學史》的開卷部分，引述胡適 1958 年的演講〈中國文藝復興運動〉和《白話文學史》卷首的〈引子〉，說明中國有上千年的「白話文學傳統」，「文學革命」也就是「文藝復興」：

❼ 他在〈新文學與國語〉一文說：「今天許多〔香港的〕廣東人，所以感到寫作困難，也主要因為不會講國語，或者國語講得不好。」〈文學士不寫作〉一文又提到香港學生：「日常生活講的是粵語，從幼稚園到中學被填塞了一腦袋半生不熟的英文；進了大學的中文系，則被引進敦煌的石窟裏去，不見天日，只能與言語不通、生活迥異的古人打交道。粵語、英文、古文這三種東西，都妨礙使用國語白話寫作，換言之，三種東西纏住他們的心和腦，沒有餘力親近白話文學，哀哉！」（《新文學叢談》23、42）

照我們以往順著「文學革命」這個概念來看，新文學是吸收西方文學，打倒舊文學的變革過程。現在既然知道，我們自己原有白話文學的傳統，那麼上述的變革方式顯然存在著重大的缺點。因爲單方面的模仿和吸收西方文學、所產生的新文學，本質上是翻譯文學，沒有獨立的風格，也缺乏創造的原動力，而且這使中國文學永遠成爲外國文學的附庸。……我們必須深長反省。首先要決然拋棄模仿心理和附庸意識、應該回過頭來，看看自己的傳統——尤其是白話文學的傳統。我們的傳統不止有客觀的價值；而且每一中國作家有繼承的義務。（上：2-3）⓲

經胡適的建構，白話文學有一個悠久的傳統，因此又可以承擔起民族意識的重責。對於胡適來說，這個「白話文學傳統」是爲革命開道的一種方便，一種手段，他的重點在於新生的新文學。對於司馬長風來說，這個「傳統」的符號意義，卻是一種回歸，是飄泊生涯中的一種盼望。究其實，他並沒有眞的認爲新文學史是一段「中國文藝復興」的歷史，他只是借用胡適的概念來作歷史回顧的判準，甚至是爲還未出現的文學理想定指標：

現在我們來清理源頭，並不是想抹殺過去的新文學，而是重

⓲ 司馬長風在〈周作人的文藝思想〉一文說周作人在 1926 年 11 月寫的〈陶菴夢憶序〉中已提出以「文藝復興」「代文學革命」之說，比胡適 1958 年的演講早了二十〔三十？〕多年（《中國新文學史》上卷三版 271）；其實周作人之說肯定是從胡適中來，見上文的討論。

新估評新文學；以及從新確定今後發展的路向。我們發覺凡
是經得起時間考驗的作品，都是比較能銜接傳統，在民族土
壤裏有根的作品。（上：3）

(五) 司馬長風的「鄉愁」

在司馬長風的時空裏，白話文的作用不在於回應當前的政治現
實，而只在於建構內心的「中國想像」，或者說是，重構那分鄉土
的回憶：

> 文學革命時期，本有現成而優秀的散文語言，那就是水滸傳、
> 紅樓夢、儒林外史，傳統白話小說的散文語言，胡適曾有氣
> 無力的提倡過，可是沒有認真的主張，遂令那些作家們，在
> 歐化和方言土話中披荊斬棘，走了一條艱辛的彎路。這條彎
> 路，到了李廣田的《灌木集》才又回歸了康莊大道。在《灌
> 木集》中，罕見歐化的超級長句，翻譯口氣的倒裝句；也絕
> 少冷僻的方言土話，所用語言切近口語，但做了細緻的藝術
> 加工。換言之，展示了新鮮圓熟的文學語言，也可以說，重
> 建了中國風味的文學語言。（下：144）

「傳統白話小說的語言」，不用「歐化」句子、不摻雜「方言土話」，
就是「中國風味的文學語言」的基礎，這是司馬長風的文學理想。
然而在香港，白話文是以外地方言為基礎的書面語，與在地有空間
的距離；白話文學傳統以《水滸》、《紅樓》為依據，與當下又有

幾百年的時間區隔。白話文只能透過教育系統進入香港的文化結構。香港的語言環境與司馬長風的中國想像有很大的衝突，可是司馬長風卻對此不捨不棄，甚至要努力將這個中國想像純潔化－－要求文學語言的「純」，排斥駁雜不純的「歐化」和「方言化」現象：

> 二十年代後起的作家如蕭乾、何其芳、李廣田、吳伯簫等，一開始就以純白的白話，純粹的國語撰寫他們的篇章，他們是嶄新的一代。（中：156）

我們從未見過胡適標榜「純淨」的文學語言，可是在司馬長風的眼中，「純淨」的語言，可以神話化爲中國的鄉土：

> 《在酒樓上》所寫的景物、角色以及主題都滿溢著中國的土色土香……，都使人想到《水滸傳》，想到《儒林外史》或《三言二拍》裏的世界，再再使人掩卷心醉。在這裏沒有翻譯文學的鬼影，新文學與傳統白話文學銜接在一起。（上：152）

從司馬長風的論述看來，語言已不止是形式、工具，它可以與「人民」、「親情」綰合，昇華爲「民族」、「鄉土」：

> 《邊城》裏所有的對話，眞正是人民的語言，那些話使你嗅出泥味和土香。（中：39）
> 中國文學作品特重親情和鄉愁。（下：155）

中國文學與「親情」、「鄉愁」的關係，司馬長風並沒有作確切的論證，只是直感的綜合，可是司馬長風自己的確「特重」鄉愁。他有兩本散文集都以「鄉愁」爲名，分別題作《鄉愁集》和《吉卜賽的鄉愁》，在另一本散文集《唯情論者的獨語》中有〈不求甚解的鄉愁〉一文，文中說：

> 甚麼是鄉愁？蘇東坡詞中有「故國神遊」四字，足以形容。我們些〔這？〕些黃帝的子孫，都來自海棠葉形的母土。我們的腦海裏、心裏和血裏，都流滿黃河流域的泥土氣味；我們對於孔子、遠比耶穌親切，對王陽明遠比對馬克斯熟悉；我們的英雄是成吉思汗，不是亞歷山大；最使我們心醉的是《水滸傳》和《紅樓夢》，不是《異鄉人》和《等待果陀》，……因爲我們是黃帝的子孫，是地道的中國人！說到這裏，只有一團濃得化不開的情緒，再無任何道理可講了。（149）

在這段抒情的話語中，我們可以看到《水滸傳》、《紅樓夢》等司馬長風一直掛在口邊的傳統白話文學的位置，這是他的「鄉愁」的主要元素。當他的身邊只是些「國語講得不好」的、「沒有餘力親近白話文學」的香港人時（《新文學叢談》23、42），他的「鄉愁」自然更加濃重了。他在五十歲時誤以爲得了絕症，寫了遺言似的〈噩夢〉一文，當中有這樣的話：

> 「再會了，香港人！」不禁想起了二十七年來在這裏的生活。生在遼河，長在松花江，學在漢江，將終在香江，香港雖小，

> 也算是世界名城，她不但美如明珠，並且毗連著母土！呵！
> 小小的香港，你覆載我二十七年，是我居住最久的地方，也
> 是最沒有鄉土感的地方，現在覺得實在對不起你。（《綠窗隨
> 筆》63）

香港雖是司馬長風一生居住最久的地方，但他總覺得是在異鄉作
客，因爲他心中存有一個由回憶和想像合成的，包括語言、文化、
風俗、民情的中國鄉土。套用他自己的話作比喻，可以這樣總結《中
國新文學史》全書：

> 書中什麼也沒有，只有一縷剪不斷的鄉愁。（下：84）

正是這一縷鄉愁，蘊蓄了司馬長風文學史書寫的文化意義。

二　詩意的政治：
無何有的「非政治」之鄉

㈠　美文、詩意、純文學

　　除了「語言」的重視之外，司馬長風《中國新文學史》最惹人
注目的一個特色就是「純文學」的論述取向（王劍叢 35-36；許懷中 67；
王宏志 113、117）。這和他要求語言的「純」有類似的思考結構，但
也有不同方向的文化政治意義，我們預備在此作出探析。所謂「純
文學」的觀念，一般就簡單的判爲西方傳入的觀念；其實即使在西

方，這也是近世才逐漸成形的（Widdowson 26-62）。文學在西方的早期意義與中國傳統所謂「文質彬彬」的「文」或者「孔門四科」的「文學」都很相近，與學識、書本文化相關多於與抒情、審美的連繫。❶「純文學」的出現一方面可以說是從「排他」（exclusion）的傾向而來；另一方面也可以說是從「美學化」（aestheticization）的步程而來。所謂「排他」是指在其他學科如宗教、哲學、歷史等個別的價值系統確立之後，各種傳統的文化文本（「經籍」）以及其嗣響，在十八世紀以還，紛紛依類獨立，所剩下的「可貴的」文化經驗只能夠由「美學價值」支援。與此同時，從十八世紀後半到十九世紀中葉，康德、黑格爾、席勒（Johann Schiller）、柯立律治（Samuel Taylor Coleridge）等的「審美判斷」、「美感經驗」等論述在歐洲相繼面世，文學就以語言藝術的角色，承納了這種論述所描畫或者想像而成的特殊、甚而是神秘的能力。從此現代意義的「文學」就以這個特徵卓立於其他學科之外。❷

---

❶ Peter Widdowson 在 *Literature* 一書指出："The English word *literature* derives, either directly or by way of the cognate French *litterature*, from the Latin *litteratura*, the root-word for which is *littera* meaning 'a letter' (of the alphabet). Hence the Latin word and its European derivatives all carry a similar general sense: 'letters' means what we would now call 'book learning', acquaintance/familiarity with books. A 'man of letters' (or 'literature') was someone who was widely read" (31-32). 又參 Rene Wellek, "The Name and Nature of Comparative Literature" 4-8.有關西方文化傳統中早期的「文學」概念可參 Adrian Marino, *The Biography of "the Idea of Literature"*.中國傳統對「文學」的解釋參見王夢鷗《文學概論》1-16。

❷ Peter Widdowson 又說："[C]ritics are now [mid-eighteenth century] talking

司馬長風的「純文學」應該與這些近代西方的觀念有比較密切的關係，因爲中國傳統的詩文觀（無論是「言志」還是「興觀群怨」，又或者「載道」、「徵理」）都是以社會功用的考慮爲主流，而他則主張撇開這些思想文化或者道德政治的考慮。他在討論魯迅時，力圖把雜文從文學史論述的範圍「排除」出去：

> 在「爲人生」的階段，他〔魯迅〕創造了不少純文學的作品，尤其在散文方面《野草》和《朝花夕拾》，爲美文創作留下不朽的篇章。可是自參加「左聯」之後，他不但受所載之道的支配，並且要服從戰鬥的號令，經常要披盔帶甲、衝鋒陷陣，寫的全是「投槍」和「匕首」，遂與純文學的創作不大相干了。（中：111）
>
> 直到一九三〇年二月「自由大同盟」成立、三月「左聯」成立後，〔魯迅〕始將大部分精力投進政治漩渦，幾乎完全放棄了純文學創作。從那時起到一九三六年逝世爲止，除寫了幾個短篇歷史小說之外，寫的全是戰鬥性的政治雜文，那些東西在政治史上，或文學與政治的研究上，有其獨特的重要性，但與文學便不大相干了。……其實在那個年代，他絕無

---

of a kind of literary writing which is distinguished from other kinds of writing (e.g. history, philosophy, politics, theology) that had hitherto been subsumed under the category 'literature', and which is precisely so distinguished by its *aesthetic* character....By the second half of the nineteenth century, then, a fully aestheticised notion of 'Literature' was becoming current" (35-37)，又參看 Eagleton, *Literary Theory* 20-21; Bergonzi 36-37、193-194。

意趣寫什麼散文，也更無意寫什麼美文，反之對於埋頭文學
事業的人，他則罵為「第三種人」，痛加鞭撻。在這裏我們
以美文的尺度來衡量他的雜文，就等於侮辱他了。（中：148）

照司馬長風的說法，「美文」是屬於「純文學」範疇之內的文類，
而「投槍」、「匕首」一類的「戰鬥性的政治雜文」卻是不同領域
的語言表現。我們應該注意，司馬長風在這裏並沒有否定魯迅雜文
的價值，只是說不能用「純文學」（「美文」）的尺度為論，可知這
是有關價值系統的選擇和認取的問題。此外，在討論「文以載道」
的弊端時，司馬長風正式表示自己的立場：

> 我們……是從文學立場出發的，認為文學自己是一客觀價
> 值，有一獨立天地，她本身即是一神聖目的，而不可以用任
> 何東西束縛她、摧殘她，迫她做僕婢做妾侍。（上：5）

他又反對「為人生的文學」，因為這個主張：

> 破壞了文學獨立的旨趣，使文學變成侍奉其它價值和目標的
> 妾侍。（上：8）

這是「文學自主觀」（the autonomy of literature）的宣示。夏志清曾
經批評說：

> 文學作品有好有壞，……有些作品，看過即忘，可說是一點

　　價值也沒有，實無「神聖目的」可言。……世上沒有一個「獨立天地」，一座「藝術之宮」。（276）

其實夏志清的切入點與司馬長風不同。夏氏講的是個別的作品，而司馬長風所關注的是作爲集體概念的「文學」，在回應批評時他就表明了這個「獨立旨趣」是經由「排除」過程而來：

　　我所説的「文學自己是一客觀價值，……」這幾句話，乃針對具體的情況，有特殊的意義。具體的情況是有許多的「道」，欲貶文學爲工具，特殊意義是爭取維護文學獨立、創造自由。（〈答覆夏志清的批評〉95）

所謂「許多的『道』」就是指不同的價值系統；在排拒了這許多不同的系統之後，所剩下的正是那神秘的、飄渺的、「無目的」（disinterested）的「美感價值」。❷司馬長風推崇「美文」的基礎就在於「美」的「無目的」性質，沒有「實用」的功能。我們只要看看他對新文學各家「美文」的實際批評，雖然反覆從文字或內容

---

❷　司馬長風對周作人《中國新文學源流》所説過的「文學是無用的東西」一語（14），表示認同（中：247-248）。由康德到席勒的美學思想，都標舉這種「實用」以外的價值；參 Bergonzi, "Beyond Belief and Beauty" (*Exploding English* 88)。對這個觀念的政治批判可參 Tony Bennett, "Really Useless Knowledge: A Political Critique of Aesthetics" (*Outside Literature* 143-166)。

立說，❷但其歸結總不離以下一類的評語：

〔評周作人〈初戀〉〕美妙動人。（上：178）

〔評徐志摩〈死城〉〕這篇散文真美。（上：181）

〔朱大枬散文〕文有奇氣，極饒詩情，有一種淒傷的縈魂之美。（上：185）

〔何其芳散文〕作品集合中西古典文學之美。（中：114）

〔馮至〈塞納河畔的無名少女〉〕人世間從未有這麼美的文字，……所謂美文，以往只是一空的名詞，現在才有了活的標本。（中：124）

廢名〔散文〕——孤獨的美（中：129）

朱湘〔散文〕——美無所不在（中：155）

司馬長風並沒有對各家（或各篇）散文之「美」的內容，作出理論的解說，但當他在進行感性的闡發時，所說的「美」往往指向一種超乎文類的性質——「詩意」：

〔徐志摩的〕散文比他的詩更富有詩意，更能宣洩那一腔子美和靈的吟唱。（上：180）

〔何其芳〕以濃郁的詩情寫詩樣的散文。（中：114）

〔何其芳的散文〕詞藻精緻詩意濃。（中：118）

---

❷ 司馬所說的「內容」在大多數情況下是指語義結構，而沒有文本以外的歷史社會等實際指涉。

朱湘的散文也和徐志摩相似、詩意極濃。（中：154）

〔無名氏〈林達與希綠斷片〉〕顯然超越了散文，這是詩。

（下：158）

這種「詩意」的追尋，甚至延伸到小說的閱讀，例如論魯迅的《故鄉》：

字裏行間流露著真摯的深情和幽幽的詩意。這種濃厚的抒情作品，除了這篇《故鄉》，還有後來的《在酒樓上》。（上：107-108）

又談到郁達夫的小說：

《遲桂花》較二者〔《春風沉醉的晚上》、《過去》〕更有氣氛，更有詩意；若干描寫凝吸魂魄。（中：79）

再而是連戲劇的對話與場景都以當中的「詩意」為論，例如讀田漢的《獲虎之夜》：

這一山鄉故事，約兩萬字長的獨幕劇，一口氣讀完不覺其長，極其美麗動人，許多對話、場景饒有詩意。（上：223）

論李健吾的《這不過是春天》：

這段對話，自然，美妙，詩情洋溢，映襯了「這不過是春天」的情趣。（中：296）

更能說明問題的，是他對詩歌的論析；他索性將「詩意」從詩的體類抽繹出來，詩與「詩意」變成沒有必然的關聯。例如他評論田漢的詩《東都春雨曲》說：

有詩意，像詩。（上：103）

評廢名的《十二月十九日夜》說：

詩句白得不能再白，淡得不能再淡，可是卻流放著濃濃的詩情。（中：203）

在評論艾青的《風陵渡》時卻說：

既沒有詩味，也沒有中國味，……不像詩的詩。（下：202）

評李白鳳的《小樓》時說：

詩句雖有濃厚的散文氣息，但詩意濃得化不開。（下：232）

詩有可能沒有「詩味」，散文、戲劇可以充滿「詩意」，可見在司馬長風的論述中，「詩意」這種本來是某一文類（詩）所具備的特

質，被提昇爲超文類的「文學性質」（literariness），其背後作支援
的，當是非功利的「美感價值」。這種情況會讓我們想起注重文學
本體特質的英美新批評家如艾略特（T. S. Eliot）、理察斯（I. A.
Richards）、布魯克斯（Cleanth Brooks）等，都傾向以詩的特性來
界說文學，俄國形式主義理論和布拉格的結構主義理論的文學觀也
是圍繞詩的語言（poetic language）和詩的功能（poetic function）來
立說（Eagleton, *Literary Theory* 50-52, 98-99）；照伊格爾頓（Terry
Eagleton）的分析，這是因爲相對於小說戲劇等文類，詩最能集結
讀者的感應於作品本身，更容易割斷作品與歷史、社會等背景因素
的關係。（51）司馬長風「尋找詩意」的政治意義，也可以借伊格
爾頓的理論來作說明。但他自己的解說是：

> 詩是文學的結晶，也是品鑒文學的具體尺度。一部散文、戲
> 劇或小說的價值如何，要品嚐她含有多少詩情，以及所含詩
> 情的濃淡和純駁。（中：37）

以「詩」的成分去量度其他文學體裁，當中實在有許多想像的空間，
而「詩意」、「詩情」除了可知是與「美」相關之外，究竟是何所
指，也有待進一步的界定。或者我們可以對照參考司馬長風另一段
關於「文學尺度」的解說：

> 衡量文學作品，有三大尺度：㈠是看作品所含情感的深度與
> 厚度，㈡是作品意境的純粹和獨創性，㈢是表達的技巧。（下：
> 100）

正如上文所言，司馬長風排拒就政治或社會意義爲文學立說；他所注重的方向是：一、文學與情感抒發的關係（「含有多少詩情」，「情感的深度與厚度」）；二、這些情感經驗如何在文學作品中措置（「濃淡」、「純駁」、「表達技巧」）。至於「意境」，在中國傳統文學理論中一般是指文學作品整體的藝術效果，是美感價值的判定，但在司馬長風的論述中則是指文學家由觸物而生的感懷、經想像提昇爲藝術經驗，但尚待外化爲具體藝術成品的一種狀態：

> 詩人從生活得到感興，經過想像昇爲意境，再經字句鍛鍊成爲詩。形成次序爲下：生活→感興→意境→詩。感興來自生活，生活是人生的具體表現，自然會反映人生；無須説，「爲人生而藝術」；而從感興到意境，再從意境到詩，是藝術的進程，必須傾力於藝術技巧，這就是藝術本身，又何須説：「爲藝術而藝術」？（下：320；又參〈感興·意境·詞藻〉，《新文學史話》86-87）

這個環節可以是美學思考的一個重點，❷❸但司馬長風只輕輕一筆帶過，並未就其作爲「量尺」的可行性作出足夠的解釋；依司馬長風的簡述，我們充其量只能從具體成形的文學作品入手，按其所帶給讀者的美感經驗，還原爲想像中作者曾有過的藝術經驗（就是司馬長

---

❷❸ 柯立律治對這內化的過程有很重要的討論，有關論述見 John Spencer Hill 編的資料選 *Imagination in Coleridge*，又參 Abrams 167-177；克羅齊（Benedetto Croce）的美學理論更是以這個階段爲藝術的完成（Brown 26-31）。

風定義的「意境」）。這把衡度的量尺其實沒有另外兩個標準那麼容易檢視；在司馬長風的批評實踐當中，運用的頻率也相對地少。

所以說，司馬長風對文學性質（或者「詩意」）的觀察點，主要還是離不開主體的「情」，和客體的「形式」。後者是「純文學」論的重點，我們可以先作剖析。司馬長風並不諱言對「形式」的重視，他說：

> 任何藝術，都免不了一定的形式，否則就不成藝術了。但形式並非一成不變。創新形式正是大藝術家的本領。（中：186）

這份對「形式」的重視，又可以結合他常常提到的「純」的追求；例如他在討論郁達夫的散文理論時說：

> 散文的要旨在一個「純」字，文字要純，內容也要純。不能在一篇文章裡無所不談，而是要從宇宙到蒼蠅，抓住一點，做細緻深入、美妙生動的描述。（上：177）

批評何其芳的散文〈老人〉時又說：

> 散文最重要的原則是一個「純」字。對旨趣而說，須前後一貫，才能元氣淋漓，大忌是支離；對文字來說，樸厚，耐得尋味，切忌賣弄或粉飾。（中：116）

所謂「內容」的純、「旨趣」的純，都是指內容結構的統一，仍然

是形式的要求。司馬長風就是用這種論述,將本來指向歷史社會現實的課題導引到形式的範疇。❷至於「文字」的純,無論是上文講的國語方言的問題,還是文字風格的要求,都屬於形式的考慮。

但司馬長風卻不是個非常精微的「形式主義」者。尤其是對詩的形式要求,他的主要論述只停留在格律的層次:

> 不論哪個國家,哪個時代的詩人都會知道,詩的語言絕對不
> 是自然的口語,必須經過緻密的藝術加工。……所謂藝術的
> 加工,便是詩的格律,換句話說,要講求章句和音韻,否則
> 便沒有詩。(上:50)

由是新月派的格律詩主張便成了司馬長風詩論的歸宿:

---

❷ 王宏志在《歷史的偶然》中,對司馬長風這方面的「純」的要求,有一個非常嚴重的誤讀。他說:「更極端的是,司馬長風甚至曾經說過內容上談到外國的東西也不無問題。我們可以舉出他討論何其芳的一篇散文〈哀歌〉為例,他認為〈哀歌〉是一篇佳作,但卻也有不妥當的地方,原因在何其芳在描寫年青姑母被禁錮而夭折的時候,開頭一大段寫了許多西方古代的哀艷美女,它的罪狀是『中西史蹟雜揉,也有傷「純」的原則。』」(147)其實司馬長風的論說觀點很明晰:先是提出「從藝術水準看」,何其芳〈老人〉一文有「缺陷」,「缺陷」之一是「支離」,「破壞了全文的氛圍」;下文再評〈哀歌〉「開頭一大段寫了許多西方古代的哀艷美女,與後面的主文不大相干。」王宏志有意或無意的略去最後「與後面的主文不大相干」一句,將司馬長風刻畫成義和團式的盲目排外,未免有厚誣之嫌。司馬長風的論說當然有意識形態的指涉,但不是如王宏志所講的,無理的排斥所有涉及西方文化的內容。有關意識形態的問題,下文再有析論。

唯獨詩國荒涼寂寞，直等聞一多，徐志摩等新月社那群詩人
出現，才建立了新詩的格律，新詩才開始像詩。（上：51）

又說他們代表「新詩由中衰到復興」（上：190）。其他詩人如馮至
以卓立的形式、徐訏以近乎新月派的風貌，都贏得司馬長風的稱賞：

> 詩句韻律雖異於中國傳統的詩詞，但是鏗鏘悅耳，形式與內
> 容甚是和諧，自新月派的格律詩消沉之後，這是最令人振奮
> 的詩了。……詩所以別於散文，詩必須有自己的格調，那麼，
> 十四行詩比自由詩更像詩，更有詩味。（下：191-195）
> 徐訏的詩，無所師承，但從風貌看與新月派極為接近。……
> 由於音節、排列和詞藻，都這樣順和古典和現代的格律，徐
> 訏的詩遂有親切悅人的風貌，特具吸引讀者的魅力。（下：
> 218）

當然司馬長風在讚揚新月派的時候也有說過他們「創格」的「格」，
「不止是格律和形式，也是格調，風格」（上：191）；但他也沒有
作進一步的闡發。事實上司馬長風也不擅長這方面的思考。據我們
的推想，司馬長風所指應該是結構形式的效應，照這樣的思路，才
能從形式層面提昇到他所常標舉的「詩意」、「詩味」的美感範疇。

㈡ 「即興以言志」的抒情空間

相對來說，司馬長風於形式客體的論述，比不上他對文學主體
層面——「詩情」或者「情」——的探索那麼富有興味。比較精微

的形式主義論述如俄國形式主義以至法國的結構主義，都盡量疏離文學的主觀元素，以求科學的「客觀」精密。只有新批評前驅的理察斯，對詩與情感的關係作了本質的聯繫。他認為詩是「情感的語言」（emotive language），而不是「指涉的語言」（referential language）。㉕理察斯的理論基礎是：文學（詩）足以補科學之不足，這種情感語言正好是科學實證世界的一種救濟。這其實是一種文學功利主義和美學主義的結合（Eagleton, *Literary Theory* 45-46）。

司馬長風的論述卻另有指向，我們可以從他標舉的「美文」開始說起。司馬長風視為「純文學」表徵的「美文」，在他筆下卻又是「抒情文」的別稱。他在申論《中國新文學大系》的散文卷導言時說：

散文應以抒情文（美文）為主是不易之論。（上：176）

㉕ 近代西方由形式主義方向開展的論述，基本上都在索緒爾（Ferdinand de Saussure）的「符碼」（signifier）與「符指」（signified）的結構之內運轉，這個理論模式將語言結構外的實際指涉（referent）從理論系統中剔除。理察斯將「情感語言」與「指涉語言」分割的講法，就很能說明這種傾向。其實西方不少語言或思想的理論模式都沒有忘記我們經驗的實存世界，例如 Frege 的 Expression, Sense, Reference; Carnap 的 Expression, Intension, Extension; Ogden and Richards 的 Symbol, Thought, Referent; Pierce 的 Sign, Interpretant, Object 等都包括 "referent" 的環節（參 Scholes 92; Tallis 3-4; Bergonzi 112-115）。司馬長風雖然以文學自主為前提，但他沒有自囚於文學的形式結構之內；或者說他的能力並沒有讓他在形式結構上作出精微的推衍，他的性向和對傳統的倚賴使他不能不把目光轉移到「言志」（以至「緣情」）的思考，亦因此而得以跨越「文學的獨立」疆域。

在〈何其芳確立美文風格〉一節又說：

> 抒情文——美文是散文的正宗，敍事文次之，這是必須確立
> 的一個原則。（中：118）

由這個好像不解自明的等同，可知在司馬長風心目中「抒情」與「美」
及「純文學」的關係非常密切。正如上文所論，司馬長風所刻意追
尋的「詩意」和「詩情」，就是文學性質（literariness）；看來「抒
情」的表現就是這種性質的主要特徵。他在論魯迅的〈故鄉〉時說：

> 字裏行間流露著眞摯的深情和幽幽的詩意。這種濃厚的抒情
> 作品，除了這篇〈故鄉〉還有後來的〈在酒樓上〉。（上：
> 107-108）

後面論〈在酒樓上〉又說魯迅「流露了溫潤的柔情」。（上：150）
有時司馬長風更會將「情」的「文學性」位階定於結構語言之上，
他在比較魯迅與郁達夫的短篇小說時，就判定郁達夫作品的「文學
的濃度和純度」較優，因爲當中有「情」：

> 魯迅的作品篇篇都經千錘百練，絕少偷工減料的爛貨，但是
> 郁達夫則有一部分失格的作品；在謹嚴一點上，郁達夫不及
> 魯迅。但是，郁達夫由於心和腦無蔽，所寫的是一有情的眞
> 實世界，而魯迅蔽於「療救病苦」的信條，所寫則多是沒有
> 佈景，缺乏彩色的概念世界；在文學的濃度和純度上，魯迅

不及郁達夫。（上：159）

司馬長風在很多地方都提到自己是「唯情論者」**㉖**，在《中國新文學史》中確實是「唯情」到「感傷」的地步，書中常有「深情似海，賺人眼淚」（上：182）、「至情流露，一字一淚」（中：142）、「一往情深」（下：152，199）一類的評語。我們在經過現代主義的洗禮之後，可以很輕鬆的批判司馬長風的「濫情主義」（sentimentalism）。不過，這種批評可能比司馬長風還膚淺。因為我們忘記了司馬長風「感傷」背後的意義：其中最重要的是他以「抒情」或者說「緣情而綺靡」的主張，去與現實世界作連接，而又抗衡了中國現代文學史主流論述的「政治先行」觀點。

司馬長風主張文學自主、獨立，但他沒有把文學高懸於真空絕緣的畛域。作者在整個文學活動的作用，就是司馬長風打通文本內的藝術世界與文本外的現實世界的主要通道。他在評論朱自清的詩論時說：

> 從文藝獨立的觀點看，……文藝基本是忠於感受，不從感受出發，無論是玩弄技巧，或者侍候主義，都是瀆褻文藝。（下：332）

㉖ 他曾寫過〈唯情論者的獨語〉、〈「唯情論」的因由〉、〈情是善和美的根源〉等文解釋自己的「唯情論」，分見《唯情論者的獨語》1-8；《新文學史話》75-79；《吉卜賽的鄉愁》47-50。胡菊人在〈清貧而富足的司馬長風〉一文說：「他是一個浪漫主義者，這主要表現在文學取向上，他似乎特別喜歡感情澎湃的著作。」（10）

他又讚賞劉西渭在《咀華二集》的跋文中的話，說是「維護文學的獨立自主」，因爲劉西渭認爲文學批評家有其特定的責任：

> 〔批評家的〕對象是文學作品，他以文學的尺度去衡量；這裏的表現屬於人生，他批評的根據也是人生。（下：340）

可見司馬長風所界定的「文學的獨立」，正在於作品能顯出對人生的忠實感受。這種「忠於感受」的表現理論（expressive theory）（參Abrams 21-26），更具體的表述見於他對周作人的文藝觀點的剖析。他先說周作人在 1923 年放棄了〈人的文學〉的「爲人生的文學」的主張，提出「文藝只是表現自己」（上：121、231），再闡發周作人在《中國新文學大系》的散文卷導言和《中國新文學源流》的「載道」和「言志」的觀念。周作人原來的說法是：「文學最先是混在宗教之內的，後來因爲性質不同分化了出來」，因爲「宗教儀式都是有目的的」，而文學「以表達出作者的思想感情爲滿足的，此外再無目的之可言」（《中國新文學的源流》 14-17）。他把文學表達思想感情的性質概稱爲「言志」。與此對立而在中國文學史上互爲起伏的文學潮流是「載道」，其產生原因是：

> 文學剛從宗教脫出之後，原來的勢力尚有一部分保存在文學之內，有些人以爲單是言志未免太無聊，於是便主張以文學爲工具。再借這工具將另外的更重要的東西——「道」，表現出來。（17）

周作人的理論可說是非常粗糙；錢鍾書在一篇書評中，指出周作人根據「文以載道」和「詩以言志」來分派是很有問題的，因爲在中國文學傳統中「詩」和「文」本來就屬於不同的門類，「載道」與「言志」原是「並行不背」的（〈《中國新文學的源流》書評〉83-84）。再者，「言志」說在傳統詩學思想中往往包含道德政治的目的，**㉗**與此相對的「詩緣情」說反而更接近周作人的主張（參裴斐 18-22, 97-105）。司馬長風的「文學表現說」正是「言志」與「緣情」的混成物。周作人又提到：

> 言志派的文學，可以換一名稱，叫做「即興的文學」，載道派的文學，也可以換一名稱叫做「賦得的文學」。（38）

司馬長風受到這些概念的啓發，建立了一個層次分明的架構，很能說明他的思路，值得在此詳細的引述：

> 載道是內容的限制，賦得是形式的限制，有了這一區別，可產生左列四組觀點：
> ㈠賦得的載道
> ㈡即興的載道
> ㈢賦得的言志

㉗ 朱自清《詩言志辨》說：「現代有人用『言志』和『載道』標明中國文學的主流，說這兩個主流的起伏造成了中國文學史。『言志』的本義原跟『載道』差不多，兩者並不衝突；現時卻變得和『載道』對立起來。」見《朱自清古典文學論文集》190。

㈣即興的言志

賦得的載道，是說奉命被動的寫載道文章；即興的載道，是說自覺主動的寫載道文章；這種文章雖然載道，為一家一派思想敲鑼打鼓，但他對這一家思想有自覺的了解、自願的嚮往；道和志已經合為一體，這樣的載道，也可以說是言志。雖是載道文字也有個性流露，因為有自覺尊嚴，絕不肯人云亦云。……

賦得的言志，直說是被動的言志，確切的說〔是〕有限度的言志，……有些人受了外界的壓力或刺激，把自己的心靈囚於某一特定範圍，不再探出頭來看真實的世界。……

即興的言志，是說既不載道，思感也沒有「框框」，這才是圓滿的創作心靈。（中：110）㉘

司馬長風很滿意這個論說架構，認為自己「把周作人的言志論發揮盡致」（〈周作人的文藝思想〉270）。事實上，這個架構的確比周作人的簡單二分來得精微，而且能顯示司馬長風的文學觀點。

對於周作人來說，「言志」與「載道」本來是從「文學的功用」立論，其焦點在文本以外。意思是「載道」的文學於社會有其宗教或者道德的作用；「言志」的文學於社會就欠缺這種作用的力量。他說「文學是無用的東西」正是以「言志」為文學的正途，「載道」為偏行斜出。司馬長風則以「內容的限制（或無限制）」去詮釋「載道」（或「言志」），「限制」如果是一種文學活動的操作過程，則

㉘　參見司馬長風〈周作人的文藝思想〉，《中國新文學史》上卷三版270。

「內容」云者，轉成了文本內的語義結構。這個關節就是優秀的形式主義者最令人驚嘆的地方；至此，文本外的歷史社會指涉就可以存而不論。可是司馬長風並沒有停留於這個轉化程式；認真來說，這部分工作也不是他的專長。他再以「形式的限制（或無限制）」去詮釋「賦得」（或「即興」），弔詭的是這個「形式」正與一般理解的文學形式相反，是指文學活動所受的、外加的「限制」。這些制約的寬緊有無，據他的詮釋，直接或間接影響了「言志」或者「載道」（文本的內容）的美感價值。㉙由此看來，在這個論述架構內的兩組元素無疑是處於互相依存的關係，可「即興」、「賦得」甚或比「言志」、「載道」重要，㉚因為這是司馬長風的「文學獨立自主說」跨越形式主義藩籬的通道。在此，我們可以見到司馬長風在《中國新文學史》一切的痛陳哀說。

　　以創作主體的「忠於感受」為論，文學的思辨中自然會介入所「感受」的「生活」。沿著這個方向再進一步，就會繼續探索創作主體與外在環境的不同接合方式。司馬長風對何其芳的「風吹蘆葦」和聞一多的「鋼針碰留聲機片子」的比喻十分著迷，曾多番引述：

㉙　這一點可參看布拉格學派的 Jan Mukařovský 對俄國形式主義者 Viktor Šklovskij 「文學如紡織」的著名譬喻所作的補訂。Šklovskij 說過，如果把文學比作紡織，批評家只需考查棉紗的種類和紡織的技術，無須理會世界市場的狀況或者企業的政策變化。Mukařovský 則認為紡織的技術問題離不開世界市場的供求狀況，所以文本內的形式構建必會承受文本外的歷史社會變化的影響（Mukařovský 140）。

㉚　「即興」組中即使有「載道」，但因為不是為外力所強加，司馬長風就認為近於「言志」；「賦得」組中的「言志」，卻是因外界壓力而自囿於某一範圍，所以並不可取。

　　我是蘆葦，不知那時是一陣何等奇異的風吹著我，竟發出了
聲音。風過去了我便沉默。

　　詩人應該是一張留聲機的片子，鋼針一碰它就響。他自己不
能決定什麼時候響，什麼時候不響。（中：115；又參中：176；
下：320；《新文學叢談》52；《新文學史話》103）

他覺得聞一多的創作是：

　　無圍無偏，保持圓活無蔽的敏感，無論是族國興亡，同胞福
禍，還是春花秋月，皆有感有歌，不單調的死唱一個曲子。
（中：201）

對這種「即興以言志」的更具體的論說是：

　　把文藝回歸「自己的表現」，……每個自我都對時代有所感
受，都可能反映時代的苦難，換言之也自然有魯迅所說「揭
出病苦」、「引起療救」的作用，不過自我的感受不受局限，
作家的筆端也不受束縛；除了這些之外，他仍可以表達愛情、
興趣、自然、和整個的宇宙人生；所謂「天高海闊任鳥飛」。
（上：231-232）

㈢　「怵目驚心」的「政治」

　　「風吹蘆葦」、「風撥琴絃」都是浪漫主義的遐想；❸但司馬

---

❸　風弦琴（Aeolian lyre）是英國浪漫主義表現理論的一個重要比喻，聞一多

長風的浪漫感傷不是無病的呻吟，卻是沉重的政治壓力下的哀鳴。
他所體會的中國新文學的現實處境是困厄重重的

> 政治是刀，文學是花草；作家搞政治，等於花草碰刀；政治
> 壓文學，如刀割花草。不幸，中國現代文學，一開始就跟政
> 治搞在一起了。葉紹鈞曾說：「……新文藝從開始就不曾與
> 政治分離過，它是五四運動時開始的，以後的道路也不曾與
> 政治分開。」因此，政治傷害和折辱文學的悲劇就不斷上演。
> 三十年代南京當對左翼作家的鎮壓，固使人怵目驚心，但是
> 在抗戰時期的四十年代初，由於國共兩黨交惡，政治之刀又
> 在作家的頭上揮舞了。（下：34-35）
>
> 大敵當前，救亡第一。面對倫理的和政治的要求，一切藝術
> 的尺度都癱瘓了，蒼白了。這個漩渦自九·一八形成，經一·
> 二八，七七事變，越轉越強，到了抗戰後半期，由一個漩渦
> 變成兩個漩渦，一是抗日戰爭的衝擊形成的漩渦，二是國共
> 摩擦的衝擊形成的漩渦。戰後，前一漩渦消失了，後一漩渦，
> 則繼續約制了歷史的洪流。（下：317-318）
>
> 從一九三八到一九四九，在文壇上是社會使命、政治意識橫
> 流的時代。（下：223）

司馬長風在《中國新文學史》中絕對沒有迴避政治歷史的敘述，而

和何其芳的比喻大有可能是受雪萊等詩人的影響而創造的（參 Abrams
50-51）。

且不乏態度鮮明的政治判斷；尤其在面對抗日戰爭的時候，他甚至連文學化爲宣傳都認爲值得原諒：

> 當整個的民族，被戰火拖到死亡邊緣，觸目屍骸〔骸〕、充耳哭號的情景，……縱然混淆文學和宣傳，是可悲的謬誤，但實在是難免的謬誤，對那一代爲民族存亡流血灑淚的作家，我們只有掬誠禮敬。（下：182）

對於「左派作家」的作品，他也有盡其所能去作評論。比方說他對曾獲得史太林文藝獎的丁玲小說《太陽照在桑乾河上》，有這樣的評論：

> 這部小說一直得不到公允的品鑒，多以爲是典型的政治小說，其實並不盡然。基本上雖是政治小說，主題在反映一九四七年前後，中共的土地改革，但是在人物、思想、情節諸多方面，都表現了獨特的個人感受，頗有立體的現實感，讀來甚少難耐的枯燥，具有甚高的藝術性。同時，作者貫注了全部的生命，每字每句都顯出了精雕細刻的功夫。（下：120）㉜

㉜ 這也不是唯一的例子，其他的「左派作品」如茅盾的小說《腐蝕》、夏衍和陳白塵的戲劇等，都有正面的評價（見下：119、277、280）。即使是他所謂「自困於政治鬥爭」的作家如蔣光慈、胡也頻等的小說，都有襃有貶，並特別指出蔣光慈的小說非常暢銷，對青年讀者頗有吸引力（中36）。絕非王宏志《歷史的偶然》所說的「完全沒有提及」，更不能說成是「打擊及否定」（143）。

當然我們可以不同意他的評價,甚至可以懷疑他的品味,但總不能
說他盲目排斥含有政治意味的文學作品。值得注意的是,「忠於感
受」、「表現自己」的主張,使他的文學觀沒有在「民族大義」或
其他的政治重壓下破產。他仍然堅持爭取一個抒情的空間:

> 禁制愛情和自然入詩,是一時的呢,還是永久的〔?〕例如
> 到了國泰民安的時代,是不〔是〕也照舊禁制呢?但無論一
> 時的或永久的,都違反文藝的原則。我絕不相信,在苦難的
> 時代,人們不戀愛,不欣賞自然之美。把任何實有的感受加
> 以禁制或抹殺,都會傷害文藝生命。(中:181)

在《中國新文學史》中,他努力地翻尋挖掘那虛幻的「獨立作家群」,
正是爲了體現「即興的言志」的構想。❸這許多的評斷和取捨的背
景就是司馬長風的幽暗意識。❹在他的意識中,「政治」已成「怵

---

❸ 司馬長風在全書第四編〈收穫期〉和第五編〈凋零期〉的綜論和分體論中,
常常先就整體情況分割三到四個流派,當中多有一個「獨立作家」的名目,
代表那些不受左右兩派政治力量支配的作家。然而如果我們仔細考查他的
幾個名單,就會發覺這些派別的界線很模糊。例如〈三十年代的文壇〉一
章郁達夫、張天翼和葉靈鳳屬於「左派作家」,在〈中長篇小說七大家〉
中郁達夫被列爲「獨立派」,葉靈鳳、穆時英則劃爲「海派」,張天翼和
靳以則入「人生派」;到了〈詩國的陰霾與曙光〉章,則穆時英、靳以都
列爲「獨立派」。見中:21、33、34、174。這版圖周界的隨時變遷,說
明不受政治干擾的「獨立作家」的群體很可能是司馬長風自己一廂情願的
構想。

❹ 這裏是借用張灝討論中國文化的一個概念;張灝在《幽暗意識與民主傳統》
說:「所謂幽暗意識是發自對人性中或宇宙中與始俱來的種種黑暗勢力的
正視和省悟。」(4)司馬長風對政治也有這種體會。

目驚心」的刀斧，文學家處身於「是非混淆」的「漩渦」、「橫流」之中。❸司馬長風自己的心境很難說是平靜的，但他卻刻意去追尋文學史上的平靜；例如他非常寶貴李長之的「反功利」、「反奴性」的主張，說「在那個是非混淆的漩渦時代」，李長之的話是「金石之音，不易之理，是極少數的清醒和堅定。」（下：344）《中國新文學史》在「全書完」三字之前的終卷語是這樣的：

> 在飢求真理（下意識的救世主）的社會，在激動的漩渦的時代，遂引起殊死的爭論，終導致殘酷的政治鎮壓。這是無可如何的悲劇。（下：356）

司馬長風自處於這種陰暗、沉重的氣壓下，他所講求的「文學自主」，其實只是一種設想、一分希冀。他個人的歷史經驗讓他在南天一角的香港仍然懷抱家國之痛。❸可以說：他期待的「任鳥飛」的「海闊天高」不在他寄身的殖民地香港，也不在海峽兩岸；而只會是一個符碼（signifier），它的符指（signified）是「文學的獨立自主」。當這個符號再成符碼，其符指就是他翹首盼望的，遙不可及的那個「自由、開放的社會」，那種「國泰民安」的生活。❸然

---

❸ 「漩渦」的比喻源自劉西渭的《咀華二集》：「我們如今站在一個漩渦裏。時代和政治不容我們具有藝術家的公平（不是人的公平）。我們處在神人共怒的時代，情感比理智旺，熱比冷容易。我們正義的感覺加強我們的情感，卻沒有增進一個藝術家所需要的平靜的心境。」（見下：317）

❸ 有關他個人的歷史經驗下文再有討論。

❸ 司馬長風曾引述朱光潛「反口號教條文學」的言論，評說：「這些話在自

而這亦不過是巴爾特（Roland Barthes）所定義的「神話」罷了
（*Mythologies* 115）。

㈣ 政治化地閱讀司馬長風

司馬長風的「文學非政治化」的主張，正如一切主張「文學自
主」、「藝術無目的」的學說，當然具有深刻的政治意義，這已是
不需深究都可知的。可是這卻成了學者們表現評論機智的機會。例
如有學者批評說：

> 這種「遠離政治」的觀點，看來似乎是要脫離任何政治，但
> 其實也是一種政治。（許懷中 69）

又有評論說：

> 本意或在于希望文藝能擺脫政治；他大概未曾想到，結果卻
> 是使自己的書因濃厚的政治批判色彩，也顯得相當政治化。
> （黃修己 426）

更嚴厲的批判是：

由社會本是常識，可是在中國新文學史上竟成爲空谷靈音。」（下：338）
又批評胡風的〈置身在爲民主的鬥爭裏面〉說：「像這樣傲慢的囈語，煩
瑣的理論，若在開放的社會中，他只能得到無人理睬的待遇」，但實際上
胡風卻遭受「殘酷的鎮壓」。（下：356）

> 司馬長風只不過是以另一種政治來代替中國大陸出版的新文
> 學史裏所表現的政治思想吧。(王宏志 136)
> 單純地把文學和政治截然劃分，還會帶來一個危險，便是把
> 一些曾經發生重大影響的作品排斥出來，這其實跟以狹隘的
> 政治標準來排斥作品沒有多大分別。……這其實就是我們在
> 上文提到，司馬長風以一種看來是「非政治」的態度來達到
> 政治的效果，他以作品的藝術性爲工具，打擊及否定了很多
> 政治色彩濃烈、在中國現代文學史上產生過影響、而這些影
> 響更及於政治方面，因而受到大陸過去的文學史吹捧的作
> 家。(王宏志 143)

說司馬長風以「藝術性爲工具」，「打擊及否定」了許多有影響力
的作家，未免言重，也是過分的抬舉。以政治閱讀（to politicize）
任何書寫活動，一定可以讀出當中的政治意味。但「政治」不是中
性的，其作用也有分殊。如果我們參照伊格爾頓等的政治閱讀，我
們會得悉十八世紀出現的美學思潮，例如康德的「美感無目的論」，
席勒的「遊戲論」，主要作用不外是維護中產階級的「理性」信念
及其政治體現的霸權（Eagleton, *The Ideology of the Aesthetic* 13-28, 70-119;
Bergonzi 88-90; Bennett 150-162; Tredell 130-133）；我們又會知道重視文
本、堅持「文學作品爲有組織的形式整體」的英美新批評家，其政
治態度也非常保守，文本的不變結構原來是他們心中的傳統社會的
投射（Eagleton, *Literary Theory* 39-53; Guillory 155-156; Widdowson 48-59;
Baldick 64-88; Jancovich 15-20）。再回看司馬長風的論說，一方面我們
可以有這樣的觀察：司馬長風並不是個嚴謹的「形式主義者」或「藝

術至上論者」；他有太多的妥協，對於藝術形式的關注只是一種姿態。另一方面我們更要明白：他的焦點其實是一個可以容納「無目的」的藝術的空間，或者說，可以「即興以言志」的空間。他的態度好像非常保守：標舉「民族傳統」，講求藝術形式的「純」、語言的「純」；可是若將他的言說落實（contextualize）於他所處的歷史時空——一個南來殖民地的知識分子，處身於建制之外，以賣文為生——就可以知道他只是在作浪漫主義的夢遊、懷想。這分浪漫主義的血性，驅使他向當時已成霸權的文學史論述作出衝擊；他的反政治傾向更有利他對成說的質疑，在文學評斷上，重鉤起許多因政治壓力而被遺忘埋沒的作家和作品；在政治言說上，他痛斥政治集體力量對文人、知識分子的奴役。他沒有，也不可能捍衛任何一個現世的霸權。他曾經說過：

> 我們知道任何全體性的堅硬的思想體系，都具有侵犯性，難
> 以容忍異己思想，一旦與政治權力結合，就是深巨的歷史災
> 難。（下：343）

這不是成熟的政治思想，只能算作一種歷劫後的沉痛哀鳴。他的確排斥魯迅的雜文，低貶茅盾的《子夜》；然而，背後有政治力量支援他去「打擊」別人嗎？被他放逐於《中國新文學史》之外的作家作品，還不是鮮活地存現於大量「正統的」文學史之中？爲甚麼我們不能承認這是一種文學的見解、一種文化的取向？將他的「反政治壓制」的政治態度簡約，抽去內容，再與「以集體的政治力量壓制異己」的政治取向同質化，稱之爲「只不過是另一種政治」，不

單是對司馬長風不公平，更是爲過去曾損害了許許多多文人、知識分子的政治行動保駕護航。難道這是我們客觀的、嚴謹的、公正的學術批評所追求的目標嗎？

三　唯情論者的獨語

㈠　文學史的客觀與主觀

司馬長風認爲文學史是客觀實存的；他在討論文學史的分期時說：

> 文學史有其自然的年輪和客觀的軌跡。（上：8）
> 某些文學史家，不顧客觀事實，只憑主觀的「尺度」亂說。
> （上：9）

相對於那些不顧「史實」的主觀文學史家，他認爲自己是客觀、公正的。在《中國新文學史》中他每每宣稱要盡「文學史家的責任」、顯明「文學史家的眼光」（上：68、109，中：48，下：4）。當然，如果文學史有的是「自然的年輪」、「客觀的軌跡」，「文學史家」的工作只是如實報導；但有趣的是，每次司馬長風要表明他這個特殊身分時，都作了非常主觀的介入。例如他「以文學史家的眼光來看」魯迅的〈狂人日記〉、以「認眞研究和重估」〈阿Q正傳〉爲「文學史家無可推卸的責任」時，都著意的推翻其他「文學史家」的判斷，又說：

魯迅的才能本來可以給中國新文學史留下幾部偉大的小說，可是受了上述觀點〔按：指把小說看成改良社會的工具〕的限制，他只能留下《吶喊》與《徬徨》兩本薄薄的簡素的短篇小說集。（上：68-69）

魯迅如不把阿Q當作一個人物，一開始就以寓言方式，把他寫做民族的化身，那麼會非常精彩。（上：111）

這顯然是非常主觀的臆度。司馬長風堅持文學史上有一套客觀的價值標準，「文學史家」的判斷就是這個客觀標準的體現。事實上，我們應該再認眞深思這是不是一種「課虛無以責有」的假象。然而這種假設已是不少文學史家、文學評論家共享的信念，不獨司馬長風爲然。只是，司馬長風往往有更進一步的幻構，想像每一個文學文本背後都有一個柏拉圖式的理想版本，有待一位文學史家，如他，去揭示。所以，他在評論周作人的名作〈小河〉時，不但要批駁康白情、胡適、朱自清、鄭振鐸等人的講法，更會有改詩的衝動：

> 在這裏筆者忍不住做一次國文教師，試改如左：……。
> （上：94）

類似的情況又見於對何其芳散文〈哀歌〉的評論：

> 這段話和第二段類似的話只是眩耀和賣弄，如果完全砍掉，整篇文章會立刻晶瑩奪目，生氣勃勃。（中：116）

又如評馮至〈塞納河畔的無名少女〉時說：

> 題目太長了，如果改成「天使的微笑」或「天使與少女」就
> 好了。（中：125）

文學史如果要強調紀實，就會盡快把讀者引入敘述的時序框架之
內，讓讀者順著時間之流去經歷這段虛擬的眞實。除了在書前書後
的前言跋語顯露形跡之外，文學史的書寫者都會極力隱匿自己的主
觀意識。在正文中即使有所論斷，亦以「爲千秋萬世立言」的「客
觀」意見出之。可是在司馬長風的文學史當中，敘事者的聲音卻不
斷出現，毫不掩飾的宣露自己的意識，甚至思慮的過程，例如：

> 筆者考慮再三，感到非選這首詩〔劉半農《教我如何不想他》〕
> 不可。（上：91）
>
> 我告訴讀者一個大秘密，也是一個大諷刺，周作人自己對上
> 述的主張，卻只堅持了一年多，很快就悄悄地把它埋葬了。
> （上：116）
>
> 據我的鑒賞和考察，〔何其芳〕最好的幾篇作品是……。筆
> 者最喜愛……。（中：116）
>
> 筆者曾不斷提醒自己是否有偏愛〔沈從文作品〕之嫌。（中：
> 125）
>
> 李健吾的散文作品這樣少，而今天能讀到的更少得可憐，執
> 筆時不勝遺憾。（中：136）
>
> 筆者忍不住杜撰，將他〔巴金〕的《憩園》、《第四病室》、

《寒夜》合稱爲「人間三部曲」。（下：73）

這樣的全情投入，則讀者被帶引瀏覽的竟是敘事者──「司馬長風」
──的世界。我們看到他的猶豫、衝動、遺憾。於是，一個本屬於
「過去的」、「客觀的」世界，就摻進了許多司馬長風的個人經驗。
最有代表性的例子是對孫毓棠《寶馬》的評論，司馬長風認爲這首
長詩是「中國新文學運動以來唯一的一首史詩」，「前無古人，至
今尚無來者」；但他不止於評斷，更伴之以感歎：

> 悠悠四十年竟默默無聞。唉，我們的文學批評家是不是太貪
> 睡呢？或者鑒賞心已被成見、俗見勒死，對這一光芒萬丈的
> 巨作竟視而不見，食而不知其味！（中：187-188）**❸❽**

我們看到的不止是司馬長風的讀詩經驗，還有他對「無識見」的文
學論斷的憤慨。如果我們再作追蹤，會發現這裏更植入司馬長風的
少年經驗。他在〈《寶馬》的禮讚〉一文說：

> 我初讀《寶馬》時還是十幾歲的孩子，當然還沒有鑑賞力來
> 充分欣賞它，但是我記得確曾爲它著迷。並且從報紙上剪存
> 下來，讀過好多次，後來還把它貼在日記上。時隔三十年，
> 最近我重讀它，六十多頁的長詩，竟一口氣又把它讀完了，

---

❸❽ 司馬長風論艾青詩時又有這樣的感歎：「啊艾青，純情的艾青，悲劇的艾
青！偉大的良心，迷途的羔羊。」（下：329）

　　引導我重回到曾經陶醉的世界。（《新文學叢談》128）

司馬長風說過許多遍，他中年以後再讀文學，是一次回歸的歷程（〈中
卷跋〉中：323；《文藝風雲》1-5）；他的文學史論述，就像重讀《寶
馬》，其實是「重回曾經陶醉的世界」的一個歷程。現在很多評論
家認同司馬長風文學史的一項優點，是重新發掘了不少被（刻意或者
無心）遺忘的作家（王劍叢 35，黃修己 428，王宏志 138-139，古遠清
183-184）。究之，這些鉤沉不一定是司馬長風單憑爬梳整理存世文
獻而得的新發現，個人往昔的記憶可能是更重要的根源。他在《文
藝風雲》的序文〈我與文學〉中，回敘自己上了中學之後，受國文
老師的薰陶，興致勃勃地讀新文學作品的經驗：

　　抗戰前夕，正逢新文學的豐收期，北方文學風華正茂，沈從
　　文、老舍的小說，何其芳、蕭乾等的散文，劉西渭、李長之
　　的文學批評，都光芒四射，引人入勝。（2）

更感性的，或者說「唯情的」記敘有〈生命之火〉的一段：

　　一九三七年的深秋，日軍的鐵蹄下，這座千年的古城，陰森
　　得像洪荒之夜；那面色蒼白的少年，爲民族而哭，爲家人而
　　泣，又爲愛情的萌芽而羞澀……。我居然活過來了。一方面
　　靠外祖公父遺傳給我的生命力，一方面得要感謝文藝女神的
　　眷顧。每天坐到北海旁邊的圖書館裏去，……何其芳的《畫
　　夢錄》、蕭紅的《商市街》、孫毓棠的《寶馬》，也曾使我

如醉如痴，我活過來了，居然活過來了。（《綠窗隨筆》47）

只要比對一下，不難發覺以上提到的作家作品在《中國新文學史》中都得到相當高的評價。再者，〈生命之火〉提及少年時的「萌芽愛情」，也是後來司馬長風的文學史論述的泉源之一；《中國新文學史》中對於周作人的〈初戀〉（上：178）、無名氏的〈林達和希綠〉（下：158）等寫「朦朧的」或者「充滿詩情的」戀愛的作品特別關顧；❸對何其芳的〈墓〉（中：116-118）、馮至〈塞納河畔的無名少女〉（中：123-125）、徐訏的〈畫像〉（下：221-222）等作品出現的天眞純美的少女形象反覆吟味；這都是司馬長風個人情懷的迴響。甚至瀰漫全書的「唯情」色彩，以及維護抒情美文等主張，可以說，都源自他自己眷戀不捨的愛情回憶。

　　一般認爲，文學史書寫的目的是傳遞民族的集體記憶，但文學史的書寫者是否必須，或者是否有可能完全排除個人的經驗，是一個值得思考的問題。事實上，有特色的文學史都是個人閱讀與集體記憶的結合。而個人的閱讀過程當中必然受過去的生活經驗影響甚或支配。例如已被視爲經典著作的夏志清《中國現代小說史》，❹據劉紹銘說，當中「給人最大的驚異」是「對張愛玲和錢鍾書的重

---

❸　司馬長風〈初戀的情懷〉一文，將自己的初戀與周作人、郁達夫的戀愛回憶連合（《吉卜賽的鄉愁》41-45）。他對周作人的〈初戀〉一文感受特深，在很多其他方都提到，例如《新文學叢談》就有〈周作人的初戀〉一文（199-200）；又在自己編的《中國現代散文精華》中選入周作人此篇（18-21）。

❹　夏著在 1999 年被選爲「台灣文學經典」（參陳義芝 477-487）。

視」（〈中譯序〉，《中國現代小説史》）；夏志清這個評斷對後來的
文學史論述有莫大的影響，現在已成爲集體記憶的一部分。然而我
們也知道，錢鍾書和夏志清早年有個人的交往，他在書寫的選剔過
程中有自己舊日的閱讀記憶作支援，是很自然的事。這裏要説明的
不是文學史著如何因私好而影響「公斷」；反之，是要指出文學史
論述往往包含個人與公眾的糾結，文學史的書寫不乏個人想像和記
憶。

(三) 「學術」追求之虛妄

在撰寫《中國新文學史》時，司馬長風以傳統概念的文學史家
爲自我期許。他努力的去追蹤新文學史的「自然的年輪和客觀的軌
跡」，而他也著實爲這一分學術忠誠付出不少精力，可是換來的卻
是書評家的猛烈批評和嘲弄。例如王宏志《歷史的偶然》一書，既
指斥他的「學術態度」不嚴肅，又説全書所用資料只有幾種：

> 仔細閲讀三卷《中國新文學史》，便不難發覺司馬長風所能
> 利用的資料十分有限，他主要依靠的資料有以下幾種：《中
> 國新文學大系》、《中國新文學大系續編》、王瑤的《中國
> 新文學史稿》、劉西渭的《咀華集》及《咀華二集》、曹聚
> 仁的《文壇五十年》等幾種。以撰寫一部大型文學史來説，
> 這明顯是不足夠的。（149）

司馬長風若看到這種批評，一定氣憤不平，覺得受到很大的冤屈。
我們可以在他的《新文學叢談》中，見到他幾番提到自己挖掘資料

的艱辛：

> 費九牛二虎之力驗明了他〔阮無名〕的正身，原來是左派頭
> 號打手錢杏〔村〕。（113）
>
> 今天研究新文學史最辛苦的是缺乏作家的傳記資料，爲了查
> 一個作家的生卒月日，每弄到昏天地黑，數日不能下筆寫一
> 字。（115）
>
> 因爲找不到李劼人的《死水微瀾》和《暴風雨前》，只好向
> 該書的日文譯者竹內實先生求救。（141）
>
> 四月二十五日又去馮平山圖書館看資料，無意中發現了葉公
> 超主編的《學文》月刊，大喜望外。（151）
>
> 在舊書攤上買了一本冷書——《現階段的文學論戰》。（187）

我們還知道他勤勞的往香港大學馮平山圖書館「尋寶」，用心的追
尋劉吶鷗的身世、穆時英的死因，以至爲了翻查沈從文在香港發表
的一篇文章，輾轉尋覓一九三八年星島日報的星座副刊（《新文學史
話》59、230；《文藝風雲》96）；可見他的文學史構築，既有借助現成
的記述，也有不少是個人一點一滴的積累。尤其他在各章後羅列的
作家作品錄、期刊目錄、文壇大事年表等，都是根據繁多的資料所
整理出來。正因爲司馬長風沒有參照嚴格的學術規式，不少資料沒
有註明出處，轉引自二手資料也沒有一一交代，我們很難準確計算
他引用資料的數量；但他所用的資料絕對不止幾種。❹僅以各章註

---

❹ 例如他在下卷的〈跋〉中說自己爲了寫〈長篇小說競寫潮〉一章，「耐心
的研讀了近百部主要作家的代表作」（下：373）。

釋所列，去其重複，可見全書徵引個別作家的作品凡 35 種（其中魯
迅作品引用甚多，只計《魯迅全集》一種），作品選集及文獻資料集 29
種，文學史 13 種，各家文學論集 32 種，相關的傳記 16 種，歷史著
作 9 種，報紙副刊 7 種，期刊 19 種（其中大約有 7、8 種不能確定是否
轉引）。就中所見，他一方面固然得助於當時香港出現的大量新印
或者翻版的現代文學資料，❷另一方面他也注意吸收剛刊佈的研究
成果。❸

在兩次總結自己的文學史寫作時，司馬長風都以「勇踏蠻荒」
作比喻。❹「蠻煙瘴氣的密林榛莽」是他對居壟斷位置的意識形態
的想像，❺「不顧一切」的「勇踏」行爲，則是他個人作爲悲劇英

---

❷ 大約在 1955 年開始，香港的文學出版社就版行了《中國新文學叢書》，
　　當中包括：冰心、朱自清、郁達夫、巴金、老舍、葉紹鈞、郭沫若、張天
　　翼、聞一多、沈從文等家的選集；香港上海書局又在 1960 年及 1961 年編
　　印《中國文學名著小叢書》第一、二輯，當中包括魯迅《傷逝》、茅盾《林
　　家鋪子》、王統照《湖畔兒語》、許欽文《鼻涕阿二》等各十種；又由台
　　灣傳入不全的《徐志摩全集》、《朱自清全集》、《郁達夫全集》等；這
　　些作品都一直有多次的重印，流行不衰。至於三、四十年代作品，更有創
　　作書社、神州書店、實用書局、波文書店、一山書屋等大量翻印。這些翻
　　印出版，雖然談不上是有系統的整理，但對於作品的流通有很大的幫助。
　　相對於八十年代以前的大陸和台灣，香港的一般讀者可以接觸到更多不同
　　思想傾向的現代文學作品。
❸ 例如胡金銓在 1974 年《明報月刊》發表的老舍研究，《中華月報》1973
　　年開始刊登的夏志清《中國現代小説史》各章中譯，甚至剛面世的報章副
　　刊等，司馬長風都有參用。
❹ 例見《中國新文學史》，中卷，〈跋〉，頁 324；下卷，〈跋〉，頁 373。
❺ 他寫過〈新文學三層迷霧〉（《新文學叢談》31-32）、〈失魂落魄六十
　　年〉（《新文學史話》19-22；又見《綠窗隨筆》183-186）等文，都是同
　　類的歷史想像。

雄的表現。在他想像的世界裏，他需要「提起筆躍馬上陣殺上前去」，
而且是急不及待的；他說：「人們等得太久了，我也等得太久了。」
（中：323）整部《中國新文學史》顯現出來的，就是一段急趕的追
逐過程。

　　司馬長風自己和他的批評者，都說他寫得太快；1975 年 1 月上
卷出版，倉促到連一篇序跋都來不及寫，「有關的話」到中卷出版
時（1976 年 3 月）才「趕在這裏說」，上卷初版書後更附了一分長長
的「勘誤表」，當中大部分都不是排印的技術錯誤，而是司馬長風
對自己論述的修訂；到再版序文（1976 年 6 月）又說改正了不少錯誤。
中卷初版時又有密密麻麻的「勘誤表」；到 1978 年 3 月再版，書前
說明校正錯漏近百處，又發覺當中有關三十年代文學批評與論戰部
分遺漏了梁實秋的主要論見，於是加上附錄一篇。1980 年 4 月上卷
三版，序中再指出上中兩卷尤其作家作品錄的部分錯漏特多，所以
重新校訂一遍；此外增添了〈周作人的文藝思想〉一文作爲正文論
述的補充，另附〈答夏志清的批評〉一文。由 1975 年直到 1980 年
他離世前，《中國新文學史》的上卷出了三版，中卷兩版，下卷一
版。每卷每版刊出時，都要追補之前的缺失，而且好像永遠都補不
完。在全書的正文論述中，我們不難見到前面的敘述被後來的增補
或者變更。最有啓示意味的是文學史分期中就 1938 年至 1949 年一
段所設的標籤：在寫上卷〈導言〉時，司馬長風實在還未開始抗戰
時期文學的研究，只想當然的說這時文壇「值得流傳的東西，少之
又少」，所以名之爲「凋零期」（上：13）。到後來才發覺這時期有
許多成熟的作品，尤其長篇小說質與量俱優。但大概因爲和夏志清

論戰而稍作堅持，㊻下卷行文故意沿用同一名稱；1980年上卷三版，
〈導言〉已改用「風暴期」的新說，㊼可惜他沒有來得及在生前再
修改下卷，所以在言文自相追逐的情況下，又增加了一個矛盾。㊽

　　司馬長風以爲自己營營逐逐，做的是一件學術工作，但是他始
終不明白，他寫的永遠都不會被視爲學術著作；他沒有受過按西方
模式所規限的學術訓練，對資料的鑑別不精細，論文體式不整齊。
他有的是衝勁熱誠、有的是敏銳觸覺，但學術標準不包括他所具備
的優點，學界不會接受他的草率、疏漏。尤其對於二十年後的現代
學者來說，由於有更多資料重新出土，更多研究成果可供參照，當
然可以安心的去蔑視這本不再新鮮的文學史。㊾

㊻　司馬長風在〈答覆夏志清的批評〉時說自己「也曾對這個稱謂感到懷疑。
　　當初選擇『凋零期』這個字眼，因爲這個期間趕上兩場毀滅性的戰爭：抗
　　日戰爭，國共內戰。……到現在爲止，我還沒有決定捨棄『凋零期』這個
　　字眼，但是也未完全消失不妥當的疑惑。」（103-104）

㊼　同時收入《文藝風雲》（8-9）和《新文學史話》（6-7）的〈中國新文學
　　運動六十年〉一文，也採用了「戰爭風暴」的字眼來描述1937-1949年的
　　新文學。

㊽　此外，黃維樑〈略評司馬長風《中國新文學史》〉指出中卷論「收穫期」
　　詩時先說選評十大詩人，但後來所論卻有十四人（88）。這個書寫計劃與
　　正式論述的距離正好把當中的時間流程突顯，而這也不是僅有的例子，例
　　如中卷論小說時，先提「六大小說家」之名，再說「此外蕭軍、蕭乾都有
　　優異作品問世」，但正式論述卻沒有講蕭乾，本章則題爲〈中長篇小說七
　　大家〉（中：37）。

㊾　胡菊人在〈憶悼司馬長風兄〉一文說：「儘管他的《中國新文學史》有人
　　認爲略有瑕疵，但是大脈絡上仍是相當充實的。而且因爲缺乏安全的環
　　境，沒有固定的收入，更不像學院派的人那樣，先拿津貼，申請補助，才
　　決定寫不寫一部書。是以學院派的要求來批評他，似不公允。基本上他一

(三) 司馬長風的「歷史性」與「文本性」

司馬長風完成《中國新文學史》中卷以後，在〈跋〉中寫道：

> 本書上卷十五萬字自一九七四年三月開筆、九月殺青，前後
> 僅約半年時間；中卷約二十萬字，自一九七五年七月到本年
> 二月，也只化了約七個月時間。這裏所說的六個月、七個月，
> 並不是全日全月，實是雞零狗碎的日月！這期間我在兩個學
> 校教五門課，每周十四節課；同時還在寫一部書，譯一部書，
> 此外還平均每天寫三千字雜文。在這樣繁劇的工作中，我榨
> 取一切閒暇……。我把自己當做一部機器，每天有一個繁密、
> 緊張的進程表，幾乎每一分鐘都計算，都排入計劃。因為時
> 間這樣可憐、這樣零碎，工作起來便勢如餓虎、六親不認。
> 在難以置信的時間裡，讀了那麼多頁，寫了那麼多字，我自
> 己都感到是奇蹟。是的，奇蹟，一點也不含糊！（中：323-324）

在文本以外，我們見到的司馬長風就是這樣的爭分奪秒，與時間競
賽。胡菊人〈憶悼司馬長風兄〉說：

> 他這樣催逼著時間，時間又反過來催逼他。（《司馬長風先生
> 紀念集》70）

方面是賣文，另方面賣得有其道——著書立說。」（《司馬長風先生紀念
集》70）可算是學院外的一種回應。

在文本之內，我們又見到文學史的論述在追逐一種奉學術之名的「嚴謹真確」。但這個「以析述史實爲宗」的學術目標（《新文學史話》序），顯然沒有達到。司馬長風也爲這個落空的追逐而感到痛苦：

> 這樣匆忙、潦草的書，竟一版、再版、三版，這不但使我不安，簡直有點痛苦難堪了。（《中國新文學史》上卷三版序）

他明明知道處身的境況不可能讓他全力於學術的追尋，但還是刻刻以此爲念。到最後，學府內秉持量尺的專家，就判定他的失敗。好比他在文本中竭力構建的「文學自主」，本來就寄寓他對一個「自由開放社會」的追求、「海闊天高任鳥飛」的國度的期盼。這種對「自由民主」的嚮往，基本上只能停留於言說的層面；在行動上，就如徐復觀〈悼念司馬長風先生〉所說，「必然是悲劇的收場」（《司馬長風先生紀念集》85）。至於由民族主義所開發的中國文化企劃，也是司馬長風移居香港以後的另一個追求，這方面和唐君毅、牟宗三等新儒家在香港開展的文化論述有著同一方向；⑩但實際上，在五十年代的新界建設文化村，以表現中國傳統生活方式的想法，也只能落實爲《盤古》雜誌上的文字設計（《司馬長風先生紀念集》29）；其最終結穴就成爲《中國新文學史》之中縈繞不絕的鄉愁。

看來，文本以外的司馬長風，雖有種種的追尋，也確實付出了真心誠意，最後也只能歸結爲文本，好像「司馬長風」一名，本來

---

⑩　司馬長風與唐君毅、牟宗三、徐復觀等新儒家中人都有來往。

就是承擔他的文學事業以至文學史書寫的一個筆名、一個符碼。(51)實際生活中的胡若谷，(52)究竟是否存在，好像不太重要；就如香港這個他生活時間最長的一個地方，也成不了他的鄉土，然而，在這塊殖民地的土壤上，居然容他一個尋覓理想的空間，於是他可以作一個「明天的中國」的夢；(53)於是他可以以司馬遷的「浪漫主義風格，和化不開的詩情」（《新文學史話》176），去書寫新文學史「失魂落魄的六十年」，以李長之的「煥發傳統，疏導溝通傳統與新文學」的精神，去爲新文學招「民族的靈魂」（下：341、354）。儘管在現實中只見司馬長風不斷的落空，但他的追逐過程本身，就有豐富的蘊涵可供我們解讀。

再以本書中卷所附的兩張照片爲說。兩張照片都附有說明，大概都是司馬長風的書寫。圖一的說明是：

---

(51) 司馬長風在〈李長之《文學史稿》〉說：「我現在這個筆名是在讀過李長之著《司馬遷的人格與風格》一書之後起的」（《新文學叢談》135）；可知司馬長風是以司馬遷和李長之的風骨和才華爲追慕的理想。

(52) 據〈司馬長風先生的生平行誼〉一文記載：司馬長風原名胡若谷，又名永祥、胡欣平、胡越、胡靈雨（《司馬長風先生紀念集》20）。這裏說他原籍瀋陽，但黃南翔〈欣賞中的嘆息〉指出他是蒙古人，本姓呼絲拔（8）。

(53) 司馬長風〈噩夢〉一文有這樣的話：「〔我〕現在覺得實在對不起你〔香港〕。多虧你這點屋簷下的自由，使我奔騰的思考，洶湧的想像，得到舒展和憩息。」（《綠窗隨筆》62）。他著有《明天的中國》一書，胡菊人〈清貧而富足的司馬長風〉說他「爲中國的將來設計了一幅美麗的藍圖」，「是不是可行，是不是合於實際，是否純屬主觀幻想，當然是可以詰疑的，但至低限度，代表了他對國家的滿腔熱愛，無限遐想。」（10）

　　　　作者趕寫本書的情景，旁邊是作者小女兒瑩瑩。

所見影像是穿上整齊西服的司馬長風和他的天眞可愛的女兒。圖二
的說明是：

　　　　作者趕寫本書時，書桌一景。

書桌上橫放著紙筆文稿、中外文參考書籍。兩張照片與本節開首所
引的跋文可以互爲呼應，司馬長風希望讀者看到他的辛勞不懈。但
這裏表述的不單是文本以外的書寫過程；當已成過去的一刻以顯然
經選擇設計（但不能說是虛假）的方式凝定於文本之內時，整個書寫
過程就被徹底的文本化。推而廣之，司馬長風的整個追尋行動，正
是一頁南來香港的中國知識分子生活史。

(四)　唯情的文學史

　　　前面我們討論的是司馬長風的文學史書寫行動，主要的審思對
象是當中的學術追求過程；我們見到他憬然的去追求，但所願卻一
一落空。以嚴格的學術標準而言，他的成績不及格。然而我們不必
就此蓋棺，我們可以進一步省思，文學史論述的學術規條，是否不
能逾越。

　　　學術論述要求嚴謹，是學術制度化在言說層面的一種體現。在
現今社會價值系統混雜不齊的情況下，制度化的作用就是品質管理
（quality control），但更重要的意義當在超越個別視界，使論述爲
超個體的（集體的）成員所共用。而所謂"control"的意義就除了「管

理」之外，還起「支配」的作用。基於此，許多不符現行範型（paradigm）
的、不嚴謹的言述就被排除於共享圈之外。司馬長風雖然也在香港
的大專院校任兼職，但他所兼的社會角色太多太雜，又專又窄的學
術規範實在不是他能一一緊隨的。但我們是否就要簡單的把他的文
學史論述排拒在視界之外呢？事實上，如果不嚴謹僅指當中匆促的
筆誤（如「無產階級文學」寫成「無產階段文學」之類）（王宏志 148）、
語言表述的前後齟齬（如先說評介十大詩人，下文卻討論了十四位詩人）
（黃維樑 88）、資料的錯判誤記（如長篇小說誤為短篇、把民國紀年訛作
公元等）（王劍叢 40、《中國新文學史》台版前記 2），則僭居學府的我
們似乎不應就此判為「不可原諒」。❼司馬長風生前確已誠惶誠恐
的拼命追補更正，我們只要看看他在各卷前言後記所作的自供狀就
會知道。司馬長風所需的，可能是一個稱職的研究助理。今日，如
果我們怕誤導青年後生，則由嚴謹的學者們製作一個《中國新文學
史》的勘誤表，❺又或者另行刊佈一部「精確的」新文學史大事年
表或資料手冊，就可以解此倒懸了。

　　對《中國新文學史》的另一個學術評鑒是：司馬長風有沒有在
書中準確的描述或者「再現」文學史。當中所謂「準確」包括有沒

---

❼　王宏志《歷史的偶然》說：「最令人不滿的是裏面很多非常簡單、毫無理
　　由出錯的情況，例如一些重要而且耳熟能詳的文章名稱或文學史常識也弄
　　錯了，諸如胡適的〈文學改良芻議〉被寫成〈改良文學芻議〉；梁啟超的
　　〈論小說與群治之關係〉變成〈小說與群治的關係〉，「無產階級文學」
　　變成「無產階段文學」等。」（148）
❺　傳記文學出版社在刊行台版時已作了一些補訂，但顯然未夠完備。又據悉
　　小思女士曾有校勘之議，但最後未及實行。

有遺漏「重要的」作家作品、有沒有對作家作品作出「恰當的」（或者「公正的」）評價。再推高一個層次，是他的文學史論述是否前後矛盾，論證過程是否周密無漏，是否經得起邏輯的推敲；評斷有沒有合理的基礎，有沒有圓足的解說。

於作家作品的見錄數量而言，司馬長風所論相對的比以前的文學史為多，這是大部分學術書評都同意而且讚許的一點。在評價的判定上，司馬長風的異於左派文學史也是眾所同認的。主要的批評是指他以藝術基準為號召，但恰恰顯示了非常政治化的反共意識。再而是分期的標籤與內容不符、褒貶的自相矛盾，論述的簡單化甚至前後不能照應（王劍叢 40，王宏志 143、145、147）。有關政治化的問題，前文已經討論過，至於其他的學術考量，則或許可以其他進路的思考。

司馬長風的文學史論述，的確矛盾叢生。但這重重的矛盾卻產生一些非常有趣的現象。我們可以參看他和夏志清的論戰。夏志清對他的每一項批評，他都可以作出反駁。❺❻事實上，除了上文講的資料或文字語言的訛誤之外，其他學者就司馬長風的個別論見所作批評，我們幾乎都可以在《中國新文學史》中找到足以辯解的論點。這不是說司馬長風的論述周備無隙；相反，當中大量的局部評論本來就未曾作系統的、全盤的聯繫。但因為司馬長風慣常使用對照式的評論，讓他有許多追加補充或者解說的機會；所以甲漏可以乙補，

---

❺❻　例如夏志清批評司馬長風對朱自清〈匆匆〉的評價過高（〈現代中國文學史四種合評〉54-55），他卻可以輕易的找到回應的方法（〈答覆夏志清的批評〉98-99）。

丙非可以丁是；然而甲與丙、乙與丁之間，卻也可能產生新的矛盾。換一個角度看，論者要指摘其錯漏，當然也非常容易。我們不打算仔細的計量這些細部的問題，我們想問的是：這種不周密的文學史論述，是否還值得我們去閱讀？

我想，大部分學術論評所揭示《中國新文學史》的「異色」——被忽略的作家作品的鉤沉、唯美唯情的評斷等，固然值得留意，但我們應該可以在司馬長風的文學史論述中，讀到更多的深義，其關鍵就在於我們的閱讀策略。

司馬長風的文學史論述結構，主要是由幾組不同層次的語意元素（如純淨白話、美文詩意、文學自主、鄉土傳統等）築建而成；各種元素之間，本來就不易調協。最重要的是，他的敘述基調是立足於「不見」（absence）之上，又因「不見」而創造了懷想的空間。這可以他在正文中沒有討論，但在〈導言〉中標誌的「沉滯期」說起。他不單把一九五〇年到一九六五年定爲「沉滯期」，在導言中更感慨地說：

> 一九六五年掀起文化大革命，那些戰戰兢兢，擱筆不敢寫的作家們，也幾乎全部被打成「牛鬼蛇神」。
>
> 另一方面在台灣，因爲與大陸的母體隔斷，竟出現「新詩乃是橫的移植，而非縱的繼承」的悲鳴。……
>
> 中國文壇仍要在沉滯期的昏暗中摸索一個時候。（上：14）

司馬長風所感知的中國文壇正處於昏沉的狀態，所以他竭力地追懷他所「不見」的「非西化」和「非方言化」的文學傳統、「非政治」

的文學鄉土。在這其中，就有感性切入的縫隙。我們發覺，在司馬長風的敘述當中，悲觀的氣色非常濃厚。全書各章的佈局，只有上卷由「文學革命」到「成長期」算有比較積極的氣氛。中下兩卷合佔全書超過三分之二的篇幅，其中語調已轉灰暗：篇章標題中出現的「歉收」、「泥淖」、「陰霾」、「貧弱」、「凋零」、「飄零」、「歧途」、「徬徨」、「漩渦」等字眼，掩蓋了其他描敘成果的詞彙。正是在這種哀愁飄蕩的空間，司馬長風敏感的個人觸覺可以游刃其中。學術訓練的不足，反而少了束縛，任憑自己的觸覺去探索，將個人的感舊情懷自由的拓展，為新文學史帶來不少新鮮的刺激。可以說，這些創穫是與個人經驗的介入，撕破學術的帳篷，有很大的關係。

當然，我們無意說唯情的文學史論述比緊守學術成規的著作優勝，也不能為司馬長風的草率隱諱；在此，只想再思文學史的論述是否與科學客觀、邏輯嚴謹、摒除主觀情緒等學術規範有「必然」的關係。文學史書寫最大的作用是將讀者的意識畛域與過去的文學世界作出連繫。讀者對這種連繫的需求，可能出於知識的好奇，可能出於文化尋根的需要，可能出於拓展經驗世界的希冀；作為文學史的敘述者，為甚麼一定要有莊嚴的學術外觀？為甚麼不能是體己談心的寬容？正如文學批評，既可以是推理論證、洋洋灑灑的著述，也可以是圍爐夜話的詩話箚記。西方文學史著述中既出現了如《哥倫比亞美國文學史》（Emory Elliott et al.）、《新法國文學史》（Denis Hollier）等不求貫串的反傳統敘事體，而贏得大家的稱頌，我們為甚麼容不了一本與讀者話舊抒懷的文學史？

引用書目

中文部份

王宏志。《歷史的偶然：從香港看中國現代文學史》。香港：牛津出版社，1997。

王哲甫。《中國新文學運動史》。北平：杰成印書局，1933。

王夢鷗。《文學概論》。台北：藝文印書館，1975。

王瑤。《中國新文學史稿》。上海：新文藝出版社，1953。

王齊樂。《香港中文教育發展史》。香港：三聯書店，1996。修訂版。

王劍叢。〈評司馬長風的《中國新文學史》〉。《香港文學》22 (1986): 34-40。

包天笑。《釧影樓回憶錄》。香港：大華書局，1971。

古遠清。《香港當代文學批評史》。武漢：湖北教育出版社，1997。

司馬長風。〈答覆夏志清的批評〉。《現代文學》復刊 2 (1977.10): 91-112。

司馬長風。《中國新文學史》（三卷）。香港：昭明出版社，1975-78。初版。

司馬長風。《文藝風雲》。台北：時報文化公司，1977。

司馬長風。《吉卜賽的鄉愁》。台北：遠行出版社，1976。

司馬長風。《唯情論者的獨語》。香港：創作書社，1972。

司馬長風。《鄉愁集》。香港：文藝書屋，1971。

司馬長風。《新文學史話——中國新文學史續編》。香港：南山書
　　屋，1980。

司馬長風。《新文學叢談》。香港：昭明出版社，1975。

司馬長風。《綠窗隨筆》。台北：遠行出版社，1977。

司馬長風著，劉紹唐校訂。《中國新文學史》（台版，上下冊）。
　　台北：傳記文學出版社，1991。

司馬長風編。《中國現代散文精華》。香港：一山書屋，1982。

朱自清。《朱自清古典文學論文集》。上海：上海古籍出版社，1981。

余英時。〈文藝復興與人文思潮〉。《歷史與思想》。台北：聯經
　　公司，1975。305-337。

李孝悌。〈胡適與白話文運動的再評估——從清末的白話文談起〉。
　　《胡適與近代中國》。周策縱等。台北：時報文化公司，1991。
　　1-42。

李長之。〈五四運動之文化意義及其評價〉。《李長之批評文集》。
　　邵元寶、李章編。珠海：珠海出版社，1998。328-339。

周作人。《中國新文學源流》。楊揚編校。上海：華東師範大學出
　　版社，1995。

周質平主編。《胡適英文文存》。台北：遠流出版公司，1955。

姜義華編。《胡適學術文集：新文學運動》。北京：中華書局，1993。

紀念集編委會。《司馬長風先生紀念集》。香港：覺新出版社，1980

胡菊人。〈清貧而富足的司馬長風〉。《香港作家》1999.1：10。

胡適。《五十年來中國之文學》。上海：新民國書局，1929。原載
　　1923年《申報》五十周年紀念刊《最近之五十年》。

胡適。《胡適留學日記》。上海：商務印書館，1937。

胡適。《胡適演講集》。台北：遠流出版公司，1986。

唐弢。《中國現代文學史》。北京：人民文學出版社，1979-80。

唐德剛譯註。《胡適口述自傳》。台北：傳記文學出版社，1986。

夏志清。〈現代中國文學史四種合評〉。《現代文學》復刊 1 (1977.7):
　　41-61。

夏志清著，劉紹銘等譯。《中國現代小說史》。香港：友聯出版社，
　　1976。

高大鵬。《傳遞白話的聖火──少年胡適與中國文藝復興運動》。
　　板橋：駱駝出版社，1996。

張灝。《幽暗意識與民主傳統》。台北：聯經出版公司，1989。

許懷中。《中國現代文史研究史論》。廈門：廈門大學出版社，1997。

陳子展。《最近三十年中國文學史》。北京：太平洋書店，1937。

陳思和。〈一本文學史的構想──《插圖本 20 世紀中國文學史》總
　　序〉。《中國文學史的省思》。陳國球編。香港：三聯書店，
　　1993。48-73。

陳國球。〈傳統的睽離：論胡適的文學史重構〉。《書寫文學的過
　　去：文學史的思考》。陳國球、王宏志、陳清僑編。台北：麥
　　田出版社，1997。

陳義芝主編。《台灣文學經典論文集》。台北：聯經出版公司，1999。

傅斯年。《傅斯年全集》。台北：聯經出版公司。1980。

黃里仁（黃維樑）。〈略評司馬長風《中國新文學史》〉。《書評
　　書目》60 (1978): 86-95。

黃南翔。〈欣賞中的嘆息──略談司馬長風的文學事業〉。《香港
　　作家》1999.1：8-9。

黃修己。《中國新文學史編纂史》。北京：北京大學出版社，1995。

裴斐。《詩緣情辨》。成都：四川文藝出版社，1988。

趙家璧主編。《中國新文學大系》。上海：良友圖書公司，1936。

黎錦熙。《國語運動史綱》。上海：商務印書館，1934。

錢理群、溫儒敏、吳福輝。《中國現代文學三十年（修訂本）》。
    北京：北京大學出版社，1998。

錢鍾書（中書君）。〈《中國新文學的源流》書評〉。《中國新文
    學的源流》。楊揚編校。上海：華東師範大學出版社，1995。
    〈附錄三〉83-84。

霍衣仙。《最近二十年中國文學史綱》。廣州：北新書局，1936。

薛綏之、張俊才編。《林紓研究資料》。福州：福建人民出版社，
    1983。

關國煊。〈司馬長風小傳〉。《中國新文學史》（台版）。司馬長
    風著，劉紹唐校訂。台北：傳記文學出版社，1991。

外文部份

Abrams, M. H. *The Mirror and the Lamp: Romantic Theories and the Critical Tradition.* Oxford: Oxford UP, 1953.

Baldick, Chris. *Criticism and Literary Theory: 1890 to the Present.* London: Longman, 1996.

Barthes, Roland. *Mythologies.* Trans. Annette Lavers. London: Grafton Books, 1973.

Bennett, Tony. *Outside Literature.* London: Routledge, 1990.

Bergonzi, Bernard. *Exploding English: Criticism, Theory, Culture.*

Oxford: Clarendon Press, 1991.

Brown, Merle E. *Neo-Idealistic Aesthetics: Croce-Gentile-Collingwood*. Detroit: Wayne State UP, 1966.

Burckhardt, Jacob. *The Civilization of the Renaissance in Italy*. Trans. S. G. C. Middlemore. London: Penguin, 1990.

Burke, Peter. *The European Renaissance: Centres and Peripheries*. Oxford: Blackwell, 1998.

Burke, Peter. *The Renaissance*, 2nd ed. London: Macmillan, 1997.

Comensoli, Viviana and Paul Stevens, ed. *Discontinuities: New Essays on Renaissance Literature and Criticism*. Toronto: U of Toronto P, 1998.

Eagleton, Terry. *Literary Theory: An Introduction*. Oxford: Blackwell, 1983.

Eagleton, Terry. *The Ideology of the Aesthetic*. Oxford: Blackwell, 1990.

Elliott, Emory, et al. ed. *Columbia Literary History of the United States*. New York: Columbia UP, 1987.

Fasold, Ralph W. *The Sociolinguistics of Society*. Oxford: Blackwell, 1984.

Ferguson, Charles. "Diglossia Revisited." *Southwest Journal of Linguistics* 10 (1991): 91-106.

Ferguson, Charles. "Diglossia." *Language and Social Context: Selected Readings*. Ed. Pier Paolo Giglioli. London: Penguin, 1972. 232-251.

Fishman, Joshua "Societal bilingualism: Stable and Transitional." *The Sociology of Language.* Rowley, MA: Newbury House, 1972. 91-106.

Grieder, Jerome B. *Hu Shih and the Chinese Renaissance: Liberalism in the Chinese Revolution 1917-1937.* Cambridge: Harvard UP, 1970.

Guillory, John. *Cultural Capital: The Problem of Literary Canon Formation.* Chicago: U of Chicago P, 1993.

Hill, John Spencer, ed. *Imagination in Coleridge.* London: Macmillan, 1978.

Hollier, Denis, ed. *A New History of French Literature.* Cambridge: Harvard UP, 1989.

Jancovich, Mark. *The Cultural Politics of the New Criticism.* Cambridge: Cambridge UP, 1993.

Marino, Adrian. *The Biography of "the Idea of Literature": from Antiquity to the Baroque.* Albany: SUNY Press, 1996.

Masini, Federico. *The Formation of Modern Chinese Lexicon and Its Evolution Toward a National Language: The Period from 1840 to 1898 (Journal of Chinese Linguistics Monograph Series No. 6)* Berkeley: UC Berkeley, 1993.

Mkilifi, Abdulaziz. "Triglossia and Swahili-English Bilingualism in Tanzania." *Advances in the Study of Societal Multilingualism.* Ed. Joshua Fishman. New York: Mouton, 1978. 129-152.

Mukařovský, Jan. "A Note on the Czech Translation of Šklovskij's

Theory of Prose." *Word and Verbal Art.* Ed. John Burbank and Peter Steiner. New Haven: Yale UP, 1977.

Schiffman, Harold F. "Diglossia as a Sociolinguistic Situation." *The Handbook of Sociolinguistics.* Ed. Florian Coulmas. Oxford: Blackwell, 1997. 205-216.

Scholes, Robert. *Textual Powers: Literary Theory and the Teaching of English.* New Haven: Yale UP, 1985.

Siewert, Klaus. "Vernacular Glosses and Classical Authors." *Medieval and Renaissance Scholarship.* Ed. Nicholas Mann and Firger Munk Olsen. Leiden: Brill, 1997. 137-152.

Tallis, Raymond. *Not Saussure: A Critique of Post-Saussurean Literary Theory.* Basingstoke: Macmillan, 1988.

Trask, R.L. *Key Concepts in Language and Linguistics.* London: Routledge, 1999.

Tredell, Nicolas. *The Critical Decade: Culture in Crisis.* Manchester: Carcanet Press, 1993.

Wellek, Rene. "The Name and Nature of Comparative Literature." *Discriminations: Further Concepts of Criticism.* New Haven: Yale UP, 1970. 1-36.

Widdowson, Peter. *Literature.* London: Routledge, 1999.

書寫浮城

──葉輝與香港文學史的書寫

一　浮城·書寫·香港

　　葉輝的《書寫浮城》就像許多文學評論文集一樣，是一個文化人持續書寫的見證。所錄各篇的撰成時間始於 1985 年，最遲的完成於 2001 年。讀者看到的，不會是周詳規劃下的故事情節。然而在 2001 年結集的時候，葉輝會把這本副題「香港文學評論集」的各篇，總題之曰「書寫浮城」，又有甚麼意義呢？「浮城」很容易讓人聯想到西西的名篇〈浮城誌異〉──香港投影成「浮城」以超現實主義的意義存在於無定的空間（西西　1-19）。《書寫浮城》內沒有任何一篇提到「浮城」。但幾年前──1997 年，葉輝出版了一本散文集《浮城後記》，封面摺頁有這樣的文字介紹：

　　　　「浮城」也自有另一種時間簡史，是水族館式的、是圍困式的透明；時間在累積著、虛構著、倒數著、混沌著。身處如此的「浮城」，或許只能做一個（精神上）的安那其，只能懸

身在括弧中。❶

「香港文學評論」變成「書寫浮城」，應是回顧前塵然後下的判語。在迎向讀者的〈題記〉中，葉輝以歷史探索的筆觸重整「個人」和「公眾」的記憶。以此為提綱，則一段二十年的書寫，既留下遺跡，也顯現歷程；讓我們看到文學史意識的形成，讓我們聯想不少文學史的理論問題。下文嘗試一一疏說，以為讀者談助。

葉輝，本名葉德輝，廣西合浦人，1952 年生於香港。曾任職記者、翻譯、編輯，現職報社社長。業餘曾參與《羅盤詩刊》、《大拇指》、《秋螢詩刊》編輯工作，現為《詩潮》編委。著有散文集《甕中樹》、《水在瓶》、《浮城後記》，小說集《尋找國民黨父親的共產黨秘密》（見《書寫浮城》「封面摺頁」❷）。

二　文學史的興起

「香港文學」的評論和研究一般只能上溯到二十世紀七〇年代，到現今為止的發展歷程，可說維時尚短，甚至可以說只在萌生階段。最明顯的論據是，今日香港境內還未能生產一部「香港文學史」（參陳國球〈文學史視野〉）。因此，要剖析「香港文學史」的書寫問題，大可比照西方學者對「文學史的興起」階段的一些研究；

---

❶　《浮城後記》中有一篇散文題作〈再見浮城〉（132-139），一篇題作〈另一種時間簡史〉（214-218），另一篇題作〈精神上的安那其〉（303-305）。
❷　以下引用本書僅舉頁碼。

然後再就具體的文化語境，作出適當的修訂調整，進行分析。當然時世有異，經驗亦不盡相同；由此到彼總不會一一對應契合。這是必需有的警覺。

西方近世有關文學的研究，可以概分爲兩個傳統：「語文學」（philology）傳統和「修辭學」（rhetoric）傳統。前者偏向歷時（diachronic）層面的探索，後者則以並時（synchronic）的角度，追求普遍的原則。

語文學可以追源到柏拉圖的著述，中歷中世紀的經籍研究，到十七世紀在德國建立了一個影響深遠的的學術傳統，然後影響流播到英法等地。語文學主要以歷史發展的角度研究語言文字，講求文獻證據，以及科學研究的精神；其視野所及，不僅限於語文，而廣被文化政治神話藝術風俗等領域，可說是文化整體的歷史研究。到十九世紀時期，語文學更以「硬科學」（"hard science"）的面貌，進佔現代大學的語言文學系（參 Hohendahl *Building a National Literature*; Hohendahl A *History of German Literary Criticism;* Hollier; Fayolle; Baldick; Graff; Lindenberger）。

修辭學亦有自亞理士多德以來的傳統，從「雄辯術」的成規，發展爲散文理論，後來更與「詩學」結盟，合成對「言說藝術」（the art of discourse）的追求。中古以還，這個「修辭／詩學」傳統在法國的發展比較深遠。例如十五世紀末到十六世紀初出現的「修辭學派」詩人（la grande rhétorique）就對散文、韻文、虛構（poétrie）的規律，都作出很具影響的探索。直到十九世紀後期，「修辭學」在學校教育一直佔有主導地位；「語文學」式的研究要到郎松（Gustave Lanson, 1857-1934）取代尼扎爾（Désiré Nisard,

1806-1888）主管師訓以後，重要性才有所提高。在英德等國，當然也有「修辭學」和「詩學」的著述，但在近世學統的力量相對比較弱，例如在英國是二十世紀初的新批評，就要換上嚴謹學科訓練的外貌，才能與「語文學」傳統爭鋒（參 Kenndey; Hollier; Fayolle; Baldick; Widdowson *Re-Reading English;* Widdowson *Literature;* Joe Moran; Hohendahl *A History of German Literary Criticism*）。

　　至於西方文學史的書寫，前身應是經籍文獻的紀錄或記述，現代學者多以拉丁文 "historia litteraria" 稱之。其中 "litteraria"（「文學」）一詞應作最寬的解釋，因為早期「文學」包括一切類型的文字著述。與這種著述相近的，另有一種專事個別書冊的載誌（bibliomania）──類似中國的藏書目錄，在法國尤其盛行。這些記述和紀錄，一方面是知識的整理，另一方面則是「崇古主義」（antiquarianism）的表現。當崇古主義以國族立場出現之後──如德國的「語文學」的建立就是緣此而來，再加上從「修辭學」和「詩學」提升的「審美意識」的參預，現代意義的文學史書寫就得以萌生發展。當然這些文學史在不同國家也有不一樣的發展傾向，例如被譽為德國第一本具現代意義的文學史──蓋爾維努斯（Georg Gottfried Gervinus, 1805-1871）的《德國文學史》（*Geschichte der deutschen Dichtung,* 1835-42），就傾向視文學史為歷史發展的表現，而較輕視美學的意義；法國則因為修辭學的影響相對較強，在朗松《法國文學史》（*Histoire de la littérature française,* 1895）以前的文學史，都以肯定法國文學（及語言）的普遍價值為主，不太著意於歷時變化的追蹤（參 Hollier; Fayolle; René Wellek *The Rise of English Literary History;* René Wellek "English *Literary* Historiography"; Kenny; Widdowson

Literature; Joe Moran; Batts; Hohendahl *Building a National Literature*; 陳國球
〈文學史的興起〉）。

回到香港的情況，時世經歷固然有異，但我們發覺文學史研究
的開展也有類似的兩種不同偏向。比較接近「語文學」傳統的崇古
傾向，重視資料蒐集，以科學求真爲目標的典型的例子，就是盧瑋
鑾。她在 1981 年完成的碩士論文《中國作家在香港的文藝活動，
1937-1941》，顯示出她對史料搜尋發掘的興趣——可說是「崇古主
義」的一種表現。她的工作從七〇年代開始，早期比較偏重追尋中
國內地作家在香港的文學遺跡；其背後根源大概來自寓港的唐君
毅、錢穆等新儒家的思想，對中國文化的企慕成爲主要的推動力。
後來她也廣集有關香港本土作家作品的材料，自 1996 年開始，與鄭
樹森、黃繼持合作，陸續整理出版《香港文學大事年表（1948-1969）》
（後來改訂爲《香港新文學年表（1950-1969）》）、《香港文學資料冊，
1927-1941》、《香港小說選，1948-1969》、《香港新詩選，1948-1969》、
《香港散文選，1948-1969》、《國共內戰時期香港本地與南來文人
作品選：1945-1949》、《國共內戰時期香港文學資料選：1945-1949》、
《早期香港新文學資料選（1927-1941）》、《早期香港新文學資料選
（1927-1941）》等；對香港文學的研究，有很大貢獻。她對文學史資
料的嚴謹態度，與西方求精確、重實證的「語文學」研究方法很接
近。然而，對資料、對史實追求全備無遺的想法，也顯示她的「歷
史／文學史」迷思。她一直認爲「短期內不宜編寫文學史」。❸這

---

❸ 她這個見解早在 1988 年發表的〈香港文學研究的幾個問題〉已經提出，
一直到今天還沒有改變（盧瑋鑾 144）。

種想法，在面對中國大陸從八〇年代開始編造了許多怪異的香港文學史論述的情況下，固有其合理的成分；但以她多年積漸之厚、功夫之深，應該可以寫成一本極有參考價值的史著。

至於從「修辭學／詩學」切入的進路，葉輝的評論集《書寫浮城》或者是一個很好的例證，也是本文的主要討論對象。

三　文學・現實；香港・中國

《書寫浮城》所收文章，最早寫定的是 1985 年的三篇：〈《游詩》的時空結構〉，〈《羅盤》雜憶〉，以及〈香港的滋味——余光中詩二十年細說從頭〉。

〈《游詩》的時空結構〉討論的對象是梁秉鈞和駱笑平合作的詩畫合集。葉輝的重點在於詩；他對梁秉鈞詩「空間形式」的呈現、在不同空間的「游」、在游走中的「觀看」、在觀物過程的「重整秩序」等「言說藝術」層面（the art of discourse），都有精細的疏說。又因為《游詩》本來就是詩畫合集，他也就詩畫兩種不同的藝術載體立論，參照現代中國學者對萊辛的《拉奧孔》「詩畫異質說」的思辯，❹反覆論析「梁秉鈞的時間和空間結構和綜合媒體的探索」。這種從文本的言說層面推敲斟酌，企圖推向文學藝術原則的體認或破解的批評方式，還見於〈複句結構、母性形象及其他〉（1988年），對不同藝術媒體界域跨越的思考，又見於〈詩與攝影〉（1986年）和〈文字與影象的對話〉（1987年）等篇。正如書中另一篇論文

---

❹　這個話題先由梁秉鈞自己在〈《游詩》後記〉中點明（《書與城市》328）。

〈兩種藝術取向的探討〉（1986 年）的解釋，該文細讀兩篇香港青年詩人的作品，目的在「分析詩中藝術取向」，「希望通過對問題的思辯，探討兩詩以外更廣泛的詩學問題」（200）。主要的思辯探討活動就在於個別文本與普遍原理之間進行，葉輝這一類的評論可以歸入杜力瑟爾（Lubomír Doležel）所講的「例示式詩學」（"exemplificatory poetics"），而其指向也是偏於「並時」（synchronic）的層面（Doležel 25-26）。

一般而言，「詩學」的意義在於建立普遍（甚而永恆）的準則——如亞理士多德《詩學》，或者重申這些基準系統的重要性——如歐洲中世紀詩學或者新古典主義的主張（參 Doležel; Bessiére），因此其指向往往是靜態的（static）、規範的（normative）；然而，我們卻可以在葉輝這些八〇年代的論述中，找到穿破「並時」思考的線索。其關捩就在於葉輝對文學與「現實」關係的思考。

葉輝在散文集《甕中樹》一篇題作〈秋天的聲音〉（1985 年）的文章裏，❺引用朋友的話說：

> 在此世還談詩，實有點悲壯。

他接著追問：

> 我們真的是少數民族麼？（《甕中樹》116）

---

❺ 這本散文集收錄葉輝寫於 1983 年至 1987 年的文章。

作爲一個讀詩寫詩談詩的人，葉輝對於自己處身的境況，有很眞切的感覺。所謂「少數民族」，是相對於「現世」、「大衆」而言；所謂「悲壯」，是因爲有所堅持，不願隨波逐流。有這樣想法的人，必須接受命定的「遺世獨立」的孤寂。

以這個隱喻式的（metaphorical）感喟爲線索，可以幫助我們去理解葉輝和他的朋友們如何建構文學的「自我」與文學以外的（或者說「外文本」的；extra-literary/extra-textual）「現實」的關係。「現實」可以有兩個指涉範疇，一是「少數民族」要抗衡的對立面：包括對文學冷感的「大衆社會」，以及他們無法認同的「文學社會」。後者的形相可以〈深藏內斂　就地取材〉（2001 年）一文所描述爲例：

> 在我們這個文詞膨脹、講究包裝、連讀詩也要求效率、涼薄的功利社會裏——我尤其要指明，這裏所說的，是所謂「文學社會」，一個不肯花任何時間精神而時刻都存心撿便宜爭利益的所謂「文學界」——要取藝術上的認同，簡直是緣木求魚。（259）

另一種「現實」是指文學創作所要處理的「生活經驗」，或者創作活動的「背景」——所謂「社會背景」、「時代背景」。如果接受機械「反映論」的信仰，文學便是「生活」、「社會」、「時代」的鏡象。然而，「反映現實」大概不足以說明葉輝的理念，「脫離現實」、「逃避現實」也不是他要討伐的罪名。在他眼中，「現實也許是一種最受誤解的東西」，他在〈詩與女性〉中申明：

現實就是文學藝術所要抗衡和從中紓解出來的東西。（277）

葉輝的目的是想界定他構想中的「現實」，但在這個定義中，還有值得細味之處，那就是「文學藝術」和「現實」之間的「抗衡」以至「從中紓解」的活動和力量。如果「現實」是某種文本以外的東西，此「物」與「我」之間，就存在一種「抗衡」的動態關係，能否得「紓解」反而是後話；❻我們再借用 E·巴里巴和馬歇雷〈論文學作為意識形態的形式〉一文的概念來作進一步解說：❼「現實」在這個定義中自然可以保有其物質性（materiality），不致虛幻無憑；只是「現實」與「文學」之間，並沒有一條直達的通道；❽而想像

---

❻ 所謂「紓解」，如果照參照 E·巴里巴和馬歇雷的說法，就只能在「想像」層次中出現──一種「想像的紓解」（"imaginary solution"）。他們認為文學之中沒有「真正的紓解」，其背後的理據是：一、文學中的「想像紓解」是在現實中不能紓解的矛盾的出路，這是文學形構意識形態的作為；二、作為在特定社會中的個體，難逃當時統治階級的意識形態支配（Balibar and Macherey 88-89）。

❼ 說「借用」是因為我們理解 E·巴里巴和馬歇雷的馬克思主義導向有許多理論的前設，而這些前設我們沒有打算一一應和跟從；我們願意謹慎地「借用」他們的論說，因為其中的精微思考有助我們梳理一些比較複雜或者隱存的現象。有關論點的討論，可參 Hohendahl *Building a National Literature* 18-24, 28-30; Barański 254-262; Bennett 67-71, 156-158。

❽ E·巴里巴和馬歇雷固然肯定文學話語以外確有「現實指涉」，但他們的重點是說明文學話語只會提供「虛幻的真實」（"hallucinatory reality"）：
"[T]he real referent 'outside' the discourse...has no function here as a non-literary non-discursive anchoring point predating the text. (We know by now that this anchorage, the primacy of the real, is different from and more complex than a 'representation.') But it does function as an effect of the

（imaginary）的力量，主要存乎當中的「抗衡」（和意圖「紓解」）的活動之中。正是這種「能動力」，把葉輝帶引到上下求索的「歷時」（diachronic）的觀照方向，省察更多層面的「現實」。

《書寫浮城》中有幾篇感舊回憶的文章（事實上全書各篇包括〈題記〉，幾乎都是各種「記憶」的展陳），可以幫助我們把問題說得具體一點。其中〈《羅盤》雜憶〉提到葉輝曾經參與編務的詩刊——《羅盤》，1976 年 12 月創刊，1978 年 12 月休刊——同人的文學觀，分別有以下幾點：

> 《羅盤》同人對詩有基本相同的看法，厭惡浮奢、架空、因襲和堆砌，傾向生活化和詩藝結合。
>
> 大多數同人都同意的，大抵就是〈發刊辭〉所說的「創爲詩刊，應以呈現當時的中國人的情思爲依歸」。
>
> 刊物本身無宏大抱負。大家的構想，是以創作爲主，輔以當前本港作者的評介和不同流派的外國詩翻譯。多關心本港的詩作者大概是《羅盤》較明顯的路向。（300）

第一點可說是「詩學」（「詩藝」）的要求，其對立面就是「浮奢、架空、因襲和堆砌」等存在於「文學界」中的風氣；然而當中提到「生活化」一說，自然牽扯到「文學」與「生活」的關係。第二點

---

discourse. So, the literary discourse itself institutes and projects the presence of the 'real' in the manner of an hallucination." （Balibar and Macherey 91-92）

所講的「當時」（具體的環境）的「情思」（由行動或事件生成的經驗）就是「生活」的另一種說明。第三點提出「在地」的關心，和借鑑「外方」的經驗。綜言之，思考範圍都在於並時層面。這些話，看來淳樸無奇，平實近人。然而就是在一切都「理所當然」的話語中，或者埋藏了複雜和曖昧的「現實」。譬如說：「中國」與「本港」的指涉是否可以重疊？又怎樣覆蓋重疊？又比方說：「外國」是否真的是「外」？這元素如何減約或者拆解上述的重疊？

《羅盤》中人大概不會忘記在台灣的尉天驄寫的〈殖民地的中國人該寫些什麼？──爲香港《羅盤》詩刊而作〉（1978 年）一文，以下引述其中提到有關概念的文字：

> 香港是帝國主義從中國搶走的一塊土地，然後它不僅利用這塊土地推展對中國和亞洲的侵略，而且還把它培育成罪惡的淵藪。……我們相信這絕不是由於居住在那裏的大多數中國人都自私、低能、命裏注定要當次一等的公民，而是有人透過高樓大廈、燈紅酒綠、燕瘦環肥、賭狗賽馬……，不知不覺中散佈了比鴉片更令人癱瘓的麻醉劑。於是，一些人上一時刻還沾沾自得於香港的街景，下一時刻已在各種有形無形的麻醉中萎靡下來。……詩人啊，你應該寫些什麼呢？你是用一整頁的篇幅去討論散文中該不該多用引號，在忘卻中國是什麼樣子的情況下賣弄廉價的鄉愁？還是用血淚寫下被侮辱的香港，爲中國歷史作下亞洲人奮鬥的紀錄？（尉天驄　71）

在此無暇討論尉天驄的簡約主義，我們只打算將《羅盤》中人提到

的「香港」、「中國」、「外國」，加上作爲主體（或者客體）的「人」
等幾個概念，從《羅盤》批評者的角度去理解其意義。結果是：「香
港人」只是「殖民地的中國人」；「香港」只是「外國」（外來的
「帝國主義」）和「中國」的競逐場域。「香港人」的責任是寫「中
國」之被「外國」侮辱，而不應寫「香港」的街景。

現今有關「香港」的歷史論述，都會指出七〇年代是「本土」
意識浮現的時刻；以文學活動而言，今天已成神話的《中國學生周
報》，在當年就曾發起過「香港文學」的討論（1972 年）；〈詩之
頁〉又辦過「香港專題」（於 1974 年 7 月 5 日刊出）。《羅盤》主張
「多關心本港的詩作者」，應該是這種意識的延續。但〈發刊辭〉
「呈現當時的中國人的情思」一語的自然流露，卻又說明「本土」
意識與「中國人」意識曖昧地並存。換句話說，某些香港論述以爲
從七〇年代開始，「香港人」的意識的出現，是以「去中國化」爲
前提的想法，不一定很準確。「香港人」意識，與「殖民地的」、
「中國人」等概念，還是在交鋒爭持之中，以一個繁複而且起伏不
定的方式共存。當葉輝在〈書與城市：在混沌中建立秩序〉（1986
年）一文，提到「香港及海外中國人」可以借鑑墨西哥人處於外來
的現代文化和本土傳統文化之間的反省時（119），❾我們可以看到
「香港的中國人」、「海外的中國人」和「大陸的中國人」是可以
分拆處理的；或者說，我們看到一個可與「中國的香港」觀念比較

---

❾ 也斯（梁秉鈞）《書與城市》一書有〈孤寂的迷宮〉（1976 年）一文，提
　到移民美國的墨西哥青年擺盪於墨西哥和美國不同的文化之間，並說：「香
　港或海外的中國人，不也是同樣處於兩種不同的文化中的擺盪者，同樣是
　感到難以適應嗎？」（18）葉輝對這個想法是認同的。

對照的「香港的中國」。至於「外國」（「外來的現代文化」），則似乎是「香港」、「海外」中國人的文化資本之一，是有異於「中國」的中國人的條件。

〈香港的滋味——余光中詩二十年細說從頭〉的內容也包括「回憶」與「當下」的並置。文章從二十年前讀余光中《鐘乳石》談起，一直談到余光中離港賦別的〈老來無情〉。當中不少論點也可以劃歸「詩藝」的範疇：例如批評余光中用「水晶牢」代「錶」、「貼耳書」代「電話」，是《人間詞話》所批評的「意欲避鄙俗，而不知轉爲塗飾」。然而，本篇更重要的地方，在於檢視作者余光中和讀者葉輝如何在「文學」與「現實」之間迴旋周轉。

葉輝回憶往昔如何被〈凡有翅的〉、〈敲打樂〉打動，如「無數海外中國戰後一代的年輕的心」被打動一樣。葉輝說余光中的「美國時期」是「最接近中國的時期」（191）。這個「中國」當然不是實際的地理中國。這「中國」是余光中、葉輝、「無數海外中國戰後一代的年輕的心」所共享的文化語言所能建構的「想像中的指涉」（imaginary referent）；「現實」就由這套共同語言運作而生。❿可是，經過歲月的淘洗，共同語言已經拆散崩離，雖則余光中就在「中國大陸身旁的沙田」，雖則葉輝就在余光中身旁不遠。葉輝說：二十年前，余光中令他心動，是因爲「詩裏有人」；二十年後，余光中的詩更能「匠心獨運」，可是「再沒有生命，再沒有人情」（193）。我們如果再細意究問「生命」和「人情」的落腳處，則就會發現葉

---

❿　參 E・巴里巴和馬歇雷所說的"imaginary referent of an elusive 'reality'." (Balibar and Macherey 92)

輝關注的「現實」，正是「香港的滋味」。於此，「詩藝」實不足以解釋這種「滋味」。⓫「余光中旅港前後十一年」，葉輝問：「他對香港有些甚麼感情呢？」「香港只是他的瞭望台，香港的山水，是『縮成一堆多嫵媚的盆景』」；他的詩中也出現了旺角、尖沙咀、紅磡……，卻只是「『老來無情』的詩人筆下的一堆虛渺的地理名詞而已」（197）。葉輝的結論是：

　　那香港的滋味，根本不是滋味。（199）

　　在葉輝對余光中由肯定到否定的同時，他對「中國」與「香港」的感情投射也可能經歷了深刻的變化。《書寫浮城》有一篇寫於 1989 年的文章，題作〈1997 及其他〉。在這篇文章中，我們見到有強烈壓迫感的「現實」；「中國」與「香港」顯現出最直接的衝突。⓬

⓫　王良和〈三種聲音──論余光中「香港時期」的詩歌〉同是討論余光中的「香港詩」，也有論及余光中之疏離「現實」，說這是因為余光中身處自成一角的中文大學，這個環境「讓余光中更容易歸屬一個封閉的、山水田園式的歷史文化空間，使他的審美心理越發趨向古典，而造成對都市事物、都市經驗和現代感的疏離。」（王良和　8-13）。王良和的關切點顯然與葉輝不同，而更重視「詩藝」。其實我們可以把王良和的「殊相主義」（particularism）的解釋稍加修補擴充，說明香港上層文化的部分共相：香港的社會政治氣候，很有利於殖民統治者，以至外來的「菁英人才」，封閉於一個不吃「人間煙火」的圈內。當然，「港式美食」可以不在唾棄之列。

⓬　據葉輝在文中交代，他在這裏談論的詩是不同作者在 1984-85 年發表的，原意收入三位編者合選的詩集中。1984 年「中英聯合聲明」簽訂，香港被安排於 1997 年回歸中國。由於稿本中有部分詩提到敏感的「97 問題」，編選者與出版商無法妥協，出版計劃因而胎死腹中。

葉輝檢視的詩篇：有馬朗「夕陽」的感傷、戴天「現在」終會靜止凝固的焦慮、崑南「不再殖民地」的徬徨、何福仁「換心」的恐懼等；而全文的高潮是分析韓牧「中國，你怎麼也誘惑不了我」的呼叫聲。葉輝就在這當下「現實」的激盪中，闖進了「歷史」的領域。

可能是「抗衡（自上而下的訓誨欺壓）」的方法，也可能是「紓解（前途無由自決的鬱結）」的途徑，葉輝開始結合「個人的記憶」和「公眾的歷史」去思考更為立體的「現實」。〈1997 及其他〉的第一節設定兩組「歷時」探索的座標：一是「中國」和「香港」的視角對照；另一是「記憶」和「遺跡」的相承互補。葉輝先舉出黃遵憲兩首〈香港感懷〉五律，嘗試理解「中國」視割讓後的「香港」為「外邦」、為「民族恥辱」的情結。這個角度提醒他：

> 1997 年大概並不是一個今日的問題，而是一個積累了一百四十七年歷史的問題了。

葉輝又記述在「在這個如甕的城市出生」的自己，第一次跟隨父親到中國的情景：

> 我們這一代人走在中國的土地上，最初的經驗也許只是從一個世界走到另一個世界。（280-281）

葉輝又說自己看過父親的紀念冊和母親的相簿；他以為這都是「上一代由一個地方〔中國大陸〕帶到另一個地方〔香港〕的個人記憶」，但對下一代而言，卻是「無以認同的痕跡」。

　　黃遵憲之看香港，與尉天聰的觀點，或者八○年代在大陸開始出現的「香港論述」，都屬同一方向，由「獵奇」──只見高樓大廈、聲色犬馬，和「雪恥」──難忘帝國主義強權侵奪，兩種慾望所推動；而香港看中國，如果不是僅僅恭聆父母師長的回憶敘述，如果要自己摸索體驗，在許多「標誌」、「痕跡」之間往返，面前只會有太多的空白。但誠懇的「香港人」如葉輝，還是「努力尋找自己的位置，找尋一些可以幫助他重認自己身份的人」。❸《書寫浮城》之中也有一個尋找的歷程。我們看到葉輝如何從香港的視野出發，從新釐定「香港」與「中國」的關係，梳理香港（在中國的大背景下）的文學活動及其成果的歷史線索，參與構建「香港文學史」的始創工程。

四　港味·粵味

　　我們說葉輝參與的，是構建「香港文學史」的始創工程，因為到目前為止，他還沒有宣示撰寫文學史的雄心。❹然而就以《書寫浮城》的各篇所見，葉輝正在把他的批評觸覺伸展到有關文學史思

---

❸　〈文字與影像的對話〉（1987 年），《書寫浮城》40。大概這也是葉輝寫《尋找國民黨父親的共產黨秘密》這篇小說的命意。「國民黨」、「共產黨」，好像與一般的香港人有斷不了的血緣關係；是非現在的、永遠無法清晰、卻又揮之不去的「過去」。

❹　葉輝曾於 1988 年發表過一篇〈香港新詩三十年──一個大略的綱要〉；這篇文章後來改寫成一篇三千多字的講稿：〈香港新詩七十年〉。文章雖然不長，但可以見到他的文學史意識；「三十年」與「七十年」之別，也值得注意。

考的不同角落，在若干環節又搭建了粗具規模的歷時論述架構。以下我們就幾個選點，稍作疏析。

在葉輝的論述中，我們看到「香港」的文化身份與「中國」意識的互動關係。二者的離合糾纏，決定了他的「香港文學史」的敘述方向。「香港」與「中國」的關係於此拆解而後重組，從而突顯「香港」的主體位置。比方說，葉輝論「情陷中國」的余光中詩，❺就究問其中可有「香港滋味」？這是從籠統模糊的「中國」概念割分出一份「香港」意識。這種「滋味」在他的論述中，又以「粵味」的另一形相出現。這又與「華南」——依附於「中國」——的概念相關連。《書寫浮城》中〈粵味的啟示〉（1985 年）一文，主要從「粵語」與「文學語言」的關係出發。粵語的運用，當然不限於香港，文中也有舉深圳和廣州作家的作品和觀點爲例證；可是整篇文章的關切點，又似乎是「港味」居多。或者說，葉輝心中的「粵味」，其實以「港味」爲其主要內涵。經過這樣的變位換相，葉輝的論述就可以深入幽微，帶來許多啟示。

文學史與語言的關係，本來就千絲萬縷。「民族語言」、「民族國家」，與「國族文學」的概念互相依存。自十九世紀以來西方的歷史和文學史論述，都以這種關係的確立，解釋歐洲各地民族語言和民族國家興起的關係。由清末以至五四下來的現代中國知識份子，也企圖仿照西方模式，複製一個「現代的」民族國家，至有以

---

❺　夏志清的著名概念 "Obsession with China" 最適合用來描述余光中對「中國」的瞑思苦想。這概念通常譯作「感時憂國」，詞雖典雅，卻似未盡其意（Hsia 533-554；　夏志清　459-477；王德威　xi-xxxi）。

文言文比附拉丁文，以白話文比附近世歐洲民族語言，而以政治社會文化運動的方式，建立「國語」，以及「國語的文學」。然而，晚近的政治社會理論卻提醒我們：「國家」、「民族」等等在往昔似是「確鑿不虛」的事物，都不外由「想像」所構設。**⓰**至於民族語言，亦復如是。比方說，照 R·巴里巴的分析，無論法國初級學校講授的「基礎語言」，還是高等階層使用的「文學語言」，都是與現實有距離的「虛幻法語」（français fictif）。**⓱**

　　以香港的情況來說，語言的「虛幻性」（fictionality）更覺明顯。首先是英語在殖民統治中佔有政治、法律等領域的特權，成爲「二言現象」（diglossia）的「高階次語體」（參 Ferguson 200-208; Fishman 78-89; Schiffman 208; John Guillory 69-70；陳國球〈詩意與唯情的政治〉77-81）。中文在殖民統治者眼中，是一種土話，稱之爲 "punti"（本地話），沒有禁制其流通，也沒有刻意規管的興趣。**⓲**但對於佔香港

⓰ 無論安德森的「想像的社群」（"imagined communities"）論，還是 E·巴里巴的「虛幻的族群」（"fictive ethnicity"）說，都有助戮破「國族主義」或者「民族國家」的迷思（參 Anderson; Etienne Balibar; Gellner; Suny）。

⓱ R·巴里巴之說見 Renée Balibar *Les Français fictifs*，又可參 Renée Balibar "National Language, Education, Literature"; Balibar and Macherey 92; John Guillory 77-78。

⓲ 在整個殖民時期，英語於香港的重要性不容置疑；在 1974 年以前，英語更是唯一「合法」的法律和公事語言。從六〇年代後期到七〇年代，居港華人組織社會運動，積極爭取中文的「合法應用」，直到 1974 年 1 月 11 日，〈法定語文條例〉正式在《香港政府憲報》公布，「宣布英文及中文爲香港之法定語文，以供政府或任何公務員與公眾人士之間在公事上來往時之用。」自此，「中文」在香港的存在，才有其「合法性」。一種活生生的、一直在社群中口講手寫的語言，在過去竟然可以「合法地」視而不見，可見「現實」之「魔幻」。有關英語在殖民地香港的壟斷地位，和香港人對此的反應，可參 Pennycook 95-128, 205-214。

人口超過百分之九十八的華人來說，最主要應用語言還是概念模糊
的「中文」，視之爲「母語」。⑲中小學校課程教授的規範「中文」，
包括「文言文」和新文學運動以來的「白話文」（或稱「語體文」）；
其設計基本模仿戰前中國大陸的「課程標準」。⑳課本範文來自古
今中國文學正典，都是「認可的」文學語言。因此，在香港以中文
創作的文人，基本上以「中國」的文學傳統——包括新文學和舊文
學傳統——爲典範，遵從其語言規範和習套。可是，無論文言文還
是白話文的規範準則，與社群中交談應用的粵語有許多的不同。文
學創作者一方面以粵語閱讀和思考寫作，另一方面又要同時「懸置」
正在運用中的粵語詞彙、語法和邏輯；這個過程可說相當的「虛幻」。
正如葉輝說：

> 情況是這樣的：我們的口語是廣東話，寫作的時候用國語（大
> 多是以粵語發音的「國語」）思考和組織句子，再寫成書面語，
> 中間不免有一層翻譯的過程：說的是櫃桶、單車、巴士、睇
> 波、睇戲、查〔手旁〕車……，寫的卻是抽屜、自行車、公
> 共汽車、看球賽、看電影、駕駛……。（149）

---

⑲ 有關「母語」和「語言群體」組成的關係、以語言建構的「現實」與「民
族感情」投射的關係等，可參 Etienne Balibar 98-99。

⑳ 中國大陸政權轉換以後，殖民統治注意區隔的是香港華人與大陸政治的連
繫，中文教育只要內容不涉具體政治，規管就不會嚴格；由是留有許多空
間讓從大陸南移的知識份子繼續傳遞五四以來的文學觀（參陳國球〈敘
述、意識形態與文學史寫作〉135-162；陳國球〈感傷的教育〉43-46）。

於是在香港的語言運作方式是分裂的：口語（讓人覺得比較接近「現實」的「真」）與受教育而掌握的書面語（因爲往往牽涉一重「容易失真」的翻譯，所以顯得「虛假」）總有那種不能踰越的距離。由「口語」到書面應用的「規範語」，到「文學語言」，通過教育建制的編派，形構成從低到高的文化價值階次。愈爲「虛假」的一面，其價值階次就愈高。最高的，當然是距離「現實」更遠更遠的、菁英階層才能純熟運用的高階次英語。「現實」受到重重壓抑，被封鎖、被埋沒。所以反抗語言壓製的訴求，包含了政治、文化、道德，和美學的想像。葉輝以及不少香港的文學創作者不滿「粵味、港味的句子一直被視爲瑕疵，被排拒於文學語言之外」（147），和被統治的華人向殖民政府爭取應用「中文」的權利，其心理因素大概是相同的。這是對「普通話也講不好，怎能寫出好作品？」一類語言沙文主義的反抗。（146）

葉輝的反抗，表面看來，是「溫柔敦厚」的。文中三番四次說：「無意提倡粵式或港式句法」（147）、「並不是要提倡粵語寫作」（149），好像不敢冒犯北方話的尊貴地位。其實潛藏在他的姿勢底下，有更深刻的思考。他追求的，遠遠超出語藝的層次，而關乎文化空間內的力量調整。他的簡單問題是：「書面語以北方話爲標準是不是無可變易的事實？」（152）這個問題不必由他來回答。但接下來他借助一位廣州作家的講法：「廣州文化和香港文化，相對於北方大陸文化，有著島文化的傾向」，然後提出自己的理念：

島文化⋯⋯當然不單是語言問題或地理問題，而是一種語言與文化（詞與物的互證與互補）、語言與思維（命名所意味的概念

和價值）的綜合關係，而且往往在地圖上向標準語中心折射反饋。（155）

他提出的，是語言「現實」的另一種想像空間；在「詞」的「物」的交換中發掘越界（transgression）的可能，重新理解「香港」在「文化傳統」的空間結構的位置。在另一篇題作〈選擇語言〉（1990年）的文章，葉輝說：

> 在大陸中文和台灣中文以外，我們還有香港中文。（《水在瓶》66）。

葉輝這種理解，並不指向簡單的「文化認同」的自豪──如杜倍雷（Joachim du Bellay）於1549年的「民族文學」宣言：〈保衛與發揚法蘭西語言〉（La défense et illustration de la langue française）（參 Margaret Ferguson 194-198）。[21]他反而在意於如何在多種牽纏語體的交錯活動中反思文化位置的安措。正如前述，這不是純語藝的考慮。他的悲歡，源自他的深思：

> 選擇語言真的是一個教人感到混亂、困惑乃至自我懷疑的問題。（《水在瓶》66）

---

[21] 德國文學史中也有如「結果學會」（*Fruchtbringende Gesellschaft*，成立於 1617）和奧皮茨〈德國詩論〉（Martin Opitz, *Buch von der Deutschen Poeterey* 1624）等宣揚民族語言和文學的主張（參 Beutin 113-119; Batts 31-32）。

他的叩問，帶來「無窮的可解」（151）。㉒

五　華南·雙城·香港

　　連繫「香港」與「華南地區」，從而尋找「香港」文化位置，是葉輝論述其中一個探討方向。十餘年後他再寫成〈三四〇年代的華南新詩〉（2001 年）。相對於上文討論過的「詩學／修辭」式論述，這篇文章的文學史探索意味非常濃厚。它的開展方式是先肯定一個「南方新詩傳統」，並為這個傳統溯源到二〇年代來自廣東的詩人梁宗岱和李金髮。尤其李金髮曾在香港受教育，三〇年代中又曾為香港詩人侯汝華的詩集《單峰駝》和林英強的詩集《淒涼之街》寫序，可以見證早期香港現代詩與李金髮的淵源。這也是全篇的歷史敘述模式：一方面追摹南方新詩的發展，另一方面時時留意發掘香港新詩史的資料。葉輝在本篇為我們揭出可能是香港第一本的新文學詩文集——李聖華寫於 1922 年至 1930 年的《和諧集》；可能是香港「最早出現、論點最完整的現代詩論文」——隱郎寫於 1934 年的〈論象徵主義詩歌〉。把罕為人知的早期文獻翻檢出來，當然有探幽尋勝的樂趣；可以說，這種態度已經很接近盧瑋鑾的資料發掘的崇古主義。

　　除了資料鉤沉和文學史描敘（尤其對三〇年代的勾勒更見明晰）之

㉒　研究「虛幻法語」的 R·巴里巴，另撰有一本法國文學史 *Histoire de la Littérature française*，從歐洲語言和不同語體交錯影響支援的角度去看文學史的發展，這些歷史事蹟，或者可以補充葉輝的思考。R·巴里巴的書有胡其德中譯，題《法國文學史》。

外，葉輝這篇文章還有其他值得注意的地方。或者我們可以再結合葉輝另外幾篇牽及早期香港文學史的文章合論。這幾篇是：〈三○年代港滬現代詩的疾病隱喻〉（2000 年）、〈城市：詩意和反詩意〉（2001 年），以及〈記詩人柳木下〉（1999 年）、〈鷗外鷗與香港〉（2001 年）、〈找尋生命線的連續物──詩人易椿年逝世六十四周年〉（2001 年）。

「香港」與「中國」的關聯，可以從地理毗鄰、語言無殊的廣州華南地區切入；也可以從生活形態相近、往昔交流接觸不斷的上海著眼。尤其葉輝對香港的「城市」風景有特別深刻的感受，這一個切入點更顯得順理成章。〈城市：詩意和反詩意〉一文，「借用狄薩圖〔Michel de Certeau〕論述城市游走的詩學概念，說明詩與城市的某些關係──尤其是『詩意』與『反詩意』的關係」，屬於葉輝「例示式詩學」的論述，而非文學史的探索。但有趣的是，取以印證的兩組作品卻出自「三○年代的上海和香港」以及「七○年代經驗」。後者是葉輝的重要「記憶」時段，下文再有討論；前者則有賴上述的文學史訪尋工作了。文章主要以靜態方式、並時的角度，分別討論施蟄存、鷗外鷗、和梁秉鈞的作品中如何在「詩意」與「反詩意」之間迴旋。㉓葉輝在〈三四○年代的華南新詩〉提過香港詩人李育中〈都市的五月〉一詩有施蟄存〈意象抒情詩〉的影響痕跡。（341）在本篇，他又為施蟄存詩「對香港的年輕詩人有很大的影響」作更清晰的解說：〈橋洞〉啓迪了陳江帆以鄉鎮生活為背景的詩；

㉓　其實葉輝在 1986 年就寫過〈「詩意」的字〉一文，可見他對這個問題的長期關注（見《甕中樹》264-265）。

〈沙利文〉啓迪了鷗外鷗大量並無「詩意」的城市詩。（164）這些論述既顯示出葉輝於詩藝的敏感觸覺，也見到他辨識影響借鑑的文學史眼光。這個特色在《書寫浮城》另一篇香港上海合論的文章中更爲明顯。

〈三〇年代港滬現代詩的疾病隱喻〉主要討論「『疾病』作爲一種表述方式，〔因〕輾轉沿用而演變成爲詩人、小說家等邊緣族群所共用的『聖詞』」（324），按理也應歸類到「詩學／修辭」的範疇——事實上這是葉輝最關心、也是最得心應手的範疇。然而，本篇的文學史意義卻也非常豐富，因爲全篇論說是建基於具體人物情事在特定時空中活動的分析。這些活動的描摹解說，就是文學史一個段落的書寫。葉輝也提醒我們注意一個事實：這個時段在現存的文學史著中還沒有充分的討論。他在文中先交代二十世紀前期香港和上海兩個城市文化交流（包括文學、電影、視覺藝術）的規模，然後說：

> 就是在這樣的文化大交流的背景下，香港和上海在三〇年代湧現了一批年輕詩人。他們花了約莫十年的時間，爲中國新詩激起一陣不爲文學史所注意的波瀾。也許時間太短了，又或者這批詩人都比較低調，他們的作品往後對港、台新詩儘管發生過或隱或顯、或直接或間接的影響，作爲詩人，他們在往後的數十年跡近寂寂無聞，只可以在一些詩選中見到他們零星的作品。（306）

爲了不讓這批詩人繼續「寂寂無聞」，葉輝就起勁的追訪調查。他

重檢三〇年代香港出版的文藝刊物如《紅豆》、《今日詩歌》、《詩頁》、《時代風景》、《星島日報·星座》等，以及上海出版的《新時代》、《矛盾》、《現代》、《詩歌月報》、《文飯小品》、《新詩》等，發現所載詩篇作者有很大程度的重疊。他再考訂他們的生平行跡，推斷其創作環境；然後，更重要的是，配合由資料提供的線索和規劃的方向，仔細閱讀各家作品，梳理其間的影響傳承。例如篇中先後探討李金髮、施蟄存，以至艾青、何其芳等人作品中的「城鄉二元性格」和「疾病」隱喻的關係，並舉出香港年輕詩人侯汝華、林英強、陳江帆、楊世驤、柳木下、鷗外鷗等的詩篇來比較對照。經過葉輝用心鋪排剖析，港滬詩壇間的互動情況就呈現清晰的輪廓了。

香港和上海並稱「雙城」，文化交流頻繁，葉輝的探討自有其客觀的基礎，而其論述亦以實證考訂爲憑據，著意補苴罅漏。然而，如果我們再小心閱讀葉輝對現存文學史的批評，就更容易體察他的用心。他在努力爬梳資料、鋪陳論點之餘，常常表露這一類的意見：「〔既有的新文學史〕內裏原來是充滿偏見的，視野也顯然十分狹隘」（328）；「我們的新文學史家和評論家向來對史料既不關心也不尊重」（329）；「〔南方詩人鄭思〕在涼薄的文學史裏被抹洗得幾乎不留痕跡」。（346）這些「既有的新文學史」之所以讓葉輝覺得「狹隘」、「涼薄」，是因爲它們擺出「普天之下，莫非王土」的架式，以「中國」之名把「香港」覆蓋然後消音。❷例如三〇年

---

❷ 「中國新文學史」的書寫傳統一直沒有注意殖民地香港的文學發展，可以有許多辯解的方式。但自「回歸」之局已定，這些現當代文學的書寫，紛

代湧現的一批香港詩人，就顯得「寂寂無聞」；葉輝一邊委婉地解釋，說「也許時間太短了，又或者這批詩人比較低調」，一邊重組他心中的「眞實」圖象。雖然他作的是港滬並舉同列、對照細讀，但焦點就是在「香港」；他的心願應該是尋找「香港」在文學史的位置。他從來沒有迷失在訪古好奇的趣味中；「既有的文學史」對他來說，就如「涼薄的功利社會」，是他要回應、要抗衡的「現實」。我們不難發覺，葉輝重新整理的文學史圖像中一些焦點人物，如鷗外鷗、柳木下，甚至易椿年，都曾經以不同方式走進他的生活空間。《書寫浮城》中的〈記詩人柳木下〉一文，就是最清晰的說明。文章有兩個不同的情節系列：一是記敘文學史中的柳木下，交代他詩作的特色：「既有傳統中國抒情詩的影子，也受過西方現代詩的影響；既保留個人抒情的風格，又流露出那個時代的民族感情」，又認同鄭樹森以柳木下和鷗外鷗爲「這時期的兩大詩人」的文學史判斷；另一是刻畫八〇年代後期常常向葉輝兜銷舊書的老人。㉕兩條線索、兩個形像交錯出現，個人世界與歷史空間不斷互相撞擊。這種撞擊同見於〈鷗外鷗與香港〉、〈找尋生命線的連續物——詩人易椿年逝世六十四周年〉等文之中，只是程度或有不同而已。

紛開展「覆蓋天下」的意識，可仍然「對史料既不關心也不尊重」。就以最近的論述爲例：《文學世紀》在 2002 年 9 月刊載陳祖君的論文〈二十世紀中國現代詩發展的三大階段與兩大板塊〉（30-35），以庸俗的「板塊論」作「中國」拼圖；大陸和台灣就是那兩塊大板，香港在這種「板塊」研究中連作破木板的資格都被取消，大概成了碎屑飛灰吧。

㉕ 葉輝《甕中樹》有兩篇題作〈老人和書〉的散文，分別寫於 1985 年和 1986 年（284-287）；都是柳下木的剪影。

葉輝要講歷史，並非源自知識上的好奇衝動，而是因爲歷史無端闖進他的「現實」。

六　個人·歷史

上文說葉輝在「現實」的激盪下，闖進了「歷史」的領域；意思和這裏講的「歷史」無端闖進他的「現實」是一樣的。葉輝除了是一個讀詩寫詩談詩的人，還是記者、編輯、專欄作家；總之，他不是受歷史或文學史專業訓練的人。然而，他以自己的生活、記憶介入歷史／文學史的書寫。在《書寫浮城》中，我們見到一個非常有意識地回溯成長經驗的葉輝。他不斷提醒讀者（或他自己）他的成長過程，並以此來開展不同的文學話題。最明顯的是〈七○年代的專欄和專欄寫作〉一篇；文章劈頭就說：

> 我是一個「七○年代人」。
>
> 那是說，我是香港戰後「嬰兒潮」的其中一人，跟同代人一樣，在六○年代末七○年代初完成學校教育，開始接受社會教育。
>
> 那是說，我跟好一些同代人都是在 1966 年至 1967 年間，開始重新認識自己和世界，往後幾年，困惑又愉悅地學習思考和寫作，到七○年代初才漸漸明白寫作是怎麼一回事。……
>
> （131）

類似的話，有用來交代一代人的閱讀經驗或者文藝信念（〈《書寫浮

城》題記〉、〈十種個性與二十多年的共同記憶——《十人詩選》緣起〉），有用來見證城市發展帶來的新經驗如何促成對既定概念的重新思考（〈複句結構‧母性形象及其他——序也斯《三魚集》〉、〈城市：詩意和反詩意〉），有用來延申「1997」的歷史意義（〈1997 及其他〉）。葉輝在本書〈題記〉解釋說，他「無意強調我們這一代的香港經驗」。其實，以他「書寫浮城」的理路來說，其「強調」之意是難以掩飾、亦不必諱言的。他的成長、閱讀、思考等經驗，決定了他「和這世界的關係」——視「香港」爲「浮城」、「回顧大半個世紀的香港文學」也就是「整理和重寫自己」。(vii-xii)

然而，「個人」經驗或者「個人」記憶，是否能代表／反映「公眾」的歷史／文學史呢？這當然是個值得審思的問題。

香港的文學（新文學）史歷程不足百年，而書寫香港文學史的意識由初現至今亦不過二十年左右。在材料（甚至連「甚麼才是香港文學史的材料」也有待討論）流散、主流論述尙未定型的情況下，不少個人的「回憶」紛紛冒現，搶先爲自己在文學史訂座劃位。如羅貴祥〈「後設」香港文學史〉指出，1986 年以來，有關香港文學歷史的「文章、回憶錄、零碎記述」大量湧現，「一下間給人的印象是彷彿史事紛陳，每個人都曾爲本地文學的發展盡了不少血汗勞力。」（見阮慧娟等《觀景窗》159）盧瑋鑾也提過有關香港早期文藝刊物的論述，「往往給某些人的一兩篇回憶文章定調了」，「這種研究方法其實是有問題的」（見黃繼持、盧瑋鑾、鄭樹森 8）。葉輝也有這個警覺，明白「自己」不等於「眾人」，他在〈1997 及其他〉說：

個人的記憶和眾人的歷史固然有著這樣那樣的牽纏，關係有

時卻未必是那麼直接的關係。也許是由私我到他人，然後才跟歷史有了某些契合。（281）

葉輝的「浮城書寫」能夠超越「個人」的視野，或者就在於「由私我到他人」的意識。例如「專欄」文章是否「文學」？能否進入「香港文學史」？正是文學史興起階段常常要處理的「文學定義」的問題。葉輝以七〇年代的新聞從業員、專欄作者的身份，見證了香港報業由「活版印刷」變成「柯式印刷」的「革命」，並以本雅明（Walter Benjamin）的〈機械複製時代的藝術作品〉作爲考察報紙專欄的理論框架，注意「文藝青年」與「專欄文學」的關係，以至報紙與文學雜誌的分工協作等，雖由「個人記憶」出發，卻能夠貫通「私我到他人」，爲「公共」的歷史／文學史作出有意義的檢討。[26]這又是葉輝於香港文學史書寫的另一建樹了。

七　餘話：書寫浮城

葉輝在〈題記〉中說，他在整理「大半個世紀的香港文學」的文稿時，感到有如「整理和重寫自己」。所謂「整理和重寫自己」，其實不能改變自己的過去，只是重新爲自己在一個虛擬的公衆和歷史世界上定位，以期重新（或「更好的」）認識自己。這個認識是因著人生歷程的某個階段的主客觀條件而生成的；意思是，這種認識

---

[26] 參〈七〇年代的專欄和專欄寫作〉（1998 年）、〈《水在瓶》後記——兼談專欄寫作〉（1998 年），以及〈《浮城書寫》題記〉（2001 年）。

是有階段性的、暫存性的，有可能隨著歷史改變而改變的。從這個
角度再推想有關「個人經驗」和「香港文學史」的問題，我們或者
可以有更通達的看法。「香港文學史」的興起，是歷史的產物，不
是「恒久之至道」，亦非「不刊之鴻教」。在中國大陸開展的「香
港文學史」書寫，和香港本土意識支撐的，各有不同的基礎。如果
「本土意識」隨著葉輝這一代（或者下一代、再下一代）改變，轉向，
則要求有主體意識的文學史的想法，也可能有所改變。這樣說，沒
有否定香港的文學活動、作家和作品作為現實的「物質性」
（materiality）。這些活動和相關生產的文本曾經存在的事實，是誰
都不能改變的。只是這些資料和文獻會以那一種形式傳述流播：是
地方志的「文苑」、「藝文」卷？還是如黃繼持口中的「地方文學
史」？（黃繼持、盧瑋鑾、鄭樹森　39）果如是，則現在香港熙熙攘攘
的文學史書寫的訴求，還不是個「未曾開始已結束」的故事？㉗

㉗　葉輝在《浮城後記》引述 Vasko Pepa 的故事，有這樣的話：「故事還沒
　　開始／已經結了局／然後開始／在結局之後」（119）。

引用書目

中文部份

王良和。〈三種聲音──論余光中「香港時期」的詩歌〉。《文學世紀》2.9 (2002.9)：8-13。

王德威。〈重讀夏志清教授《中國現代小說史》〉，載劉紹銘等譯《中國現代小說史》。香港：香港中文大學，2001 再版。xi-xxxi。

西西。〈浮城誌異〉，《手卷》。台北：洪範出版社，1988。1-19。

夏志清著，丁福祥、潘銘燊譯。〈現代中國文學感時憂國的精神〉。載夏志清著，劉紹銘等譯。《中國現代小說史》。香港：友聯出版社，1979 初版；香港：香港中文大學，2001 再版。459-477。

尉天聰。〈殖民地的中國人該寫什麼？──為香港《羅盤》詩刊而作〉，《夏潮》5.4 (1978.10)：71。

梁秉鈞。《書與城市》。香港：香江出版公司，1985。

荷內·巴里巴著，胡其德譯。《法國文學史》。台北：麥田出版，2002。

陳祖君。〈二十世紀中國現代詩發展的三大階段與兩大板塊〉。《文學世紀》2.9 (2002.9)：30-35。

陳國球。〈文學史的興起：西方與中國〉。未刊稿。

陳國球。〈文學史視野下的「香港文學」〉。《作家》（香港）14 (2002.2)：76-86。

陳國球。〈敘述、意識形態與文學史寫作〉。《中外文學》25.7

(1996.12)：135-162。

陳國球。〈感傷的教育：香港、現代文學，和我〉，《聯合文學》
　　153 (1997.7)：43-46。

陳國球。〈詩意與唯情的政治——司馬長風文學史論述的追求與幻
　　滅〉。《中外文學》28.10 (2000.10)：70-169。

黃繼持、盧瑋鑾、鄭樹森。〈早期香港新文學作品三人談〉。載鄭
　　樹森等編。《早期新文學作品選》。香港：天地圖書公司，1998。
　　1-21。

葉輝。〈香港新詩七十年〉。演講稿。

葉輝。〈香港新詩三十年——一個大略的綱要〉。《經濟日報》（〈文
　　化前線〉）1988.6.20。

葉輝。《水在瓶》。香港：獲益出版公司，1999。

葉輝。《書寫浮城》。香港：青文書屋，2001。

葉輝。《浮城後記》。香港：青文書屋，1997。

葉輝。《尋找國民黨父親的共產黨秘密》。香港：創建文庫，1990。

葉輝。《甕中樹》。香港：田園書屋，1989。

盧瑋鑾。《香港故事：個人回憶與文學思考》。香港：牛津大學出
　　版社，1996。

羅貴祥。〈「後設」香港文學史〉。載阮慧娟等。《觀景窗》。香
　　港：青文書屋，1998。159-161。

外文部份

Anderson, Benedict. *Imagined Communities*. London: Verso, 1983.

Baldick, Chris. *The Social Mission of English Criticism: 1848-1932*.

Oxford: Clarendon P, 1983.

Balibar, Etienne, and Pierre Macherey. "On Literature as an Ideological Form," in Robert Young, ed. *Untying the Text: A Post-Structuralist Reader*. Boston: Routledge & Kegan Paul, 1981. 88-89.

Balibar, Etienne. "The Nation Form: History and Ideology," in Balibar, Etienne, and Immanuel Wallerstein, ed. *Race, Nation, Class: Ambiguous Identities*. London: Verso, 1991. 86-106.

Balibar, Renée. "National Language, Education, Literature," in Barker, Francis, et al ed. *Literature, Politics and Theory*. London: Methuen, 1986. 126-147.

Balibar, Renée. *Histoire de la Littérature française* (Paris: Presses Universitaires de France, 1999.

Balibar, Renée. *Les Français fictifs: le rapport des styles littéraires au français national*. Paris: Hachette, 1974.

Barański, Zygmunt G. "Literary Theory," in Barański, Zygmunt G., and John R. Short, ed. *Developing Contemporary Marxism*. New York: St. Martin's Press, 1985. 254-262.

Batts, Michael. S. *A History of Histories of German Literature: Prolegomena*. New York: Peter Lang, 1987.

Bennett, Tony. *Formalism and Marxism*. London: Methuen, 1979.

Bessiére, Jean, et al ed., *Histoire des Poétiques*. Paris: Presses Universitaires de France, 1997.

Beutin, Wolfang, et al ed. A *History of German Literature: From the*

Beginnings to the Present Day. 4th ed. London: Routledge, 1993.

Doležel, Lubomír. *Occidental Poetics: Tradition and Progress*. U of Nebraska P, 1990.

Fayolle, Roger. *La Critique*. Paris: Armand Colin, 1978.

Ferguson, Charles. "Diglossia Revisited." *Southwest Journal of Linguistics* 10 (1991): 200-208.

Ferguson, Margaret. "1549: An Offensive Defense for a New Intellectual Elite." in *A New History of French Literature*. 194-198.

Fishman, J. A., *Sociolinguistics: A Brief Introduction*. Rowly, M.A.: Newburry House, 1971.

Gellner, Ernest. *Nations and Nationalism*. Oxford: Blackwell, 1983.

Graff, Gerald. *Professing Literature: An Institutional History*. Chicago: U of Chicago P, 1987.

Guillory, John. *Cultural Capital: The Problem of Literary Canon Formation*. Chicago: U of Chicago P, 1993.

Hohendahl, Peter Uwe, ed. *A History of German Literary Criticism, 1730-1980*. Lincoln: U of Nebraska P, 1988.

Hohendahl, Peter Uwe. *Building a National Literature: The Case of Germany, 1830-1870*. Ithaca: Cornell UP, 1989.

Hollier, Denis, ed. *A New History of French Literature*. Cambridge, Mass.: Cambridge UP, 1989.

Hsia, C. T. "Obsession with China: The Moral Burden of Modern Chinese Literature" (1967), in Hsia, C. T. *A History of Modern*

Chinese Fiction, 2nd ed. New Haven: Yale UP, 1971. 533-554.

Kenndey, George E., ed. The *Cambridge History of Literary Criticism, Vol. 1: Classical Criticism*. Cambridge: Cambridge UP, 1989.

Kenny, Neil. "Books in Space and Time: Bibliomania and Early Modern Histories of Learning and 'Literature' in France." *Modern Language Quarterly* 61.2 (June 2000): 253-286.

Lindenberger, Herbert. The *History in Literature: On Value, Genre, Institutions*. New York: Columbia UP, 1990.

Moran, Joe. *Interdisciplinarity*. London: Routledge, 2002.

Pennycook, Alastair. *English and the Discourses of Colonialism*. London: Routledge, 1998.

Schiffman, Harold F. "Diglossia as a Sociolinguistic Situation." *The Handbook of Sociolinguistics*. Ed. Florian Coulmas. Oxford: Blackwell, 1997. 205-216.

Suny, Ronald Grigor. "Constructing Primordialism: Old Histories for New Nations," *The Journal of Modern History* 73 (December, 2001): 862-896.

Wellek, René. "English Literary Historiography during the Nineteenth Century," *Discriminations: Further Concepts of Criticism*. New Haven: Yale UP, 1970. 143-163.

Wellek, René. *The Rise of English Literary History*. New York: McGraw-Hill, 1961.

Widdowson, Peter, ed. *Re-Reading English*. London: Methuen, 1982.

Widdowson, Peter. *Literature*. London: Routledge, 1999.

收編香港

──中國文學史裏的香港文學

一　「香港文學」在香港

　　現代文學在香港活動已經有一段不短的歷史。如果依從眾說，以 1928 年創刊的《伴侶》雜誌為標記，則香港新文學的起步只比《新青年》雜誌正式刊載白話文作品的 1918 年晚十年（黃康顯〈從文學期刊看香港戰前的文學〉18-42；黃維樑〈香港文學的發展〉535-536）。照袁良駿的講法，這個起步時間更可以推前到 1924 年；他指出英華書院在 1924 年 7 月出版的《英華青年》季刊中已有白話小說五篇（《香港小說史》37-41）。我們必須明白，當時在英國殖民統治之下，香港的文化發展幾乎無所著力；香港人在種種條件的限制下，只憑簡單的信念去摸索文學的前路。我們翻開侶倫的《向水屋筆語》，從其中幾篇憶舊的文章，例如〈寂寞地來去的人〉、〈島上的一群〉等，就可以看到在新文學運動開展不久，香港作家已經很努力的探索學步，甚至以朝聖的心情，主動跑到上海拜會文藝界，希望取經悟道（侶倫　3-21；29-31；32-34）。可以說，香港的新文學活動在舉步為艱的情況下開展，起起伏伏的存活於世，也遺下不少形跡和影響。

可是，以「香港文學」作爲一個具體的言說概念，爲它定義、描畫，以至追源溯流，還是晚近發生的事。從流傳下來的資料中，我們偶然也會見到「香港文學」一詞在六十年代以前的文學活動出現；例如在香港大學中文系任教的羅香林，就曾在 1952 年 11 月以〈近百年來之香港文學〉爲題作演講。❶但這不過是以香港所見的中國文學活動爲談論對象，與羅氏後來的另一次題爲〈中國文學在香港的發展〉的演講相近。❷當時的視野，主要在於揭示香港這個由英國人統治的彈丸之地，還留得中國文學的一點血脈。另一個以「香港」爲單位的文藝考察，可以李文在 1955 年刊行的〈香港自由文藝運動檢討〉爲例；文中分別討論東方既白、趙滋蕃、格林、易文、張愛玲、沙千夢、耿榮、黃競之、徐速、徐訏、黃思騁、余非等人的作品；但這篇文章的目的在於以「自由」爲口號去宣揚「反共」文藝，對「香港」這個符號，無所究心。當然這篇長達七十九頁的文章，本身的文學史意義也是不容忽視的（《當代中國自由文藝》14-92）。以上兩種論說，前者意在以血緣傳統的想像來撫慰文化孤兒的心理匱乏，後者則是文藝與政治宣傳結合的一次操作示範；各有其文化政治的意義。

然而，上述二說到底沒有七十年代以還那種追尋本土個性的衝

---

❶ 這篇講詞後來經修訂擴充，改題〈中國文學在香港之演進及其影響〉，收入《香港與中西文化之交流》。

❷ 當時同題的講座共有兩講，由「國際筆會香港中國筆會」舉辦，分別由羅香林和王韶生於 1969 年 1 月和 2 月主講。王韶生的演講詞後來改題〈中國詩詞在香港之發展〉，載《懷冰室文學論集》。有關活動的記載可參考鄭樹森、黃繼持、盧瑋鑾《香港新文學年表》44，302，303。

動。香港人爲本土文化定位的行動，當然與七十年代麥理浩（Sir
Crawford Murray MacLehose）統治時期（1971 年 11 月－1982 年 5 月）
所滋生的「香港意識」有密切關係（參鄭樹森　52-53；蕭鳳霞　20；田
邁修、顏淑芬　7；藤井省三　91-93）。《中國學生周報》在 1972 年就
曾發起過「香港文學」的討論；1975 年香港大學文社更舉辦了一次
「香港四十年文學史」學習班，編就《香港四十年文學史學習班資
料彙編》。1980 年中文大學文社又曾主辦「向態文學生活營」，編
製包括《香港文學史簡介》、《文學雜誌年表簡編》、《理論、背
景及雜誌選材》等資料冊。這些活動所開展的或者只是粗淺的文學
史論述，所編製的資料或者充斥疏誤闕遺，但的確可以見證當時香
港本土年青人的意識中，已有爲「香港文學」作系統理解的想法。

　　當然，這種追尋「香港文學」的意識，初期只能具體化爲零星
的言說；要經歷相當時日的醞釀，才因時乘勢，轉化爲大規模的書
寫行動。早在 1975 年，活躍於香港文壇的也斯，曾在香港中文大學
的校外課程部開辦「香港文學三十年」的課程（參也斯《香港文化空
間與文學》218）。❸，從八十年代開始，在香港境內更出現不少「香
港文學」的研究活動，大學與各種文化機構多次舉行學術研討會（參
盧瑋鑾〈香港文學研究的幾個問題〉）；文人學者紛紛撰寫詳略不同的
論文，以發聲比較響亮的幾位論者爲例，我們可以順次舉出這十年
間好些有關「香港文學」的文章：

　　劉以鬯〈香港的文學活動〉（1981 年 3 月）；

---

❸　1985 年馮偉才編成的五六十代選本《香港短篇小說選》，其資料基本採自
　這個課程的教材。有關情況，承梁秉鈞教授指教，謹此致謝。

黃維樑〈生氣勃勃：一九八二年的香港文學〉（1983 年 1 月）；

黃繼持〈從香港文學概況談五六十年代的短篇小說〉（1983 年 3 月）；

黃維樑〈香港文學研究〉（1983 年 8 月）；

盧瑋鑾〈香港早期新文學發展初探〉（1984 年 1 月）；

劉以鬯〈五十代初期的香港文學〉（1985 年 4 月）；

黃康顯〈從文學期刊看戰前的香港文學〉（1986 年 1 月）；

楊國雄〈關於香港文學史料〉（1986 年 1 月）；

劉以鬯〈香港文學的進展概況〉（1986 年 12 月）；

黃繼持〈能否爲香港文學修史〉（1987 年 5 月）；

盧瑋鑾〈香港文學研究的幾個問題〉（1988 年 10 月）；

梁秉鈞〈都市文化與香港文學〉（1989 年 5 月）；

（資料根據：黃維樑《香港文學初探》；黃繼持《寄生草》；盧瑋鑾《香港故事》；劉以鬯《短梗集》；劉以鬯《見蝦集》）

　　在檢討「香港文學」作爲言說概念所引發的活動時，我們卻可以見到一個值得再思的一個現象：香港境內的學者，到了二〇〇三年的今天，還沒有爲「香港文學」徵用一個更強而有力的符號：「文學史」。香港境內不能說沒有類似「爲香港文學修史」的書寫行動，只是各人所做的都是片段的、個別的游擊；還無力寫成一本以「香港文學史」爲名的著作。❹最近傳聞香港藝術發展局有一個「香港文學史」的書寫規劃在籌備中，其書寫的取向和

---

❹　劉登翰主編的《香港文學史》雖然在 1997 年於香港出版，但參與撰寫者主要是大陸學人。又寒山碧著《香港傳記文學發展史》於 2003 年出版，算是是港人著的專題文學史。

定位尚未明晰。❺另一方面，在香港境外的大陸中原，卻不懈於「文學史」力量的發揮。我們可以看到有兩方面的書寫行動在同時進行：一是撰寫香港文學史；另一是將香港寫入中國文學史。

二 「香港文學」在中國

在未進一步討論這些文學史書寫之前，我們可以稍稍回顧「香港文學」作為一個文化的話語概念，如何進入內地的視野。由於地緣的關係，內地學術機構中，能夠充份利用體制的力量來研究香港文學的，主要集中於對外交流較早較密的粵閩地區。活躍於港粵兩地的曾敏之說自己遠在 1978 年，就在廣東作家召開的會議上呼籲「配合開放與改革，文學也應『面向海外，促進交流』。」（曾敏之 1；又參許翼心 2）據說寫成第一本香港文學的歷史描述專著的潘亞暾，正是這種呼籲的最早回應者之一（潘亞暾、汪義生《香港文學概觀》❻）。曾敏之的說法，明白宣示「香港文學」研究與政治上的「開放政策」的關係。由於「官定」政策的強力推動，內地大學不少原來研究現當代文學的學人，從八十年代開始轉習台灣和香港文學；例如寫《香港小說史》的袁良駿原是魯迅專家，主編《香港文學史》的劉登翰原本研究中國新詩發展，編有《浮城志異──香港小說新選》的艾曉明早期專研左翼文學和巴金……（參古遠清〈內地研究香港

---

❺　早於 2001 年報載香港藝術發展局的文學委員會正籌備編寫一本「香港文學史」；見《明報》2001 年 7 月 3 日，第 C11 版。然而最近的消息是，香港藝術發展局將會解散，「香港文學史」的計劃仍未見進展。

❻　《香港文學概觀》後來再改寫成《香港文學史》，於 1997 年出版。

文學學者小傳〉）。此外，福建和廣東等地陸續成立「台港文學研究室」❼，舉辦台港文學研討會❽、台灣香港文學講習班等。❾紛紛攘攘，看來比香港本土的「個體戶」研究方式熱鬧得多。由此建立起來的研究團隊，就是內地「為香港寫文學史」的力量源頭。

　　然而，我們卻有興趣知道，大陸地區對香港文學的關顧，是否僅限於沿海對外開放交流的省市；除了官定研究機關的熱心學人外，其他文化中人究竟如何（或者曾否）「接受」、「承納」香港文學。筆者嘗試從內地知識分子中流通極廣的雜誌《讀書》入手，試圖測度「香港文學」聲影的流注過程。這個選樣相信比「專業對口」的《台港文學選刊》、《四海》等專為介紹推廣台灣、香港以至海外華文文學的刊物，更有啓示意味。因為專業刊物只為「專家」而設；而《讀書》的面向，則是整個中國的知識界。前者或可細大不捐、精粗並陳；後者則需要注意與受眾的視界互動以至融合。

　　《讀書》從 1979 年創刊第 1 期到 1998 年第 12 期的二十年間，一共出版了 240 期，當中與香港相關的文章共有 40 篇，專論文學（包括作家作品）的佔 34 篇（見「附錄」）。最早的一篇見於 1981 年第 10 期，題〈沙漠中的開拓者——讀《香港小說選》〉，是寫過《丹心譜》（1979）、《左鄰右舍》（1980）等劇作的蘇叔陽所撰。這篇

---

❼　這一類的專門研究機構最早成立於暨南大學中文系（1980 年）。隨後類似機構也在中山大學和廈門大學相繼成立。

❽　1982 年廣州舉行了第一屆「全國台港文學學術研討會」，到 1991 年已辦五屆。

❾　1984 廣東省作家協會、《當代文壇報》和暨南大學中文系在深圳首辦「台灣香港文學講習班」。

文章極有象徵意義。所評論的小說選，由福建人民出版社編輯，於
1980 年 10 月出版❿，可說是內地出版的最早以「香港」的集體概
念爲名的文學選本之一。⓫這個《小說選》目的在於宣示「資本主
義制度下的香港的形形色色的描寫」，其功能就如一面鏡子，「反
映了摩天高樓大廈背後廣大勞動人民的辛酸和痛苦」、「揭露和鞭
韃了香港上層社會那些權貴們的虛僞和醜惡」（〈後記〉）。如果這
個選本眞是一面鏡子，香港境內的文學活動參與者大概會見到另一
個陌生的鏡象。檢視《香港小說選》一書，入錄的作家包括：阮朗、
舒巷城、劉以鬯、陶然、李洛霞、吳羊璧、梁秉鈞、楊柳風、張雨、
谷旭、東瑞、連雲、張君默、劉於斯、夏易、白洛、海辛、彥火、
黎文、譚秀牧、夏炎冰、西門楊、蕭銅、瞿明、漫天雪、徐訏、侶
倫、凌亦清。當中固然有徐訏、李輝英、梁秉鈞、李洛霞等與香港
左翼文藝關係不算深的作家，但所選小說是否他們的代表作卻成疑

❿　同一出版社又在 1980 年 11 月編輯出版《香港散文選》。

⓫　在香港境內，最早以總括「香港」爲題的選本，可能是 1973 年吳其敏編
　　的《香港青年作者近作選》，但入選的作者以參與左派文學活動者爲主，
　　離全面呈現「香港文學」的要求尚遠。直到 1985 年馮偉才等開始編輯《香
　　港短篇小説選──五十年代至六十年代》，以及稍後的《香港短篇小説選
　　一九八四至一九八五》、《香港短篇小説選一九八六至一九八九》等，才
　　算有系統的梳理。在此以前另有 1979 年也斯和鄭臻（鄭樹森）合編的《香
　　港青年作家小説選》和《香港青年作家散文選》，但出版地也是境外，由
　　台灣的民眾日報出版社出版。鄭樹森後來又在台灣的《聯合文學》策畫編
　　輯「香港文學專號」，爲「香港文學」作「狹義」的定位（〈香港文學專
　　號·前言〉16）。這又牽涉到「香港文學」如何進入台灣視野的問題，其
　　中的交纏糾結，有需要另作深入的探索。

問；名單的主要代表是香港的左派作家和當時初到敝境的「南來作家」。即管是南來作家群中，也有人不滿這個選本。《讀書》雜誌關於「香港文學」的第二篇文章，就是「南來作家」之一的東瑞（有〈恭喜發財〉一篇入選）所寫〈對《香港小說選》的看法〉（1980年第12期）。文中並非針對蘇叔陽文章作出回應，而是指出這個選本「缺乏代表性」、未有「尊重作者」、「排編失當」。

這個選本也有另一種反映作用：可以映照出當時政策主導下的有限空間。照黃子平所說，《香港小說選》的審視標準只能是恩格斯評巴爾扎克的「典型論」和「現實主義」；而「回到現實主義」本來是當時對「假大空」極左文藝路線的撥亂反正，有其積極的作用；可是對於內地的文學中人，香港的「辛酸和痛苦」、「虛偽和醜惡」，似乎份量不夠，且了無新意（〈「香港文學」在內地〉271-273）。黃子平的感慨，讓我們更清楚看到「現實主義」、「反映論」的「科學」和「客觀」的包裝，如何在在「主體」的「期待視野」下拆解。這個選本面世時，黃子平身在北京，正處「新啓蒙」思潮的醞釀期。據他的回憶，這裏所選四十八篇作品「未能給當時的讀者留下應有的印象」（〈「香港文學」在內地〉273）。因此，蘇叔陽在文章結尾表明「無力也無心評斷當今香港小說的現狀」，這種「事不關己」的態度，也是可以理解的。

然而蘇叔陽對「香港」和「香港文學」畢竟也作了很有參考價值的「評斷」。他指出：

一、香港是個畸形的社會，光怪陸離的高度資本主義化的城市；文學難逃被商業侵襲的厄運。這說明了一個眞理：資本主義於文學的發展是不利的（換句話說：社會主義最能保護「純

文學」的生存和發展）。

二、中國的文學，在打倒「四人幫」以後，突飛猛進；創作思想上越來越摒棄那種主題先行，從觀念出發的非文學的指導思想。香港的文學，還沒有追上這股洶湧的洪流（言下之意是：「香港文學」都是一些主題先行的寫作）。

三、香港小說的成績，不要說同世界小說的發展看齊，離中國小說的主流也相去甚遠（其論說邏輯是：「世界小說」最先進，「中國小說」迎頭趕上，「香港小說」遠遠落後）。

蘇叔陽的衷心之言是：

> 無論如何，中國文學的主流是在內地，是在大陸，這是不可否認的事實。……我只希望，香港的作家們也能解放思想，站得高一點，看得遠一點，把自己的作品溶於中國文學的長河，匯入世界文學的海洋。（33）

蘇叔陽以最誠懇的態度表達了中原文化的優越感。知識分子從思想禁錮的黑暗夜空走出來，感受到陽光燦爛的「新啓蒙」，預備與現代化的「世界（文學）」接軌；面對文化的差異，一以「歷時的」衡尺量度，化約成從「落後」到「進步」的軌跡。當中的興奮、澎湃，是很感人的。福建人民出版社編的《香港小說選》僅僅以「圖解生活」、「圖解概念」的作品爲主要樣本；沒有勇氣、也沒有興趣翻尋香港人在過去幾十年與中西文化的糾纏轇轕，沒有探問香港作家在社會、經濟種種壓力下蜿蜒流動的努力。無怪乎蘇叔陽說香港的小說「還停留在初創的階段」，諄諄告誡香港的作家要照他的方向

前行。

　　《讀書》二十年中關乎香港文學的三十多篇文章，超過一半是羅孚（除了最早一篇之外，均以「柳蘇」為筆名）所作。最早一篇是 1986 年 12 月的〈曹聚仁在香港的日子〉，最後一篇是 1992 年 10 月的〈雜花生樹的香港小說〉。最密集是 1988 年 1 月到 1989 年 1 月這段期間，每期都刊出一篇。當中只有兩篇是香港文壇的綜合介紹（〈雜花生樹的香港小說〉、〈香港的文學和消費文學〉），其餘都是作家的介紹；所論作家包括：曹聚仁、亦舒、金庸、梁羽生、三蘇、唐人、葉靈鳳、林燕妮、梁厚甫、西西、侶倫、徐訏、劉以鬯、小思、董橋、李輝英等。羅孚談論的作家，主要以小說和散文的創作為主。如果我們把這份名錄與福建人民出版社編選的《香港小說選》和《香港散文選》的作者名單相較⓬，我們可以看到其間有極大的差異。

　　這些差異背後有許多個人和時代的因緣，不能簡單的以品味不同來解釋。以時代而言，文革後的「新啓蒙」在八十年代後期已有深長的發展，專以文學思潮而言，從 1985 年「二十世紀中國文學」概念的提出，到 1988 年「重寫文學史」的倡議，已可以見到其間動力的運轉。蘇叔陽引以為傲的新變，已由吐絲轉進破蛹；知識分子對一切的「新異」有好奇的容忍。政治的大氣候當然是 1984 年「中英聯合聲明」的簽訂，香港要從英國人手中歸還中國。這南方的海隅一角，居然得享全國目光的「凝視」（the gaze）。在黎庶的視界

⓬　入選《香港散文選》的作家有：舒巷城、彥火、蕭銅、黃河浪、李伯、夏果、海辛、一葉、連雲、夏易、卓力、涂陶然、李怡、黃蒙田、吳其敏、吳令湄、石花、吳雙翼、無涯、李陽、夏炎冰、谷旭、梁羽生、何達。

中，香港的形象更挾商品經濟發展大勢而獲得「近於諛」的令譽（參羅孚〈收場白「大香港心態」？〉❸）。《讀書》的受眾可有「知識的傲慢」，自會鄙夷庸俗的「港式」世情。有趣的是，這個傲慢的「想像」到今日又因周星馳的「大話西遊」神話而錯亂失衡；但這已是另一個話題了。❹

在此以外的「歷史偶然」是羅孚從 1982 年起羈留北京超過十年。羅孚本是長期在香港活動的「開明左派」，與左翼以外的文化人來往較多，對香港的認知有可能衝出傳統左派的藩籬。在〈好一個鍾曉陽！〉一文，羅孚就提到 1981 年自己以「左派陣營的一員」，約見「在右邊以至台灣的報紙發表作品」的鍾曉陽。這種「跨越」左右界線的舉措，在當時而言，不是所有文化人都願意或者有能力作的。當他在北京找到一個可以游移的空間時，剛好碰上「香港」以複雜形相浮現當前，於是他先寫了《香港·香港……》（北京：三聯書店，1987）一書，由「太平山頂」談到「女人街」、由「香港的『中國心』」說到「香港人」享有的「自由」。❺接下來就在《讀書》暢談香港的文壇。❻

---

❸ 本文只見於港版《香港文化漫遊》，羅孚另外以「柳蘇」之名出版本書的大陸版《香港文化縱覽》，卻把這篇文章抽起。

❹ 有關周星馳在大陸所造成的神話，可參閱張立憲等編著《大話西游寶典》。

❺ 在羅孚還未用「柳蘇」之名寫他的香港文壇系列之前，《讀書》就有陳可〈認識香港·介紹香港——兼談《香港，香港……》〉（1987 年）一文，介紹羅孚這本書（77-81）。以下提到《讀書》論香港的文章，請參閱「附錄」。

❻ 這些文章後來結集為《香港文壇剪影》；香港版改題《南斗文星高——香港作家剪影》，篇幅略有增添。

　　由於羅孚的文章較多，可說自成體系，它們在《讀書》的連續
出刊，很能說明「香港文學」的展現模式。我們首先注意到羅孚的
書寫策略有二：一是掌故，另一是獵奇。二者又自是曲徑旁通，互
有關聯。第一篇是〈曹聚仁在香港的日子〉。曹聚仁在現代中國文
學史本來就有一個清晰的「上海作家」形象，與魯迅和周作人兄弟
關係非淺。由這個文化回憶來開展一段掌故，可以牽動懷舊的好奇。
《讀書》的讀者在文中看到夏衍、聶紺弩、秦似等的聲影之餘，羅
孚從旁點染，指出曹聚仁「一生的著作有五分之四是在香港完成
的」。由是，「香港」就得以依附在一絲半縷的舊情之上，匯入共
同記憶的川流中。再如稍後一篇〈鳳兮鳳兮葉靈鳳〉在細說主人公
寓居香港的生涯之餘，結尾是這麼的一句：「如果鳳凰也有中西之
分，那就可以斷言，葉靈鳳是一隻中國鳳。」「香港」是「中國」
記憶之川偶然濺起的幾點水珠。

　　羅孚在寫過曹聚仁之後，就以〈香港有亦舒〉來作另一方向開
展。接下來再寫〈金色的金庸〉、〈俠影下的梁羽生〉。八十年代
開始，大陸曾有一陣「瓊瑤熱」，於是羅孚就以「台灣有瓊瑤，香
港有亦舒」一話來開始他的文化導遊。亦舒是「書院女」（即香港「英
文中學」的女學生），寫「流行言情小說」、講「現代化都市的愛情
故事」，這都是新鮮的滋味。至於金庸、梁羽生等的武俠小說，從
文革後期通過挾帶偷運等民間活動早一步「回歸祖國」，後來更進
佔南北街巷的書攤，本來無庸介引。然而羅孚的貢獻是：特別爲中
國讀者奠定品嚐異域野味的的心理基礎（或說「思想準備」）；他屢
屢指出：「海外不同於大陸」（〈金色的金庸〉），「在香港、台灣
和海外，新派武俠小說並不被排除於文學領域，新派愛情小說就更

不被排除了」。(〈香港有亦舒〉)「香港」既是異域,當然有可供獵奇的有趣珍玩。於是有〈才女強人林燕妮〉中刻畫的「奇女子」,又有〈三蘇──小生姓高〉中「標榜」的文言、白話加廣東話的「三及第」怪論;前者之「新」在於「奇情愛情」、「現代都市」的「軟綿綿」;後者之「奇」在於「香港又是長期受到封建文化影響的地方,文言文的遺留也就不足爲奇」。「香港文學」在這種論說中,不失其「光怪陸離」的「本質」。

羅孚並不是沒有品味的導遊。他介紹劉以鬯時,把他的「現代」與「現實」糾結處娓娓道來;(〈劉以鬯和香港文學〉)當他數說西西的長短篇時,又能以疏朗的筆鋒剪影存神。(〈像西西這樣的香港女作家〉)當然他不會忘記在重要關節刻記如下的斷語:《酒徒》「既是香港的,又是有特色的」;「像西西這樣的香港女作家」會得讚美「讀書無禁區」的「我城」。我們看到羅孚的確站在「中原」的立場,以尋幽搜奇的目光來看「香港文學」。這導遊可精於其業,雖然他自己在香港本來就是左翼文壇的中心人物,但他沒有重點傾銷積存的現貨;除了曹聚仁、葉靈鳳等別有「懷中國文壇之舊」功能的作家以外,屬於圈內同寅的作家他只選了侶倫、唐人和兩份文藝刊物作爲樣本。❼重點所在,還在於「香港文學」的「異色」。但這「異色」又不能太生澀難諧,於是羅孚記得說明亦舒崇拜魯迅、

❼ 羅隼曾指出:「在五十年代至七十年代圍繞在他〔羅孚〕週圍寫稿的作家有:葉靈鳳、曹聚仁、陳君葆、張向天、高旅、阮朗、何達、夏易、李怡、羅漫、海辛、李陽、黃蒙田、侶倫、譚藝莎(譚秀敏)、甘莎(張君默)、韓中旋、潘粵生、陳凡、黃如卉、林擒、舒巷城、蕭銅、梁羽生等許多人。」(《香港文化腳印》89)。當然這不能算是一份完備的名單,但已可略見其隊伍的龐大。

崇拜曹雪芹、崇拜張愛玲；三蘇曾經表示寫小說得力於《老殘遊記》、《儒林外史》和《阿Q正傳》；林燕妮追隨羅慷烈進修古典中國文學、「夢中情人」是納蘭容若；西西會得寫文言文，小思因為研究中國作家在香港的文蹤而成為「香港新文史的拓荒人」……。往昔在馬前潑出去的一盆清水，飛濺起一顆一顆義本歸還的合浦明珠。在羅孚編製的採購貨單中，最有指標作用的莫如董橋散文。羅孚在〈你一定要看董橋〉一文中鄭重提醒他的讀者「董文是香港的名產」，甚至不惜高聲叫賣：「你一定要看董橋」！相對於內地的文風，董文的「異色」是最明顯不過的；羅孚欣賞的理由之一，應該是有見於董橋所說：「我要求自己的散文可以進入西方，走出來；再進入中國，再走出來；再入……。」這不就是「華洋雜處，中西匯流」的「香港牌」正貨嗎？羅孚三番四次說：「他現在是『香港人』」、「他當然是『香港人』」、「董橋可以說是『香港人』」；「物化」後的「董橋」以至「香港文學」就在明朝深巷的叫賣聲中擺陳待售。在福建晉江出生，在印尼成長，在台灣唸大學，在英國研究馬克斯的董橋本人，可能不一定欣賞身上掛上「香港牌」的標籤，[18]但事實是：銷情走俏。

董橋散文經羅孚標舉之後，以「香港」的身分在大陸文化圈得享盛名。[19]相對來說，卞之琳評介詩人古蒼梧，雖然比羅孚的系列

---

[18] 董橋曾說：「我有一個偏見：我以為一個人寫中文，他的語言本身一定要是普通話，這是最基礎的，即是要有母語的基礎。但香港的作者，有這基礎的並不多。」（見黃子程 686）。

[19] 《讀書》2001年1月還有周澤雄〈面對董橋〉一文，對董橋的「異質」表示欣羨，並歸結為「董橋是香港人」（周澤雄 133-135）。

文章更早見於《讀書》，卻沒能引起類似的哄動。卞之琳對古蒼梧詩集《銅蓮》中的三輯詩以至林年同的序文都有獨到的評析，可是反響僅限於卞之琳提出的「詩是否該用標點」這個小環節。❷事實上羅孚以外的論家，所提到的香港作家幾乎沒有新增：如馮亦代談葉靈鳳、吳方談曹聚仁、柯靈談小思、何平和馮其庸談金庸等。只有李公明以〈批評的沉淪〉為題論「梁鳳儀熱」一文，明顯超出羅孚名單之外，而又別具文化批評的意義。

總而言之，由蘇叔陽借《香港小說選》貶抑「香港文學」，到羅孚推介「香港文學」的系列文章之備受中國知識界注目，其過程以至當中的策略都值得我們細心審視。以上只是初步的觀察，試圖為一種「香港文學」概念被捏合成形的過程作出測度；經過這個審察程序，我們可以再進而對照九十年代出現的具體文學史書寫和相關的後設論述。

三　收編香港㈠

在許多人的想像中，「香港文學」被寫入《中國文學史》之內，大概在單行別出的《香港文學史》出現以後；其實不然。如果以正式成書的時間看，《中國文學史》之加添「香港文學」，並不比題作《香港文學史》的著作遲出現。面世最早的謝長青著《香港新文學史》（廣州：暨南大學出版社）出版於 1990 年，範圍只包括 1949 年

---

❷　卞之琳文刊於 1982 年 7 月，到 1983 年 6 月《讀書》再刊登了李毅、卞之琳、古蒼梧三人關於「新詩要不要標點？」的通訊。

以前「白話文學」在香港的發展。至於 1949 年以還香港文學活動的歷史描畫，要到 1993 年潘亞暾、汪義生合著《香港文學概論》。正式題「史」的是 1995 年王劍叢所寫《香港文學史》；1997 年潘亞暾和汪義生之作再修改成《香港文學史》。同年還有劉登翰主編的另一本《香港文學史》。❷

至於各種「中國文學史」、「中國現、當代文學史」、「二十世紀中國文學史」中收有「香港」部分者，從 1990 年開始，到 2000 年爲止的十年間，起碼有以下十餘種：

　　1.雷敢、齊振平主編《中國當代文學》；

　　2.金漢、馮雲青、李新宇主編《新編中國當代文學發展史》；

　　3.曹廷華、胡國強主編《中華當代文學新編》；

　　4.孔范今主編《二十世紀中國文學史》；

　　5.張炯、鄧紹基、樊駿主編《中華文學通史》；

　　6.田中陽、趙樹勤主編《中國當代文學史》；

　　7.金欽俊、王劍叢、鄧國偉、黃偉宗、王晉民《中華新文學史》；

　　8.黃修己《20 世紀中國文學史》；

　　9.國家教委高教司編《中國當代文學史教學大綱》；

　　10.朱棟霖、丁帆、朱曉進主編《中國現代文學史 1917-1997》；

　　11.肖向東、劉釗、范尊娟主編《中國文學歷程·當代卷》；

---

❷　當然，在此以前已經有一些相關的研究或資料整理的專籍面世，如：潘亞暾《香港作家剪影》、王劍叢《香港作家傳略》；又有台港合論的著作如潘亞暾主編《台港文學導論》、汪景壽及王劍叢合著《台灣香港文學研究述論》等。這些著述與《中國〔現當代〕文學史》開始收編「香港」的時間相差不遠。

12.丁帆、朱曉進主編《中國現當代文學》。

由以上所列看來，急忙收編「香港文學」的《中國文學史》，遠比
獨立成編的《香港文學史》多；第一本《香港文學史》還未成型的
1990 年，已有陝西師範大學雷敢等搶先將他們眼中的「香港文學」
編入《中國當代文學》的「第九編」〈台港文學綜述〉之中。

以下我們先以 1990 年雷敢等主編的《中國當代文學》(簡稱《雷》
著)、1992 年金漢等主編的《新編中國當代文學發展史》(簡稱《金》
著)、1993 年曹廷華等主編的《中華當代文學新編》(簡稱《曹》著)
三本較早面世的文學史爲觀察對象，分析其書寫方式和意義。

(一) 「板塊組合」方式

從篇幅分配的角度看來，這三本早期參與收編「香港」的著作，
都只是以謹小愼微的方式去安置這件重得的「失物」。《雷》著全
書 557 頁，以六編分述大陸文藝思潮和各體文學；以下第七編是〈兒
童文學綜述〉、第八編〈少數民族文學綜述〉。「台港文學」的加
入，只能給予最「方便」的位置──全書最後一編 (第九編)；其中
香港部分 6 頁，佔總篇幅的 1.07%。《曹》著中的香港文學所佔篇
幅略多，全書 626 頁，香港部分 20 頁，佔 3.19%。其位置也安排
在〈兒童文學創作〉(第八編)、〈少數民族文學創作〉(第九編)，
和〈台灣文學創作〉(第十編)之後，與「澳門文學」合成第十一編。
「香港文學」的位置更準確的反映，可能見諸《金》著之上；編者
把台灣和香港的文學放在兩個「附錄」中。九頁 (佔全書 723 頁的 1.24
%) 的「香港文學」就倖見於〈附錄二〉。《曹》著〈緒論〉解釋
說：

> 從總體安排上講，全書共分十一編，以前九編分別論述大陸
> 文學的狀況，以第十編概說台灣、香港、澳門地區的文學面
> 貌，用「板塊組合」結構，將中華當代文學的全豹勾勒出來，
> 提供學習與研究的基礎。（6）

「板塊組合」的比喻，意味「香港文學」只是拼圖邊角的一塊碎片，
甚而是可以隨時割棄的「盲腸」（appendix）。另一方面，爲學界
重視的著作，如洪子誠在《中國當代文學史》的〈前言〉說：

> 台灣、香港等地區的文學與中國大陸文學，在文學史研究中
> 如何『整合』的問題，需要提出另外的文學史模型來予以解
> 決。（IV）

陳思和主編四十餘萬字的《中國當代文學史教程》，卻表示：

> 不可能有充裕的篇幅來討論大陸地區以外的中國文學。（433）

二著雖然不寫香港文學，可是看來全無闕漏的遺憾，反而讓讀者有
清省輕鬆的感覺。相反的，有了「香港」這多餘的一截，「中國文
學史」就得背負那沉重的政治「大話」，要不斷高喊「一個中國」
的誓言；如《曹》著〈緒論〉所說：

> 由于世界上只有一個中國——中華人民共和國；由于台灣、
> 香港、澳門等地區都是無可爭議的中國的一個部分；由于大

陸及台、港、澳等地生息繁衍的都是黃皮膚、黑眼睛的中華民族成員；因此，中華當代文學的研究範圍，理應包括大陸各民族的文學和台灣、香港、澳門等地區的文學。……（1）

這種言說本應有千鈞之重，但細看又仿似無所依傍的浮辭，尤其當中以「黃皮膚、黑眼睛」的民粹修辭來支撐「本質」的實在，更帶來戲謔的效應。

㈡ 由「歷劫」到「走向光明」的情節

以高音階的政治話語主導的歷史情節結撰（emplotment），自然構築成編者讀者欣見樂聞的「前景光明」的故事：例如《曹》著所編的歷史是這樣的：

> 香港本是一彈丸小城，但自 1840 年鴉片戰爭淪為英帝國主義的殖民地以後，很快便成了它們傾銷商品，掠奪資本與廉價勞動力的「自由港」和國際貿易市場，西方形形色色的腐朽文化也隨之大量浸〔侵〕入，香港當代文學的形成與發展道路，也因此極其坎坷不平。它經過了在五十年代與「反共文學」、「美元文化」和「黃色文學」的艱苦鬥爭，六、七十年代與西方文化的沖突交融，直到八十年代才逐漸成熟，走向多元化的蓬勃發展道路，形成真正獨成體系的香港當代文學。（600）

這裏「它」的故事，是一個棄置蠻荒的少年英雄，成長歷險、斬妖

除魔的故事；至於「它」的未來，則已有清楚的規劃：

> 隨著大陸的進一步改革開放，香港「九·七」的回歸，異彩
> 紛呈的多元化發展的香港文學，目前已有由西進走向東歸，
> 由認同而回歸傳統的傾向。在新的形勢下，它必將奔向嶄新
> 的歷程，開創出更有實績的美好前景。（602）

善頌善禱，也見於《金》著：

> 80年代，隨著大陸改革開放，「一國兩制」國策的確立，加
> 之香港回歸在即，香港文學呈現出多元化、全方位發展態勢。
> 由於文壇有更多的有識之士熱衷於祖國統一大業，香港文學
> 進入了自覺化時代。其主要特點是：文學、文學社團活動頻
> 繁，嚴肅文學影響日益擴大，眾多消費文學亦日趨健康化；
> 寫實、現代兩大文學流派開始真誠交流、融合。（714）

以至《雷》著：

> 展望香港文學的未來，盡管流行文學勢頭不減，但嚴肅文學
> 前途光明。由於香港作定處於獨特的地位和視角，今後香港
> 文學將更趨多元化發展，同時反映社會現實生活的深度和廣
> 度將會得到加強，而專欄「框框文學」將更興旺、發達。（555）

把這些樂觀向上的話語並置合觀，我們更能體會其中喜劇情節中的「想當然」成分。讀者如果認眞去追問：「回歸」與「多元化發展」、「祖國統一大業」與「自覺化時代」有何關係？「由西進走向東歸」是甚麼意思？何以見得？就未免過於拒泥執著。我們應當注意的是：這一類的文學史如何以書寫進行其文本世界的構建？如何爲這個世界畫上邊界？如何讓這個文本世界的人（agents）與事（events）活動？諸如此類問題的探索，或者更有意義。

㈢　包容異物的「超自然世界」

在香港文學未加入「中國當代文學史」的領域時，世界的秩序是井然不紊的。然而，一旦所謂「商品文學」、「通俗文學」、「消費文學」之闖進來，情況就不易控制。正如研究香港小說的袁良駿所生的感嘆：

> 比如大陸，建國以來就沒有甚麼「純文學」（或曰「嚴肅文學」）和「通俗文學」的界限，《小二黑結婚》、《新兒女英雄傳》、《鐵道游擊隊》、《林海雪原》，舉不勝舉，算純文學還是通俗文學？沒有一本文學史、小說史把它們列入通俗文學，甚至文學史中根本沒通俗文學這個概念。（288）❷

---

❷　陳平原〈通俗小說的三次崛起〉指出：「總的來說，在 20 世紀的中國，『高雅小說』始終佔主導地位。但『通俗小說』也有三次令人矚目的崛起：第一次是辛亥革命後到『五四』以前，⋯⋯第二次是 40 年代，⋯⋯第三次是近兩年，港台的武俠、言情小說『熱』過以後，國產的、引進的各類

這些「中國當代文學史」的書寫原本以道德修辭爲言說基礎，現在
要面對一批天外來客，就得調整其收編的語言策略，把「香港文學」
的領域畫成一個包容異物的「超自然世界」（supernatural world）。
陌生的事物，有如異域的群魔；如《曹》著描述「香港當代文學」
的特色時說：

> 它的商品化，文學也得服從於市場競爭的經濟規律。於是物
> 欲、色情、凶殺等帶刺激性的作品泛濫，怪誕、奇談、荒謬
> 的文藝層出不窮。（603）

《雷》著則從反映論的角度作解釋，但說來更似是爲「香港文學」
的宿命定調：

> 高度商業化的社會性質決定了香港文學的商品化，這種商品
> 化集中反映在「通俗」文學上，它在香港歷久不衰，擁有龐
> 大的作者群，也擁有廣大的讀者群，這是香港文壇最突出的
> 特點。（550）

《金》著則充滿人道主義的同情心，說：

> 當然，他們的作品也不同程度地缺乏應有的思想深度，但就

通俗小說如『雨後春筍』，大有與『高雅小說』一爭高低之勢。」（見《小
說史：理論與實踐》273）袁良駿面對的正是與這第三波的震撼。

社會環境和讀者水準來說，不僅不宜苛求，甚至已屬難能可貴。（717）

因此，每一本文學史的香港部分，無論篇幅如何短小，都會特別標舉香港的流行作家和作品，例如《金》著既把唐人的《金陵春夢》說成「較有史料、認識價值，在海內外產生廣泛影響」（715），也提醒「我們不能忘記梁羽生、金庸、依達、亦舒、嚴沁、岑凱倫、倪匡、何紫等作家在新派武俠小說、言情小說、科幻、兒童小說創作中的令人矚目的成就」（717）；《曹》著主要討論的小說家只有五位，當中就有亦舒和金庸（608-611）。但能以滑稽筆法，塑成人鬼同群、神魔亂舞的異域情調的還是《雷》著。例如討論香港文學刊物的寂寞一段，在羅列《素葉文學》、《文藝季刊》、《當代文藝》、《海洋文藝》等刊之餘，接著說：

> 比較流行的刊物應該算是《電視》周刊，《馬經》周刊，銷量都在 30 萬份以上。近來又有《讀者良友》、《香港文藝》問世，頗有市場。（551）

下文交代「素葉叢書」出書 12 種後，再羅列「有影響的出版社」，下文接著說：

> 黃電〔應作黃霑〕的《不文集》一書，一年之內再版 30 多次，成爲香港第一暢銷書。還有鍾曉陽的《停車暫借問》一書，1983 年被評爲香港十大暢銷書之一。（552）

《馬經》周刊、黃露的黃色笑話集，可與苦心孤詣的文學事業並置；在這個人鬼不分的詭異世界中，已經不能以正常行徑作規範，因此，香港作家「多不願稱自己是作家，因爲那樣會被人認爲賣文爲生，地位低下」（552）。

當然這些異物的容身之所，只限於畫定的「香港文學」圈內，其他「非香港」的領域，則繼續保持清潔。

㈣ 「去政治化」的洗滌過濾

另一方面，「香港文學」境內，也不能盡是藏污納垢，例如某些「不良」元素，也會被清洗淘汰。例如有關政治的論述，其選汰就很有趣。

這些文學史本來就以國族大義——「一個中國」，爲書寫的主要導向；強調政治的立場，以是是非非，是最「正當合法」（legitimate）的舉措。事實上，我們也不難見到這種義正嚴詞。例如《金》著指出香港文壇「有更多的有識之士熱衷於祖國統一大業」（714），《曹》著評說「南來文人」張詩劍的〈祖國·母親〉一詩「達到了海外赤子與祖國親骨肉相依的感情高峰與極致」（614）。

可是，爲了讓某些作品可以廁身於「香港文學」之境，部分政治色彩，就先被洗刷一番。例如《金》著論香港詩歌，只討論了兩位詩人，一是本土傳統左派文人舒巷城，另一是南移香港卻擁抱回歸的張詩劍（718-719），在政治上是保險穩當的。《曹》著選了余光中、張詩劍和鍾玲（612-615），選樣看來很奇怪，因爲一個香港本土詩人都不在其中；但我們只要看到編者集焦於余光中如何懷戀故國、鍾玲如何植根於民族文化的土壤，就會明白其苦心。至於余

光中對當前大陸政權的厭惡和鄙視，當然被過濾清洗；鍾玲對性別文化政治的思考，也不著一詞。

同樣的尺度，也適用於金庸小說；在洶湧翻騰的江湖底下，分明擺設了對大陸政治鬥爭的種種影射，可是這些文學史編寫人一概視而不見，反而渲染當中的「民族大義與愛國主義精神」（《曹》著610）。

進而言之，七十年代以來香港文學中陸續出現的文化和政治身分探索、八十年代中期以後面對前途無力和無奈的感覺等等，都不屬書寫範圍。如果我們企圖從這些文學史書寫當中追索更深層的社會與文化關涉，例如殖民統治中的西方文學教育對香港文學活動（尤其戲劇）的影響等問題，更是虛勞費心，因爲書中難見半絲痕跡。❷

㈤　錯亂失衡的評斷

收編書寫的另一個特色是「看似君臨，實則無能」的文學史評斷。最早的《雷》著，僅僅「精選」夏易、劉以鬯〔按，「鬯」之誤〕、海辛、施叔青、唐人五位作家爲論；其評斷所據，已完全無法從「文學」角度理解。另外兩本著作的選取標準大概也有太多考慮或限制，令人不忍深責。但從已入選的作家和作品評論看來，也是渾渾蒙蒙，難見章法；例如《金》著評徐訏小說云：

---

❷　戲劇活動看來不是收編書寫的主要對象，目前檢討的三本著作中，只有《金》著曾經討論，內中提到的劇團活動，其實是進一步考析殖民教育與文學發展關係的線索，可是這一層面顯然不是收編書寫的重心。

> 由於他詩歌、散文、劇本創作造詣甚深，各種傳統藝術形式
> 的交融，以及西方唯美主義、象徵主義、形式主義、印象主
> 義學派的影響，豐富了他的小說藝術表現力。（715）

概述香港的小說時評說：

> 以上各路作家作品的共同特點是比較健康、清新，雅俗共賞；
> 注意融西法於民族傳統之中；形式活潑多樣，以引導讀者向
> 上、向眞、向善、向美，達到陶冶性情、潛移默化的目的。
> （717）

從這些言說我們可以見到甚麼水平的文學史識見呢？這不是小學生
「我的理想」一類的湊拼浮辭嗎？❷收編者面對陌生的文學樣品，
大概不知如何調校口味。最方便的當然是沿用已成虛飾的「現實主
義」尺度，這驅使他們對同源的傳統左派小說最感親和。但「香港
文學」既是「異種」，當然會有其「異色」。因此我們除了見到認
知大拼盤一類的品評之外，更看到一種虛妄的「港味」的追求。例
如《金》著羅列八十年代的中青年作家如彥火、小思、也斯、東瑞、
黃維樑、巴桐、西茜鳳、梁錫華、黃國彬、黃河浪、鍾玲玲等，說

---

❷　《曹》著評張詩劍說：「〔他的〕藝術手法，多是寫實，象徵與抒情的自
　　然溶合。格調樸實、清新、犀利；無論寫景狀物，都意蘊豐厚，深富哲理
　　寄托，耐人尋味與聯想，獨具一格。」（615）也是同類毫無想像力的虛
　　文。此外，如評蔣芸散文所說的：「這情與景的交融，已到達了出神入化
　　的境界，感人甚深」（619），更是信口開河的評論。

「他們思想開放，技巧新銳，感情醇厚，文筆優美，創作了大量港味十足的散文佳篇」（719）；又說舒巷城在「吃盡漂泊流離之苦」後，「因而更加深沉地愛著自己的故土」，於是有〈海邊的岩石〉一詩，從中「不難感悟到他詩歌的濃郁港味的眞諦」（718）。然而，即使我們同時參照兩處的評斷，也未能清楚理解論者心目中的「港味」所指，更不要說他完全沒有盡文學史書寫的責任，致力追尋這種「港味」的歷史社會脈絡、發展成型的歷程。

當然最能照顧「香港文學」特色的評斷，還是《金》著這一句：

> 就社會環境和讀者水準來說，不僅不宜苛求，甚至已屬難能可貴。（717）

承蒙如此仁厚寬待，被收編者還得不趕快謝恩嗎？

四　收編香港㈡

上一節討論的三本早期文學史著，都是地區性大學（分別是陝西師範大學、杭州大學、西南師範大學）的教材。編者所在地既不是中原政治和文化中心的北京或者上海，也不是毗鄰台港的廣東和福建；這些撰著大概可以反映八十年代到九十年代初期大陸地區一般知識分子的思想傾向和學術水平。

我們曾經指出，研究香港文學的主要學術力量，還是集中在閩粵兩地。由於地緣之利，得風氣之先，單行別出的《香港文學史》，都由兩地學者擔任編輯。以下我們再參考兩本在「九七」以後出版，

由廣東地區學者主持編寫的文學史，作爲對照省察的對象。其一是
金欽俊等編著的《中華新文學史》（簡稱《欽》著），全書 1064 頁；
下卷爲 1949-1997 年的「20 世紀下半期文學」，共 608 頁，香港部
分 47 頁，佔 7.73%。其二爲黃修己主編《20 世紀中國文學史》（簡
稱《黃》著），全書 948 頁，1949 年以後的部分共 502 頁，香港部分
34 頁，佔 6.77%。

　　《欽》著由王劍叢組織策劃，廣東高等教育出版社出版；《黃》
著則由黃修己主編，廣州中山大學出版。前者有關香港文學的章節
撰寫者，也就是全書的策劃人王劍叢，他自己已寫有《香港文學史》；
翻檢本書，當可以見到一位香港文學研究的專家學者，如何把「香
港文學」安置於他概念中的「中國文學」版圖之中。《黃》著中有
關香港文學部分重點放在小說之上：詩與散文部分合共只有一節，
由王光明和王列耀執筆；小說佔相關篇幅最多，凡三節，都是艾曉
明所撰寫。艾曉明曾編有頗受稱賞的《浮城志異──香港小說新選》
（1991），近著《從文本到彼岸》（廣州：廣州出版社，1999）中主要
部分也是香港小說的相關研究。本書的特色是充分利用近年的香港
文學研究成果，尤其是香港本土的評論和研究。

(一)　馴悍與失序

　　九十年代中期以還，中國大陸的政治氣候相對和緩，就學術而
論學術的空間愈來愈大。由是，我們可以預期文學史論述可以少一
點教條主義。以《欽》著中對香港時期余光中的析述與前期的《曹》
著相比，可以見到一定的寬鬆。比方說，余光中在港時期的「北望」
詩，對大陸的文化政治環境有非常尖銳的批評；對香港「九七」以

後的前境，也抱悲觀態度。這些內容在《曹》著中，是隻字不提的；於《欽》著中，則有所鋪寫 (596-597)。然而其論述的政治框套還是相當明顯：余光中的尖銳批評，必須鎖定在大陸已經否定的「文革」範圍；「九七」疑慮，則以「大陸實行改革開放後，詩人心中竊喜」的說法來消解。換句話說，「馴悍」的操演，還是收編過程中不可或缺的一環。

《欽》的馴悍工夫，主要表現在兩個方向：一是以「現實主義」為批評基準，肯定那些批判「香港社會黑暗」的作家和作品。這一套言說方式最能符合大陸文學傳統的主流傾向，最為穩當實用。又一是強調個別作家的懷土之情，如果能夠歌頌「統一」、「回歸」，當然是最好的展品；否則，則去蕪存菁，只取其所需。

因此，我們在書中不難見到如下的點評：舒巷城的作品「反映40年代末的香港社會現實」(571)；夏易小說「注重反映社會」(572)；張君默「比較注意揭示商業文化背景下的社會本質」，以小說「反映香港光怪陸離的社會相」 (572-573)；陶然作品「暴露香港的陰暗面」 (582)；曾敏之「胸懷祖國，……抒的是大我之情、民族之情」 (583)；犁青「深感祖國統一重要，寫了許多表達海峽兩岸人民渴望統一的詩篇」(593)。這些作品本就是和順依人，不勞馴化。然而，面對劉以鬯的意識流小說《酒徒》，《欽》著還是不忘指出「作者借酒徒的形象，揭示了香港現實的畸形和黑暗」 (587)；寫徐訏的矛盾世界觀，就提到「他愛國，有民族氣節，又回避現實」 (578)；這和論述余光中詩時的取捨，考慮的方向是相同的。

《欽》著的香港文學部分是王劍叢自原來篇幅達三十萬字的《香港文學史》剪裁而成，兩處思考方式以至結構組織，完全相同；前

者所有的論述文字，幾乎都是後者原文的摘要攝述。然而有趣的地方，還在於個別作家的刪選。有些刪削的原因比較明顯，例如「寫實主義作家」原先包括有詩人何達，但在《欽》著中刪去。覆檢王劍叢原書，當中指出何達到香港後，尤其在 70 年代以後，「詩作的時代色彩，鼓動性已淡化，他不再把詩作爲戰鬥的武器或工具」(《香港文學史》215) 。以《欽》著的框架而言，把「不再戰鬥」的何達刪掉，理由是可以成立的。又如原書有〈其餘新一代本土作家的創作〉、〈框框雜文〉等題目的章節，都不復見於《欽》著；其理據大概是因篇幅的限制而把次要的作家或文體省略。《香港文學史》原有戲劇和文學批評的章節，在《欽》著亦被刪去。大概認定這兩種文體在香港文學的地位不高。我們雖不認同其判斷，但也算是在一定視野之下的「合理」作法。不過，當我們看到《欽》著對香港詩人的處理，就會大惑不解：原來在王劍叢《香港文學史》中，被安排入〈學院派作家的創作〉的也斯整整一節全部刪去；另外原本屬於重點處理的戴天、黃國彬也刪掉；反而原來只屬「其餘」之列的傅天虹、王一桃 (見〈其餘新一代南邊作家的創作〉一節) ，在《欽》著中卻成了重點論述的作家。無論從任何一個角度而言，取王一桃而棄也斯的選擇，都屬於顛倒錯亂的舉措；尤其出自研究香港文學經年的學者之手，更令人訝異。

這或者可以說明：文學史評斷的錯亂失衡，是大陸「中國文學史」書寫在「收編香港」過程中一個持續出現的現象。這種失衡，也可以用「新武俠小說大師」金庸的位置來作說明。《欽》著先說金庸的作品「思想內涵博大精深」 (599) ；這在一個以思想內容爲主要基準的批評傳統中，是何等重要的稱頌！以下還有這樣的評語：

金庸博學多才，中西學問皆通，琴棋書畫、佛道儒學、秘笈劍經、氣功脈道、武功招式、江湖黑話、行幫切口、門派淵源，均了然於胸。他的作品熔天道地道人道於一爐。金庸小說的語言雅潔、清俗，時時展現一種詩的意境，一種如畫的境界。它不僅具有一般小說的所有特點，且有很高的文學價值和欣賞價值，如果把它放在古今中外的小說之林中，應佔有一席重要的位置。（601）

《欽》著以幾乎失控的熱情，去褒揚這位香港「通俗小說」的首要人物；所下的評語的分量，遠超各位「現實主義」或者「愛國主義」作家。看來，以金庸為代表的香港「通俗文學」，是大陸「中國文學史」書寫一貫森嚴的律法面臨顛覆的源頭。

㈡　**通俗文學經典化**

如果我們再引《黃》著所論為證，則「收編」行動帶來的激盪會更加清晰。《黃》著中「香港文學」的敘述，與「澳門文學」部分同列，是全書最後的一章（〈香港澳門文學〉）。令人訝異的，當中沒有專門討論金庸的分節或者段落，惟有本章的〈香港文學概述〉一節結尾稍稍提到：

香港的通俗小說中登峰造極者一是金庸的武俠小說，另一亦舒的言情小說。這兩家小說在不同的維度上聯繫傳統文化和城市感性，為現代小說增添了新文體。（442）

但本章並沒有細意討論香港的「通俗文學」。如果我們以爲《黃》
著是崇雅卑俗，就是一個大大的誤會。因爲在《黃》著的第十三章，
〈20世紀通俗文學〉的題目赫然在目，其中第5節就是〈金庸的新
武俠小說〉。這現象大柢有兩層意義：一、金庸是「香港文學」中
能夠成功「北進」，攻入中原的代表人物；二、「中國文學史」的
領域，開始要分劃出一個書寫「通俗文學」的空間。

　　本來金庸作爲武俠小說大家，在文體類型上有定鼎的功業，是
不必質疑的；但更成功的是他以「複印的高雅」媚眾——「雅」「俗」
同在殼中，使文化工業的生產與傳銷，攻陷雅俗之間的脆弱防線。
再加上金庸於「外文本活動」（extra-textual activities）的實踐行動
（例如長時間經援武俠小說的學術研究、支持舉辦以金庸小說爲主題的國際研
討會議），將「自我正典化」（self-canonization）依軌跡完成，其過
程本身就極具文學史書寫意味。我們看到「國家教委高教司」編的
《中國當代文學史教學大綱》，標舉六位香港代表作家，金庸被抬
舉爲首位（124）；朱棟霖《中國現代文學史1917-1997》更指出：

　　　　金庸把武俠小說抬進了文學的殿堂，他也因此進入了20世紀
　　　　中國文學大師之列。（252），

1994年海南出版社出版一套《二十世紀中國文學大師文庫》，其中
《小說卷》由王一川主編；十位「大師」名單中，茅盾不在其內，
而金庸名列第四。這宗事件引起一番哄動。金庸的「大師」名銜，
根據在此。

　　這都說明了金庸的成功：或則被視爲「香港之首」，甚而超越

「香港」的樊籬，正式升入「中國文學史」的殿堂。在個人榮寵以外，更值得注意的是，包括金庸在內的「通俗文學」或者「流行文化」在被收編的過程中，已顛覆了大陸文學史書寫的常規。《黃》著於整體論述中另闢新章固然是一個例證，同樣的思維也以不同的方式見諸其他文學史著作之中。例如錢理群和吳曉東在冰心領銜主編的《彩色插圖本中國文學史》負責撰寫現代文學部分；他們沒有以專門章節介紹香港文學，卻開闢了「通俗小說的歷史發展」的專節，並以金庸為主要討論對象之一，順及的香港作家則有亦舒（229-231）。

(三) 文化異質細商量

《黃》著的特點，除了見諸金庸的編錄情況之外，值得注意的，還在於編寫者對香港文學的個別作家和作品的認知。相對於九十年代早期幾本文學史，《黃》著所論似乎與我們所認識的「香港文學」比較接近。這當然與近年來港粵交流頻繁、訊息易於流通有關。從書中註文徵引可見，編寫者曾經參閱不少香港本土以至國外學者的評論研究。當中對文學作家和作品的批評，似乎已較少受到大陸批評傳統的限制。然而，我們還是認為《黃》著的「香港文學」部分似是批評資訊的撮錄，多於文學史的評斷和析論。

早期的「中國文學史」論述的一大缺失，是以「瞎子摸象」的方式去描畫敘述者所未能掌握的局面，將撿拾而得的斷片，強作拼圖的一角。《黃》著的問題，卻不在於訊息不廣，而在於無法將兩種相當程度的異質文化找到串運的線索。對香港文學個別現象有比較具體的掌握之後，如果只是在原來以中國大陸文學為主體的大綱上

補添一章幾節，所得也不過是本已割棄的「盲腸」。在五十年代以後香港文化與中國現代文學傳統有歷時的傳承與變奏，但卻與並時的毗鄰漸行漸遠。殖民統治策略的變化加上本土意識的滋長，使香港的文化文學有其獨特的發展。同時大陸的社會政治也經歷了許多深刻的變化，文學當然有異於香港的表現。既然兩處地區各有異質，如果有意圖將這些異質並置於一個架構之內，則這個架構不應只有一種視向，以君臨四夷的氣勢掩沒一切或者疏略某些殊相。這個架構應該是一個全新的框架，有足夠的空間容納不同的敘述視野，使異質既能並存對照，也見到其間互為牽引的力量。

為了簡單說明我們的構想，以下略以香港的位置，重新思考兩個地區的文學關係，以為把「香港文學」寫入「中國文學史」這個項工程，作一些推敲：

一、在香港五六十年代出現的現代主義與三四十年代中國的文學思潮如何承傳？有何變奏？如何與台灣的現代主義思潮關聯互動？西方思潮在香港流播的情況又起了怎麼作用？

二、自五十年代以後，中國大陸與香港政治社會交流有了阻隔的情況下，香港的文化環境如何與現代文學傳統銜接？香港的中國現代文學教育以何種面貌出現？

三、在香港五十代以還民間出版商翻印、重排現代文學作品，以及整編現代文學資料和選本，如何影響香港文學創作與現代文學傳統的關係？

四、在香港七十年代以還出現的現代文學史書寫，如趙聰、丁望、李輝英、司馬長風等人的著作，如何建構中國現代文學的面貌？與盛行的王瑤、劉綬松或丁易的書寫體系有何

不同？其異同原因又爲何？

以上所列，當然只是應該提問的眾多問題中的一小部分；但如果我們先由這些方向出發，起碼可以跨越現在大陸書寫的撿拾「板塊」思考模式。我們得承認，文學史可以有許多的寫法，範圍可寬可窄；如果我們還期待「中國文學史」內有香港的角色，則更多元的切入角度必不可少。

附錄：1979-1998 年《讀書》所見有關
香港文章目錄

1981.10：蘇叔陽〈沙漠中的開拓者——讀《香港小說選》〉

1981.12：東瑞〈對《香港小說選》的看法〉

1982.7：卞之琳〈蓮出於火——讀古蒼梧詩集《銅蓮》〉

1982.8：溫儒敏〈港台和海外學者的中西比較文學研究〉

1983.6：李毅、卞之琳、古蒼梧〈新詩要不要標點？〉

1985.5：蕭兵〈香港訪學散記〉

1986.9：錢伯城〈記香港「國際明清史研討會」〉

1986.12：羅孚〈曹聚仁在香港的日子〉

1987.8：陳可〈認識香港‧介紹香港——兼談《香港，香港……》〉

1988.1：柳蘇〈香港有亦舒〉

1988.2：柳蘇〈金色的金庸〉

1988.3：柳蘇〈俠影下的梁羽生〉

1988.4：柳蘇〈三蘇——小生姓高〉

1988.5：柳蘇〈唐人和他的夢〉

1988.6：柳蘇〈鳳兮鳳兮葉靈鳳〉

1988.7：柳蘇〈才女強人林燕妮〉

1988.8：馮亦代〈讀葉靈鳳《讀書隨筆》〉

1988.8：柳蘇〈梁厚甫的寬厚和「鬼馬」〉

1988.9：柳蘇〈像西西這樣的香港女作家〉

1988.10：柳蘇〈侶倫──香港文壇拓荒人〉

1988.11：柳蘇〈徐訏也是「三毛之父」〉

1988.11：一木〈金庸小說的堂吉訶德風〉

1988.11：一木〈葉靈鳳和潘漢年〉

1988.12：柳蘇〈劉以鬯和香港文學〉

1989.1：柳蘇〈無人不道小思賢──香港新文學史的拓荒人〉

1989.4：柳蘇〈你一定要看董橋〉

1990.5：吳方〈山水‧歷史‧人間──談曹聚仁的「行記」和「世說」〉

1990.7：柯靈〈香港是「文化沙漠」？──序小思散文集《彤雲箋》〉

1991.4：何平〈俠義英雄的榮與衰──金庸武俠小說的文化解述〉

1991.12：馮其庸〈瓜飯樓上說金庸〉

1992.2：柳蘇〈香港的文學和消費文學〉

1992.7：柳蘇〈東北雪　東方珠──李輝英周年祭〉

1992.10：柳蘇〈雜花生樹的香港小說〉

1993.5：李公明〈批評的沉淪──兼談「梁鳳儀熱」〉

1994.3：金庸〈金庸作品集「三聯版」序〉

1996.7：張新穎〈香港的流行文化〉

1997.1：袁良駿〈《香港文學史》得失談〉

1997.7：陳國球〈借來的文學時空〉

1997.12：王宏志〈我看南來作家〉

1998.12：李歐梵〈香港，作為上海的「她者」──雙城記之一〉

引用書目

中文部份

鄭樹森〈談四十年來香港文學的生存狀態〉。《四十年來中國文學》。
　　張寶琴、邵玉銘、瘂弦主編。52-53。

張寶琴、邵玉銘、瘂弦主編。《四十年來中國文學》。台北：聯合
　　文學，1994。

蕭鳳霞。〈香港再造：文化認同與政治差異〉。《明報月刊》。1996.8:
　　19-25。

田邁修、顏淑芬合編。《香港六十年代——身份、文化認同與設計》。
　　香港：香港藝術中心，1995。

藤井省三。〈小說為何與如何讓人「記憶」香港——李碧華《胭脂
　　扣》與香港意識〉。《文學香港與李碧華》。陳國球編。81-98。

陳國球編。《文學香港與李碧華》。台北：麥田出版公司，2000。

王韶生。〈中國詩詞在香港之發展〉。《懷冰室文學論集》。香港：
　　志文出版社，1981。333-342。

鄭樹森、黃繼持、盧瑋鑾。《香港新文學年表》。香港：天地圖書
　　公司，2000。

羅香林。〈中國文學在香港之演進及其影響〉。《香港與中西文化
　　之交流》。香港：中國學社，1961。179-221。

侶倫。《向水屋筆語》。香港：三聯書店，1985。

袁良駿。《香港小說史》。深圳：海天出版社，1999。

黃康顯。〈從文學期刊看香港戰前的文學〉。《香港文學的發展與評價》。香港：秋海棠文化企業公司，1996。18-42。

黃維樑。〈香港文學的發展〉。《香港史新編》。王賡武主編。535-536。

王賡武主編。《香港史新編》。香港：三聯書店，1997。

李文在。〈香港自由文藝運動檢討〉。《當代中國自由文藝》。香港：亞洲出版社，1955。14-92。

也斯。《香港文化空間與文學》。香港：青文書屋，1996。

盧瑋鑾。〈香港文學研究的幾個問題〉。《香港故事》。香港：牛津出版社，1996。129-145。

黃維樑。《香港文學初探》。香港：華漢出版社，1985。

黃繼持。《寄生草》。香港：三聯書店，1989。

盧瑋鑾。《香港故事》。香港：牛津出版社，1996。

劉以鬯。《短梗集》。北京：中國友誼出版公司，1985。

劉以鬯。《見蝦集》。瀋陽：遼寧教育出版社，1997。

劉登翰主編。《香港文學史》。香港：作家出版社，1997。

寒山碧。《香港傳記文學發展史》。香港：東西文化事業公司，2003。

潘亞暾、汪義生。《香港文學概觀》。廈門：鷺江出版社，1993。

潘亞暾、汪義生。《香港文學史》。廈門：鷺江出版社，1997。

曾敏之。〈香港文學概觀·序〉。《香港文學概觀》潘亞暾、汪義生。

許翼心。〈台灣香港與海外華文文學研究的回顧與前瞻〉。《台灣香港暨海外華文文學論文集》。上海復旦大學台港文化研究所編。

上海復旦大學台港文化研究所編。《台灣香港暨海外華文文學論文

集》。福州：海峽文藝出版社，1990。

古遠清。〈內地研究香港文學學者小傳〉。《當代文藝》。2000.4：
　　84-93。

吳其敏編。《香港青年作者近作選》。香港：香港青年出版社，1973。

馮偉才編。《香港短篇小說選——五十年代至六十年代》。香港：
　　集力出版社，1985。

馮偉才編。《香港短篇小說選一九八四至一九八五》。香港：三聯
　　書店，1988。

馮偉才編。《香港短篇小說選一九八六至一九八九》。香港：三聯
　　書店，1994。

也斯〔梁秉鈞〕、鄭臻〔鄭樹森〕編。《香港青年作家小說選》。
　　台南：民眾日報出版社，1979。

也斯、鄭臻編。《香港青年作家散文選》。台南：民眾日報出版社，
　　1979。

鄭樹森。〈香港文學專號·前言〉，《聯合文學》。94（1992.8）：
　　16。

福建人出版社編。《香港小說選》。廈門：福建人民出版社，1980。

福建人出版社編。《香港散文選》。廈門：福建人民出版社，1980。

黃子平。〈「香港文學」在內地〉。《邊緣閱讀》。瀋陽：遼寧教
　　育出版社，2000。271-273。

羅孚。〈收場白「大香港心態」？〉《香港文化漫遊》。香港：中
　　華書局，1993。212-213。

柳蘇〔羅孚〕。《香港文化縱覽》。廣州：廣東人民出版社，1993。

張立憲等。《大話西游寶典》。北京：現代出版社，2000。

羅孚。《香港文壇剪影》。北京：三聯書店，1993。

羅孚。《南斗文星高——香港作家剪影》。香港：天地圖書公司，
　　1993。

羅隼。《香港文化腳印》。香港：天地圖書公司，1997。

黃子程。〈不甘心於美麗——訪董橋談散文寫作〉。《董橋文錄》。
　　陳子善編。686。

陳子善編。《董橋文錄》。成都：四文藝出版社，1996。

周澤雄。〈面對董橋〉。《讀書》。2001.1: 133-135。

謝長青。《香港新文學史》。廣州：暨南大學出版社， 1990。

王劍叢。《香港文學史》。南昌：百花洲文藝出版社，1995。

潘亞暾。《香港作家剪影》。廈門：海峽文藝出版社，1989。

王劍叢。《香港作家傳略》。桂林：廣西人民出版社，1989。

潘亞暾主編。《台港文學導論》。北京：高等教育出版社，1990。

汪景壽、王劍叢。《台灣香港文學研究述論》。天津：天津教育出
　　版社，1991。

雷敢、齊振平主編。《中國當代文學》。西安：陝西師範大學出版
　　社，1990。

金漢、馮雲青、李新宇主編。《新編中國當代文學發展史》。杭州：
　　杭州大學出版社，1992。

曹廷華、胡國強主編。《中華當代文學新編》。重慶：西南師範大
　　學出版社，1993。

孔范今主編。《二十世紀中國文學史》。濟南：山東文藝出版社，
　　1997。

張炯、鄧紹基、樊駿主編。《中華文學通史》。北京：華藝出版社，

1997。

田中陽、趙樹勤主編。《中國當代文學史》。長沙：湖南師範大學
　　出版社，1998。

金欽俊、王劍叢等。《中華新文學史》。廣州：廣東高等教育出版
　　社，1998。

黃修己。《20世紀中國文學史》。廣州：中山大學出版社，1998。

國家教委高教司編。《中國當代文學史教學大綱》。北京：高等教
　　育出版社，1998。

朱棟霖、丁帆、朱曉進主編。《中國現代文學史 1917-1997》。北
　　京：高等教育出版社，1999。

肖向東、劉釗、范尊娟主編。《中國文學歷程·當代卷》。北京：
　　國際文化出版公司，1999。

丁帆、朱曉進主編《中國現當代文學》。南京：南京大學出版社，
　　2000。

洪子誠。《中國當代文學史》。北京：北京大學出版社，1999。

陳思和。《中國當代文學史教程》。上海：復旦大學出版社，1999。

陳平原。《小說史：理論與實踐》。北京：北京大學出版社，1993。

王一川主編。《二十世紀中國文學大師文庫：小說卷》。海口：海
　　南出版社，1994。

冰心主編。《彩色插圖本中國文學史》。北京：中國和平出版社，
　　1995。

第二輯

涼風有信：在香港讀文學

從惘然到惆悵

——試論《上元燈》中的感舊篇章

一 前 言

　　《上元燈》不是施蟄存最早的小說集，在此以前和約略同時他還出版了《江干集》（1923）、《絹子姑娘》（1928）和《追》（1929），但這卻是他比較滿意的早期作品集。在〈我的創作生活之歷程〉和《十年創作集》的〈引言〉中，施蟄存都舉出這本短篇小說集為自己小說創作的開端。❶

　　《上元燈》於1929年由上海水沫書店出版，包括十個短篇；1932年新中國書局改編再版，增刪了部份篇章；1991年北京人民文學出版社為施蟄存出版《十年創作集》二冊，分題為《石秀之戀》和《霧·鷗·流星》；其中收入曾經重訂的《上元燈》十篇。這個由施蟄存親手重訂的版本，主題比較統一，筆者預備就此作一個整體的研究。

---

❶ 施蟄存在〈我的創作生活之歷程〉中說《上元燈》是他「正式的第一個短篇集」（應國靖編《施蟄存散文選集》101）；他在整理《十年創作集》時說《上元燈》以前的一些作品「太不像樣」，要加以淘汰（〈十年創作集·引言〉，施蟄存《石秀之戀》3-4）。

本文是這個研究的上編，集中討論其中幾個表現「感懷往昔的情緒」的篇章（施蟄存〈我的創作生活之歷程〉101）：〈周夫人〉、〈扇〉、〈舊夢〉和〈上元燈〉。

二　由〈周夫人〉說起

〈周夫人〉是施蟄存早期小說中很受稱賞的一篇。小說中最引人注目的當然是有關周夫人與微官的故事情節。由於微官在這段故事中是以一個十二歲的少年身份出現，在意識上他是無知的，在行動上他是被動的，所以大家的注意力就集中在周夫人身上，以她為小說的「主人公」，認為本故事以少年的蒙昧襯托刻畫周夫人的心理世界，披露了「一個守寡的年輕婦女內心的深沉痛苦」（嚴家炎〈略談施蟄存的小說〉、〈論新感覺派小說〉，見嚴家炎 195, 180）；或者說：「〈周夫人〉是寫變態的戀愛的。」（楊義《中國現代小說史》 二668）並以為這是施蟄存後來富有特色的心理分析小說的濫觴（嚴家炎 180, 195；楊義 668；吳福輝 282）。這些看法都很有見地，有助我們對施蟄存創作路向的認識。

然而，這篇小說還有一些地方很值得我們進一步探索。小說中的微官的確是一個被動的角色（inert character），尤其在心理層面，他的活動能力絕對比不上周夫人的迴轉纏綿。不過，我們卻不應忽略本篇小說的敘事者「我」；他是中年以後的微官，已經「飽經甘苦」（21 ❷）。他的意識世界有著非常積極活躍的動力。「我」和

---

❷　此處及以下引文均以 1991 年人民文學出版社《石秀之戀》為據。

「十二歲的微官」這兩重身份的相互關係,兩個不同時間的世界的連繫交通,組成了這篇小說的主要意義結構。

這篇小說開卷的時間是「我」已屆「中年」的時候,而微官與周夫人的故事卻發生在十多年前他剛從杭州搬到慈谿之時。這十多年前的事以回憶的方式插入當下的「我」的世界。回憶中的故事世界與當下的經驗世界兩者是互相生發,互爲影響的。過去的世界本來充滿既定的事實或事件,是不能改變的,但一旦套入回憶的思念框架之內,往事是會被後來所得的經驗染色的;正如「我」在小說的開首說:

> 一個人回想起往時的事,總會覺得有些甜的,酸的或朦朧的味兒——雖則在當時或許竟沒有一些意思。(21)

這些「往事」是否眞的「沒有一些意思」,如何從「沒有一些意思」變成「甜」或「酸」,已沒法根查了。因爲在飽歷世情之後,回看往昔,只會感到當時自己是如何的蒙昧無知,一切都「惘惘然地經歷」;愈是有這種想法,就愈覺惆悵;於此「我」有很清晰的自覺,他說:

> 咳!在花蕊一般的青年人生,哪一椿事不是惘惘然地去經歷?然而愈是惘惘然,卻使追憶起來的時候愈覺得惆悵。(21)

這樣看來,〈周夫人〉一篇的感情基調,應該是李商隱〈錦瑟〉詩所說的:

此情可待成追憶，祇是當時已惘然。

小說的主題大概就是揭示這種從「惘然」到「惆悵」（順時的經歷）或者從「惆悵」到「惘然」（逆向的回顧）的歷程所生的經驗。相比之下，周夫人的「變態心理」並不見得非常重要。

我們的看法也可以小說的展陳模式印證。首先，施蟄存讓本篇的敘述者「我」在開首和卷末申訴他對往事追思的感喟，為本篇的基調奠定方位。其次，小說中兩次提到史篤姆（Theodor Storm, 1817-1888）的《茵夢湖》（Immensee）也是一條重要的線索。

《茵夢湖》是五四時期由郭沫若譯介到中國的一個中篇小說。故事講述一段青梅竹馬的感情後來如何歸於失敗，其浪漫感傷的情調，頗受當時的年青讀者歡迎（參陳玉剛　148, 205；張友松〈再版前言〉，《茵夢湖》i）。值得注意的是這個小說的敘述模式：小說以一個老年人進入他的回憶世界開始，再敘說他的少年以至青年的生活，最後又回到老年人的時空。❸這個敘述架構的意義，與〈周夫人〉要傳達的信息基本相同：從「現在」回溯「過去」，並由此而興感歎。

〈周夫人〉的敘述者在開首提到這本小說，還有其特定的目的，就是說明「青年時的任何遭際」和《茵夢湖》中的「青年時切心的浪漫史」一樣，都會有類似的作用，「都有在將來發生同樣有力的追懷的可能性」（21）。那是說，敘述者很關注「過去」與「現在」的相互作用。

第二次提到《茵夢湖》是「我」在追敘自己的童年生活時，以

---

❸　本書分十節，第一節和第十節都題為《老人》。

這本書和《七俠五義》並論：

> 那時候，讀者是曉得的，我不曾有看感傷的《茵夢湖》之類
> 的書的福氣，其實也並沒有歡迎這類書的心情，我只不過看
> 些《七俠五義》罷了。（22）

《茵夢湖》是一本浪漫抒情的小說，代表回憶世界中的唯美式經驗
建構，屬於文人知識份子的思維疇域；《七俠五義》則是以行動情
節為主的通俗敘事體，指向行動的參與、實際的經歷，而不遑反思
回想。小說中的微官正處於《七俠五義》式的世界，而「我」則進
入了《茵夢湖》式的領域。

　施蟄存又在時空設計上，令兩個不同的世界既有分限界劃，也
有溝通的途程。「過去」世界的主要事件就是微官與周夫人相遇的
故事；這故事發生在微官剛從杭州搬到慈谿時，而故事的正式終結
則在於周夫人要舉家搬到杭州的時候。兩段人生旅程的一個空間交
疊處，就構成這個過去的世界一條明顯的周界。至於「我」的世界
與「十二歲的微官」的世界間的通道，就在於一個看似平常的「起
因」：

> 現在是只剩了我這孤身和女佣了。這個女佣來了才十個月，
> 她何曾知道我的家事！
> 我想起了陳媽，就又想起了周夫人。（21）

「我」透過「女佣」這個思路的中介進入十多年前的世界；或者說

透過這個中介，這十多年前的世界又在「我」的意識中構築起來。

在故事裏周夫人也有走過一段類似的回憶旅程，中介就是微官和她已逝世的丈夫的照片。當時的周夫人就像現今的「我」，她因著微官的出現而重構她與周先生的共同生活的經驗世界。由於小說採用了「我」和微官的「單一」視點，❹我們沒法深入周夫人的感情領域；不過文中所見她對微官的「凝視」，一連幾次問微官照片中人「不是很像你麼？」「你不是很像他嗎？」以至把他摟在懷中等等行動（25-26），都可以見出她在構築那個已逝去的時空。

屬於「過去」的時空，不能也不會簡單的於「現在」重現。小說中，「我」的意識正主導了屬於微官時空的事件的詮釋。在敘述過程中，我們不難見到如下的一些講法：

> 我是髫齡的不懂事⋯⋯。（23）
>
> 天啊！現在我追想著，饒恕我不過是一個天真的孩子！（24）
>
> 我只是一個小孩子，天啊！我何曾在那時懂得世界的廣漠呢。（25）

由此可以見到「我」並不是絕對客觀的報道微官世界的情事；他的敘事加添了許多屬於「飽經甘苦的中年人」的按語。

「過去」既是現世所重構，自然經歷一定的選擇和組合；其間情事的真確程度，就頗值得懷疑。小說中周夫人的重構經驗就是一

---

❹ 其實微官和「我」的視點並不完全相同──「我」所知比微官多，但範圍仍然不出「我」和微官的一己之身。

個很好的暗示。她認爲微官就像她的丈夫，她之所以擁著微官，正因爲她以當下的世界溶合了回憶的世界。反觀微官卻在她的意識世界以外，他絲毫沒有覺得自己像照片中的周先生。他對於周夫人的舉動也不能理解，說：「不覺得怎樣」（26），心裏「也並不曾起什麼感動」（28）。當然在微官被「陶鑄」成「我」之後（21），他就以後來所經歷的「甘苦」去印證回憶中的經驗；於是，屬於《七俠五義》式的行動經歷，就轉化成《茵夢湖》式的感性情懷。正如「我」在小說末段說：

> 小時候的事，現在卻哪一樁不在每日的追念中湧上深宏的波濤。（28）

於是他也以爲自己瞭解到周夫人的心緒：

> 天啊！這般的長夜，讓我在被冷風吹動得支支地戰抖的窗櫺邊回想這個小時候的史書上的一頁，我是在恍然想起了她那時的心緒，而即使事隔多年，我也還爲她感覺到一些苦悶呢。（28）

周夫人那時的苦悶是由回憶往事而生的。「我」在經歷世途之後，恍然瞭解她「那時」的心緒，爲她感到苦悶；換一個角度來看，「我」也是在「回想這個小時候的史書」時，覺得無限的惆悵。

施蟄存在這篇小說中設計了幾個不同的時空：一是「我」的時空，另一是「微官與周夫人」的時空，再而是「周夫人與周先生」

的時空。其中「微官與周夫人」的時空成了本篇小說中的「骨幹故事」（story proper）。

　　「我」是小說的敘事者，而本身又是微官於生命歷程中的一個延續，所以他可以輕易的進入微官的時空，深入微官的思想世界。至於周先生的時空，在文本中只是隱含式的存在（implicitly exists）。我們透過「我」對微官的行為和遭遇的舖敘，間接地知悉周夫人的追思往昔，以及周夫人如何嚮往那一「過去」的世界。作為一個敘事者，「我」對微官的情事的敘述本來是最可靠的（authentic），❺他為讀者揭示了微官的童稚心理，並由此角度勾勒點染周夫人的思想和心理。然而，「我」卻不僅是敘事者，他還有一個特定時空的身份：一個「飽經甘苦的中年人」。他經常從後設的角度評點微官的心理和反應。所以，「我」既是敘事者，也是詮釋者。作為詮釋者的「我」，又不諱言自己對敘事體中微官的經驗（所謂「惘然」的經歷）會有後加的渲染（即因「追憶」而生的「惆悵」），於是讀者就有充份的理由而且也必須有這樣的警覺性去推斷：由「我」構築起來的「過去」時空不見得一定很真確。❻然而，這些情事的「真」「假」並不重要；（因此我們不必理會周夫人是否真的心理變態。）重要的是在這個追思往昔的過程中興起的無限的「惆悵」。事實上，回

---

❺　有關敘述者(narrator)與小說世界的情事真確性的關係，Lubomír Doležel 有很精彩的論述，可以參考（Doležel "Truth and Autheticity" 7-25）。

❻　這裏提到文學作品的「真假值」（true-valuation），是針對文本 (text) 與相應的虛構世界（fictional world）之間的關係，而不是如模仿理論所關注的作品與外在世界的對應問題；仍請參 Doležel 的論述（Doležel "Truth and Autheticity"; "Literary Text, Its World and Its Style"）。

憶是屬於個人的、主觀的構築；讀者要過問的，是「真誠」與否，而不在乎是否「真確」。

三　〈扇〉與〈舊夢〉的時空設計

追憶前事而興起無限惆悵的題旨，也見於〈扇〉與〈舊夢〉兩個短篇。我們可以先察看這兩篇的時空設計與〈周夫人〉的同異。

這兩篇小說也有一個屬於「過去」的「骨幹故事」（story proper），通過敘述者「我」的回憶，使「現在」與「過去」連繫。〈扇〉中的「我」已「過盡了青春，到了如現在這樣的可煩惱的中年」（13）；屬於回憶部份的是阿寧由九歲入學到小學畢業考試前夕與鄰居小女孩金樹珍的兩小無猜的情事。至於〈舊夢〉中的「我」，在「過去」是小學生「微官」，和女孩芷芳有過一段青梅竹馬的初戀；到十七年後的「現在」，已是一位中學教師。（31）

在空間設計上，〈扇〉比較接近〈周夫人〉。小說中阿寧和樹珍的故事在他從家鄉移居蘇州時開展，到他畢業後因辛亥革命而離開蘇州終結。「過去」的時空周界與現在分割得很清楚。〈周夫人〉和〈扇〉中現在的「我」在空間上都遠離骨幹故事所在地，他們只是在思想上、感情上回到那屬於「過去」的世界。兩個世界的串連，有賴一些「起因」。在〈周夫人〉一篇中，起因是現時的女傭，連及往時的陳媽，再及於到周夫人家所發生的事。〈扇〉的起因更是精心的設計：由於天氣熱起來，「我」想到要打開櫥抽屜尋出寫上

秦少游〈望海潮〉的拆扇，❼這個抽屜就好像是一個儲存時間的箱
匣：

> 開了那只久閉了的櫥抽屜，把塵封了的雜物翻檢了半晌，一
> 個小紙包裹的是記不起哪個年代收下來的鳳仙花籽，一個紙
> 匣裹的是用舊了的筆尖，還有一枚人家寫給父親的舊信封裹
> 卻藏著許多大清郵票，此外還有幾副殘破的扇骨，一個陳曼
> 生的細硯，倒是精致的文房具。再底下，唉，這個東西還在
> 嗎？一時間真不禁有些悠遠的惆悵。
>
> 那是安眠在抽屜底上的，棉紙封袋裹的一柄茜色輕紗的團
> 扇。（3）

舊經驗本是混雜零亂的堆疊於腦中，不作回憶，它們就像被密封固
存於久閉的抽屜；在偶然的情況下，某些經驗會從潛意識中突然釋
放，有如團扇在雜亂中無端的出現（本來「我」想找的是去年曾用過的
拆扇）。團扇被發現在這裏除了有象徵的作用之外，扇本身也正是
誘發回憶的起因。往昔的追思，再和現世的意識感情化合，生成「惆
悵」的感喟。

在另一篇小說〈舊夢〉中，「我」卻於實際行動上重訪舊地，
所以「現在」的「我」與「過去」的微官處於同一空間，但兩個世
界之間卻有十七年的時間分隔。〈舊夢〉的時空設計有利於將「過

---

❼ 秦觀的《望海潮》詞其實也是題旨的一項暗示，最低限度有助氣氛的營造，
尤其詞中所謂：「行人漸老，重來是事堪嗟」，正是回顧往昔的嗟歎。

去」和「現在」作直接的、不能逃避的對照。在小說的開頭作者借助「我」聽回來的說話去填補那十七年的罅隙，但「過去」與「現在」的斷裂並未因這些概括的話語而得以縫合；我們見到的仍是一連串的「過去」與「現在」的對照。尤其重認二嬸母一段，更是這種斷裂的明證：

> 一方面心中懷疑著這五十歲光景的老婦人是誰呢，一方面卻正在從她的衰老的容顏中搜尋出當年的艷色的遺蹤。我不禁脫口而出地說：
> 「二嬸母嗎？好久不見了。」（30）
> 兩眼凝看著她，裝著傾聽的神氣的我，心中其實是在驚訝著她從前的那種羞澀靦腆的儀態消逝到哪裏去了呢。每一句話裏都含著充分的老練和經驗，臉色又是這樣地嚴肅和沉著，僅僅十七年的歲月，難道會使一個人改變到這樣嗎？（31）

「搜尋」其實就是「回憶」過程的形象化、情節化。回憶既是「艷蹤」的搜尋，當然是浪漫的、美麗的；既是「搜」是「尋」，就有所選擇，加以組合了。

施蟄存在本篇小說中小心佈置了兩個世界的交疊。從情節推動的功能而言，二嬸母是個引子，引領「我」進一步面對「微官的世界」與眼前現實的差距。於是「過去」與「現在」兩個世界被強迫印合：先是「過去」的花園（美麗的、浪漫的），「現在已是成為蔬菜園（平淡的、功用的）；再而是「記憶中」的大塊的「可愛的碧草的平原」變成「現今的」只蓋了十餘家屋子的小空地；（32-33）最

震撼的，當然是「當年的」芷芳與「眼前現實的」芷芳的印合：

> 眼前現實的那扇矮門卻咿呀地開了，從裏面走出了一抱著小
> 孩子的中年婦人來。可憐的孩子，這麼樣消瘦哪！想是乳汁
> 太稀薄了，這準是他的母親了，也是這樣瘦！⋯⋯和我這樣
> 的思緒同時爆發的卻是陪伴著在我背後的二嬸母的聲音：
> 「阿芷，客人來了，認得嗎？」
> 阿芷？這名字使我感覺到驟然的驚愕！這是從前她叫芷芳的
> 稱呼。（34）
> 她已經證實就是當年的芷芳了。這在我隱秘的心中，實在是
> 一重苦痛的失望。我願意始終沒有看見她，讓我永遠記著她
> 重聲時候的美麗；或者上帝使她長成比幼小時更美麗，讓我
> 在這十七年以後，再來親近她一次；我真不願意這樣一個煙
> 容滿面的憔悴的婦人負著十七年前的芷芳的名字。（35）

迢相去的兩個世界，一個浪漫美麗，一個現實平淡，互相追認，其
結果往往是「苦痛的失望」。

小說中「過去」世界的最具體的呈現，還得透過「小鉛兵」這
個起因。芷芳把她保存了多年的一組小鉛兵搬出來，由是「我」就
想起過去一次深入鬼屋探險的事件－－在這次行動中，微官把小鉛
兵送給了芷芳：

> 我於是掏出了那一組小玩具來呈獻在她眼前，說道：
> 「別哭了，我把這個送給你。」

在一切記憶中留著最深的印象的，便是她在這一瞬間的喜悅
的神情。清淚在睞，嬌頤乍展，她好像突然忘記了腳踝上的
痛楚似的，用著驚訝和感謝的眼光對我看著，同時接受了我
的贈物。於是我也好像完成了我的冒險事業，獲得了許多珍
貴的財寶似的，滿懷著不可言喻的喜悅，扶她走了那「鬼屋」。
（40）

這段文字正可以見出敘述（narration）與被敘述的事件（narrated
event）之間的差距，以及「過去」與「現在」兩個世界的錯雜。完
成冒險事業，獲得珍寶的感覺固然是屬於「過去」的，但總括往昔
一切記憶（甚而作出選擇）的意識則是「現在」的。再者，「清淚在
睞，嬌頤乍展」的描述，一方面展示「過去」在記憶中是以不均勻
的狀況出現的（所謂「最深印象」），另一方面這些華美的辭藻更只
是成長了的「我」（而非微官）才可以運用的。

是的，「過去」的重現一定會經「現在」意識的過濾，所以回
憶可以是「茵夢湖」式的美麗：

這些事情，實在也只如萎落的曇花，飛逝的翠鳥；當時一瞬
間的絢爛，徒然供追憶時的惆悵。（40）

在〈扇〉中，敘述者也是這樣地描述「過去」：

一年一年地，無知的童年如燕羽似的掠過了。（5）

不管「過去」的一分一秒是否都真的「如花」、「如燕」，但回憶往往都是如此。

事實上，〈扇〉中的骨幹故事裏最具體的一段情節，也不外是杜牧〈秋夕〉詩的舖排：

> 銀燭秋光冷畫屏，輕羅小扇撲流螢，天階夜色涼如水，臥看牽牛織女星。

據「我」的辯解，他是先有經歷，後來發現唐詩有類似的描寫；但我們不妨推斷，這段回憶是以讀詩所得的經驗為基礎，再附合腦海中的零碎印象而構成的。再者，我們發覺整個骨幹故事的敘述都不乏「現在」意識的參預，例如說：

> ……如今回想起來，也就是為了這個原故。（5）
> 如果這一年不遺留這一柄團扇給我，現在我還能夠想起她嗎？我的回憶還能不能捉到一個起因而蔓延開去嗎？（5-6）
> 一夜，月亮光光的，好像是五月望日的前後，天氣是如現在一樣的沉悶。（7）
> 此時想來，真不懂那時候何以真會得有這樣幼稚的懊惱。（9）

在所有類似的敘述之中，最戲劇化的是「現在」的「我」向「過去」的樹珍傾吐因回憶而生的感觸：

> 唉！樹珍，我直到如今，成年以後，不曾再看見過一縷和你

那時的相似的眼光，因為那是如何的天真啊！（9）

這種「惆悵」的「現在」與「惘然」的「過去」的對話，正好幫助我了悟「過去」的「存在」這一弔詭的現象；「過去」若還存在，就必然存現於「現在」。

四　浪漫感舊的〈上元燈〉

　　如果單獨去看〈上元燈〉這篇小說，我們大柢會被其輕淡清新的筆觸吸引。或者我們也會注意到小說的敘事技巧和均衡結構：篇中採用了自敘分日記事的方式，敘述了發生在上元節前後三天的故事；「我」穿的袍子，和「她」所紮的花燈，是情節的兩條線索；二者交錯穿插著於種種外在壓力下「我」和「她」感情契合的進程。不過，若果我們把它置放於整個「感懷往昔的情緒」的一系列短篇之中，這個小說就可以有不同的觀照。

　　從〈周夫人〉到〈舊夢〉，都有一個「現在」所作回憶的框架，內裏嵌入一個引發無限惆悵的屬於「過去」的骨幹故事。由「現在」走到「過去」的程序清晰可見。回觀〈上元燈〉一篇，則好比卸去外框的骨幹故事，所敘述的故事仍然是少男少女似詩的情懷，但少了細故與童稚的對照，看來好像是完全的投入了「惘然」的「過去」。

　　我們說這故事仍是重構美麗的回憶，就因為它似「詩」。篇中記述「我」在正月十四日知悉題為「玉樓春」的花燈被「穿猞猁袍子的表兄」摘去後，悶悶不樂地回家，走著吟著李商隱〈春雨〉詩

的「珠箔飄燈獨自歸」。❽在篇中出現這個句子，固然可以斷章地
表現此時「我」的境遇；但我們應該留意到一個不爭的事實：李商
隱詩的氣氛瀰漫於這些感舊篇章之中。〈春雨〉這一句本是「悵臥
新春」、「白門寥落」的才子回想欲見所思而不得的刻畫，唏噓的
回憶和渺遠的隔阻是李商隱詩的重要母題；〈上元燈〉這一篇大概
就是這種經驗的再現。〈扇〉的篇末說：

> 而我，性格仍是小時候的那樣，過盡了青春，到了如現在這
> 樣的可煩惱的中年，只在對著這小時的友情的紀念物而抽理
> 出感傷的回憶。天啊！能夠再讓我重演青春的浪漫的故事
> 嗎？（13）

〈上元燈〉一篇或許就是施蟄存縱情地搬演的浪漫青春。

五　感慨往昔

除了〈上元燈〉一篇，這一系列的感舊篇章的敘事者都是處於
「可煩惱」的中年。既處「煩惱」之中，回想起青春往昔，當然覺
得美麗有如「花蕊」（〈周夫人〉21）。因此，往事在這些篇章中出
現時，都是田園式的（pastoral）；這樣的今昔對照，「惆悵」就油

---

❽ 李商隱《紅雨》詩，原文是：「悵臥新春白袷衣，白門寥落意多違。紅樓
隔雨相望冷，珠箔飄燈獨自歸。遠路應悲春畹晚，殘宵猶得夢依稀。玉璫
緘札何由達，萬里雲羅一雁飛。」

然而生。（我們不妨留意一下各篇中「惆悵」一詞出現的次數。）另一方面，本質上這種「過去」，只能如「一瞬間的絢爛」於「現在」存現；「無窮的追憶」並不能把往昔挽住。〈舊夢〉的結尾敘述「我」離開故居、芷芳，和二嬸母時，有這樣的感覺：

> 我竟感覺到好似在開始一個長途的旅行而離開自己的家門的
> 時候的惆悵。（41）

舊居故人本是往昔世界的標記，也是心底回憶的象徵；「長途旅行」大概是人生旅程的比喻，「自己的家門」好比回憶中的「過去」，是人生的出發點；「遠離家門」，也就是說經歷了漫長的，可能是顛簸崎嶇的，人生旅程。由是，「過去」愈遙遠，也愈模糊，但可能愈加絢麗；於今，不由得不更惆悵。

這種低徊的「惆悵」，應該是這系列篇章的主旋律。

引用書目

中文部份

施蟄存。〈我的創作生活之歷程〉。《施蟄存散文選集》。應國靖
　　編。天津：百花文藝出版社，1986。96-104。

施蟄存。《石秀之戀：十年創作集·上》。北京：人民文學出版社，
　　1991。

施蟄存。《霧·鷗·流星：十年創作集·下》。北京：人民文學出
　　版社，1991。

應國靖編。《施蟄存散文選集》。天津：百花文藝出版社，1986。

嚴家炎。《論現代小說與文藝思潮》。長沙：湖南人民出版社，1987。

楊義。《中國現代小說史》。北京：人民文學出版社，1988。

吳福輝。〈施蟄存：對西方小說的向往〉。《走向世界文學》。曾
　　小逸主編。長沙：湖南人民出版社，1985。280-292。

陳玉剛主編。《中國翻譯文學史稿》。北京：中國對外翻譯出版公
　　司，1989。

張友松譯。《茵夢湖》。北京：商務印書館，1981。

外文部份

Doležel, Lubomír. "Truth and Authenticity in Narrative." *Poetics Today*
　　1 (Spring 1980): 7-25.

Doležel, Lubomír. "Literary Text, Its World and Its Style." *Identity of the Literary Text*. Ed. Mario Valdes and Owen Miller. Toronto: U of Toronto P, 1985. 189-203.

文本、言說與生活

——《上元燈》再探

一

　　《上元燈》共有十個短篇小說。筆者曾有〈從惘然到惆悵：試論《上元燈》中的感舊篇章〉一文，展開其中〈扇〉、〈上元燈〉、〈周夫人〉和〈舊夢〉四個短篇的初步討論。本文繼續從一個選定的角度探討餘下的篇章；版本和引文碼仍據施蟄存《十年創作集》上卷《石秀之戀》所收各篇（施蟄存《石秀之戀》3-106）。

二

　　〈從惘然到惆悵〉一文討論的篇章，主要表現當前的「我」與記憶中的「我」於不同時間領域的經驗世界如何交錯糾結。這種今昔對照、「惘然」與「惆悵」往復迴環的旋律，並沒有在其他篇章中隱沒，只是施蟄存要探索的經驗世界不僅限於此，這種旋律有時退作背景，以襯托其他的主題前景。例如〈桃園〉一篇也有回憶感舊的部分，但其中的主題和〈閔行秋日紀事〉一樣，都以知識分子

如何被自己身陷的經驗世界所約制，在面對書典以外的世界時作出種種反應爲描寫對象。

《上元燈》裏許多篇章的開首部份都處理得非常精彩。譬如〈扇〉就巧妙的將小說要展示的世界引入一個儲存時間的抽屜之中（陳國球 89）。〈桃園〉一篇則以「忘記」與「不典」的關係作引子。篇中的第一人稱敘事者「我」，在向外鄉人誇耀故鄉松江上的土宜時，只能舉出「四腮鱸」，而不是「黃桃」，因爲「松江之鱸，畢竟是靠了蘇東坡游了一趟而出名的」，而黃桃卻因爲「不典」而理應被人遺忘（42）。由「不典」而「忘記」正好說明知識份子意識世界的畛域。知識分子被「典」所支配，被他所能接觸的文本世界所限制；書典以外的世界，只好被他懸置：因此，「我」「忘記了世界上還有著這種好的德行」（43）、「忘記了」曾是同窗的桃園主人的名字（45）。直至因偶然巧合，或者在未能倖免的境況下，置身於陌生的「不典」世界時，就會試圖以原有的認知能力去消解當前的困惑。這在〈閔行秋日紀事〉一篇最爲清楚。

〈閔行秋日紀事〉以傳統典雅的悲秋情懷開始。本篇開首的一句是：

> 一九二 X 年的秋天，宿雨初晴，在局促的寓樓裏，我頗感到些蕭瑟的幽味。（75）

這種感懷正是沿襲宋玉〈九辯〉「悲哉秋之爲氣也！蕭瑟兮草木搖落而變衰」的文人傳統而來。就在這個時候，「我」收到朋友「無畏庵主人」的來信：

小庵秋色初佳，遙想足下屈身塵市，當有吉士之悲，倘能小
住一旬，荷葉披披，青蘆奕奕，可爲足下低唱白石小詩，撲
去俗塵五斗也。

　　　　　　　　　　　　　　　　　　　　無畏　(75)

這位朋友彷彿只活在書冊中。無畏庵是「荷葉」「青蘆」伴唱「白
石小詩」的世界；裏面有的是「收集來的東洋小盆景」，「書齋裏
的數百種元明精槧書」，「從敗落了的舊家」買到的太湖石⋯⋯。
(75) 盆景、書冊都是移根養殖的「典中」世界。對「我」來說，
情緒上充溢的是「吉士之悲」，實際生活是「五斗俗塵」。無畏庵
主人的邀請，就引領「我」開展了一段旅程：走進信中所宣示的文
本世界。

　　於是他在旅途翻車後看到的是米萊的畫幅 (78)；❶到閔行後，
他閑著沒事，緩步江濱，看到「漁船如落葉似的在蕩漾著」(81)，
此地「靜寂得如在中世紀神話裏所講到的有怪異的船隻浮到仙境裏
去的江流」(81)；❷在小巷徘徊企候他曾遇上的美貌女子，「不禁
想起從前詩詞中所寫的門巷悄悄的情景」(85)。這種認知的方法
和態度，正同於議論故鄉會想起〈赤壁賦〉的「松江之鱸」，也同

---

❶　米萊（ Jean François Millet, 1814-1875），法國畫家，作品多以農民生活
　　爲題材；篇中所敘大概是米萊名作〈拾穗者〉一類的畫幅。

❷　這樣的描寫很容易會令人想到《上元燈》初版所有，後來被刪去的〈牧歌〉
　　一篇（施蟄存《上元鐙》初版　109-135）。這篇小說完全是西洋文學中
　　的「Pastoral」的仿作；可以說是書典世界的直接呈現。有如〈上元燈〉一
　　篇是施蟄存在現場搬演回憶中的浪漫青春，（參陳國球　93-94）。〈牧
　　歌〉可說是文本世界的縱情搬演；但效果卻不盡如意，施蟄存在 1933 年
　　上海新中國書局再版的自序中說此篇「最覺得自己失笑」，故此刪去。

於〈上元燈〉篇中「我」想起的「珠箔飄燈獨自歸」（18），甚或〈扇〉中的「輕羅小扇撲流螢」（8；參陳國球 92）。「我」的經驗意識的已被「典中的」文本世界壟斷、掩蓋，外在的現實世界被文本世界吸納融化。「我」在往閔行的旅程中遇上了「鹽梟」的女兒，一個「販鴉片嗎啡的人」，可是「我」沒有因此身陷「黑暗的」、「醜陋的」罪惡世界；反之，他看到的是「雕刻在月光裏」的她（82），聽到的是「在朦朧江水上響起來的」笑聲和歌聲。（87、85）最後他更內疚自責，說自己「無端地驚散了一群平安的過浪漫生活的人」（88）。由此看來，所謂「閔行秋日紀事」，只是一次由文本到文本的活動而已。無畏君在篇中的形像和行動並不突出，然而他的「精刻本書」和「翻檢名家藏書志、書目，研究紙質和字型」的行動，實在是本篇故事的指涉（referent）所在。正因如此，在篇中無畏君不能解釋那神秘女子的情事，只有的他的僕人——一個可以擺脫文本限囿的人，才「知道事情的眞相」（88），可這「眞相」傳到「我」的耳中，又轉化成一個浪漫傳奇了。

　　與〈閔行秋日紀事〉中的「我」相比，〈桃園〉的「我」較有自覺反思的能力；他會爲自己過去託辭不到鞋匠兒子家裏玩而感到「疚心」（45），他又具有「天賦的一種感傷的情緒」，早歲曾爲盧世貽（後來的桃園主人）失學而「暗暗地哭了幾次」（46），「更鄙視那些嘲弄盧世貽的，出身富貴之家的同學」（45）。然而，這一切其實都可以歸於知識分子所以自慰的、淺薄的人道主義。見到同窗的輟學，他只想起老師講的「承宮牧豕而求學」的故事（45），以爲讀書、有學問才是最高的理想；當下見到老同學以種桃營生，就提問爲甚麼不做「書記」或者「小學教員」一類的工作（46、48）。

〈舊夢〉中長大後的微官從二孀母「衰老的容貌中搜尋當年的豔色的遺蹤」（30），代表了以眼前現實去印合回憶的浪漫的企圖（參陳國球 90-91）；〈桃園〉中「我」也作過一次努力的搜尋：

> 努力想從他（桃園主人）的身體、精神和行動裏尋出一些不像一個種園人的地方來，但終竟失敗了。甚至看了他的吸旱煙的神氣，也使我完全忘記了他曾經是一個受過中學教育的智識階級者。（47）

這個搜尋行動也是將不同世界作印合的嘗試。搜尋的失敗，不僅說明了「我」的認知準衡仍然不出「知識階層」的範圍，還暗示了現實世界中實有知識分子不能企及的領域，不同階層的世界，也難有互通的管道。知識分子以其自有的「人道主義」精神去俯視勞動階層，只是從本位出發的一種姿態。正如桃園主人說：

> 你們不是常常講應當消弭階級嗎？其實我看唯有知識階級的人心中最有階級觀念。（49）

他又以自己的生活經驗為據，說自己「已經吃了讀書的虧了」（50）。「我」所代表的世界和桃園主人代表的世界之間的距離，就表現在後者稱呼前者為「少爺」一語所帶來的震撼之上：

> 有人聽見過自己的朋友叫你「少爺」的嗎？我混和著驚異、羞愧，以及一種成年人的卑鄙心理——憎厭。是的，我承認，

> 在驚異和羞愧的感情次第冗奮了以後，當清楚地意識到了站
> 在我面前的種園人是我的同學的時候，我至少的確有過一點
> 覺得這是丟臉的事似的憎厭。（46）

「羞愧」是具有反思能力的知識分子的自責自疚，「憎厭」就是兩
個世界的距離無法挪近的條件反射。最後，身屬知識分子的「我」
只能選擇逃避：

> 從這一次以後，我雖然不能不對於他園裏的黃桃之美味有所
> 眷戀，但始終沒有敢再去過，因爲我怕聽他再叫我「少爺」。
> （50）

「我」默默地認可這個距離了。

三

〈宏智法師的出家〉和〈詩人〉兩篇，也以「我」爲小說的敘
事者，但「我」卻不再是故事中主要事件和行動的主角，而只是這
些事件和行動的旁觀者或轉述者。在〈宏智法師的出家〉一篇中，
「我」的主要功能就在轉述聽回來的故事。故事的主角雖然與「我」
住在同一巷裏，但故事中的主要情事卻發生在三十多年前的異地江
西。〈詩人〉篇中的「我」則向讀者「你」講述他所目睹甚至有交
涉的詩人鄰居的故事。這兩篇小說沿用了《上元燈》各篇的主要敘
事模式：以回溯的框架，盛載一個在敘事時間多年以前發生的骨幹

故事。這種呈現的方式或者可以提醒我們，回憶的世界是如何繁茂多樣；我們除了不能忘記往昔的浪漫感情之外，於街坊里巷的各式人物和種種情事，亦時有遐想偶思，尤其是如果這些人物情事於今天的生活經驗尚有或多或少交涉的話。〈宏智法師的出家〉中，「我」就以今日之知，揭示了一向的傳聞和觀察的失確：眾人認定宏智法師這個「有道行的和尚」每晚在寺門掛起一盞燈，是爲了「普照眾生」，但現在「我」知道這是和尚爲了要補贖對前妻的虧欠而作的行動。

「我」於小說世界中的作用可能僅限於此，餘後〈宏智法師的出家〉的「骨幹故事」可說已經脫離了「我」的意識，獨立地上演。敘事者的視點隨時進出於陸才子（宏智法師的過去）的心靈世界。這絕不是前文那個「我」（「年長的江西人」）所能了解的（101）。

從這個「骨幹故事」，我們看到一個年輕的才子如何嚮往書典帶來的經驗世界。他的不斷追尋甚至使美夢竟成眞實；可是在現實生活經驗的映照下，這些具體化了的美夢卻又帶來失望和痛苦。

據敘事者所說：宏智法師以前本是姓陸的出名才子。他根據自己所讀的《西廂記》、《牡丹亭》、《高唐賦》、《好色賦》等書冊建構一個「才子佳人」的想像世界；因父母之命媒妁之言而娶得的妻子，雖具有現實世界中的賢慧，卻未能符合他的心意。（102）他的思想和行動只能參照書冊所載而作。他的作詩、訪豔，以丫環遞簡的方式邂逅另一位「佳人」，根本就是「傳奇」小說的實踐。（103）小說中沒有交代他棄妻另娶的細節，但從敘事者口中我們看到的正是書中世界與書外世界的強烈對照：在「佳人」的面具之後，是咆哮、嫉妒。（104）才子正因是不能承受這個現實，以致後悔痛

苦，後來出家爲僧。

　　透過這個故事的書裏、書外的對比參照，作者似乎想指出以書冊知識建立的世界是如何的不足恃。這種主題意識其實也表現在〈桃園〉一篇之中。陸才子的痛苦正類同於桃園主人所感慨自己的「吃了讀書的虧」，雖然痛苦和感慨的原因不一，但根源還在於書冊知識不能幫助一己深入生活的現實，反而掩蓋了許多的眞相。

　　〈詩人〉一篇所表現的也是一個「詩人」如何迷失於「詩」這個文本世界之中。作者在這篇小說中選了一個很恰當的敘事角度；敘事者「我」是主角「詩人」的鄰居。在篇中敘事者就這樣說明：

> 詩人的生活，從古以來都是神秘的。……但我卻獨享了詳細知道詩人的生活的權利。因爲我曾經和詩人做過幾年的同居。（91）

「詩人的生活」之所以「神秘」，就是「從古以來」這都以文本的方式出現，我們看的是文本中的詩人。然而作爲「詩人」的鄰居，從現實生活中去透視，詩人除了是屬於「詩」之外，還是一個要吃飯住房的「人」。「從古以來」這幾個字一方面將「詩人」的傳說成分標出，以下正要把這個傳說背後的眞相揭露；另一方面，選用這種概括性的言詞，也暗示了所說的不止於一個「瘋詩人」的故事，當中還有普遍性的涵義；我們可以說：篇內的「詩人」，只是「知識分子」的誇張化、漫畫化形象（caricature）而已。知識分子自視極高，以爲自己掌握了知識便與愚夫愚婦不同，正如詩人說：

你們哪裏會懂，我說出來你們也不會懂哈哈，……我做的叫
做詩，……現在告訴了你們。（92）

知識分子自鳴清高，由陶淵明所說的「誤入塵網」，到〈閔行秋日
紀事〉中無畏庵主人來信說要「撲去俗塵五斗」，都是想顯示出自
己如何遺世獨立，不與俗人為伍。本篇中的「詩人」也說：

什麼話，賺幾個錢？俗不可耐！（93）
俗人，快走開，不要來敗我的詩興！（95）

〈桃園〉中的「我」不敢面對他不熟悉的世界也是這個想法的另一
種顯示。

　　詩人希望生活在他自創的世界裏，「詩的定義」由他發明（93），
可是現實生活並沒有因他的驅斥而離去，反而對他步步相逼。透過
「我」這個旁觀者的觀察，我們可以見到詩人在「春老花無影，樓
高月近人」，和房租、飯菜之間，兩種經驗世界中迴轉掙扎，由狂
而瘋；到他要送出《王漁洋詩集》和《小謨觴館詩文集》的行動出
現以後，他已經失去了可以支撐「詩人」經驗世界的精神力量。最
後他向「我」表示要「出門」，出路似乎也只能是死亡了。

　　〈宏智法師的出家〉雖然是在批判虛假的浪漫，但故事本身還
是以簡單的、浪漫的「傳奇」式樣出現，其中的批判也是「傳奇」
式的簡單道德教誨；這一點大概與敘事模式的選用也有相關之處，
我們只要對照〈詩人〉的敘事角度便可得見。〈詩人〉篇中的「我」
與詩人在同一個故事時間中經歷生活，雙方有不少交涉接觸，使得

敘事者在講述故事的過程中，可以乘間作出畫龍點睛的批點評論。只有「我」，才看到詩人「眼角的眼淚」（98）；只有如此，篇末才有這樣的揭示：

> 瘋詩人死了之後，社會上並不感到甚麼損失，松苑裏也仍然照舊每天有高朋滿座。人家也都忘記了他。但我卻不知怎的，每當一想到生活和思想的矛盾這問題來，總會懷念起他來，深深地感受到他所曾秘密地受過的悲哀。（99）

這份「悲哀」的流露，正好點明「詩人」的際遇，是作為「知識分子」的「我」的思想和生活的的一種投影。「我」並沒有比「詩人」高明許多。

四

以上討論的幾篇小說，無論直接或間接的，都探討過文本建立的世界和實際生活的經驗世界之間的關係，作者尤其對於知識分子的困囿於書冊文本，表示深刻的憂慮。至於〈漁人何長慶〉一篇，可說是這種思維方向的進一步拓展。它不再以知識分子為限，也不再止於書冊文本的關心；它討論的是語言——包括種種文本、言說，如何關涉、甚至干預一個普通人的生活。很多評論者以為〈漁人何長慶〉（以及〈桃園〉）的主題是對勞動人民的謳歌，對城鄉距離的感喟（應國靖 49-51；楊義 二 668；張鴻聲 134）。筆者認為這種自五四或歐戰以來的熟套話題，固然不能說不存在於小說之中，但從

作者的敘述過程看來,可知其中的意義絕對不限於這些簡明的訓誨。

〈漁人何長慶〉一開始就以許多的篇幅介紹閘口的野史傳說;這些話語似乎與何長慶的婚娶故事沒有必然關係。可是,我們只要再作深思,就會了解作者在這裏安排了連串「神話似的故事」(52),其背後意義在於宣明:社會中的「語言」好比共同信仰;人們透過「語言」去「生活」,彷彿地方名勝以「傳說逸聞」而存現一樣。在介紹完「傳說逸聞」之後,敘事者馬上轉入一些實際「生活」的描寫:其中對魚腥以至其他細節的逼眞描寫,使讀者再不懷疑「生活」的實在。然而,下文接著說:

> 在這個和平肅穆的古鎮市上,少年的漁人何長慶曾經親身扮演過一齣戀愛的悲喜劇。

實實在在的「生活」,在「言說」的框套中,只成爲一份文本、一齣戲劇:

> 雖然事情的起訖,到如今已隔了多年,而何長慶的兒子也已經會每天到他父親的魚攤上來照料生意,但是閑暇的、饒舌的鎮上的人,卻還喜歡講說著他的事情。(53)

小說的篇末又說:

> 有外來的人,當飽飫了這個鎮市的掌故之後,看著這樣繁盛的魚市,因而問起它的現狀來的時候,有人會首先舉出長慶

> 是最大的漁戶。接下去是說有個賢慧的幫助他的妻子，再接
> 下去，便可以聽到用感嘆的口氣敘述他的娶妻的顛末。（65）

敘述者就設定這樣的一個「說故事」的框架。

在故事的框架之內，我們也可以看到作者多番揭示主人公的「生活」和各種「言說」的關係。先是何長慶聽到了中傷他母親的話語，說雲大伯與她有曖昧的關係，敘事者很快就歸納出「語言」對「生活」的影響：

> 長慶和雲大伯少有來往了，這便是由于一個人對于社會的蜚
> 語的自然的顧忌。（55）

後來長慶不願表示自己對雲大伯女兒菊貞的愛情，也是因爲種種的「蜚語」。（57）可見語言如何深入生活，影響人的生活決定。即如菊貞也是由聽回來的話語而影響了她的行動。於是她跟人私奔上海。自己再成爲村人多少的「談說」、「背話」。（62）長慶也要主動的通過「語言」來認識周遭世界，他想知道菊貞的下落，所以他留心聽閒話，又想認字，聽店家先生讀報。（63）終於從朱先生處「聽」知菊貞在上海作了妓女。（63-64）敘述者又故意省去主要的行動的描述；何長慶如何尋找菊貞，如何帶領她離開上海，都沒有交代。他關注的反而是他們回來後，村人如何「批評和議論」。（65）

至如何長慶能夠好好的生活，就在於他能夠摒除各種「言說」的影響：

同一天，在這個小村鎮上騰說著他的事件的時候，長慶卻依
然清早就整理好了他的漁具，撐著他的小船漂蕩在寒天的江
上。他照樣的從事於祖遺的生活，照樣地用著他的剛毅的儀
態。市鎮上關於他的話並不會被尖利的風送給他的耳鼓。(65)

於此，我們似乎看到作者認為「生活」終於可以和「語言」分隔，
並且歌頌讚美這種不受干擾的生活方式；然而，我們需要深思的是，
這會不會是一種更深刻的反諷？會不會是作者體認到語言與社會生
活根本無法割離，所以才有這種牧歌式的「神話」構述？

五

《上元燈》是施蟄存的早期作品，其中有許多技巧未成熟的痕
跡，但作為一個敏感的作家，他確實對人世經驗有很透闢的思考。
《上元燈》的感舊篇章，處理了人如何面對「記憶」的問題，「記
憶」是由過去的生活經驗組成，其存現於當下有賴「語言」的選擇
與組合；從這個角度而言，本文處理的另外幾個篇章，也是圍繞著
「語言」與人世經驗的關係而作的探索。

最後，筆者需要指出本文有所未逮之處。本文的切入點是小說
的「文本」和其中「言說」表象所顯出的符號意義；於「生活」的
廣漠領域，實在未展開探測。具體的說：本文選擇以「細讀」文本
的方式去考掘文義，企圖從文本的內證去說明一般讀者只問故事情
節（可能只是骨幹故事的通俗元素：如「詩人」的滑稽可笑，「秋日閒行」的
撲朔迷離，「桃園主人」的道德教誨等）而致忽視的意蘊。然而這種方法

的限定，卻諷刺地宣示了筆者如何陷入了施蟄存所嘲弄的「言障」。事實上，小說中爲何出現了本文所論的符號指涉過程？究竟施蟄存在甚麼情況下會思索知識分子的經驗牢籠？「流言」對施蟄存實實在在的生活有何影響，致使他有如此深切的體會？這許許多多的「文本」和「文脈」（text and context）的關係，絕對需要進一步的考察。筆者未及在本文完成這項工作，在文末說「期諸異日」希望不會變成空洞的「言說」。

引用書目

陳國球。〈從惘然到惆悵——試論《上元燈》中的感舊篇章〉。《中國現代文學研究》。1993.4（1993.11）：83-95

施蟄存。《石秀之戀：十年創作集·上》。北京：人民文學出版社，1991。

施蟄存。《上元鐙》初版。上海：水沫書店，1929。

應國靖。〈論施蟄存的小說〉。《文壇邊緣》。上海：學林出版社，1987。46-60。

楊義。《中國現代小說史》第二卷。北京：人民文學出版社，1988。

張鴻聲。〈都市化中的鄉村與都市裏的鄉村——心理分析小說論之一〉。《中國現代文學研究叢刊》，1990.2（1990.1）：133-135。

視通萬里，思接千載

——論林庚詩的馳想

林庚（1910－）是著名的《楚辭》和唐詩學者、文學史家。不過，就林庚於自己生命的體認來說，他首先是詩人。林清暉在〈上下求索——林庚先生的詩歌道路〉一文這樣介紹林庚：

> 他畢生都在追求詩意，詩的世界便是林庚的世界，詩裏融匯了他對宇宙、對人生的思索和對自由、對眞善美的渴望。也正是詩的力量在推動著他的文學研究。（167）

這段介紹並不浮誇。筆者在研究林庚的《中國文學史》時，發現如果不了解他的詩和詩觀，根本不可能作出深入的討論。可惜的是，他對詩的熱誠並未得到應有的重視。一般現代文學史都沒有認眞探討林庚的詩作；九十年代以來雖然出現若干出色的研究文章，但討論似乎還未足夠。本文預備從林庚詩的視域開展這一點切入，對他的《夜》（1933）、《春野與窗》（1934）、《北平情歌》（1936）和《多眠曲及其他》（1936）四本詩集和相關的詩論作深入的剖析。除了少數例外，討論重點不包括林庚在五〇年代以後的作品。因爲

一者林庚的創作旺盛期應該是這幾個詩集出版的時候；再者四〇年代時代的詩作已多半散佚，五〇年代以還的作品亦未有專書結集；現在只能從 1984 至 1985 年出版的兩本選集《問路集》和《林庚詩選》中略窺一二。另一方面，五〇年代以後的政治社會有翻天覆地的變化，林庚的作品亦已進入另一個階段，應該有另一種處理的方法。

一 視域的開展

我們可以從林庚在 1933 年寫的一首詩《喂！》開始討論，因為這首詩很能顯示他面對經驗世界的觀察方式：

> 喂！
> 喂！你還說什麼
> 五色的蝴蝶翩翩飛去了
> 古代是什麼沒有人曉得
> 慢慢飛到離世界很遠的地方
> 北極乃太古冰鹿的居宅
> 當未有人前太陽如一團烈火
> 地上有一陣和風
> 喂！你還說什麼
> 五色的蝴蝶翩翩飛去了 （《春野與窗》2）

這首詩的立足點是一種醒覺，以「喂！」這一聲叫喚標誌視界的展

現。「你」無疑是詩中「我」的一個分體，「蝴蝶飛去」本是當下的現象，但「飛」的行動開展了一個馳想的活動，進入一個深遠的時間維度：「古代」、「太古」、「當未有人前」。但這個冥思又由「喂！」叫喚回來，「五色的蝴蝶」作爲語言記號第二次的出現，提醒「你」（「我」自己）：目下正有色彩斑爛的、「翩翩飛去」的情事在發生。詩中人一邊思考歷史的神秘，另一邊意識到眼前有種種變化。林庚在文學旅途上的種種努力，正是要縮合這兩個視角，從而尋覓一個足以安身立命的所在。

從眉睫之前往深遠的歷史想像奔馳，往返千里於咫尺之幅，是林庚詩思的特色。我們可以用廢名（馮文炳）譽爲「神品」的〈滬之雨夜〉作補充說明（〈林庚同朱英誕的新詩〉174）：

> 滬之雨夜
> 來在滬上的雨夜裏
> 聽街上汽車逝過
> 簷間的雨漏乃如高山流水
> 打著柄杭州的油傘出去吧
>
> 雨水濕了一片柏油路
> 巷中樓上有人拉南胡
> 是一曲似不關心的幽怨
> 孟姜女尋夫到長城（《春野與窗》66）

開首兩句是現代城市音影的捕捉，以「聽」來統攝感覺、聚焦意識。

汽車在雨夜驅馳的影象轉成音聲，而想像就在音聲飄渺之間延展；
簷前雨滴，就得以虛接伯牙、鍾子期之間的「高山流水」；甚至油
紙傘也撐開了杭州西湖的凄美故事。❶第二節再以當前雨濕的感覺
爲胡琴的聲音著色渲染，從而進入歷史傳說中孟姜女哭長城的幽怨
世界。這好像〈江南〉詩中所說的「滿天的空闊照著古人的心／江
南又如畫了」，以「又」字將古今的心象疊合一樣（《春野與窗》64）。
孫玉石指出「〈滬之雨夜〉表現了一個敏感的知識者，身處于一個
陌生的現代大都市中，所產生的無法排遣的內心的痛苦，這是現代
人的憂鬱和寂寞病」，「詩篇中詩人心境浸透了現代感」（《中國現
代主義詩潮史論》229、140；又參看468）。這是非常精確的觀察。可是
我們不應忽略林庚的當下視野與歷史時空的關聯互動；他詩作的現
代感往往由侷促的現世空間展步跨越，而與深邃的時間意識撞擊而
驟生。❷

二　窗框中的風景

　　林庚詩飛躍於不同的時空，將新異的視域帶到讀者眼前。這個

---

❶　《列子·湯問》：「伯牙善鼓琴，鍾子期善聽。伯牙鼓琴，志在高山；鍾
子期曰：善哉，峨峨兮若泰山。志在流水；鍾子期曰：善哉，洋洋兮若江
河。」廢名說：「上海街上的汽車對於沙漠上的來客一點也不顯得它的現
代勢力了，只彷佛是夜裏想像的急馳的聲音，故高山流水乃在檐間的雨
漏，那麼『打著柄杭州的油傘出去吧』也無異於到了杭州，西湖的雨景必
已給詩人的想像撐開了。」（〈林庚同朱英誕的新詩〉174）
❷　孫玉石又說：「『孟姜女尋夫到長城』古老的一曲幽怨與現代的大都市汽
車駛過聲音的交響，更給詩人的嘆息情懷一種跨越時空的悠遠無盡的感
覺。」（《中國現代主義詩潮史論》468）

馳想的活動，往往借助過一個常見的意象——「窗」。這意象在《夜》的第一首詩〈風雨之夕〉中已經出現。這首詩共兩節。第一節寫風雨之夕的戶外，「一隻無名的小船漂去了」；整節主要以描寫的筆觸營造氣氛。第二節隨著「窗子」出現，詩的「故事性」得以開展：

> 高樓的窗子裏有人拿起帽子
>
> 獨自
>
> 輕輕的腳步
>
> 紙傘上的聲音……
>
> 霧中的水珠被風打散
>
> 拂上清寒的馬鬃
>
> 今夜的海岸邊
>
> 一隻無名的小船漂去了（《夜》1）。

第一節的景色刻畫，為觀景者（沒有露面的敘事者、讀者）帶來靜態的感覺。第二節「窗子」的出現，將一個神秘的行動佈置在一個框架之內；於是觀景者除了感知面前的景色外，還因所見的行動而觸發一連串有關旅途的聯想：窗中人拿起帽子外出？撐起紙傘到街上走？騎馬在清寒的雨霧中遠行？至此，「一隻無名的小船漂去了」的旅途感就浮現出來；而末句「無名」一語，亦唯有在敘述性的「故事」層面，才顯出其意蘊。❸因為在靜態描寫中，本就不需要名字；

---

❸ 林庚後來在〈春野〉詩中也用過類似的表現方法：「春天的藍水奔流下山／河的兩岸生出了青草／再沒有人記起也沒有人知道／冬天的風那裏去

但故事中的無名，就啓迪了神秘、未知的聯想；這末名、莫名的世界更是全詩的境界所在。❹

　　林庚另一篇傳誦的詩作〈破曉〉，也以「窗」作爲詩思的關鍵：

　　　破曉
　　破曉中天旁的水聲
　　深山中老虎的眼睛
　　在魚白的窗外鳥唱
　　如一曲初春的解凍歌
　　（冥冥的廣漠裏的心）
　　溫柔的冰裂的聲音
　　自北極像一首歌
　　在夢中隱隱的傳來了
　　如人間第一次的誕生（《春野與窗》42）

詩中人身處窗內，在半夢半醒的景況下，領受窗外的聲音所牽起的最鮮活的感覺。林庚曾經寫有〈甘苦〉一文（見《問路集》179-188），對這首詩定稿前的創作環境和修訂經過作出詳細的敘述。我們將這

了／彷彿傍午的一點鐘聲／柔和得像三月的風／隨著無名的蝴蝶／飛入春日的田野」；見《春野與窗》，頁1。詩中的「無名」是「沒人記起、沒人知道」的深化，其作用也是在寫景的氣氛中燃點起「故事性」的玄想；但論意境似還不及《風雨之夕》的清空。

❹ 王曉生認爲林庚以「一隻無名的小船漂去了」作結，是「進入空境」，而全詩是「詩人在風雨之夕似入禪境而寫成。」（87）

篇文章與〈破曉〉合讀，就更能理解林庚的詩思運轉形態。❺據林庚的解釋，這首詩寫於他在清華大學當助教時的一個冬天清晨。當時清華大學每天早上都會吹起升旗號角，而林庚正是抒寫其中一次夢中聽見「那纏綿和美」的號角聲的感受。這首詩初稿原來有第二節：

遠遠無人的城樓上
第一個號兵
吹起清脆的羌管

「升旗號角」這個現實世界裏的詩意催生劑，在多次修改以後，已經不復存在於文本中。在詩中只剩下伴隨聲音的感覺。這個充溢全詩的韻外之韻由「天旁的水聲」的意象開始鼓動，而想像中的深山虎眼，可以說是凝視窗外世界的窗內主體的投影，眼睛由窗內移到窗外，和廣漠的世界互生感應，於是一切都銘刻在「冥冥的廣漠裏的心」上。聲音意象由「鳥唱」的「解凍歌」，延伸到北極的「溫柔的冰裂」。這個馳想更特別的是，在飛越渺遠的空間之後，再攀登時間之梯，到了人世之初：「人間第一次的誕生」。其中的理路，完全是以詩的感覺指引。詩中唯一的現實憑藉，就是窗內的主體；

---

❺ 卜立德（David Pollard）在介紹《春野與窗》詩集時，也特別以〈甘苦〉一文開展林庚詩的討論，認為這裏描述《破曉》的「誕生歷程」（life-history）很能說明林庚創作的構建律則（compositional rules）與詩學價值觀（poetic values），但他也指出林庚這種創作方式，可能讓讀者跟不上他的詩思（見 Haft, *A Selective Guide* 165-166）。

或者更確切的說，是身處屋子裏向窗外投射視域的主體。詩中人有的是詩心，於是可以在窗內抓緊窗外的號聲以遨遊天地，往返宇宙。詩成之後，更贏得聞一多的讚嘆：「眞是水到渠成！」❻

林庚第二本詩集《春野與窗》分三輯，第一、二輯分別題爲「秋深的時候」和「除夜」，第三輯是「窗」，當中的主題詩〈窗〉就以這個生活中常見的物象作爲思考的媒體。❼這首詩於《問路集》和《林庚詩選》都有採選，但經過大規模的刪削，顯得更爲結實耐讀。❽但《春野與窗》的繁本中有以下值得注視的兩句：

> 我是隔著一層籠煙的窗紗啊
> ……
> 心該是放在窗子內的嗎

詩中人的意向當然是跨越窗內空間的局限，由窗內觀照窗外；所以詩中人這樣描述：

> 窗外的路益遠闊了

---

❻ 據〈甘苦〉的記載，聞一多看到這首詩的定稿，連說「眞是水到渠成！水到渠成！」（《問路集》188）

❼ 林庚在《春野與窗》的〈自跋〉中特別提到寫這首詩時「精神異常愉快；……覺得在一種新的風度中的嘗試中，能夠把自己用毅力安頓在長時間的追求裏，忠實的完成了它的欣慰。」〔無頁碼〕可見這首詩是他在文學追求上的一次重要表現。

❽ 《問路集》和《林庚詩選》所收的簡本只有兩節共十八句；原詩則共三節四十八句（分見《問路集》77；《林庚詩選》57；《春野與窗》80-83）。

> 但窗外的夜是很近的

但這個觀照既由心生發，窗外的世界自然會被收納入心，使觀照的主體受到當下廣漠暗夜的撞擊。往下，繁本的詩中出現了「可憐無定河邊骨，猶是深閨夢裏人」的輕省變奏：

> 夢是夜中不寐的人
> 在窗外的夢是太迢遠了嗎

心隨夢轉，襲人的夜色又隨夢去；於是在詩中人的心中，當前近在身邊的夜就變成「綿綿思遠道」的夜了：

> 窗前的夜乃漫長且悠遠了

在林庚的詩篇中，與「窗」一樣賦有指涉視域功能的意象，還有不少，其中最有興味的莫如〈無題〉詩中的「一盆清麗的臉水」，既「映著天宇的白雲萬物」，也盛載著他想「通通倒完」的「悵惘」，天宇與心田，盡投影在這一盆「清麗」之上（《春野與窗》72）。當然更能顯示視域的穿梭往返的意象是「夢」。夢境所代表的「唯我」的靈視，更適合林庚的浪漫精神的發揚。例如〈馳想中的印度〉中的森林、紅頭巾、恒河、檀香，各種異域的迷彩，都是「夢裏的事情」（《春野與窗》17-18）。又如〈冬眠曲〉中的「夜的五色夢冰的世界裡」，我們看到：

睡醒的夢到誰家園子中

破曉的寒窗又藏在夢裡

夜的五色夢冰的世界裡

冰的世界裡（《冬眠曲及其他》1上）

在這首詩中，「夢」開啓了一個視域，「破曉的寒窗」又交疊在「夢裏」。究竟哪裏是「夢裏」？哪裏是「夢外」？「夢」支配了這個難分眞假的迷離世界。

由「窗」（或者「臉盆水」、「夢」等變奏）在這些詩的位置和功能可以見到，「窗」爲詩的視境提供一個聚焦的範圍，透過窗可以超越眼前的（室內的）空間。由此引伸，讀者讀詩，何嘗不是以詩爲窗，透過詩去見到超越個人經驗世界的更廣闊的時空？但「窗」本身又提醒我們當中有窗裏窗外的區隔；要穿越這個區隔，我們需要有意識的探首觀望，或者如〈破曉〉一樣靜心聆聽窗外的聲音。所以這個框套的存在，既是新視域之得以開拓的條件，也是不同視域之間存有區隔的一個提示。主體要超越所處的物質時空，就需一扇窗戶；或者說，主體意識需要積極的參與，透過一定的門徑，才能把握更廣闊的世界。

三　浪漫主義的「現代派」

林庚向來被視爲「現代派」詩人。❾他開始創作時正值中國的

---

❾　例如錢理群、溫儒敏、吳福輝和孫玉石都把林庚歸入三十年代的「現代詩

「現代派」詩歌方興未艾的時候（參林清暉〈上下求索〉169-170；〈劃破邊緣的飛翔〉9-10；陳世澄、羅振亞 115），他的作品也經常在《現代》雜誌發表而受到注目。❿因此，從寫詩活動的背景看來，林庚之為「現代派」中人，可說無庸置疑。所謂「現代派」，照孫玉石的解釋：

> 指的是受西方象徵主義、意象主義以及現代派詩潮影響而產生的中國現代主義詩歌潮流。（《中國現代主義詩潮史論》458；又參同書 8）

孫玉石更認為：

> 這一潮流同浪漫主義、寫實主義一起，成為並行發展的三大藝術潮流之一。（《中國現代主義詩潮史論》459）

派」（見錢理群等 369-370；孫玉石《中國現代詩歌藝術》243；《中國現代主義詩潮史論》130-130）；王曉生〈徘徊在現代與古典之間──論林庚的詩〉也試圖從林庚詩的意象、象徵、暗示三方面論述其「現代色彩」（80-87）。

❿　程光煒〈林庚與《現代》雜誌〉一文統計《現代》雜誌各卷詩人發表的詩篇數量，指出林庚總共發表詩 4 首，是統計的十三位詩人的第五位（72）。事實上林庚於《現代》所發表的詩作共 7 首──〈風沙之日〉（3 卷 2 期）、〈獨夜〉（4 卷 4 期）、〈破曉〉（4 卷 6 期）、〈春天的心〉（5 卷 3 期）、〈春晚〉（5 卷 3 期）、〈無題〉（5 卷 3 期）、〈細雨〉（6 卷 1 期）。

按照這個說法則「現代主義」是異於「浪漫主義」和「寫實主義」的流派，從中國新詩發展脈絡的梳理而言，這個分畫是很有意義的。❶然而，如果參照西方文藝思潮的內涵與發展過程，我們知道「浪漫主義」與「現代主義」有許多相承之處，例如「現代主義」對科學實證與邏輯的否定，就好比「浪漫主義」對啓蒙時期（Enlightenment）唯理性是尚（rationalism）和新古典主義（Neo-Classicism）墨守繩規的反彈；再如二者都不滿足於語言的模仿與再現功能，意圖超越表象和現實，熱衷於內心世界的探索等等，都是相沿的痕跡。❷

回看中國詩壇的「現代派」，曾受「現代主義」特別其中的「象徵主義」表現形式的影響固然明顯，但我們也不難發現大部分中國

---

❶ 孫玉石曾指出《現代》雜誌中「有些詩人貌似現代派，實則仍停留于浪漫主義的傳統。如宋清如、史衛斯的許多作品。」主要是從「分」的角度去看「現代主義」和「浪漫主義」（《中國現代主義詩潮史論》151）。然而藍棣之引述番草之說：「以戴望舒爲代表的現代派，並不是提倡主知精神的 20 世紀英語系的『現代主義』，而只是浪漫派、高蹈派和象徵派的揉和與總結。」這可是用「合」的角度來看「現代派」的複雜性了（《現代詩的情感與形式》203）。

❷ 例如 Northrope Frye "The Drunken Boat" 就說：「現代主義」不是別的，只是一種「後浪漫主義」（post-romanticism）（*Romanticism Reconsidered* 24）；延續這種論點的還有 Harold Bloom 和 George Bornstein 等人；至於提出異議的則有 Ricardo J. Quinones（120-163）。這裏沒有必要作進一的辨析，因爲當這些西方思潮移植接枝以後，在中國文學環境中已有全新的變奏，在此借鑒二個主義的部分觀念，只是爲了照明林庚詩的視野。與本文論點直接相關的論述還有 Andrew Bowie 和 Ian Heywood 等人的論述；哲學角度則參照 Charles Taylor（368-390； 456-492）。

現代派詩人其實不脫「浪漫主義」精神。尤其林庚曾經自稱「浪漫派」❸，我們更可以「浪漫主義」與「現代主義」的匯通處去說明他的詩歌理念。例如林庚詩中的「窗」，就很容易令人聯想到德國浪漫主義畫家佛雷德瑞克（Caspar David Friedrich, 1774-1840）的畫〈窗前的女人〉（1822），引領觀者追隨室內主體的視野往窗外開展，追尋一個更廣漠的宇域。他以靈視而非以目視的「內視風景」（"Inner Landscapes" or "Inner Vision of Landscapes"）畫風❹，正好為我們對林庚詩中出現的視域作詮解時提供參證。❺我們發現作為長期在城市生活的詩人，林庚的作品充斥著「浪漫主義」的「田園」和「春野」等意象，描繪自然的辭藻如「春風」、「春雨」、「秋深」、「冬夜」、「花穗」、「殘花」、「落葉」、「荷傘」、「露珠」、「杜宇」、「夜鶯」、「燕子」、「蝴蝶」……，甚至牧歌式的詞彙如「牧童」、「仙女」、「魔笛」等，與他身處的現實環境很難說有可以一一對應的指涉。

這些田野的景色，當然是詩人游心所見，好比〈春野〉所說：

---

❸ 林庚說：「我是個浪漫派——這恐怕是詩歌史上最好最正常的一個流派了。」（龍清濤 7）。

❹ Friedrich 曾說："The artist should not only paint what he sees before him, but also what he sees within him. If, however, he sees nothing within him, then he should also omit to paint that which he sees before him." （轉引自 Vaughan 24-25）他的著名作品如〈海岸上的僧人〉（1808-1810）、〈霧海前的游子〉（1818）、〈日落前的女人〉（1818）等，畫中人的主體意識都非常凸出，由是面前展現的風景已轉成一種靈視的境界（參 Hunt and Candlish）。

❺ E.G. Gombrich 曾指出 Friedrich 的風景畫彷似中國的山水畫，這一點與林庚鋪寫江南的風景更有非常相似的地方（Gombrich 496）。

「隨著無名的蝴蝶／飛入春日的田野」（《春野與窗》1）；或者如〈朦朧〉所說：「是！有一隻黑色的蜻蜓／飛入冥冥的草中了」（《夜》2）。這些心靈的馳想，可以跨山越海，窺見「森林大葉子下／斜袒與紅頭巾／……／檀花的香味／木柴熊熊的燒起火苗」（〈馳想中的印度〉，《春野與窗》17-18。）；甚至飛昇宇宙，如〈末日〉所說：「紅色的心已離開了地球飛開遠去」（《春野與窗》23）。馳想歷程的意義，在〈夜〉一詩中最能顯示：

> 夜
> 夜走進孤寂之鄉
> 遂有淚像酒
>
> 原始人熊熊的火光
> 在森林中燃燒起來
> 此時在耳語吧？
>
> 牆外急碎的馬蹄聲
> 遠去了
> 是一匹快馬
> 我爲祝福而歌（《夜》3）

詩以抒情主體的孤寂情緒開始，這是當前的現實。這份情緒的具象是「淚」，「淚」之幻化成「酒」，正是爲視域的轉化作出暗示。「酒」指向酒醉所可能進入的另一個空間，好比李白〈月下獨酌〉

詩所說的「三盃通大道」或者「糟丘是蓬萊」。順著這個思路，第二節的視域跳接到初民的世界。「熊熊的火光」代表文明的開始。這個渺遠的世界，在詩的中心部分活現，顯然是上下求索的目標。第三節以「急碎的馬蹄聲」象喻時間的流逝，駿馬奔馳千里的空間跨度，也就是思想的飛躍，從現實到遠古之間往返，來了也去了。在現實世界中陷入孤寂的「我」，只留下「祝福」的歌聲；這「祝福」也是面對苦悶的一種排遣，超越現實的一種希冀。❶這種飛馳和超越也是「浪漫主義」的「想像」（"Imagination"）精神的菁粹。

〈夜〉一詩的重要意義除了顯示「時空馳想」的歷程之外，還宣明了林庚對人世經驗的一個思考方向。詩中出現的「原始人火光」並不是一種人類學的考古張揚，換句話說，這不是一個對上古的「歷史真實」（historical reality）的像真模仿（imitation）❶，而是林庚對人世中「鮮活」經驗的延伸想像——由「鮮」到「新」到「初」的延伸。林庚在《問路集》的〈自序〉提到，他在寫〈夜〉時覺得自己「是在用最原始的語言捕捉了生活中最直接的感受」❶，當時

---

❶ 孫玉石〈一支逃離寂寞的心曲——淺析林庚的〈夜〉〉說：「以原始人的熱烈與親密來對比襯托現代人的孤獨與寂寞，以幻想中的遠古世界來強化對現實世界的批判精神，這是詩人現代意識的曲折方式的表現。」（《中國現代詩導讀》434）

❶ 「浪漫主義」的一個主要特徵是從「模擬」到「表現」的轉向（參 Abrams 21-26, 70-99；Taylor 368-390）。

❶ 我們必需注意林庚這句話的背景：在此以前林庚主要的文學創作是舊體詩詞，對他來說，用現代的語言來寫詩是一種非常新鮮的經驗（參林清暉〈上下求索〉169；〈劃破邊緣的飛翔〉9）。又請參考下文對「自由詩」的討論。

又寫了一個座右銘：

> 星星之火可以燎原
> 太多的灰燼卻是無用的
> 我要尋問那星星之火之所以燃燒
> 追尋那一切開始之開始（〈自序〉1）⓳

「開始之開始」有雙重意義：一是歷史上的開始，另一是引發這經驗產生的開端；文明的啓始，象徵二者交疊之處，也就是「鮮」、「新」、「初」的疊合。正如〈破曉〉一詩，從一天的開始，馳想到初春的解凍，到北極的冰裂，再追索到「人間的第一次的誕生」；用〈甘苦〉一文的話就是：「世界初開闢的第一個早晨」（《問路集》184）。林庚對這「太初」的經驗，有極大的興趣，類似的遐想還見於〈喂！〉詩所說的「當未有人前／太陽如一團烈火／地上有一陣和風」（《春野與窗》2），〈末日〉詩中的「一日古時的洪水／乃奔波而前來」等（《春野與窗》25）。

　　這種追源溯始的意念，其實反映了林庚對「整體」（totality）——無論是並時的（synchronic）「當下」或者異時的（diachronic）

⓳ 林庚後來在這個「座右銘」之上加了一句，再加標點：「美是青春的呼喚。／星星之火可以燎原，／太多的灰燼卻是無用的；／我要尋問那星星之火之所以燃燒，／追尋那一切開始之開始！」成爲《林庚詩選》的題詞，並註明「一九三二年一月」。所加上的第一句「美是青春的呼喚」又見於《空間的馳想》的〈序曲二〉（3）；這是林庚有關「文藝與生命」的重要理念。

「歷史」——的關注，他當然了解到自身的經驗和知識只能是「斷片」（fragments），但他卻認爲詩、文藝可以揭露這個更完整的世界或者完整的歷史。❷他在〈詩的活力與詩的新原質〉這篇極富啓示意味的文章中，就特別標舉詩的「揭示」（to disclose）作用：

> 我們寫詩……就正如寫詩的歷史……
> 我們如果以爲宇宙是一個漫長的歷史，則人類的歷史相形之下當然短暫得很。然而人類的歷史雖然短暫，而人類之創造這一個歷史，卻與宇宙之創造宇宙的歷史並無不同。
> 詩如果無妨説是最短的故事，那麼也無妨説詩就是那最完全的歷史（《新詩格律與語言的詩化》151-152）。

這裏所關心的對象之間，似乎存在一種「隱喻」的作用：「寫詩」可以隱喻「寫詩的歷史」；「人類的歷史」隱喻「宇宙的歷史」；「詩」隱喻「最完全的歷史」（參 Shiff 105-120）。換句話説，詩雖然是個別的創製，但卻可以揭示超越個體的「完全」。林庚對詩的信念，主要基於他所體會的「詩的活力」。按他的想法，「人類之

---

❷ 「浪漫主義」其中一個信念是：藝術可以「揭示」更「眞」的世界，如 Andrew Bowie 所指出："[Romantic theory] linking truth to art, via the claim that art reveals the world in ways which would not be possible without the existence of art itself.... Truth is here seen in terms of the capacity of forms of articulation to 'disclose' the world." （18）有關斷片（"fragments"）的意義，又可參考 Bowie 所講的"the Romantic sense of the fragmentary nature of all finite attempts to articulate the infinite." （225）

創造人類歷史」與「宇宙之創造宇宙歷史」的相同之處是二者都需要一個力量。原始人走向文明的推動力就是這種「雄厚的力量」：

> 從原始人進步到文明，這需要一個漫長的時間，然而在原始人的心目中必早有一個力的面向，正如飛蛾撲火一樣，這光明的力量，才引導著野蠻人走進文明，野蠻人赤手空拳走進這文明的世界，這力量何等的雄厚。

他叫這個力量作「草創力」，並說：

> 在這裏我們尋到了詩的本質。

他的意願是：

> 我很想說明這一點力量，這便是詩的活力（《新詩格律與語言的詩化》151-152）。

這個「活力」的體認，反映在林庚的文學史研究層面之上的，是他著名的「少年精神」論點（參張鳴 95；林在勇、林庚 174；葛曉音 126）；反映在創作層面之上的就是對小孩子、童年的鍾情。他的詩中多次出現「童年」母題，從〈月亮與黃沙之上……〉（《夜》14），到〈秋深的樂園〉（《春野與窗》35），以至〈憶兒時〉（《冬眠曲及其他》17下），都由個人懷舊提昇到象徵啓示。可是最能將這個「活力」作深邃挖掘的是〈那時〉一詩。不少論者對〈那時〉的理解是

「宇宙的〔涵〕容，童年的欣悅」，欣賞詩中所說的「像松一般的常浴著明月；像水一般的常落著靈雨」（參商偉 438-441；林清暉〈上下求索〉171；〈劃破邊緣的飛翔〉11-12；陳世澄、羅振亞〈傳統詩美的認同與創造〉117）；然而詩中更有如下的想像：

> 如今想起像一個不怕蛛網的蝴蝶，
> 像化淨了的冰再沒有什麼滯累，
> 像秋風掃盡了蒼蠅的粘人與蚊虫嗡嗡的時節
> 像一個難看的碗可以把它打碎！
> 像一個理髮匠修容不合心懷，
> 便把那人頭索興割下來！（《夜》40）

這裏顯示的，已不是可愛的爛漫童眞，反而更像上文講的原始人「飛蛾撲火」、野蠻人「赤手空拳」亂闖的一種原始衝動；表現出來的是當中不顧現實羈絆的超越「力量」。在林庚眼中，這就是「草創力」，是一切創造所繫的能量。因爲這個力量在詩中最能集中顯現，所以：

> 詩的活力是一個全部歷史的創造，……詩因此是宇宙的代言人。（《新詩格律與語言的詩化》153）

〈詩的活力與詩的新原質〉雖然完成於 1948 年，但無論在此以前，還是未來的歲月裏，林庚的文學觀、人生觀，甚至宇宙觀，都可以由這篇文章窺知。二〇〇〇年北京大學爲九十高齡的林庚出版《空

間的馳想》，內中囊括了他長久以來的冥想玄思，有不少論點可與〈詩的活力與詩的新原質〉一文相呼應。當中究問空間、時間的奧秘，思索宇宙的無邊，其中心命意還是「美是青春的呼喚」、「青春應是一首詩」；在林庚心中，能夠有所突破，「面向無限」的，還是「打開窗子」的浪漫「詩人」（《空間的馳想》3、33、8）。

四 藝術與生活

卜立德（David Pollard）評述林庚《春野與窗》一集時指出：

> 林庚詩的題材主要是天體的運轉、季候景色、天氣態況、家居田野和街頭景象、遠遊的鄉思，以及緣此而生的冥想與洞察。……敘事成分很稀薄，詩句中絕少提到任何具體事件。
>
> （見 Haft, *A Selective Guide* 166）

我們在上一節已經提到林庚詩的「春野」視域，但卜立德之說還有一個要點：林庚詩缺少「敘事成分」，罕有提到「具體事件」；換句話說，林庚詩鮮有現實生活的描寫。早在 1934 年穆木天評論林庚第一本詩集《夜》的時候，也有類似的觀察。他認為林庚詩「現實主義的成分，是相當地稀薄」，是屬於「象徵主義的詩歌」；上了「象徵主義之路途」的詩人，都「脫離或迴避現實」（穆木天 202）。面對穆木天等對詩人的社會責任有所期待、以「真摯地科學地去認識社會現實」為基準的評論（穆木天 209），林庚有這樣的回應：

我好像到如今還不大懂得什麼是「內容」，也不很懂得什麼叫「意識正確」，什麼叫「沒落」。我覺得「內容」永遠是人生最根本的情緒；是對自由，對愛，對美，對忠實，對勇敢，對天真……的戀情；或得不到這些時的悲哀；悲哀即使絕望，也正是在說明是不妥協的；是永對著那珍貴的靈魂的！我覺得除非有人反對自由，反對愛，反對美，……或過分的空洞的喊著並不切實的情緒，那才是「意識不正確」；若有人對自由，對愛，對美，……麻木了，不興奮了，不熱烈，不真，那才是「沒落」。（《春野與窗》，〈自跋〉〔無頁碼〕）

比較穆木天與林庚的詩觀，可知二者有不同的面向。前者正是以語言反映現實為出發點；文藝以再現「社會的機構」，例如「帝國主義經濟侵略下中農村的破產，和父與子的衝突」，才算接近「真實」(穆木天 207-208)。林庚的「真實」則別有所在，是以「〔渾〕厚」、「警絕」、「沖淡」、「沉著」、「深入淺出」、「不可捉摸」等的「身手」去求索的「文藝的靈魂」（《春野與窗》，〈自跋〉〔無頁碼〕）；這些「身手」已是「語言」的提昇，「靈魂」更是「現實」以外的鵠的了。簡言之，穆木天認為「目之所視」最重要；林庚則追求「靈視」，備受批評也是理所當然的了。然而，正如穆木天文章所指出，林庚詩中不是完全沒有觸及「中國社會的動盪的情形」❹，只是他的表現方式與「反映論」有相當的距離。

---

❹ 穆木天〈林庚的《夜》〉說：「雖然不能科學地去分析社會，去獲得正確的社會認識，但是他的詩人的銳利的直觀有時使他注意到社會上的斷片的

例如〈夜談〉一詩：

夜談
濃雲悄悄的十五夜
安靜的院落
老年家人談著往事
仍有二十世紀初頁
自己所不知道的
漸淡了裊裊的蚊香
追想宋元堂閣之陳設

五族共和還覺得新鮮以前
古樸的氣息
紫禁城紅門的自信
共數次的希望而衰歇！
鄉下人迎神賽會
仍練著大刀

眞實的現象。『九一八』以來的中國社會的動盪的情形，有時，在他的詩裏，直接地，被表現出來。」（207）陳世澄、羅振亞的〈傳統詩美的認同與創造〉一文襲用了穆木天的句子，但作了一點修改：「雖然詩人缺少直接突入生活獲得正確社會認識的心理機制，但銳利敏感的直覺又使他能在某些時候把握住社會片斷的本質眞實，準確捕捉『九·一八』後動盪現實與人們心靈的信息。」（115-116）值得注意的是前者的「斷片的眞實的現象」變成後者的「片斷的本質眞實」，似乎評價有所提高，但在理論層面卻自相矛盾了。

作關公赴會的村戲

漸有革命的歌聲

東洋車的皮輪輾過

日影明暗著

永遠的，永遠忘不了的事

城中灰色的營幕

八國兵士踐踏中

埋在土裏的元寶不見了

柏油路上馬蹄聲

非復中國人之心目（《春野與窗》15-16）❷

這首詩的題材很清晰：講民國時期不久以前的歷史。詩中的歷史社
會是以寄存於記憶中的鮮活經驗如「氣息」、「紅門」、「大刀」、
「歌聲」、「皮輪」爲構件，以「日影明暗」、「馬蹄聲」，甚至
「裊裊蚊香」推動時間滾軸，匯合成一幕一幕的「中國人之心目」；
更深刻的是在這幕幕心目前的景象底下存有一種無力回天的歷史感
喟：受盡外敵欺凌的「中國人」，在往後歲月的馬蹄聲中還可以「追
想宋元」嗎？詩中以「沉著」其中、「沖淡」其外的身手，輕輕的

---

❷　這首最初發表時，並沒有「城中灰色的營幕」以下幾句，這幾句原是另一
　　首詩〈時代〉初刊時的結尾；「漸有革命的歌聲」原作「漸有維新的歌聲」，
　　「永遠的，永遠忘不了的事」原作「永遠的，永遠如夢的事」。〈夜談〉
　　和〈時代〉原刊《文學季刊》第 1 卷第 1 期及第 2 期（參見張曼儀、黃繼
　　持等 556、563）。

把「中國人」的共同記憶（「永遠的，永遠忘不了的事」）嵌入老年家人的夜晚閒談中。生活、生命的「真實」就這樣透過「夜談」這個「言說」（discourse）的方式得以揭露。這個鑲嵌法是林庚捕捉生活或生命真實的方法的最好示例，「夜談」其實也是「窗」的變奏，在「夜談」的框架中我們見到歷史和民族記憶被照亮了。

　　三四十年代的中國是一個苦難的時代：日本侵略、內戰不斷，不少其他詩人都為時代而哀號呻吟，林庚身處其中又怎能視而不見？在《冬眠曲及其他》一集中，我們可見到沒有「冬眠」的林庚。我們知道《北平情歌》和《冬眠曲及其他》詩集是林庚潛心於詩歌格律的試驗的時候，但他的藝術試驗其實也是以藝術包容生命的深度鍛煉。我們可以〈北平自由詩〉一詩為例，略作解析：

　　　北平自由詩
　　當玻璃窗子十分明亮的時候
　　當談笑聲音十分高朗的時候
　　當昨夜颶風吹過山東半島時
　　北平有風風雨雨裝飾了屋子（《冬眠曲及其他》，頁 19 上）

「屋子」把我們與屋外的世界區隔，大家可以在屋內言笑無厭；但當屋子有一個「明亮的玻璃窗」時，在「山東半島」肆虐的颶風，也會使北平的屋子感受到那「風風雨雨」。當日本軍在山東半島以至華北一帶大肆侵奪的時候，「裝飾」一語，或者不能滿足熱血批評家的期待，但林庚其實把北平的屋子化成當時的「公共空間」，他靈敏的心眼好比再沒有區隔的「明亮的玻璃窗」，為朗聲談笑的

眾人，照見已赫然侵至的「風風雨雨」；「裝飾」似是對未醒覺者
的嘲弄，是更深痛的哀慟。詩題「北平自由詩」也是複雜詩意的標
誌。北平的民眾，是否在「自由」地談笑？這「自由」有多大的空
間？可惜自 1936 年的《冬眠曲及其他》以後，林庚再沒有機會出版
專集，我們很難進一步了解他以甚麼方式去捕捉時代的實感，但從
五十年後的選集——《問路集》（1984）和《林庚選集》（1985）
中，我們還可以找到他在四〇年代後期寫的幾首詩來作偵測；當中
就包括〈冬之呼喚〉、〈寬敞的窗子〉、〈苦難的日子〉、〈歷史〉
等，明顯都是當前困苦生活的刻畫。

　　但作爲將生命託付予藝術的詩人，林庚夢魂所繫還在於生命和
藝術如何穿越那個開向無窮視域的「窗」。這首詩題作「北平自由
詩」，卻明明不是那曾經讓他「一寫就感到眞是痛快」的「自由詩」
（《新詩格律與語言的詩化》〈代序〉15）❷❸，而是整整齊齊的「韻律詩」。
要解釋「韻律詩」中的「自由詩」這個矛盾，我們有必要在這裏探
視林庚的詩學視域。在林庚的理念中，自由詩固然是「無韻律的詩」，
但他的著眼點並沒有停在形式的表相，他在〈詩的韻律〉說：

> 自由詩的重要並非形式上的問題，乃在他一方面使我們擺脫
> 了典型的舊詩的拘束，一方面又能建設一個較深入的活潑的
> 通路。……

---

❷❸　這篇代序題作林庚〈從自由詩到九言詩〉。林庚又在〈再談九言詩〉一文
　　說：「我還記得我自己的第一首自由詩〈夜〉寫出之後，我有好幾天興奮
　　得不能看下書去，我覺得我眞的在寫一種新的詩了。」（《新詩格律與語
　　言的詩化》53）

> 這充分自由的天地中沒有形式的問題，每首詩的內容是自己
> 完成了他們的形式。（《新詩格律與語言的詩化》11、14）

但正因爲它沒有固定的形式，自由詩要能保有詩的意味，就往往在
語言字句的運用上力求探險，林庚在〈從自由詩到九言詩〉說：

> 爲了加強語言的飛躍性能，於是自由詩往往採用了拉大語言
> 跨度的方式，迫使思維必須主動地凝聚力量去跳。……〔自
> 由詩〕可能喚起我們埋藏在平日習慣之下的一些分散的潛在
> 的意識和印象；……於是展開了想像的翅膀，凝聚組合、自
> 在地翱翔，這乃正是一種思維上天眞的解放。（《新詩格律與
> 語言的詩化》〈代序〉17-18）

由於語言的運動影響了主體的創作思維方式，於是自由詩的風格也
會有一定的特色。林庚認爲詩有兩種類型，一是「驚警緊張」，一
是「從容自然」；如「水是眼波橫，山是眉峰聚，欲問行人去那邊，
眉眼盈盈處」屬於前一類型；「積雨空林煙火遲，蒸藜炊黍餉東菑，
漠漠水田飛白鷺，陰陰夏木轉黃鸝」則是後者。❷所謂「驚警緊張」
是指那種「尖銳」、「深入但是偏激」，或者「刹那的新得」的表

---

❷ 林庚有好幾篇文章，如〈詩的韻律〉（《新詩格律與語言的詩化》14-15）、
〈質與文〉（491-493），及 "On Poetry"（166），都提到「驚警緊張」和
「從容自然」，或者「警絕」和「自然」的區分。所舉詩例爲北宋王觀的
詞〈卜算子〉前闋和唐代王維的七律《積雨輞川山莊作》前四句，見林庚
的英文短論 "On Poetry"；林庚在舉例時以〈卜算子〉之句爲蘇軾所作。

現方式。林庚認爲自由詩屬於「驚警緊張」這一類，「這樣有力的把宇宙啓示給我們」。（〈詩的韻律〉，《新詩格律與語言的詩化》14-15）

依照這種思路，則「北平自由詩」的象徵意義大概是：在表面的平靜的北平城內，其實充滿緊繃動盪的張力，好比屋子裏雖免於「風風雨雨」的侵襲，但「窗子明亮」使人無所迴避。由這首「韻律詩」的命題，可以推知當時詩人心中的激盪。林庚這種「名實不符」、文體與題目相左的詩作，還有題爲〈散文詩〉的「韻律詩」：

散文詩
我特別喜歡讀散文詩
它有著詩人素樸的心
素樸該受到普遍尊敬
不必板起那詩的面孔
這該是多麼美的聲音

我曾踏過那早春薄冰
我曾愛過那紫丁花地
從那遙遠的天眞回憶
我也聽過那林風呼喚
我也想過那天上流星

蛛網記下了人生斷片
屋簷留下了童年日影
永不褪色的寫生畫面

　　比一切語言都更清醒

　　它從不需要有人邀請（《問路集》160-161）

這首詩在 1981 年發表，是詩人在歷盡劫波之餘，於晚年回思前塵的作品。如果我們沿用以魯迅《野草》為「散文詩」典型的看法❷，則林庚的創作生涯中似乎未有出現過這種體裁的作品。❷然而林庚所講的「散文詩」可能是與「自由詩」同義的術語；他在 1934 寫的〈詩與自由詩〉和 1957 年的〈關於新詩形式的問題和建設〉兩篇詩論，都曾將這兩個名詞隨意互換。❷我們再參看他在《問路集》〈自序〉說：「自由詩使我從舊詩詞中得到一種全新的解放，它至今仍留給我仿佛那童年時代的難忘的歲月。」（《問路集》〈自序〉1）描述的境況就像這首詩所說的一樣，可見「自由詩」和「散文詩」可以互相指涉。再檢看林庚早期的作品，可以見到另外一首〈散文詩〉：

　　散文詩

　　甘艸味的散文詩

---

❷　最近《現代中文文學學報》有 Lloyd Haft 主編的「散文詩」研究專輯，可以參考（"Special Issue: Modern Chinese Prose Poetry"）。

❷　《現代》雜誌第 5 卷第 1 期（1934 年 5 月）曾刊載林庚的「詩化散文」六章，總題〈心之語〉（133-140）。

❷　林庚在〈詩與自由詩〉說：「自由詩之與詩如一個破落之世家重有一個子弟振興起來，但其面目本是全然不同了。但散文詩之有益於詩是無疑的，那又像冬日的霜雪是有益於來春花艸的茂發的。」（59）他在〈關於新詩形式的問題和建設〉又說：「應當說明，自由詩我是從來不反對的，甚至於我從來就是喜歡散文詩的。」（《新詩的格律與語言的詩化》76）

散在秋原的氣氛中的

昨夜甜蜜的富於顏色性的夢

渲染了那已忘掉的事情了

已忘掉的事情有著不同的苦樂

而昨夜是笑且又流淚了嗎

在一個多憶的枕畔，那是一件禮物

多麼多情的一回溫柔的情誼啊

爲了富於顏色性的

秋深，我曾寫過無數行的詩嗎

爲了在這枕畔有著無數的相思艸呢

我已忘掉了的事情而且是如此之多啊

但染了那散文詩的甘艸味呢（《春野與窗》79）

這首三〇年代前期完成的詩是名實相符的「散文詩／自由詩」。這時也是林庚全力創作自由詩的階段，從寫作之中他得到最大的樂趣。對這份欣喜的餘味作進一步的咀嚼體會，就是這首詩的重點。詩中告訴我們，生命中充滿記不清的苦樂（「有著不同的苦樂」、「是如此之多」），隨著時間流逝，都會一一淡忘（「我已忘掉的事情」）；但詩人的不懈創作，寫就的「散文詩」相當於一個個「多憶的枕」，開啓「夢」的視域，讓「我」再度經驗過去的種種苦樂（「甜蜜的富於顏色的夢」、「昨夜是笑且又流淚了嗎？」）；它是如此的多情、溫柔，把忘掉的記憶化成散在秋天原野上的無盡相思（「散在秋原的氣氛

中」、「枕畔有著無數的相思艸」❷❽）。

這首〈散文詩〉以「甘艸味」向秋原飄散開始，再以「甘艸味」縈繞枕畔作結；詩中以「富於顏色的夢」、「多憶的枕畔」作爲網捕靈思的「散文詩」視域的鮮活刻畫；較諸「水是眼波橫，山是眉峰聚」的奇雋精刻可謂不遑多讓，可說是「有力的把宇宙啓示給我們」（《新詩的格律與語言的詩化》15）。然而我們知道林庚的詩學理想中，除了「自由詩」所代表的「驚警緊張」之外，還有「韻律詩」或者「自然詩」的「從容自然」。林庚認爲前者可以說「刹那的新得」，而後者卻是經過刹那之後而變成的「深厚蘊藏」（〈質與文〉491-492； "On Poetry" 166）；前者代表「人對宇宙的了解」，後者則「有如宇宙本身」、「表現著人與宇宙的合一」（《新詩的格律與語言的詩化》15； "On Poetry" 167）。林庚認爲如果新詩漸漸形成一個普遍的形式，變成諧和均衡，「也便如宇宙之均勻的，從容的，有一個自然的，諧和的形體」，則這種詩的形式就「如自然的與人無間」，故可以稱之爲「自然詩」。換句話說，「自然詩」有一個使人不覺得的外形（《新詩的格律與語言的詩化》15；〈質與文〉492）。他這樣的理解，主要是從新詩的歷史發展角度思考；他認爲自由詩借助散文化的力量從舊詩打出了一條道路之後，無可避免要承受散文愈趨規範化的壓力：要麼成爲分行的散文，失去詩的藝術特徵；要麼迴避散文，把詩寫得晦澀，以保持其語言混沌含蓄的詩性特徵，因此只能做到「驚警緊張」（見林清暉〈林庚教授談古典文學研究和新詩創作〉

❷❽ 林庚把這首詩收入《問路集》時曾加修訂，將原作最後三行改成兩行：「秋原的甘草味／蔓生了枕畔的相思草」，將開卷時顯現的「散在秋原的」詩歌韻味，牽引到「枕畔」，變成「蔓生的相思草」，寫來更覺流轉圓融(76)。

23；龍清濤 5）。所以在 1935 年以後，林庚就放棄「自由詩」的探險，轉而走在求索新詩韻律的道路之上了。㉙

以韻律形式寫成的〈散文詩〉在五十年後出現，我們尚未能說這時林庚已找到「與宇宙合一」的形式，但這首詩的確有含蓄蘊藉的味道。「散文詩」原來代表驚心動魄的力量，但在長年歲月的洗鍊之後，已變成「遙遠的回憶」；由是「散文詩」在詩中成了「童年」的隱喻。老年人回首前塵，活潑的童年只留下率眞「素樸」的一面，不會「板起面孔」；「散文詩」曾帶領他走過奔放的生命之旅，但在晚年編織起來的記憶之網，只捕捉了「早春薄冰」、「紫丁花地」、「流星林風」等影像。詩中以「曾踏過」、「也想過」這些過去完成時態的語意，配合整齊的框架，企圖達致一個梳理生活以納入秩序的效果；這次詩題與詩形的相異，目的可能不在設計衝突矛盾，而在於以藝術的秩序去涵容生命。

我們當然記得這首〈散文詩〉是詩人晚年的作品，然而詩歌、文藝如何面向世界宇宙，與生命、生活構成一種甚麼樣的關係，一直是林庚探索路上的重要關捩。他曾經在〈漫談中國古典詩歌的藝術借鑒——詩的國度與詩的語言〉一文中說過：「藝術不是生活的裝飾品，而是生命的醒覺。」（《新詩的格律與語言的詩化》120）後來在《空間的馳想》又說：「有音樂的耳、藝術的眼、詩的心；人因而也同時在創造著自己。」（52）可見他的觀念遠超於「文藝可以豐富人生」的簡單說法。在他眼中「藝術」不是「生活」的附庸，

㉙　在這條路上林庚走得並不順暢；錢獻之、戴望舒等現代派中人都對他大力批評，認爲他「以白話做舊詩」（參戴望舒 167-173；杜榮根 121；藍棣之 216）。

不是反映生活的一面「鏡子」，而是一個「窗子」，爲我們打開一個無邊的生命宇宙。至於這個窗子如何可以載負這個開發的功能，當然關係到林庚所究心的「語言」和「形式」的問題。正如上文討論所見，林庚不斷思考、不斷試驗，當林庚說「自由詩的重要並非形式上的問題」（《新詩的格律與語言的詩化》11）、以「質與文」的觀念回應戴望舒等人的批評時，他所考慮重點的已不僅是長短句式、韻律節奏等表面形式，而指向詩歌如何將「萬象中無盡的風流」或者「生活中多情的回響」，「凝成諸般色相」的更深層意義的形式（《空間的馳想》1、4）。我們可以再舉一首題爲〈詩成〉的後設詩（metapoetry），申論林庚對藝術與生活關係的思考：

> 詩成
>
> 讀書人在窗前低吟著詩句
>
> 微雨中的紙傘小孩上學去
>
> 秋來的懷想病每對著藍天
>
> 紙傘上的聲音乃復有佳趣（《北平情歌》60）

這首詩的「後設」意義，在於林庚運用一首本身韻味盎然的小詩，很巧妙的宣明他的詩觀。❸⓪若然依著詩句的敘事成分去理解，這首詩只講了一個簡單的故事：讀書人和上學的小孩子隔著窗，分屬兩個世界；一個吟詩，一個打著傘在路上。讀書人病於自己之耽於懷

---

❸⓪　有關「後設詩歌」的概念，請參陳國球〈司空圖《詩品》──一種後設詩歌〉的討論（《鏡花水月》13-52）。

想，鎖在個人的天空下；想像於路上打傘的小孩比自己得到更多的樂趣。在這個意義層面，我們還可以說：「藝術反映人生」。然而〈詩成〉的題目提醒我們，林庚在講一首詩的完成。當中「低吟」和「懷想病」會不會是指「閉門覓句」的苦惱？❸窗外有的是現實的生活：下雨、小孩子走在路上、打傘、上學，……。如果「有音樂的耳、藝術的眼、詩的心」，我們是否可以從生活上的種種，比方說雨點打在紙傘上的聲音，領會到生命中的樂章？這時詩中出現過的兩種聲音：「低吟詩句」和「紙傘上的聲音」，就迴環覆合，指向一種渾成的經驗——充滿「佳趣」的詩意。這樣一來，我們要思考的，可能是藝術如何從「人生」開發出「生命」中的佳趣，藝術如何與人生共構「生命」（「生命的醒覺」、「同時在創造著自己」）。從這個角度，我們就可以更清楚的理解林庚所說的：「藝術應當高於生活」；「藝術高於生活，不是指脫離生活，而是說藝術所達到的境界應高於之。」（龍清濤 3）

五　結　語

　　以上的論述大概從林庚詩歌視野如何開展出發，試圖追隨詩人御風馳想的旅程。我們看到從自由詩的林庚到韻律詩的林庚，都能吞吐大荒，在相應的藝術形式之內，揭示生命，表現宇宙。林庚個

---

❸　《詩林廣記》引《朱文公語錄》記載：「黃山谷詩云：『閉門覓句陳無己，對客揮毫秦少游。』陳無己平時出行，覺有詩思便急歸，擁被臥而思之，呻吟如病者，或累日而後起。真是『閉門覓句』者也。」（蔡正孫 309）

人詩學的發展方向，明顯向韻律詩傾斜。這一個違反當世詩潮航道的探索，爲林庚惹來當時詩友的指摘，往後文學史書寫對他的輕蔑。❸❷林庚固然繼續「高馳而不顧」，一直潛心「自然詩」的試驗。或者到今天我們還未能看到詩人預言的應驗，但他的研精究微已帶給我們許多精彩的詩學思考。無論對詩的表現形態、藝術和生活的關係等等，林庚都有卓異的見解。只有他的慧眼，才能告訴我們：「文藝並不等待時代，而是創造時代」（《新詩格律與語言的詩化》153）。我們還希望林庚企盼的時代與社會，眞有蒞臨的一天：

> 那些能產生優秀文藝的時代，才是眞正偉大的。沒有文藝的時代，無論如何，離開那理想的社會必然還遠；所以我正如一些社會學家之要求某一種文藝，我則只要求那能產生偉大文藝的社會。……我以爲在黑暗裏摸索著光明的，正是文藝；有文藝就有光，就有活力，然後一切問題才可以解決。（林庚《中國文學史》〈自序〉〔無頁碼〕）

---

❸❷ 杜榮根在九十年代時回顧林庚的詩學理念，得出的結論是：「林庚把自己的詩情詩意都密封在狹窄的框子裏。……林庚非但沒有衝破舊詩格律的桎梏，反而被它們俘虜了過去，說《北平情歌》在格律形式上代表了一種走回頭路的傾向也許不是無稽之談。」（121）

引用書目

中文部份

王曉生。〈徘徊在現代與古典之間──論林庚的詩〉。《詩探索》
　　2000. 1-2（2000.7）：80-87。

杜榮根。《尋求與超越──中國新詩形式批評》。上海：復旦大學
　　出版社，1993。

林在勇、林庚。〈我們需要「盛唐氣象」、「少年精神」〉。《新
　　詩格律與語言的詩化》林庚。168-180。

林庚。〈心之語〉。《現代》5. 1（1934. 5）：133-140。

林庚。〈詩與自由詩〉。《現代》6. 1（1934. 11）：56-59。

林庚。〈質與文──答戴望舒先生〉。《新詩》2. 4（1937）：491-493。

林庚。《中國文學史》。廈門：廈門大學出版社，1947。

林庚。《冬眠曲及其他》。北平：北平風雨詩社，1936。

林庚。《夜》。上海：開明書店，1933。

林庚。《林庚詩選》。北京：人民文學出版社，1985。

林庚。《空間的馳想》。北京：北京大學出版社，2000。

林庚。《春野與窗》。上海：開明書店，1934。

林庚。《問路集》。北京：北京大學出版社，1984。

林庚。《新詩格律與語言的詩化》。北京：經濟日報出版社，2000。

林清暉。〈上下求索──林庚先生的詩歌道路〉。《新文學史料》
　　1993. 2（1993. 5）：167-175。

林清暉。〈林庚教授談古典文學研究和新詩創作〉。《群言》1993.
　　8（1993. 11）：21-24。

林清暉。〈劃破邊緣的飛翔——略論林庚的詩歌道路〉。《詩探索》
　　1995. 1（1995. 3）：8-18。

孫玉石。《中國現代主義詩潮史論》。北京：北京大學出版社，1999。

孫玉石。《中國現代詩歌藝術》。北京：人民文學出版社，1992。

孫玉石。《中國現代詩導讀》。北京：北京大學出版社，1990。

商偉。〈宇宙的函容，童年的欣悅——析林庚的〈那時〉〉。《中
　　國現代詩導讀》。孫玉石主編。438-441。

張曼儀、黃繼持等編。《現代中國詩選 1917-1949》。香港：香港
　　大學出版社，1974。

張鳴。〈「追尋那一切的開始之開始」——詩人學者林庚先生的古
　　代文學研究〉。《文史知識》，1999. 6：95-98。

陳世澄、羅振亞。〈傳統詩美的認同與創造——評林庚 20 世紀 30
　　年代的詩〉。《北京大學學報》，2000. 3（2000. 5）：114-120。

陳國球。《鏡花水月——文學理論批評論文集》。台北：東大圖書
　　公司，1987。

程光煒。〈林庚與《現代》雜誌〉。《詩探索》2000. 1-2（2000. 7）：
　　72-73。

葛曉音。〈詩性與理性的完美結合——林庚先生的古代文學研究〉。
　　《文學遺產》2000.1（2000. 1）：120-131。

廢名（馮文炳）。〈林庚同朱英誕的新詩〉。《論新詩及其他》。
　　廢名著，陳子善編訂。瀋陽：遼寧教育出版社，1998。

蔡正孫。《詩林廣記》。北京：中華書局，1982。

穆木天。〈林庚的《夜》〉。《現代》5. 1（1934. 5）：202-209。

錢理群、溫儒敏、吳福輝。《中國現代文學三十年（修訂本）》。
　　北京：北京大學出版社，1998。

龍清濤。〈林庚先生訪談錄〉。《詩探索》1995. 1（1995. 3 月）：3-8。

戴望舒。〈談林庚的詩見和「四行詩」〉。《戴望舒全集：散文卷》。
　　王文彬、金石主編。北京：中國青年出版社，1999。167-173。

藍棣之。《現代詩的情感與形式》。北京：華夏出版社，1994。

外文部份

Abrams, M. H. *The Mirror and the Lamp: Romantic Theory and the Critical Tradition*. Oxford: OUP, 1953.

Bloom, Harold. *The Ringers in the Tower: Studies in Romantic Tradition*. Chicago: U of Chicago P, 1971.

Bornstein, George. *Transformations of Romanticism in Yeats, Eliot, and Stevens*. Chicago: U of Chicago P, 1976.

Bowie, Andrew. *From Romanticism to Critical Theory*. London: Routledge, 1997.

Frye, Northrope, ed. *Romanticism Reconsidered*. New York: Columbia UP, 1963.

Gombrich, E. G. *Story of Art*, 16th ed. London: Phaidon, 1995.

Haft , Lloyd, ed. "Special Issue: Modern Chinese Prose Poetry." 《現代中文文學學報》3. 2（2000. 1）.

Haft, Lloyd, ed. *A Selective Guide to Chinese Literature 1900-1945*, Vol. III: *The Poems*. Leidon: E.J. Brill, 1989.

Heywood, Ian. *Social Theories of Art.* New York: New York UP, 1997.

Hunt, Caroline, and Louise Candlish, ed., *Friedrich: German Master of the Romantic Landscape.* New York: DK Publishing Inc., 1999.

Lin, Keng. "On Poetry," *Modern Chinese Poetry.* Harold Acton and Chen Shih-hsiang, ed. London: Duckworth, 1936. 166-170.

Quinones, Ricardo J. *Mapping Literary Modernism.* London: Methuen, 1977.

Shiff, Richard. "Art and Life: A Metaphoric Relationship," *On Metaphor.* Sheldon Sacks, ed. Chicago: U of Chicago P, 1979. 105-120.

Taylor, Charles. *Sources of the Self: The Making of the Modern Identity.* Cambridge, Mass.: Harvard UP, 1989.

Vaughan, William. *Romanticism and Art.* London: Thames and Hudson, 1994.

文學香港與李碧華——

陳國球編《文學香港與李碧華》導言

一　身世兩相棄

　　一九九五年五月，哈佛大學舉行了一次香港文化的研究工作坊。這時來自東京大學的藤井省三教授正好在紐約哥倫比亞大學訪問。他接到大會主持李歐梵教授的邀請，預備到會參與討論。當他跟當地兩位攻讀現代中國文學博士課程的學生提及這個會議時，得到的回應是：「香港？文化？」以及曖昧的微笑。

　　這不會是個令人意外的場景。「香港」，如果能夠在世人的意識勾起任何反應，其催化元素，大概是美食、商品，甚而是殖民餘韻、商本遺風。上海的一位學者說，他對香港已不感興趣，因爲九七以後，「普天之下，莫非王土」；北京的另一位學者說，在國內沒有一流的學者會主力研究香港文學。他們都有很實在的理據。更何況在香港，文學也從來不是公共意識的焦點；香港文學也不大在意這裏是否有一個可以廊食的堂廡，而以獨特的方式漂泊於流動的空間。「文學的香港」，有如斷錨的浮標，身世兩相離棄。

　　可是慣於在海峽兩岸間浪游的藤井省三，卻因緣際會的萌生了

描畫這個「二棄」的浮標的好奇心。❶這本論文集的匯合，就由他的香港思考導引。

二　文學香港

　　藤井省三對「文學香港」的體會，就像一位經驗豐富的旅者，誠懇用心的面向一個新遭逢的境地。他選擇了香港天地圖書出版，由劉以鬯、也斯、馮偉才、梅子、黎海華分別編選，由五〇年代到九〇年代的一套五卷本《香港短篇小說選》，作爲觀察的初步根據，寫成〈日本的香港文學研究及《香港短篇小說選》的意義〉。❷要繪成歷史圖象，這個觀察很自然的依著敘述模式的結構方式，發現一個由「誕生」、「成長」到「興盛」的過程。藤井省三所關注的，是「香港」意識的隱顯過程；伴隨這個意識考尋歷程的，更有一份對文學價值的期待。他發現在五〇年代時，文學中的「香港」難見蹤影，「連本地地名也很少出現」，衡諸「今日的文學鑒賞標準」，大部分《小說選》中作品的藝術成就不高。至於六〇年代，他特別關注編者也斯所說的「有異於中國人的身分意識逐漸形成」，可是他認爲「能稱爲傑作的作品依然甚少」。七〇年代在藤井省三眼中是「香港意識的形成期」，《小說選》中出現「一些有實力的作品」。

---

❶　藤井省三著有《現代中國文化探險》一書，講述他探索北京、上海、香港和台北四個城市文化的因緣。

❷　藤井省三這篇文章以及下文提到的各篇論文，均見陳國球編《文學香港與李碧華》。文章具在，筆者不必在此饒舌撮述。本篇之撰，目的在掀揭話題，與各位作者對談。

八〇年代《小說選》的佳作卻很多，香港作家往往從「他者」（大陸人）的刻畫中發現自己，發現了「香港人」的觀念。九〇年代出現了「聲稱小說是探求身分意識的唯一手段」的董啓章，可以說明身分意識的構築的活動，已得到「純文學」的認同；而這個九〇年代的選本，「的確可充當這個時空的座標」。❸

藤井省三觀察所依據的「香港意識」和「文學價值」，原是不同方向的基準。「香港意識」的有無，與「文學價值」的高低本來沒有必然的關係。但從藤井省三的觀察位置來看，這雙不同方向的基準卻似乎隱隱然互爲補合。他的出發點本來就源於對「香港」這個文化想像的好奇和關切，文本中的「香港意識」當然會啓動他的閱讀之樂。當這樂趣與他作爲文學教授、對文學價值有穩定信念的具體情況結合，他的評論向度就規劃下來了。

藤井省三的另一個特點是他對「不見」與「未知」的警覺。他並沒有簡單的相信這一套五卷的選本就是香港文學的準確反映。他會想到：編者的文學品味是否「太脫俗」？如果選本多收一些「通俗文學」，景象會不會有所不同？這分警覺讓他即使碰到滿意的作品時，還會思考這些作品在歷史上可能佔有的位置。藤井省三並沒有機會在他的初步觀察中完全解決這些問題，但收入本書的另外兩篇文章可以更具體的說明他的思考方向。

梁秉鈞的〈從五本小說選看五十年來的香港文學——再思五、

---

❸ 黎海華說：「編九十年代香港短篇小說，免不了問，爲誰？爲甚麼？讀者是否藉此可以探進這個城市世紀末存在的座標與光影？」（《香港短篇小說選（九十年代）》序　1）

六〇年代以來「現代」文學的意義〉可說是對藤井省三論文的最佳回應。「局中人」的梁秉鈞與「局外人」的藤井省三位置剛好相對。從六〇年代至今，筆名「也斯」的梁秉鈞可以說是參與打造「文學香港」的主要人物之一。面對同一套文學選本，梁秉鈞顯然別有所重。藤井省三希望在選本所集的樣本中追蹤「香港意識」的痕跡，而梁秉鈞則以指定的文本去印證以至梳理自己親歷的龐雜經驗。換句話說，藤井省三是在尋覓「文學中的香港」；梁秉鈞意在釐清「香港中的文學」。以五〇年代的情況爲例，梁秉鈞根據劉以鬯所選各篇，先揭示秦牧〈香港海的網罟〉內源自大中原的「大歷史角度」和「集體主義」思想，作爲身處邊陲的各種「異色」的鋪墊；以下他就爲我們刻畫：曹聚仁〈李柏新夢〉「借用了異域小說的體裁和寫法，以幻想和寓言顛覆了寫實主義的窠臼」；李維陵〈魔道〉「既體認了現代小說從外觀描寫到內在心理刻劃的需要，卻也同時批評了早期現代主義爲藝術而藝術的觀點」；張愛玲〈五四遺事〉「可借喻偏離中原中心的一種對歷史、或對文學的態度」；葉靈鳳〈釵頭鳳〉、馬彬〈神農〉「從個人感情去體會、去闡釋大歷史」；馬朗〈太陽下的街〉「從一個個人內心的掙扎去衡量政治現實，在那一代人所抱持的流離心態中，初次舉目瞥見了眼前的街頭」。這個由文本詮釋所顯示出來的「香港」，正是一個容納「一統」以外的種種活動的場域。

往下，梁秉鈞又爲異色中高豎的航帆——「現代主義」——補記這五十年的行跡，以及其牽動的浪花流響。這是一份很值得珍視的航誌，其中載錄見聞固然可以爲歷史作證，伴隨的感喟歎息更穿梭於「過去」與「當下」。最有意思的是梁秉鈞發現的「文學批評

墮後」現象：六〇年代香港的現代主義創作已至「高峰」，但「高峰現代主義」的批評卻墮後到八〇年代才出現。他似乎並不欣賞這個以「新批評」爲代表的批評風尚，因爲這種方法「不重視歷史與社會文化外緣因素」，「去到極端是以抽空了文化因素的『純粹中文』作爲評價標準」。梁秉鈞並沒有在此清楚說明「講求純粹」的具體情事，這是他的「溫柔敦厚」。然而，他的議論卻是一個提示；提醒我們從香港的整體文化發展脈絡來觀照這個批評風氣，特別是七〇年代末到八〇年代中香港學院文化的變化（如大批在英美受訓練的文學教授來港任教、比較文學的興起、現代文學的學科位置確立、香港文學進入學界視野），以及學術與文學活動的正反面兼有的互相刺激等。這樣我們或者不易迷失於以後相繼浮現的種種言說煙霞。

講求「純粹」的評論，與也斯／梁秉鈞在雜亂的文化空間穿插往來的「越界」體驗格格不入。❹例如文學的「雅」、「俗」，梁秉鈞就認爲以香港的情況來看，並沒有像一般人想像的勢不兩立。劉以鬯在《香港短篇小說選（五十年代）》的序文也說過：

> 「雅俗不分」的態度，在五十年代相當普遍。……面對社會現實的趨勢，除非不想賺稿費，否則就要從屬於商業市場，生產具有消遣性的作品。因此，大部分文人在這個高度發展的商業社會靠寫作過活，祇好採取「腳踩兩家船」的態度。

---

❹ 余君偉在〈家、遊、行囊——讀也斯的游離詩文〉一文的結論部分，特別提醒我們注意「也斯『一直不喜歡權威』的越界精神」（余君偉 245）。

> 所謂「腳踩兩家船」，就是一邊寫商品；一邊寫自己想寫的
> 小說（劉以鬯　4-5）。

看來也是「雅俗對立論」的超脫，當中更不乏夫子自道的成分。回到藤井省三的論文，他憑劉以鬯的《小說選》猜說：「劉以鬯先生的文學觀太脫俗了吧！」這個觀察，好像與劉氏自己說的「雅俗不分」相鑿枘，其實卻命中要害。劉以鬯要「踩兩家船」，絕對是迫不得已的一種妥協，自己心裏可嚴分「雅」、「俗」，並沒有視通俗文學為值得重視的文化資源。梁秉鈞對於「雅俗不分」這個現象的閱讀，採用了與劉以鬯不同的觀點。他認為：

> 通俗文化本身有長遠歷史，在五六十年代轉型期的香港，更
> 吸納了不少文化人為之效力，產生了不少雅俗相混的產品，
> 這亦是這商業社會後來一個主要的生產模式。

所以梁秉鈞會留心與商業文化關係密切的亦舒、陳韻文等的作品，❺也會欣賞「多面體」的李碧華。我們可以從這個角度再比照藤井省三的論說。藤井省三的文化探險在方法上必然是推演的，當中也有偶然的因素在內，但只要他有足夠的敏感觸覺，就有可能作出別具心眼的判斷。譬如說：他以「張愛玲」的名字作為探查的線索，不單探到《秧歌》、《赤地之戀》的「宣傳小說」，更探到《情場

---

❺　他編選的《香港短篇小說選（六十年代）》收有亦舒的〈回家〉和陳韻文的〈我們跳舞去〉（也斯　213-223；256-278）。

如戰場》、《南北一家親》等的電影。他從《情場如戰場》中看到「這場華麗的戀愛戰爭，應該可以讓戰後香港的貧苦市民暫時忘卻生活之苦」，又說《南北一家親》「很有技巧地描繪了移民社會香港的狀況」。藤井省三的結論是：

> 爲了麵包而寫的娛樂作品裏也應該可以找到傑作吧。

這些發現讓他更有信心在通俗文化的場域去設想和印證他的「香港」之旅，甚至判定香港的通俗文學在「身分意識」的建構過程中起著先行的作用；例如李碧華《胭脂扣》的「暗暗嘗試」，在多年以後才得到純文學，如董啓章的〈永盛街興衰史〉認同。然而，他也明白這些富有暗示性的判斷，還需要更多的歷史研究作支援：

> 如果能夠繼續研究香港文學下去的話，相信一定能進一步找到這兩本小説的前驅。這對於我們了解香港文學的歷史便更有幫助。

梁秉鈞的論文正是從比較寬闊的歷史視野所作的補充。他提醒我們注意張愛玲「在五六〇年代香港的政治與商業市場底下如何曲折周旋，寫出有所妥協然而水準不差的作品」；注意早期現代派的主將崑南，也曾創辦《香港青年周報》，推介流行音樂和星座文化，「令與他同期的另一批文化人長期不提他在文學上的成就」；他更肯定李碧華在八〇年代以還參與電影、戲劇、舞蹈、新聞出版各方面的製作的社會影響，認爲「香港作者中認眞嘗試融合雅俗，比較接近

張愛玲傳統的，大概也只有她一位」。按照他的理解，「文學香港」
有能力在「商業香港」的氛圍中滋長；香港文學甚或以「溶匯雅俗」
的方式，借用各種環境的助力，發揮其社會影響力，而不必喪失文
學的立場。

梁秉鈞對歷史視野的堅執，更表現於他對近年出現的「反歷史」
評論的憤慨。從八〇年代到九〇年代，在港外港內，湧現不少為「文
學香港」造史的工程。不少文學選集都在「構建正典」（canon
formation）的市場上角力。梁秉鈞不客氣的批評了天地圖書公司的
《香港短篇小說選》九十年代卷：「標準的混亂、資訊的泛濫、範
圍的模糊、編作者身分的混淆、寫作界的難以界認」。評論界只懂
欣賞「眼前」、抹殺「過去」，更使他引以為憂；有以為「舊題新
寫」、「注意小說寫作的反省」，是九〇年代的特色，其實都早見
於五〇年代。藤井省三特別點題的〈永盛街興衰史〉（1995），梁
秉鈞也認為應該結合《剪紙》（1977，1982）、《胭脂扣》（1985）
並論：「看它們在地域文化、傳統粵曲的借用、文化身分的思考、
雅俗文化的調和上，各自在不同的歷史時刻，做了什麼相同和不同
的發揮」。對藤井省三的觀察，他有這樣的回應：

> 藤井教授其中一點意見是九〇年代的小說比五〇年代的更豐
> 富、更成熟，我可以理解他為什麼這樣想，但我對這個看法
> 並不完全同意。

他最重要的宣言，莫過於以下所引：

並無孤立獨生的文學，文學都有傳承和變異，文學史亦不過
是一連串文學特色的移前和隱後而已。某些文學運動來勢洶
洶，往往淹沒了之前的嘗試，直至日後才重新發現出來。

藤井省三論述的基礎是對文學演化（literary evolution）有所預期的
文學史觀；梁秉鈞則似乎認爲文學史上存在一個或一組基準系統
（system(s) of norms），在文學史的過程中，文學的變化只是系統
內的變動調整。但兩位的論述都對文學的價值非常重視，這是文學
研究者面對通俗文學的挑戰，從整體的局面考慮「雅」與「俗」的
問題時，所特別介懷的。下文將會介紹本書幾篇有關李碧華作品的
討論，我們發現論者往往不忘補充一句：「這並非出色的小說」。

三　香港意識與李碧華

在藤井省三的「香港意識」探索過程中，李碧華的作品是一個
重要的樣本。他的兩篇論文〈小說爲何與如何讓人記憶香港——李
碧華《胭脂扣》與香港意識〉、〈李碧華小說的個人意識問題〉都
很清楚顯現他的閱讀方法。

在討論《胭脂扣》的那篇文章中，藤井省三引述《香港文學書
目》對《胭脂扣》的介紹：

這是一個頗傳統的愛情故事，作者作出變奏，小說加入了八
十年代的一對戀人帶出現代和傳統對愛情的不同的看法（黃
淑嫻　113）。

這大概是《胭脂扣》在流行小說市場的一個主要賣點。「愛情」這個永恆的話題，可以飛越滄海桑田，鑽進最多男女老少的心窩。我們只要看看小說新版所附的電影主題曲所說「誓言幻作煙雲字，費盡千般心思，情像火灼般熱，怎燒一生一世，延續不容易」，以及南音〈客途秋恨〉以「涼風有信，秋月無邊。思嬌情緒好比度日如年」為開首的青樓愛情故事，❻就很容易接收到李碧華發出的訊息。但藤井省三並不同意，他說：

> 這部小說並非重演「傳統的愛情故事」；由香港意識創造出來的「變奏」方是這部小說的主題。

從愛情故事發掘出其中政治文化的寓意，藤井省三的閱讀可說是非常精心的偵測。他的讀法好比金聖歎的「草蛇灰線法」，主要的牽引線索有三：一是小說中女主角如花說：「我是香港人」；❼二是如花隔世「五十年」才回到陽間；❽三是開卷不久出現的電車，成

---

❻ 電影主題曲由鄧景生填詞，梅艷芳主唱；南音〈客途秋恨〉原來不見於小說，但李碧華是電影的編劇之一，電影中如花在妓院中演唱這首有名的傳統俗曲，應是刻意的安插。兩篇曲詞均見李碧華《胭脂扣》第十九版書後。

❼ 小說中男主角袁永定問如花：「你是大陸來的吧？」如花答：「不，我是香港人。」這是香港在七八十年代非常典型的應對。五六十年代上一輩對同一問題的回應大抵是：「我是住在香港的」，或者「我一直住在香港」、「我從小就跟父母親搬來香港居住」……。藤井省三根據這個「文本世界」（textual world）的時間差誤（anachronism）去說明文本外的李碧華建構「香港意識」的意圖。

❽ 按藤井省三的理解：這「五十年」呼應了小說寫作期間，中英雙方同意香

爲連繫男主角袁永定和如花的「共通記憶」。❾配合這些細部肌理的琢磨，藤井省三更借助歷史社會的外部結構研究作支援；他的論說方式通常是以文本細節與文本外的大環境並置（juxtaposed），使論述有一個明顯的「景深」。例如他以一九八四年簽訂的《中英聯合聲明》中所謂香港「生活方式」五十年不變，來闡發小說中袁永定與如花二人經驗差異的意義；用電車的歷史來鋪墊他所探測的香港記憶的時間維度。

這個研究方略與藤井省三所處的位置有很直接的關係。因爲他不是「局中人」，所以他有需要借助許多歷史、社會以至人類學的研究資料作爲參照。這些材料很多時都會被香港本土的文學研究者忽略。比方說，〈日本的香港文學研究〉和〈小說如何讓人記憶〉兩篇都引用華僑日報出版的《香港年鑑》，就很有啓迪意味。如果我們就此作進一步的探索，從華僑日報在香港幾十年來的社會位置和文化功能著眼，❿再聯繫《香港年鑑》作爲介乎民間與半官方中文歷史紀錄的作用，與文學香港的相關活動對讀，大概有助整合已散亂的回憶。

港歸還中國，香港可以保持「生活方式」的「五十年不變」。未來的五十年，誰也沒法預知；但五十年前的「過去」，生活方式與「現在」相較，可大有不同；藤井省三認爲李碧華「利用男女愛情的今昔比對，通過一九八二年現世的如花，如實地把這五十年來的變化表現出來」，由此批判所謂「五十年不變」的虛妄。

❾ 電車的營運始於一九〇四年，到今天仍是香港的重要交通工具。藤井省三的意思是：如花在電車與袁永定交換文化記憶，好像要喚醒失去歷史記憶的香港人，重新思考自己的身分。

❿ 華僑日報於 1925 年創刊，到 1995 年停刊。

　　藤井省三另一篇論文〈李碧華小說的個人意識問題〉的論述策略也很值得參詳。文章的第一節原是他對陳凱歌導演的《霸王別姬》的影評，當中藤井省三個人世界觀的介入非常明顯。❶從第二節開始，文章轉入「『香港人』的角度」的討論。❷藤井省三借助這些香港本位的評論，延伸自己對「身分意識」與「身分危機」的思考。然而他的著眼點卻與「香港人」不盡相同。引起藤井省三閱讀興趣的評論，大都有強烈的批判意識，要悍衛弱者（例如香港、女性）和抗衡強權（例如「大中原」、男權）；相對來說，藤井省三本人的論述分析性較多，而悍衛意識（defensiveness）較少。文中對李小良的評論就是很好的例證。李小良認為李碧華雖然是女性作家，經常以女性作為書寫主題，「但她的小說卻沒有衝擊和顛覆既有的男性中心和男女兩性的二元性別意識，反而時常顯得鞏固現存的父權機制。」藤井省三的看法卻不同，他認為有關父權機制的描寫只是作者要營造的「故事背景」，因為他發覺李碧華小說主要探討「個人對他者的依附」、「個人意識的不穩定」，當中的主從關係並不僅限於男女二元性別。我們不必在此比較兩種說法的優劣，我們只想指出：文化批評家傾向於「聚焦」，把自己偵察所得的嚴重性突顯；

---

❶　這篇影評重點在於批評陳凱歌扭曲了李碧華原著小說的意義，以同性戀主題改換了原來對中共專制的批判，以「蝴蝶夫人」一類的「東方趣味」向歐美觀眾獻媚。藤井省三的意思是：在東西文化主導力量失衡的情況下東亞（包括日本、中國）知識分子應該「有為有所不為」（藤井省三《中國電影讀本》36-42）。

❷　藤井省三在第二節的開頭部分，清楚的交代他在讀過香港人的評論之後，對相關問題有了新的看法；他說：「『小香港』對『大中國』提出自己的歷史意識，這見解引起我很大的興趣。」

而藤井省三則似乎以「散焦」的方法，把更多的問題意識帶到面前。以這種態度看香港的身分意識問題，藤井省三就不會限囿於探查李碧華小說中如何顯現或進而顛覆「香港／中國」的二元對立，反而著意於香港的「準國民意識」（或「疑似國民意識」）如何破滅、其後「香港意識」的激變，以及這些變化與李碧華小說的關係。

　　總的來說，藤井省三認爲李碧華作品的重要價值在於它們與香港意識的扣合：例如《胭脂扣》既反映了香港人在八十年代開始對「身分意識」的追求，更爲這個追求提供一個理想主義的歷史觀：對愛情的執著好比對自由、獨立的追求。至於《霸王別姬》、《川島芳子》等又是中英爭拗以至六四震撼而引發的身分意識激盪的投影。更值得注意的是，藤井省三以小說與市民意識的扣合來解釋李碧華作品流行的原因，他在〈小說爲何與如何讓人「記憶」香港〉一文曾引用陳浩民的話：

> 在〔香港〕各種文化範圍中，唯一比較能提供某種覆蓋全體的文化架構的只有通俗文化。……通俗文化可能成爲體現及形成香港社會、文化、政治精神最關鍵及有力的發起人。

這段話也可以說明他爲何特別關顧香港的「通俗」文學。

　　本書所收的其他篇章分別就藤井省三的觀點作出不同的回應。危令敦的〈不記來時路——論李碧華的《胭脂扣》〉、毛尖的〈香港時態——也談《胭脂扣》〉，以及陳岸峰的〈李碧華小說的情欲與政治〉，可說是李碧華作品的「寓意解讀」的呼應。

　　藤井省三解讀《胭指扣》時，很明顯的以如花爲中心，視如花

對愛情的追求爲小說向上提昇的力量：她幫助袁永定去學習「記憶」、作「歷史的省察」，由是袁永定成爲「解釋香港本地歷史的人物」。危令敦的視點則集中在袁永定身上，意圖疏解袁永定對香港歷史的省察方式和意義。按他的理解，袁永定經如花引起動機之後，對（自己的）歷史的過問僅止限於一種「遊客心態」。他以小說中的具體細節，去說明袁永定關心的世界只在於風月、色欲，他甚至以「偷窺」、「意淫」來解釋袁永定的好奇心。所以危令敦沒有如藤井省三的把袁永定對如花故事的探索視爲：

> 從一個低角度去檢視一段被壓抑，但是有自己個性的歷史。

他只以爲如花的痴心相當於古典的愛情觀，是傳統文化的象徵。於是「如花既是古典愛情的化身，亦是永定的情欲對象」，「永定的情欲幻想」也即是「對傳統文化的短暫迷惑」。

危令敦以「好色男」的中國文學傳統爲據所作的情欲分析，可謂精細入微；可是有關古典愛情觀與香港人身分認同過程的關係，仍沒有解釋清楚。於是他特別設計六十年代的論述作爲三十年代與八十年代間的中轉站。他指出六十年代以來的影視文化，使香港的社群意識得以建立；「三十年代與八十年代的斷裂，始自六十年代中期本土意識的抬頭」。由此可見危令敦雖然也企圖在《胭脂扣》中讀出八十年代香港人的身分認同問題，但他的解讀方向與藤井省三大不相同。藤井省三以爲是如花喚醒香港人的記憶，危令敦則以爲如花的故事只突顯了歷史的斷裂：

文化、生活方式的演變是如此的迅速，以致八十年代的港人在回首六十年代以前的往事的時候，只能發現中國文化的魅影；魅力或許依然，然而只是一種殘留的幻象，難以把握，遑論認同。

毛尖對《胭脂扣》（包括小說和電影，但重點顯然放在電影上）的寓意解讀，則建立在「愛情故事」與「香港意識」的平衡類比之上。她並沒有花許多氣力在文本中搜尋可以破解為「香港意識」的線索，只在文首指出：

藤井教授用「香港意識」的變化來解讀《胭脂扣》，無疑獨到之至，這使一個通俗愛情故事的敘述變得別具張力。

往下毛尖就專注於愛情故事的分析，並隨時點出可作類比的地方。這個詮釋策略可以避過許多的理論困難，可說是非常聰明的選擇。相對來說，危令敦的宏闊詮釋架構比較難駕御，當中的情欲論述主要是以中國傳統「好色男」為依據，歷史意識論述則以香港的集體「冷感」為基礎。在文本世界內，袁永定的歷史科成績的確差劣，也有好色的表現；但這兩項描寫的指涉方向並不相同。將二者綰合，則要費力解釋八十年代在香港冒起身分認同的省思，只是傳統書生「一向好色」的表現；香港人的歷史和身分探源不外是一段「猥瑣的狎弄」。

在毛尖的詮釋中，文本的歷史意蘊交由「時間」先後與「時態」變化來標示。不同時代出現的愛情故事，在歷時軸上自然顯出不

同的時態。八十年代袁永定和凌楚娟的愛情，在三十年代如花對十二少的痴心映照下，顯得蒼白無趣；但三十年代的燦爛愛情記憶又敵不過八十年代十二少衰老的臉容，所謂美麗也只是海市蜃樓。毛尖認爲幻想的「過去」與日常的「現在」互相質疑和否定，做成生命意義的「懸置」；她再就此推演，說：

> 香港意識也正是處於這樣尷尬的境地，……懸置在歷史傳統與當下經驗中。……
> 香港意識從來都不可能是完成時態的東西，而只能以未來時態，甚至虛擬的時態來保證它的存在可能性。

這都是很靈巧的類比，頗能啓發玄思。毛尖文中不乏富於奇趣的比喻，例如「古董店」被解讀爲「販賣時間的場所」，「以稍嫌猥瑣的方式承當起了城市和現代的抒情功能」；又「像雜食動物，它無所不吃的脾性讓店面風格形同蒙太奇或鑲拼法」；又可以比擬爲「香港時態」。至如如花的角色，在毛尖筆下也有豐富的指義功能：如花可以代表「過去時」，向「現代時」挑釁；如花來到陽世，或如香港作爲殖民地借來的時間；如花又好比將要侵入香港的「大陸」或者「歷史」；如花的身分又是未完成的，有如香港意識的未完成的時態。這種類比方式，倚仗的不是理路邏輯，而是感應互通；以不同的細部詮釋疊構作品的意味風調。

陳岸峰〈李碧華小說中的情欲與政治〉從另一個角度申論藤井省三〈李碧華小說中的個人意識問題〉一文所開展的文化政治

分析。❸李碧華的故事很多都是座落於中國大陸的政治環境之中，但香港卻往往在書冊的邊緣徘徊。藤井省三要梳理小說中的香港意義，中國與香港、中國老百姓與香港市民的徊轉曲通之處，當然會是觀察的要點。比方說，藤井省三以為《霸王別姬》是：

> 用一個京劇演員的命運去描寫人民共和國的瘋狂，都市民眾的角度去批判中共。那是面臨一九九七年回歸中國的香港市民的心情，與經歷人民共和國建國以來半個世紀的中國民眾的怨念是相通的。

陳岸峰的文章的討論重點則不在「香港」，而是小說中的「情欲」與「政治」。他討論的都是李碧華作品中所謂「故事新編」、或者借舊故事為參照互文（intertext）而變奏延伸的小說。他認為這些小說與「舊文本」的關係，在於新文本往往加注了「情欲」和「政治」的元素，因而呈現為舊文本的「反叛」。於是，陳岸峰以情節中的意義單元如何出現「情欲政治化」與「政治情欲化」為論，指出李碧華的小說如何揭示政治不單無能於淨化情欲，更揚起不絕的情欲風波；小說的人物，如何因「文化大革命」而得遂情欲：

> 在瘋狂的「革命」行為底下，情欲卻得以暗渡陳倉。

---

❸ 藤井省三文章討論李碧華的五本小説：《霸王別姬》、《青蛇》、《潘金蓮的前世今生》、《誘僧》與《滿洲國妖艷——川島芳子》；陳岸峰文章只處理四部小説，沒有討論《誘僧》和《滿洲國妖艷——川島芳子》，而改談《秦俑》。

有趣的是，陳岸峰處理的政治與情欲本是具體的現實，但探索的路向卻令這些現實層面轉化成形式結構。換句話說，陳岸峰的方法主要是「形式主義的」（formalistic），斟酌的是「情欲」和「政治」這兩個語義元素如何互相激盪。因此，「香港意識」在本文的主幹論述中缺席，是其來有自的。

不過，這篇文章也有與「現實」和「香港」相關聯之處。文章最後一節提出劉登翰《香港文學史》如何處理李碧華的問題。劉登翰把李碧華作品既列入「通俗小說」的範圍，又說其內涵豐富，「在歷史的、社會的、美學的、哲學的面上」，給人思考。陳岸峰並不同意劉登翰這種模稜兩可的講法，特別指出劉氏無視李碧華對中共的政治批判，亦由於這個省略，《香港文學史》並未能為李碧華作出恰當的定位。陳岸峰的意見顯然是：李碧華的文學史地位在於貫穿作品的政治批判；他認為：

> 在真假之間，在想像與現實的縫隙，李碧華嬉笑怒罵地穿梭其中，為其所執著的歷史發出自己的聲音。

這裏所說李碧華的「執著」、「自己的聲音」，就是香港這個位置所能發的聲音；陳岸峰不滿的是，這個聲音被大陸書寫的文學史封殺了。

四　流行文化與李碧華

陳燕遐〈流行的悖論──文化評論中的李碧華現象〉一文，則

是「寓意解讀」的反省。這篇文章首先指出李碧華小說的評論有兩個傾向:一是通過嚴肅的文本分析,判定其「文字單薄,思想粗淺」;一是採用文化研究的策略,視這些作品爲「流行文化抗衡論述的典範」。但下文基本上沒有詳細申論或駁斥第一種論說,只是隱隱然有爲之背書的意味。全文的重點在於對第二種論說的商榷,質疑所謂「抗衡論述」究竟是李碧華作品所負載的信息,還是論者的主觀投射。上文提到的幾篇文章的作者,都沒有懷疑李碧華作品是「通俗文學」、「流行讀物」;⑭陳燕遐更集中分析李碧華的「流行性格」。她並不認爲李碧華作品是流行文學的典型,反之,她說這是流行文化中的「異數」:

> 一方面它們包括一切暢銷小說的元素:淺白、媚俗,不求思想一致,但求局部趣味。……另一方面,……作爲一個社會意識非常強烈的作家,她的作品緊貼社會脈搏,毫不遲疑加入諸如國家、身分、歷史、政治、命運、性別等晚近學術界非常感興趣的話題。

文中對李碧華的商業計算有生動的描繪:個人表現低調又不忘宣傳;寫作又能「體貼用家」(user-friendly),「讓讀者以最經濟的

---

⑭ 藤井省三說李碧華的《胭脂扣》「以『通俗文學』暗暗嘗試利用小說去構築身分意識」;梁秉鈞說李碧是「認眞嘗試融合雅俗,比較接近張愛玲的傳統」;危令敦說《胭脂扣》「並非出色的小說」;毛尖也說這是「一個通俗愛情故事」;陳岸峰認爲「李氏小說的『邊緣性』正在於她以通俗小說的形式對政治作出深刻的、露骨的批判」。

方式獲得最大的感性消費滿足」，作品中的「傳統文化」、「歷史」、「文學修養」，全是「可供販賣的元素」；甚至文化評論者所關懷的情欲、政治、國族論述、女性意識等（這當然包括藤井省三追尋的「身分意識」、危令敦關注的「文化魅影」、毛尖推演的「香港時態」、陳岸峰究問的「邊緣聲音」），也不外是文化市場的商品而已。陳燕遐要揭露的是李碧華的作品並不能承擔文化評論所寄望的「批判主流」、「顛覆中心」的重責：

　　文學上的超越與思想的深刻並不是李碧華的主要考慮。

尤有進者，她更以《川島芳子》的分析為基礎，批評李碧華並沒有在小說中的傳奇女子身上寄寓「顛覆的雜音」，反而賦予「與主流合調的愛國情操」，「小說裏反而處處顯示出她〔李碧華〕的保守意識」。

　　陳燕遐提出的都是足供深省的論點，提醒我們重新思考這種「寓意解讀」的整個過程以及相關的種種問題。究竟文本構築與現實世界的界線在哪裏？詮釋的權力如何在圍繞文本的各個主體之間流動？由文本出發，我們可以想想川島芳子的「愛國」表現與李碧華不脫國族主義框套有著哪一種的相應關係？李碧華商業計算的成功是否意味香港就是一個淺薄無知，只求感官「過癮」的社會？文本怎樣才算有顛覆的力量？應該由作者借筆下的人物從事革命，還是由文化評論者將潛存的意義考掘張揚？文化評論家是否懵然被精於計算的流行作家欺騙，還是有心利用無辜的文本而自說自話？帶著這些問題，我們可以轉入陳麗芬〈普及文化與歷史想像——李碧華

的聯想〉一文的討論。

　　陳麗芬對李碧華作為流行小說家的成功因素的分析，與陳燕遐所論基本同調：李碧華「完全把握大眾品味」，既是「愛情夢幻的生產販賣推銷者」，也能夠把「身分危機」等問題轉化成「娛樂消遣的一部分」、「一個賣點、消費的意象」，「成功的自我商品化」、「名利雙收之餘，如今又因緣際會，趕上文化身分爭論熱潮，搖身一變為學術會議上一眾學者簇擁的新星」。然而陳麗芬的論述架構更廣及商品工業的生產環境。據她的理解，此一環境的特徵就是「淺薄」：

> 香港人何其幸運，……可以「堂而皇之」地淺薄，從來不必也不會為自己的淺薄感到羞恥或因此而萌生罪咎感。這「淺薄」正正是香港最大的資產，……在這前景不明的時刻使得香港依然生機盎然。香港是對等於海峽兩岸沉重異常的國族情緒與文化自戀的「反面教材」。

「香港」、「香港意識」，在這個論述中可以等同「滿足自信」的「淺薄」。在這個基礎之上，陳麗芬認為李碧華是香港作家的「代表」，因為李碧華是「淺薄」的，對於身處的社會之「淺薄」有深入的理解，自己更「盡情地表演『淺薄』」。陳麗芬又將李碧華與「同樣極為賣弄與媚俗」的金庸比較，指出金庸自居「高檔文化」、「藝術」；李碧華則自甘「庸俗」，但又非常自覺自己的「媚俗」。

　　陳麗芬在文章的第二部分全力剖析《胭脂扣》。相對於藤井省三所理解的「歷史省覺」、「香港文化身分的追尋」，陳麗芬認為

《胭脂扣》講的只是「現在」——八十年代的香港人「表演」回憶
過去的故事；小說內的「歷史意識」其實只是香港近年的「古物收
藏的懷舊戀物癖」的表現；「歷史」是古董店中陳列的商品，可以
購買的消費品；「香港歷史」又即如花，在眾人「凝視」下物化，
成爲欲望的焦點。這個研判補足了危令敦所講的「偷窺意識」和毛
尖的「古董店」喻意。她的結論是：

> 《胭脂扣》的懷舊是「對現在的懷舊」，它是對當前的香港
> 這城市與香港大眾集體意識的想像的回應。

最後陳麗芬指出，李碧華所呈現的「香港集體想像」，由自信而自
欺，雖有「無限生趣」，卻「合理正常化了社會上種種偏見與不公」，
是「社會潛意識陰暗面的投射」。從這些意義深長的評語，我們應
該看到陳麗芬的苦心和美意。

　　這篇深具反思意味的文章很能催促進一步的思考。陳麗芬對（以
李碧華爲代表的）香港流行文化的「當下」面向有深睿的觀察，有助
我們調整對「八九十年代的香港意識」探索的步伐。不過，我們也
應該思考「去歷史」或「置於歷史」（dehistoricized／historicized）
的「現在」、「同質」或「異質」的「香港」等前設可能帶來的詮
解分歧。正如上環的古董店並非新生事物，香港的懷舊戀物也不是
八十年代才萌生，香港的「現在」應有其歷史，雖則這段歷史或已
成斷裂的回憶。如果懷舊就如陳麗芬所說，只是「一種姿態的鋪演」，
則這種「姿態」亦其來有自，有自身的源流演變；如果我們判定香
港意識有「淺薄」的一面，熱衷「調侃」、「搞笑」，則或可追問

這個「淺薄」背後是否有一段淒涼往事。❶所謂「同質的香港」是指在香港之內,各種文本的創製者、受眾,都是同一「淺薄」氛圍的產物,這個假設可能模糊了即使在大眾文化中也存在的異質狀態。金庸與李碧華,就如陳麗芬文中所說,各自從事不同方式的工業生產;生產方式取向的差別,除了個人因素有異之外,也跟兩人所能動用的「時代資源」不同有關。再以李碧華來說,她固然是文化工業的從業員,但這不妨礙她作為香港人(哪管是「知識分子」或「小知識分子」與否),對周遭文化現象的解釋權利,對自己的國族、歷史、性別的身分有上下求索的衝動。她在商業上的成功,不等於她的歷史探尋必然虛假;她創製的文本大概沒有組織成「一個連貫、統一的意義系統」、沒有成功「衝擊和顛覆既有的中心和機制」,但或者我們可以為她辯解:思想家、革命家本來就不是她的職分。這個「連貫」、「統一」的思考,將文化文本所提供的各種正反面意義元素貫串申明,是學院內外的文化批判員的責任。從這個角度思考,則文本意蘊的解釋權反而不會被壟斷。學院中人也不必介意李碧華的名利雙收,因為她和她的製品也為學院中人所用,成為學術工業的可用資源之一。

　　由以上的疏說可見陳麗芬和陳燕遐兩篇論文,可以把我們從不同的迷醉中喚醒:迷醉於「淺薄」的無我,是其一;迷醉於自我的「深邃」,是其二。

---

❶　我們可以試問,香港的「淺薄」是否由於民族、社會、文化的道德承擔都被強制的掏空。或者換一個角度問:假使在其他文化場域中大眾意識把這一類道德承擔都程式化成為空洞的儀式口號,而香港卻利用倖存的空間把承擔化為「搞笑」的作為,則當中的「淺薄」是否可以另作詮解。

五　「香港文學・日本視野」

　　一九九九年四月中旬，我們邀請藤井省三教授來到清水灣校園，作一系列三場的演講，題目是「香港文學・日本視野」。我在會後和藤井教授的通訊中提到，他這次演講的意義可與魯迅於一九二七年來香港演講相比擬。藤井教授是魯迅專家，他謙遜的回說「愧不敢受」。傳統的文學史論述視魯迅來港爲香港受新文學運動薰陶之始，是香港文學史上的重要時刻。最近，在本土意識高漲的情況下，批評家開始指摘魯迅視香港爲保守落後殖民地的輕蔑心態。這兩種詮解都不是我心中所想的意義。在一九二七年，魯迅有機會眞正的面向香港的文化景況；同時，香港的文化人對中國新文化的重要符號也有了初始的接觸。不同地域的文化視野的初遇、碰撞，其意義當會是深遠的，這是我的想法。香港的文化體貌與位置，即使在本土都未見清晰；各種閱讀都還在協商階段。在境外，尤其中國文化圈外，它又是以何種形態呈現的呢？這是對「香港」有心的我輩，所亟望了解的。

　　藤井教授的來港演講，讓我們目擊「香港」如何進入一位日本文學教授的視野。這是第一位用心於「文學香港」的日本學者。這是香港第一次有日本學者系統地演講「香港文學」。歷史會怎麼寫？我們不必過問，但對於曾以各種形式參與的人來說，其作用是不會僅限於一時一刻的。

　　藤井省三的香港經驗始於城市森林「重慶大廈」、始於一九七六年毛澤東逝世時的港島電車。黃淑嫻〈喜歡看電影的漢學家〉一

文，追蹤了從《重慶森林》開始的「輕快變身故事」。藤井省三的文學閱讀、香港閱讀，正是電影經驗的變身。從電影開始，就會特別看重文化符號的傳意功能、意義在受眾所處的大環境中生發的情狀。這又影響到藤井省三對通俗文學的關注。用他自己的話說：「作爲日本大學老師，我不太有……對普及文化的隔絕感。」黃淑嫻爲我們解剖了藤井省三的文學趣味與電影的關係。

一九七六年的電車往前向後蜿蜒，延展到如花似玉的三十年代、到永定難求的八十年代。關詩珮〈觀看的現象學——記藤井教授到訪〉繼續這個蜿蜒，與藤井省三的電車經驗對話。

作爲這個文化交流的一次「稍息」，我們請藤井教授寫下〈回應的回應——看了講評之後我所想到的二三事〉，對大家的觀察作出幾點補充。然而，可以預期，交響與共鳴還是會沿著電車、或者地下鐵的軌跡蜿蜒前行。

引用書目

也斯編。《香港短篇小說選（六十年代）》。香港：天地圖書公司，
　　1998。

余君偉。〈家、遊、行囊──讀也斯的游離詩文〉。《中外文學》
　　（「香港文學專號」）。28.10（2000.3）：222-248。

李碧華。《胭脂扣》第十九版。香港：天地圖書公司，1998。

梅子編。《香港短篇小說選（八十年代）》。香港：天地圖書公司，
　　1998。

陳國球編。《文學香港與李碧華》。台北：麥田出版社，2000。

馮偉才編。《香港短篇小說選（七十年代）》。香港：天地圖書公
　　司，1998。

黃淑嫻編。《香港文學書目》。香港：青文書屋，1996。

劉以鬯編。《香港短篇小說選（五十年代）》。香港：天地圖書公
　　司，1997。

黎海華編。《香港短篇小說選（九十年代）》。香港：天地圖書公
　　司，1997。

藤井省三。《中國電影讀本》。東京：朝日新聞社，1996。

藤井省三。《現代中國文化探險──四個都市的故事》。東京：岩
　　波書店，1999。

蒼涼的想像

──談幾篇香港學者的張愛玲論文

二〇〇〇年十月香港嶺南大學舉辦「張愛玲與現代中文文學國際研討會」，一時冠蓋雲集。大會包括學術論文報告及公開座談。論文討論部分每節包括三到四篇論文，由兩人擔當「講評」。以下是筆者作為「講評」的一員在大會的發言整理。

這次筆者負責討論的文章包括以下順次四篇：陳清僑〈土地的文化想像：從《秧歌》的饑餓談起〉（綱要）、黃子平〈更衣對照亦惘然──張愛玲作品中的服飾〉、許子東〈物化蒼涼──張愛玲意象技巧初探〉，和林辛謙〈逆寫張愛玲與現代小說中女性自我的形構〉。

一　陳清僑〈土地的文化想像──從《秧歌》的饑餓談起〉

我看到是陳教授大作的綱要。從綱要所見，文章內容重點在講生命的「匱乏」，以至這「匱乏」如何在書寫所涉的文化想像層次得到轉化。所謂「匱乏」本來就指向一種「欠缺」、一種「空虛」；

· 351 ·

正如蘇軾說「空故納萬境」，有虛空之處，本來就表示有想像的空間。綱要提到三方面的想像；其中「土地的想像」和「米飯的想像」主要指向文本內的世界，最後講的「文學創作的想像」卻從文本內轉進到文本外；文章的路向就似是一個由內而外的過程。

先論「土地的想像」。陳教授指出土地在具體的歷史狀況下——「土改」——展現了人的感情與欲望，與家國民族合構成特殊的「文化想像」。事實上「土地」本來是根源、歸宿的象徵，與「家」一樣，指向安寧穩定；但經過意識形態的操作轉換之後，家國相依，個體性靈集成民族（所以更準確的說法是「國族」），其中想像領域的文化成份，已難逃政治的制約。更值得注意的是，國家機器在主宰相關的操作時，其中一個重要的手段就是把想像導引成欲望。我們有興趣知道陳教授的正文如何直搗此一關捩。

再而是「米飯」與「饑餓」的互涉。這當然是物質上的自然反應。陳教授表示他要從物質匱乏與精神困境的連繫所構築的令人心寒而又心動的世界，省思當前文化想像的規範；這絕對是一個極有啟發意味的探索方向，值得我們翹首以待。

至於「文學創作」與「想像」的關係，在陳教授的綱要中也有很精微的思考。陳教授指出小說中顧岡為了寫作而學習饑餓。餓本來是內在的需要，於此卻要向外學習；而學習卻又反其道，是一個由外而內的內化的過程；其中的荒謬，在這個劃定的文學世界中已可與驚慄並置。陳教授的綱要更促使我們追問一個更深的問題：文學創作、文學想像，是否可以替代生活？這種替代是否建立虛假的信仰？當張愛玲的《秧歌》被認為是「反共文學」時，張愛玲的想像，與她的生活、大陸人民的生活之間，孰真孰假？

陳教授的綱要處處閃爍靈光，雖未得見全豹，但已足夠撩起讀者的食欲，甚而生饑餓之感；正是這種匱乏，讓我們有更多的想像，指向療饑的盼望。

二　黃子平〈更衣對照亦惘然——張愛玲作品中的服飾〉

黃教授這篇文章與許子東教授的〈物化荒涼〉一文都在處理物象的問題，或者我們可以預先參考許文最後一句：

> ……而張愛玲見到地攤邊沙龍裏只知「出名要趁早」只是醉心衣飾細節的張迷們，恐怕只會微微一笑。

許子東教授這話當然不在數落黃子平教授，但幻設中淡淡的、輕輕的一笑，也足以引發讀者許多的玄思——「張愛玲」加上「衣飾」，為何會在往後的日子，帶來遐想飄遠如斯。

要疏釋黃教授的文章，可以從「遊客」這個中心意象開始。黃文引述張愛玲當年的話說：

> 把女學生打扮得賽金花模樣，那也是香港當局取悅於歐美遊客的種種設施之一。

今天香港為政者更是沿此思路，為了取悅來自四方的貴客，「自我

工具化」、「自我物化」的工程惟恐其不速；這個現世的事實，正好與張愛玲的書寫、黃教授的批點，並觀連想。

「遊客」之樂於「遊」，主要是有所得於「新」與「奇」，感歎於各式的「異域」菁華；他們對於某一「異域」的總體（totality）來不及細味體會，也沒有興趣浪費寶貴的光陰，於是以各式斷章（fragments）為獵奇的重點。這些斷章碎片，更以小為美；小，就利於收藏、利於記憶，更利於想像。於是各式小巧裝飾、紀念品，以至物化了的異族「身體」部件——如黑髮、細眼、黃皮膚，就是最方便的符號，隨時發揮其神話功能。這神話的取義緣起，或許是黃教授眉批「張話」的著力處。

黃教授文章的建構過程始於一個意念基型（prototype）：張愛玲為洋讀者以英文撰寫〈更衣記〉等篇。張愛玲「〔以英文〕向老外介紹吾國吾民」，又可以與她另一篇文章所啓逗的「用洋人看京戲的眼光來看看中國的一切」的做法相印證。黃文由此進路，把這個基型意念如何在小說文本中轉化的過程為我們點染勾勒出來。那「看京戲的洋人」，在不同的小說中戴上了不同的面具；綜之，則或為「華僑」，或為「歸國學人」。

黃教授指出，這些不同文本中的男人，把弄玩賞女人身上的衣飾，本就是西方的獵奇「遊客」，收集東方紀念品，由此想像「中國」、想像「愛情」。《傾城之戀》中的范柳原無端引述「執子之手，與子偕老」的《詩經》之句；其來之突然，幾乎使范柳原的談情電話從文本中破框而出。但只要回到黃教授為我們規畫的意念基型去理解，我們就清楚看到：范柳原只不過從白流蘇「身體」延伸出來的「衣飾」想像，來印證自己「異域」式的「中國」、「愛情」

想像。由此可見黃文的點睛妙詣。

黃教授又怕讀者懵懂無識,在文章處處爲他們點明,他要批判的是「東方主義」、「男權霸政」;末尾更把批判意識的層次提高,指出自己的文章:

> 對民國女子衣飾的「寓言化閱讀」中,不單延續了強化了將「東方」「中國」陰性化的他者思路;而且將「瑣碎政治」危險地引申到了「經國之大業」和「宏大敘事」。

再自我檢討說:

> 政治上的不正確,莫此爲甚。

黃教授未免自責過甚了。由文章的思路取向看來,這恰恰與「陰性」「他者」反攻「霸政」、變易「主」「客」位置的大業同路,其政治之正確,不容置疑。這個革命話題,更煌煌然體現於林幸謙教授的文章;我們將在下面第四節再作研摩。

三 許子東〈物化蒼涼——
張愛玲意象技巧初探〉

許教授在文章開卷提醒讀者:他要處理的是張愛玲「以實寫虛」的「逆向經營」。整篇文章的結構,也是由實而虛,「逆向」發展。

因此他在文章最先討論的，就是實實在在的「技術性的問題」——比較張愛玲和錢鍾書小說中的「譬喻」。許教授說錢氏譬喻的結構比較合乎常規，其高明之處在於「長途運輸」；張愛玲則逆向營造，以實寫虛。本來「譬喻」是傳統修辭學常見的話題，但許教授的「長途運輸」之喻，本身就是出人意表的「長途運輸」，讓我們拍案叫絕。

許教授接著從構建情節的功能看張愛玲小說中的「風景描寫」。我們都知道，從小說技巧發展史看來，「風景描寫」與「敘事」的關係非常複雜多變，卻又經常互相依存，不同時期有不同的互動作用。許教授指出張愛玲小說的風景描寫很多時候與主角的命運和心情有關，提醒我們注意張愛玲：

> 能夠細細解析人物心理變化過程已經很難，將主人公心理轉折中的微妙心情透露、投射星月樹影風景更加不易。

並提出一個非常重要卻還未經人提出的問題：

> 爲什麼張愛玲總要在關鍵的時刻，又將蒼涼的風景轉化爲身邊室內觸手可及的實物意象呢？

許文的推進方式是：由「比喻」的討論出發，繼論吸納「比喻」作用的「風景描寫」，又由「風景」轉進「身邊室內的實物意象」的討論，再進而發揚張愛玲「物化蒼涼」的境界。

最後一節也是全文的最精微的一部分。許教授從作家本身的傾

向和性向出發,指出張愛玲對服飾的興趣,由「自身」帶進了「文本」;再指出張愛玲如何泯滅混淆「生活」與「藝術」的界線,並由此探問「眞」與「假」的界限;「眞」「假」界線的模糊又引起哲理的困惑,催化張愛玲以「物象」經營她特有的「美麗的蒼涼感」。許教授的觀察敏銳而準確,分析細膩而流暢,引領我們從「技術」的欣賞,層層深化,一直轉進到「意境」的體悟;依此領航,我們眞的能夠心印張愛玲那蒼涼的美麗、孤獨的美麗、恐懼的美麗。

四　林幸謙〈逆寫張愛玲與現代小說中女性自我的形構〉

　　林幸謙教授這篇文章非常難讀,也讓我非常困惑。我覺得這篇文章非常濃烈,疑心這是一個長篇文本的簡縮。閱讀時,我好比遭逢一場最密集的轟炸;隨便一翻,就看到如:

> 她們的心理狀態、精神形象、臉譜、肢體、神態,⋯⋯。
> 廚房、閨房、洞房、庭院,甚至是死後的墓園,⋯⋯。
> 作品突顯了不隱定性、不確立性、矛盾性和模糊性,⋯⋯。
> 不管在男性／父親,或女性／母親;或女性／男性,或主體／客體;或完整統一,或矛盾分裂;或沉默,或瘋狂等等,⋯⋯。
> 她的文本實踐形塑了一系列斷裂〔的〕、非一貫性的、互異駁雜的性形象,⋯⋯。
> 其歷史、身體、器官、聲音等都被作家從歷史場景中拉出社

> 會的表層，⋯⋯。
>
> ⋯⋯。

這種密集的排比句式由開篇到結束，都沒有放鬆過。我不太明白這許多名詞、動詞、形容詞等各式意象連珠並列的原因，比方說：「歷史、身體、器官、聲音」在那一基礎之上得以並列？「不隱定性、不確立性、矛盾性和模糊性」的差異有多大？能不能清楚劃分？有沒有需要釐析？我一直沒辦法明白。我想，責任一定在我。

苦思無計。

終於，我決定改變閱讀方式。我想，我們看的應該是方向，是風格，是「手勢」，莫計它「蒼涼不蒼涼」、「華麗不華麗」。

於是我從題目的「女性自我的形構」開始，將全文的名詞、動詞、形容詞，及相關的詞組，作出整理、歸類，得出如下的系列：

一、「自我」、「屬性」、「形態」、「身分」、「主體」、「性別特質」、「認同」⋯⋯；

二、「形構」、「形塑」、「建構」、「重構」、「解構」、「銘刻」、「銘寫」⋯⋯；

三、「不穩定」、「搖擺」、「離散」、「破碎」、「斷裂」、「分裂」、「縫隙」、「割裂」⋯⋯；

四、「非完整統一」、「非單一」、「非一貫」、「非一統」、「多重」、「雙重」、「複雜多重」、「雙重複合」、「多重而含混」、「多元」⋯⋯；

五、「反抗」、「抵抗」、「抗衡」、「顛覆」……；「主
　　宰」、「壓抑」、「壓制」、「壓迫」、「剝削」、「掠
　　奪」、「操控」……；

六、「父系」、「父權」、「男性」、「男權」、「權力」、
　　「父系陽性」、「宗法傳統」、「宗法典律」、「宗法
　　菲勒斯」……；「女性」、「女體」、「從屬者」、「女
　　性閨閣身體」、「非陽性自我」……；

七、八、九、……。

經過一番「整頓」與「自我整頓」，頓時豁然開朗；自己覺得讀通
了，參透這個「多重複合的非完整統一的離散結構」的「不隱定性、
不確立性、矛盾性和模糊性」表層背後，如何「銘刻」著一個鮮明
的「象徵秩序」和「概念化的終極疆域版圖」。

　　例如林教授在第二節說：

〔張愛玲小說中不少女性角色〕既有主體的自我意識又是從
屬的客體。此類具有雙重矛盾的角色，往往更在雙重的身分
上表現了自我分裂的特質。張愛玲文本的建構正是將自我定
位在女性遭受壓抑與渴望反抗的集體潛意識之中……。這種
雙重意義的文本建構，導致女性意識表現爲非完整統一的和
諧體。此處張氏將其所追尋的女性自我置於矛盾的核心，其
建構過程涵攝了不可避免的他者與自身的衍異。

原來這裏以「複雜的敘述意態」表現出來的言說，其指涉不外是「受盡欺凌虐待的媳婦日後變成更刻毒的婆婆」的通俗故事情節。林教授將自己對故事角色功能的純熟思考，與迎合歷史大潮的文化政治話語作出精微度遠超尋常的搭配，才能成就這一種「紀念／哀悼性質」的文體。

林教授本篇題目有「逆寫」之說，是很有道理的。一般論文的立說，都講求論證，確立前提，以次反覆推論，最後才敢作結。其實這都是男權、父系、陽性統治下的一種運作機制。林教授用他「勢如狂瀾」、「排山倒海」之筆，撕裂了、摧毀了這種言說運作模式的壟斷，讓被壓迫的種種，都得到「自我形構」。這是非常精彩的。

五 感 想

最後，我想提一點自己的感想。

有時我懷疑「文化政治」是不是一場遊戲，或者是一個手勢、一種姿態而已，尤其當文化政治的戰爭只發生在文本中、學院裏，或者學術會議上的時候。

窺意象而運斤——

陳炳良《形式·心理·反應》讀後

> ——夫唯深識鑒奧，必歡然內懌，譬春臺之熙
> 眾人，樂餌之止過客。 （《文心雕龍》）

當日，劉勰傲然地說：「豈成篇之足深？患識照之自淺耳。」他處身的是一個主體意識由蒙昧走向清晰的時代，風度、言談、著述種種符象，浮采連翩；他關心的是：不同的言說，是否都能得到恰當和充分的解讀？在眾聲喧鬧之中，不乏輕言博徒，但劉勰體認的是有定向的知音，卓爾立爾的主體之間實有互動的可能，只是黎氓遠在視域之外。

今日，情數詭雜，體變遷貿；一切都可以嘲嗤譏諷，因為一切成制都可以被顛覆或者玩弄；主體瓦解分崩，庸眾爭相搶奪耀眼的邊緣位置。文化成品是否能落實（actualized）為美感客體，已不關痛癢。今日，若還有一種人文的追尋，需要的不僅僅是勇氣，還需要利刃斤斧，更要睿銳的靈視，以揮開迷障，以洞悉拙辭巧義，庸事新意。

　　陳炳良就是今日有所堅持的批評家；二十多年來，一直研閱窮照，游刃於古今紛錯的語言文本之中。《形式‧心理‧反應——中國文學新詮》（香港：商務印書館，1996）的二十多篇評論文章，可說是多年成果的一次小結。

　　當中我們看到的先是一份執著。作者總是因難見巧，從語言的表象上下而求索，窺探背後的意蘊。向上的追尋，是說因文本的言語之跡上溯全篇的合成過程（composition），從而揭示意義何由生發（generation of meanings）。最為矚目的例子是杜甫〈詠懷古跡五首〉細析一篇。篇中先從文本互涉的角度肯定五首是連章詩，再以「表達詩學」（*Poetics of Expressiveness*, 1987）為基礎，剖析詩中各項題旨如何關涉連類，以至對照並置、增衍強化而合成一篇；由是奧義玄解，「若翰鳥纓繳，而墜曾雲之峻」。

　　雪果樂夫（Jurij K. Ščeglov）和梭爾哥夫斯基（Aleksandr K. Žolkovskij）二氏的文本創製理論，又被挪用於姜夔〈淡黃柳〉詞與也斯的小說〈象〉的分析之中。傳統以「清空騷雅」綜評姜詞，對於現代讀者來說，這一類「高度抽象的術語」的含意，實在不易揣摩；至如也斯這個短篇，表面看來，平淡甚而散亂。留心這些古今的符碼如何被破解，正可以見到作者的批評指向：文本不會被視作一個靜態的語意場，文義應該從文本生成的動態過程中去掌握。

　　對於文學文本的成合過程的重視，可說是作者的一貫思路。早在美國留學時期寫完初稿的〈葉淨能詩探研〉一文，已將重點放在文本如何「捏合」、文本創製者的「捏合能力」等關節之上。後來又在考察小說的「套語」藝術時，致力探索在話本編製的脈絡中，創作和記憶如何在個人與社會以至大傳統與小傳統之間作中介，一

個話本如何成合完篇。

解讀也斯小說的文題是〈尋言以觀象〉，語出王弼《周易略例·明象》，但取義卻同中有異；異同之間，正好說明有關問題。王弼說：「夫象者，出意者也；言者，明象者也。盡意莫若言。言生于象，故可尋言以觀象；象生于意，故可尋象以觀意。意以象盡，象以言著。」「象」是指八卦所構成的易象符號系統，「言」是卦爻辭，以解說這些抽象符號的意義。王弼此說基本上是〈繫辭〉的「立象以盡意，設卦以盡情偽，繫辭焉以盡其言」的發揮。依此推衍，本篇正是以「言說」解釋〈象〉這篇小說的意義，這是原義的簡單挪用。細審之，「尋言以觀象」實有另一個層面的指涉：「言」不在小說文本以外而只在小說文本之中，尋言是將「言」拼合成可觀的「象」；其中涉及的是一個模塑的過程：以透闢的眼光剖析一個框架內的語言，從而整合成可生感發的客體；這樣，「觀象」更是爲了觀「象外之象」，爲了感受「味外之味」了。

在這種觀照下，文學文本中的語言已不止是媒介（medium）而儼然佔著本體的地位了。只有從這個角度，才能明白各篇論文中對「形式」不絕的強調；比方說，在〈楓橋夜泊〉析論中，無論泰雅洛夫（Jurij Tynjanov）的詩語言理論、李法退爾（Michael Riffaterre）的詩歌符號學，以至新批評的反實證主義、結構主義詩學的對等原理等等的徵用，其指向都歸一：模塑語言藝術的形式，突顯形式如何構築意義。

至若〈舞雩歸詠春風香——《論語·侍坐》章的結構分析〉篇，更是一次別具深義的「尋言以觀象」。《論語》作爲孔門師弟問學的語錄，固可以箋疏解經的方式以求其義理，但在文中這只退居背

景；雅克愼（Roman Jakobson）在《語言學與詩學》提出的傳意模
式，就好比輪扁的椎鑿、匠石的斤斧，將《論語》的一章，在像眞
實錄（verbatim record）與編撰成文（composition）兩個體位之間，
斲削規劃成周邊清晰的文本，從而讀出新的意義。明乎此，才能體
會篇中所云：「技巧的分析，並不純是形式主義的把戲，它可以幫
助我們在本文中有所發現。」

正如上文所揭，文學文本中的語言既是可資追蹤的形跡，也可
能是種種的屏障；對於批評家而言，這些難點的攻克最有興味。所
以，「解讀一些似乎不通的文字」（〈水仙子人物再探——兼析《沉淪》
及《莎菲女士的日記》〉）、「解釋〔文本中〕那些看來費解的行爲或
心理」（〈現代的水仙子——顧城和他的《英兒》論析〉），是書中大部
分論文的目標；而求索之門，作者認爲就在人心深處。在先前出版
的《神話·禮儀·文學》（台北：聯經出版社，1985 初版；1986 增訂版）、
《神話即文學》（台北：東大圖書公司，1990）、《張愛玲短篇小說論
集》（台北：遠景出版社，1983）和《文學散論》（香港：香江出版社，
1987；台版題作《照花前後鏡》，台北：錦冠出版社，1988）等論文集中，
作者已經引進神話心理的研究方法。究竟神話如何進佔今人的集體
潛意識，折射成不同的原始類型，在這次結集的論文篇章中，不再
重要；重要的還是：如何在文本中翻尋出這些潛藏的儀式和心理：
白娘子與許宣的伊底柏斯式的母子關係（〈母子衝突——《白娘子永鎭
峰塔》的心理分析〉）、胡麗麗的「望安島之旅」的啓蒙意義和增殖
意義（〈三棱鏡下看《望安》〉）、養龍人師門的成丁儀程、章永璘的閹
割情意結（〈養龍人與大青馬——一個心理與文化的比較分析〉），凡斯種
種，「若遊魚銜鉤，而出重淵之深」；其間對言象的透視、紬繹和

整合,都極見匠心。

在這系列的研究中,最具規模體系的當是「水仙子心理」
(Narcissism)的考掘和分析。在〈水仙子人物再探〉一文中,「水
仙子」已不是簡單的文學象徵;神話原型的分析與自戀症的病理學
研究結合為一柄專業的手術刀,冷靜地游刃於蘇偉貞、鍾玲、張愛
玲、丁玲和郁達夫的小說人物身上,剝肉削骨,擘肌分理,剖析毫
釐。再如〈現代的水仙子〉一篇對顧城和他的自傳小說《英兒》的
考斷,更似公孫舞劍;作家與作品、真實世界(actual world)與文
本世界(textual world)有最精彩的印合。文章的結尾說:「上面的
分析雖未能達到一絲不漏,但已足以令我們驚詫於顧城悲劇的可分
析性,就像一個病人向著醫生自白一樣。儘管我不是心理醫生
(shrink),或許沒有人認為我過於誇大(magnify)顧城的心理狀
態吧!」「shrink」除了可解作心理醫生之外,還有「縮小」、「退
讓」的意思;能夠在「縮小」與「誇大」之間迴轉,大概是有不疾
不徐的斷削妙數於其中吧!

如上所言,評論家能否得心應手的批郤導窾,尋言觀象,大概
有兩個條件:一是他手中有沒有合適的工具,二是他有沒有駕馭工
具的能力。作者在各篇論析文學作品的論文中,已清楚顯示出西方
理論就是他賴以剖情析采的的利刃。在此之上,他還以〈精讀理論,
細釋文章〉一篇總結經驗的文章,為後學渡引。文中設了一個很值
得注意的比喻:「假如我們欣賞一件瓷器的時候,光是說它是宋代
某窯的產品,這不過是它的歷史價值吧了。如果我們要知道它的藝
術價值,我們一定要研究它的色彩、花紋、光澤等等。文學作品也
是一樣……。」這個鮮明的比喻與俄國形式主義者什克洛夫斯基

（Viktor Šklovskij）著名的「紡織品」比喻，可說是同出一機杼：
什氏認爲我們只需關注紡織品的式樣花紋，不必去考究外面的企業
經營和市場需求。後來布拉格學派的穆卡洛夫斯基（Jan
Mukařovský）就此作出的補充，我們可以暫且擱下不說（有興趣的讀
者可以參看 Mukařovský, "A Note on the Czech Translation of Šklovskij's *Theory
of Prose*," 收入 Burbank and Steiner 編譯的文集 *Word and Verbal Art*, 1977）；
需要強調的是：「形式」是作者提倡的各種理論的出發點。這一份
執著，並不是如某些人所想像的偏狹。因爲，形式本就是使文學成
爲物質存有的唯一界面。重要的是，能否發其肯綮，以無厚入有間。
這又牽涉到閱讀能力的問題。

作者的文章中，有兩個相關的概念：一是「文學能力」，另一
是「讀書有間」。前者疊見於〈精讀理論　細繹文章〉、〈從文學
史看台港文學〉、〈《楓橋夜泊》析論〉、〈輕性　女性——窗外
紅花〉；後者則見於本書的〈序〉，以及〈舞雩歸詠春風春——《論
語·侍坐》章的結構析〉。「文學能力」（literary competence）本
發源自喬姆斯基（Noam Chomsky）的「語言能力」（linguistic
competence）的概念；和「讀書有間」一樣，都指向一種生發的動
力（generativeness）。就是這種動力的大小，區別了閱讀時「尋言
觀象」的能力的高下。作者常說自己要爲讀者「提供一種閱讀方法
來探索」文本的內涵（例如〈在夢與沉默之間——吳煦斌小說試探〉、〈尋
言以觀眾——也斯小說《象》的一種讀法〉），又說「讀書先要有疑」（〈關
於魯迅研究答丸山升教授〉）、要「耐心去尋線索，咀嚼文字上的『味
外味』」（〈在夢與沉默之間——吳煦斌小說試探〉）。更有〈《窗外紅
花》的「閱讀」〉一文，專門討論閱讀的問題；觀其對伊賽（Wolfgang

Iser）的 "blank" 及 "indeterminacy" 等概念的強調，可知作者對閱讀者積極主動的一面非常重視，而作者的評論的最大特色，亦在於抉剔以至墾闢伊賽所講的空間。

　　表面看來，作者對西方文論的應用，鼓吹不遺餘力，其文化素養一定以西學為主。但實際上，他操持斤斧的文學能力，主要還是來自中國學問的營修。他在〈中西比較文學的困局和前景〉一文，甚至提出「中學為體，西學為用」的主張。我們在閱讀這裏的各篇評論時，如果忽略了中國文學傳統在其間的作用，就未必能真正體會書中的精義。比方說，在討論姜夔的「清空騷雅」時，《白石詩說》固然佔中樞地位，在更多的篇章中，司空圖的象外說、謝榛的「詩有可解，不可解，不必解」之說的重要性，實在不比「陌生化」、「前景化」等西方理論為低；甚至可以說，不少西方文學理論，在與中國文學觀念對照並置的情況下，都有了創造性的轉化。例如「女性主義」也是作者非常關注的議題之一；在討論鍾玲和舒非作品的文章之內，這個概念就與中國傳統的「溫柔敦厚」處於辯證互動的位置，由是其間的意義就更複雜、更耐人尋味了。

　　操斧伐柯，其則不遠。作者的評論文章，也可以有多種的讀法。讀者固可以為津梁，以達變識次；這是各篇文章的主要功能所在。在此以外，讀者還應該耐心咀嚼，體會其深層的意義，例如作者的批評路向和特色究竟如何有助於文學作品的閱讀、不同的批評方法和各種類型的文本如何扣合等。再而我們還可以追問這些批評論文的總合，有甚麼當世意義。

　　作為一個以中文系為基地的學院批評家，作者強烈的理論導向是稀有的，甚或是驚世的。（事實上六、七十年代在英美大學的文學院系

中冒現的理論研究，也曾被保守的學人視爲洪水猛獸。）回看作者早年的治學途徑，會訝異他原來是從最傳統的校讎、目錄、考證入手。到底這種兩極位置的調換，是在甚麼文化脈絡中完成的？這個發聲位置和周遭的文化環境又構成甚麼關係？在具體的批評文本中又有沒有見到不同取向的治學方法在爭持或協商？

各種問題或者有助我們從比較廣闊的文化視野去思考文學和批評的意義。但無論我們怎樣去回應這些問題，作者以其堅定清晰的立場，繁茂多姿的批評實踐，奠定當代重要批評家的地位；擺在面前的二十多篇論文再次成爲明證。

涼風有信

——《客途秋恨》的文學閱讀

一　涼風今昔

　　涼風有信，秋月無邊。文化傳統就好比輕輕吹拂的微風，好比天邊灑落的明月，與我們的先祖、父母，以至我們自身，一同度過悠悠歲月。偶爾回首，才醒覺其間的色相聲痕，歷歷漸漸。《客途秋恨》，大約兩百年前出現的一曲南音，憑借涼風秋月，一直飄蕩到今日的香港；盡管曲中的紅豆西風與大眾關懷的科技經濟，似乎沒有半點關涉，但其間的纏綿游絲卻時時在日照下閃映。在九十年代回歸前夕，董啓章的一篇〈永盛街興衰史〉，就以《客途秋恨》的曲詞來作爲港人文化身份追尋的小說骨架（董啓章　298-323）；❶還有爲香港的身世立碑的施叔青，也在《她名叫蝴蝶》一書中，找個縫隙讓黃得雲啓齒唱一段「況且客途抱恨對誰言」的南音（施叔

---

❶　《香港短篇小説選：九十年代》收入董啓章這篇小説，篇末註明：「於一九九五年十二月十七日香港芭蕾舞團主辦『舞進上環』計劃作品展覽和表演會中派發。」

青 96）。在八十年代前途一片迷惘的時日，張國榮扮演的十二少在電影《胭脂扣》中，與梅艷芳演的妓女如花，就以「斜陽照住個對雙飛燕」的曲文，開展一段淒迷情孽，哀歡然諾無憑、死生難共。❷如果我們稍稍掀揭香港過去的日子，更會見到這首南音曾經掀動的風流。從二三十年代開始，不斷有伶人和瞽師在妓院、茶樓，或者廣播電台公開演唱，更多次灌錄成唱片；❸又最少先後三次拍成電影，分別由薛兆榮、白駒榮，和新馬師曾主演繆蓮仙一角（參梁培熾《南音與粵謳之研究》63）。五十年代還有畫家潘峭風製成風格清疏的畫幅，❹伍百年又據曲文演義爲小說，❺刊於《自然日報》副刊（參梁培熾《南音與粵謳之研究》63；方滿錦編《客途秋恨》）。可見這首南音在大半個世紀以前，已在多種媒體間穿梭變奏。由此積漸成文化的遺傳因子，雖然潛隱在日新月異的聲光屏障之下，但水流不息，在不同的時空隨時浮現於我們的意識世界，甚至不需要假借虛僞的懷舊風潮。因此，我們可以看到許鞍華在她的「類自傳」電影中借用「客途秋恨」的舊題渲染悒鬱的情懷，片中白駒榮的一曲南音就不經意地與劉禹錫《烏衣巷》並置，好比一勻破碎的流光（許

---

❷　1988 年的電影《胭脂扣》由關錦鵬導演，李碧華、邱戴安平編劇。在李碧華原著的同名小説中，並沒有出現這首南音。電影公映以後，李碧華再把曲詞收入小説新版作爲附錄（參李碧華《胭脂扣》）。

❸　其中流行最廣的伶人錄音唱片爲白駒榮之作，瞽師中杜煥、葉航、李南等的錄音仍有流傳。

❹　潘峭風（1913-　），廣東順德人，廣州市美術學校圖案系畢業，日本東京大學藝術系畢業。曾任香港教育司署會考美術科評審委員。

❺　伍百年（1896-1974），廣東新會人，曾師事梁啓超；著有《芝蘭室隨筆》、《逸廬詩文集》。

鞍葦《客途秋恨》）。張錯在二千年追悼詩人朋友陳本銘，也以「秋聲桐葉落，衰柳鎖寒煙」的曲文敲響懷人哀歌的音符（張錯〈秋恨〉）。今日和過去，就由這許多偶遇和餘韻如線相連。這就是「文化關聯」的一種表現。

長久以來，《客途秋恨》一曲除了成為黎民大眾娛樂魂性的消費品之外，更因為「曲辭悽艷，行筆搖曳多姿」（石峻〈《客途秋恨》與繆蓮仙〉219），「反覆頓宕之妙，有如欲墮還飛絮往來；寫纏綿眷戀之情，恰似鑪香靜逐游絲轉」（石峻〈《客途秋恨》初校〉295），深受「文人雅士」的愛惜；更有不少學者分別從本事、作者，以至版本、音樂曲式作過深入的研究。❻我們都知道，南音本是一種表演藝術，其中文辭音樂（尤其唱腔技巧）都非常重要；如果割裂處理，只能得其一端。然而本文還是選擇從文學角度，對曲詞文本作出細讀分析；主要是因為筆者個人的專業訓練使然。筆者有興趣了解這首嶺南「雅曲」是否經得起正規的「文學分析」，為甚麼受到「文人」屢屢推許。至若這番考察能對將來的綜合研究稍有助益，則是額外的收穫了。

---

❻ 石峻的〈《客途秋恨》與繆蓮仙〉和〈《客途秋恨》初校〉分別就繆蓮仙生平和《客途秋恨》的版本作出考訂；簡又文〈「南音」之王——《客途秋恨》〉及梁培熾〈客途秋恨及其作者問題〉亦就作者及版本異文作進一步論析；另外日本漢學家波多野太郎有〈《客途秋恨》校注〉一文，除校訂版本之外，更詳細注解曲中的文詞；李潔嫦〈《客途秋恨》：語言聲調與旋律的關係〉則從音樂角度作出深入探析。

二　南音與《客途秋恨》

　　廣東南音是在「木魚」和「龍舟」的基礎發展出來的說唱歌體，主要以絃樂拍和，用粵語撰寫曲詞和演唱。所謂「南音」是相對於「桂林官話」或「戲棚官話」而言。南音的類別，一般分爲「地水南音」、「戲台南音」和「老舉南音」，而以「地水南音」爲正宗。「地水」本是卦名，因爲過去城鄉不少盲人從事占卜，所以把卦名轉爲盲人的別稱。唱者男的稱爲「瞽師」，女的叫「師娘」（參梁培熾〈南音發展的一些認識〉、馮公達〈有關南音〉、梁培熾《南音與粵謳的研究》24-43、陳志清〈南音的源流與研究〉、李潔嫦《香港地水南音初探》）。從內容而言，南音可分「雅曲」、「俗曲」，和「諧曲」。所謂「雅曲」就是以曲中文辭典雅優美爲特徵。這些通俗的說唱文體中出現典雅文辭，當然是文人參與的結果。在中國文學傳統之內，文人爲主的精英文化與民間文化融合的例子，並不罕見。《客途秋恨》可說是近世出現的一個典型例子。❼

　　《客途秋恨》曲文中說：「小生繆姓蓮仙字。」所以前人多據此判斷這首南音的作者是繆蓮仙。繆蓮仙名繆艮（1766-?），字兼山，因爲仰慕李白，故又號蓮仙子。他是清朝乾隆年間的人，工詩文，「尤工小詞，錦口繡心，別具風流，有元人氣味」，著有《文

---

❼　我們或者可以借此思考：一首通常由知識不高的瞽師伶人吟唱的南音，而向的是甚麼受眾，其散發的魅力又如何滲透其他的文化場域。然而這只能是另一篇論文的課題，本文未及細論。

章游戲》四編。繆蓮仙的科舉路途並不順暢，爲了謀生只好奔走於燕、齊、越、吳、閩、皖、豫、粵之間。在廣州時遇上珠江河上花舫的名妓麥秋娟，結下一段情緣（石塝〈《客途秋恨》與繆蓮仙〉；梁培熾〈客途秋恨及其作者問題〉67-73）。因此曲中講述繆蓮仙與妓女麥秋娟的故事，似乎有其現實中的本事。然而近時不少學者又對繆艮爲本曲作者的講法有所懷疑，其他被疑爲作者的有張維屏（號南山，1780-1859）、宋湘（號芷灣，1756-1826）、葉廷瑞（字瑞伯，1786-1830）等，而以葉廷瑞作的講法最受認同（簡又文〈「南音」之王〉；梁培熾〈客途秋恨及其作者問題〉67-88）。作者誰屬或者有助我們進一步聯結現實的歷史世界和虛構的想像世界，卻不是我們穿越兩個世界的必要條件。❽從本文的立場來說，我們要面對的不外是以南音的音樂和唱詞演繹出的一個二百年前的愛情故事。

這個故事的內容很簡單：在秋天明月夜，繆蓮仙於作客途中的孤舟之上，回想年前在一次旅途中邂逅青樓妓女麥秋娟；二人在中秋之夜訂情，綢繆繾綣共兩個月。因爲同行朋友催促上路，蓮仙只好與秋娟分手。臨別時相約日後再會，兩心不變。如今已是一年後的秋天，因爲有賊兵作亂，兩人不單未能重聚，而且書信斷絕，消息阻隔。由於人又在客途，倍增傷感，心中牽掛愈多，種種擔憂恐懼浮現腦海，於是越想越愁，不能休止。這就是通行「全本」中〈上卷〉的情節。《客途秋恨》尚有〈下卷〉，補敘兩段往事：一是回

---

❽ 主張葉廷瑞爲作者的說法，傾向接受某些《客途秋恨》早期版本的面貌，認爲「涼風有信」到「今日天隔一方難見面」繆蓮仙自報家門一段，應是「原曲」所無的曲詞（參簡又文〈「南音」之王〉）。

憶兩人共聚期間，蓮仙偶爾塡詞，寫到陳後主於國破城陷之際與二妃躲藏於胭脂井底的故事；秋娟既同情陳後主情眞，也批評他荒廢國事。因此，蓮仙覺得她雖是「女流」，也曉得「興亡事」，眞是「梅花爲骨雪爲心」——十分高潔，又有智慧。另一段插曲說他曾想過要帶麥秋娟離開青樓，但是他沒有足夠的金錢替她贖身；又想過仿效李靖和紅拂女乘夜私奔，卻又害怕沒碰上「虯髯客」，被發現後會有危險。兩段情節一是對男主角的才華和女主角的性情加強刻畫，另一是對「小生」雖「多情」卻未能如願作進一步解釋。這兩個片段對整個故事的情節並沒有新開展；故此有懷疑〈下卷〉是別人續作，也有說是作者在完成上卷以後，隔了一段相當的時日再寫下卷（參簡又文〈「南音」之王〉）。事實上，〈上卷〉的情節已相當完整，後來有些演唱者只唱這部分。白駒榮另有一個錄音節本，以〈上卷〉爲基礎，略作刪削，再加入〈下卷〉「塡詞偶寫胭脂井」的部分，並稍稍更動全篇的收束，成爲今日最流行的一個版本。❾

　　下文主要以〈上卷〉爲分析重點，只在有需要的地方，再以〈下卷〉和白駒榮的節本作補充；曲詞主要以瞽師李南的錄音本爲據，再參考杜煥 1974 年 8 月 19 日在香港大會堂劇院演出的場刊所載，以及簡又文在〈「南音」之王〉一文的校訂本。

---

❾ 譬如李碧華在小說《脂胭扣》新版的附錄，以及董啓章〈永盛街興衰史〉中用以貫串全篇的曲文，都是白駒榮這個節本。

三　抒情定向

> 涼風有信，秋月無邊。虧我思嬌情緒，好比度日如年。小生
> 繆姓蓮仙字，爲憶多情妓女麥氏秋娟，見佢聲色與共性情堪
> 讚羨，更兼才貌兩相全。今日天隔一方難見面。

　　這一段就是從石竦到簡又文、梁培熾都以爲俗人所加，「原曲」
所無的部分。他們認爲「原曲」實以「孤舟岑寂晚涼天」開始；前
面這些「自敘」部分是蛇足，與「原曲」文字相較，水準更有所不
及（石竦〈《客途秋恨》初校〉295-296；簡又文〈「南音」之王〉；梁培熾
〈客途秋恨及其作者問題〉74）。然而，在以耳口相傳或者手抄流通的
民間文學的世界中，所謂「原本」只有神話的意義。曲詞開篇這幾
句非常傳誦，在可知的演唱版本中一直有保留；甚至可以說「涼風
有信」幾句已經成爲現今本土集體文化記憶的一個重要符徵，不會
因爲學者們否定它的「眞實性」而消失。
　　事實上，我們可以把這一段視爲全篇的序論。「涼風」、「秋
月」寫景；再由景而情——「虧我思嬌情緒，好比度日如年」，繆
蓮仙的情感由思念麥秋娟而起；這番思念，讓他的日子很難過。這
是點題。接著「小生繆姓蓮仙字」等句，確是「自報家門」的民間
傳統。這幾句主要是解釋性的「敘事」；在「抒情」層面或者不重
要，但「情」的主體和對象卻因此而得以碇泊：這是才子繆蓮仙與
青樓中才貌雙全的麥秋娟的戀愛故事。

是以孤舟沉寂，晚景涼天；夕陽照住個對雙飛燕，斜倚蓬窗
思悄然。耳畔又聽得秋聲桐葉落，又只見平橋衰柳鎖寒煙。
我呢種情緒悲秋同宋玉，況且客途抱恨你話對乜誰言。正係
舊約難如潮有信，新愁深似海闊無邊；觸景更添情懊惱，虧
我懷人愁對月華圓。

　　在序論以後這一段曲文，爲全篇的情緒定向，我們見到的是揮
之不去的秋恨。❿當中設定了曲中世界的「景」與「情」，而「情」
與「景」互相作用，情緒和氣氛就被濃濃的渲染出來。

　　先是秋景：「涼天」、「秋聲」，承接上文的「涼風」、「秋
月」，指向中國文學中的「悲秋」傳統。杜甫說：「搖落深知宋玉
悲」（《詠懷古蹟五首》之二），曲文說：「我呢種情緒悲秋同宋玉」，
就是要跟宋玉《九辯》中「悲哉秋之爲氣也！蕭瑟兮草木搖落而變
衰」的文人傳統相啣接。篇中描寫季候轉換中植物凋零變化，如「桐
葉落」、「衰柳」，正是宋玉的「草木搖落」，好比杜甫所寫的「無
邊落木蕭蕭下」（《登高》），是「悲秋」的「客體關聯」（objective
correlative）。「秋聲桐葉」、「平橋衰柳」，在「晚景」、「夕陽」
的映襯下，諸般愁懷，種種消沉，由「鎖寒煙」一句籠罩，有若李
後主的「寂寞梧桐深院鎖清秋」（《相見歡》），一個「鎖」字把宋
玉以還的一切悲哀愁緒緊緊鎖住，不得遁逃。

　　再而是孤舟：「孤舟」是實寫「客途」所處身的環境，然而「岑

---

❿　1988 年中國唱片廣州公司爲白駒榮唱本重版的鐳射唱片《客途秋恨》就附
　　有英文題目：“Sorrows on an Autumn Trip”。

寂」一語，就把「抱恨」的情緒附托在「孤舟」的象徵意義之上。在大海之上，一葉孤舟只會顛簸不定，好比作客的旅人飄泊於在天地間，找不著歸宿。這種飄零的感覺，自然擴大增強寂寞的思緒，於是「思悄然」，於是「抱恨」，於是「新愁深似海無邊」。

這都是由「景」生「情」。我們還見到「景」因「情」變，以主觀的情緒渲染景物，以致「樂景生哀」。例如「雙飛燕」、「月華圓」都指向歡娛美景：前者好比情人把臂同行，後者是團圓重聚。但在「斜陽」之下，「懷人」之際，當前美景變成反諷，「觸景」只能「更添情懊惱」。

四　回憶：哀愁情緒的源起

記得青樓邂逅個晚中秋夜，共你並肩攜手拜月嬋娟，我亦記不盡許多情與義，總係纏綿相愛，又復相憐。共你肝膽情投將有兩個月，又點想同群催走要整歸鞭，幾回眷戀難分捨，都只爲緣慳兩字拆散離鸞，個陣淚灑西風紅豆樹，情牽古道白榆天。嬌呀，你杯酒臨歧同我餞別，在個處望江樓上設離筵。你重牽衣致囑個段衷情話，叫我要存終始兩心堅。今日言猶在耳成虛負，屈指如今又隔年。

上文訴說「懷人」，說「天隔一方難見面」，然則繆蓮仙與麥秋娟之間的是哪一種感情呢？讀者的問題就以「圓月」引發的回憶去解答。曲中世界由「懷人愁對月華圓」與「中秋月」剪接相連，於是從「現在」過渡年前的「過去」。二人的邂逅正值中秋夜，「並

肩攜手拜月嬋娟」，屈指一算，又已隔了整整一年。

這一段回憶是當前所有愁緒的根源，曲文的敘寫非常用心，而且變化多端，可說寓敘事於抒情。以故事情節來說，這段「過去」可分三節：一、年前中秋邂逅；二、共處兩個月，過著纏綿繾綣的生活；三、因同行朋友催促而離開，二人分手話別。然而三個環節的鋪寫卻有詳有略。

相對來說，邂逅的部分有比較清楚的敘寫：何時何日，在何處相遇，以至定情拜月，都有近似「同步」的敘述。再而是分手的情節，敘述更見仔細，原因經過一一交代。然而，中間兩個月二人纏綿相愛的情況卻只匆匆帶過，甚至有許多「省略」、許多空白。其實愛情故事的重心是兩人的愛情，曲文卻用了「約縮」的敘述方法，只說「記不盡」許多情與義。那些情與義到底是甚麼呢？曲文的補充是：「總係」纏綿相愛、「又復」相憐。總而言之，兩個月裏二人「肝膽情投」。這些話全都概括抽象，讀者只能想像意會。**⓫**

最後分手的情節如果用同樣「約縮」的手法來敘述，大概一句便足夠了。可是這裏鋪寫的文字卻不少。當然其間的敘事詳略

⓫ 當然，如果我們要求多一點的線索，曲文〈下卷〉提到「記得填詞偶寫胭脂井，你重含情相伴對住盞銀燈」，就是當時愛情生活的一個片斷。這一段曲文一方面說明麥秋娟的「梅花為骨雪為心」，更重要的是借秋娟之口說繆蓮仙「珠璣滿腹原無價」，二人間的感情也建立在「文章」的象徵意義之上——「知你憐才情重更不嫌貧」。落泊「文人」本來最自卑，因為「煙花誰不貪豪富」，而自己是「窮途作客囊如洗，擲錦纏頭愧未能」。現在由愛情——「偏把多情向住小生」，肯定了自己文章的意義，這是「有志未伸」的心理補償。白駒榮的節本特別加插了這一段，使故事更合乎「文人」的自憐心理。

還是有參差的，例如說「同群催走」所以繆蓮仙要離開麥秋娟，但曲文沒有說明具體的原因。為何有人催促便要離開？蓮仙是否有自主的機會？以後重臨有何困難？都沒有解釋。他唯一的理由就是「緣慳」，用緣份來解釋這次分手。至於話別的實況過程，曲文卻有淋漓盡緻的刻畫。先以「淚灑西風紅豆樹，情牽古道白榆天」兩句寫情景的淒美，然後以「杯酒臨歧」、「望江樓上」兩句交疊反覆描述餞別的場景；就在這種反覆的鋪敘中，時間仿似「滯停」不前，而離情別緒就在這段停頓的光陰中瀰漫。於是，要「存終始」、要「兩心堅」等等體己話，甚至具體細節如「牽衣致囑」，都能捕捉網羅。⓬

　　曲文詳於一日的「杯酒臨歧」，卻疏於兩個月的「纏綿相愛」，原因何在呢？因為相對於「纏綿相愛復相憐」，「天隔一方難見面」是觸發當前「秋恨」更直接的因素。當然兩人間「許多情與義」是

⓬　這裏的討論，主要參考借用敘事學中有關故事（story）及其表述（discourse）的一些分析方法。敘事學家假定故事中的時間與現實世界相同，是順序發生的，依物理的規律、頻律向前推展。表述的時間，則是選擇性的呈現，可以逆序，可以濃縮、擴張。我們可以「故事時間」為參照基礎，界定敘寫「表述時間」的幾個術語：「省略」——故事世界的時間在敘事中完全省略不提；「滯停」——對故事世界的某段時間反覆敘說，以至看來時間永遠滯停在一個有限的範圍之內。「省略」與「滯停」是表述時間軸的兩端，在這個時間軌道上，有不同程度的「約縮」和「同步」。前者以簡略的敘寫方式去表現一段較長的故事時間；後者指敘事發展與故事時間同步，好比對話和行動在戲劇中的表現一樣。此處的簡述主要根據 Genette 的理論（86-112），以及 Rimmon-Kenan 的討論（53-54）。「省略」、「滯停」、「約縮」和「同步」等術語則是筆者為行文方便而設，並非原文的直譯。

「幾回眷戀難分捨」的基礎，曲中出現「記不盡」、「總係」、「又復」一類的「留白」方式，已經給讀者相當的想像空間。至於分離部分則以反覆的描寫來延宕回憶，細緻之處連「牽衣致囑」的具體情況都加描寫，因爲昔日的「衷情話」，是當下「言猶在耳成虛負」的遺憾感覺的催化劑，能夠烘托全篇的氣氛，讓我們體會「舊約難如潮有信，新愁深似海無邊」的感喟。這是根據「抒情」的需要，來決定「敘事」的策略。

這段曲文還有一處值得細意琢磨的，就是「淚灑西風紅豆樹，情牽古道白榆天」一聯。我們可以用中國詩學傳統中的「情景交融」來說明。「淚灑」當然是悲哀的情緒，「情牽」更是情緒的向外延伸。「西風」、「古道」本來是寫景，卻讓我們聯想到馬致遠的「枯藤老樹昏鴉，小橋流水人家，古道西風瘦馬，夕陽西下，斷腸人在天涯。」（《天淨沙·秋思》）由是眼前景又充滿了斷腸的悲哀。「紅豆樹」是實景，但紅豆相思，景中寓情。「白榆天」大概也是當前景象。「白榆」指天上的白榆星，樂府詩就有「天上何所有，歷歷種白榆」之句（《隴西行》）；白榆星閃爍於秋夜長空，容易牽動懷人的愁思，唐詩「不堪鳴杼日，空對白榆秋」（楊衡《他鄉七夕》），就是以秋夜星空烘染兩地相思的悵惘。因此，「白榆天」在這裏的用意應是指涉分離之後的哀傷情緒。「淚灑」、「情牽」一聯，融情於景，文辭淒美，成爲全篇抒情聚焦的地方；不少歌者唱到這兩句，都會特別用心演繹。

五　現實困厄與超現實的解脫㈠

自古話好事多磨，從古道，半由人力半由天。是以風塵閱歷
崎嶇苦，雞群混跡暫且從權。請纓未遂終軍志，試馬難揚祖
逖鞭。只學得龜年歌調唐宮譜，遊戲文章賤賣錢。只望裝航
玉杵諧心願，藍橋踐約，去訪神仙。個陣廣寒宮殿無關鎖，
何愁好月不圓圓。

　　上一段的回憶世界，透過曲文中「言猶在耳」與「屈指如今」
的聲音和動作，以蒙太奇的手法，回到客途孤舟的當下。然而曲中
主體的思緒並沒有停泊於目前，繆蓮仙的意識又由「現在」出發，
回顧一己「過去」的生涯。
　　這一段曲文的寫法亦有其特色。先是以總結的方式——「自古
話」、「從古道」，說明自己的人生旅途崎嶇多蹇。然而繆蓮仙昔
日究竟遭際如何，碰上哪些困厄，我們卻不能從曲文中看到。曲中
以密集的事典——終軍請纓、祖逖爭著先鞭、李龜年流落江南、裴
航藍橋踐約等等，把我們引領到現實以外的另一個空間。
　　終軍是漢武帝時人，當時南越王與漢和親，漢武帝欲令入朝，
終軍自請：「願受長纓，必羈南越王而致之闕下。」（見〈終軍傳〉，
班固　2821）。祖逖與劉琨於東晉時皆有志北伐，劉琨曾寫書給親舊
說：「吾枕戈待旦，志梟逆虜，常恐祖生先吾著鞭耳！」（見《世說
新語》〈賞譽下〉劉孝標注引《晉陽秋》，余嘉錫　445）。這兩個典故指
的是建立功業的志願，但在繆蓮仙而言卻是志「未遂」、鞭「難揚」；

功名未就，往後就好比李龜年的流落民間。李龜年是唐代著名的樂工，開元天寶間，爲玄宗賞識，又常於王公大臣府第中演出，自己在東都洛陽也建有大宅；但安史亂後，流落江南，「每遇良辰勝景，常爲人歌數闋；座中聞之，莫不掩泣罷酒。」（見《明皇雜錄》，轉引自仇兆鰲 2061）。李龜年的升降浮沉，文人往往感同身受；文章本是「經國大業」，但在沉淪的時日，只能撰作「賤賣錢」的游戲文章。

　　現實世界的繆蓮仙，自覺空有才華，卻有志未伸，而至「混跡雞群」。這許多困頓潦倒的閱歷，都隱匿於典故建構的歷史裏面。我們想到，會不會是蓮仙刻意迴避現實，故意疏離不如意的記憶呢？曲文沿此由現實世界過渡到歷史的言說世界，以下更進一步的轉入傳奇神話的世界。裴航踐約之事，正是唐代傳奇中的神仙故事。裴航爲了要娶得藍橋驛旁的美人雲英，四處訪求玉杵臼，終於得償所願，最後共成神仙（見汪辟疆 330-333）。這個典故大概指向繆蓮仙在現實世界的一個希望，希望與麥秋娟共同生活；但現實卻沒有讓蓮仙如願，故此只能在神話的想像世界去達成這個願望。❸

　　本段的重心在講繆蓮仙前此的人生旅程如何崎嶇坎坷，事業不成功，文章只能賤賣，又不能庇護自己所愛的人，事事不如意。表現在曲文的敘述體之上，就是主體的意識漸漸遠離現實；先走入歷史的世界以疏離現實的自己，再把心內最大願望寄託於神話的世

---

❸　曲文〈下卷〉提到繆蓮仙兩次企圖救出麥秋娟的構想：一是爲秋娟贖身，但自己囊空如洗，「樊籠無計開金鎖」；二是「欲效藥師紅拂事，改粧寅夜去私奔」，可是蓮仙沒有膽量，「又怕相逢不是虯髯漢，陌路欺人會惹禍根」。總之，只見思考而不見行動，所以註定失敗。

界。言外之意是：現實的困厄，只能在超現實的層面得到解脫。

六　現實的困厄與超現實的解脫㈡

> 點想滄冥鼎沸鯨睨變，個的妖氛海漫動烽煙。是以關山咫尺
> 成千里，縱有雁札魚書總渺然。今日聽得羽書馳牒報，又話
> 干戈撩亂擾江村；個陣崑山玉石也遭焚燬，好似避秦男女入
> 桃源。嬌呀，你紅顏命薄定會招天妒，重怕賊兵來犯你個月
> 中仙。嬌花若被狂風損，玉容無主，倩乜誰憐。你係幽蘭不
> 肯受污泥染，一定拼送香魂玉化煙；若然艷質遭兇暴，我願
> 同埋白骨伴姐妝前。或者死後得成連理樹，好過生前長在奈
> 何天。重望慈航法力行方便，把楊枝甘露救出火坑蓮；等你
> 劫難逢凶俱化吉，個的災星魔障兩不相牽。

這一段又回到現實的困厄；但不再是個人的困苦，而是時世的
荒亂。「滄冥鼎沸鯨睨變」點出實際環境。動亂帶來消息的阻隔，
書信不通。於是繆蓮仙與麥秋娟之間「關山咫尺成千里」，彼此的
分隔，已不僅是空間上的距離。以下，我們看到蓮仙只能從間接的
方式去理解秋娟的境況。從「今日聽得」、「又話」等輾轉傳來的
話語，蓮仙只知秋娟處於兵凶戰危、百姓四處流離避難的險境。

在消息隔絕的情況下，我們又見到繆蓮仙大大發揮他的想像能
力，把心理上的困境，投射到推想中的麥秋娟世界：他肯定「紅顏
會招天妒」，所以賊兵會侵犯無助的秋娟；他又相信「幽蘭不肯受
污泥染」，一定「拼送香魂玉化煙」。壓迫感在想像中一層一層堆

疊加重：由失去秋娟消息，想到秋娟身陷險境，再變成賊兵侵犯，秋娟拼死反抗而身亡，在繆蓮仙的腦海一一幻設。

也就是在幻設的層面，繆蓮仙尋求他的解脫方法。首先，他假設秋娟「艷質遭兇暴」，玉殞香銷；他就想像自己「同埋白骨伴姐妝前」。死，是解脫，是避過現實困厄的一種方法；因為「死後得成連理樹」，在另一個世界應該找到共聚的可能，勝過在生之日的無由見面，好比「長在奈何天」，不得排遣。

可是，在還沒有任何實際行動之前，蓮仙又轉了念頭；「重望慈航法力行方便」，再次轉入神話的世界，期待超自然的力量的出現：如果有觀音菩薩用「楊枝甘露」，將火坑（佛經裏的三惡道之一）中的秋娟救出來，「災星魔障兩不相牽」，就是最好的解脫了。所謂「慈航法力」在現實世界中有沒有實際的指涉呢？我們無法得悉。看來這不過是繆蓮仙心中的一念而已。

這一段曲文鋪寫的動作和場面，是全篇中最熱鬧、最富動感的部分：有賊寇興兵、百姓流散，紅顏抗暴而命喪，甚至慈航法力的施展等等，足以成為一篇敘事體的高潮。然而細思之，我們發覺所有動力只在這位「多情小生」的心內翻騰。思想與行動之間，顯然隔有一重深淵。

七　結局：徹底的失敗

> 虧我心似轆轤千百轉，空繾綣。嬌呀，但得你平安願，任你天邊明月照向別人圓。

上面說的一念，很快又被新的念頭取代。新構想是：但求所思念的人平安，就一切都可以接受：「任你天邊明月照向別人圓」。這樣一來，繆蓮仙就把先前的意念全部推翻了。先前的想法是爭取與秋娟重聚，盡量設想解救她的方法；即或在生之時不能完成願望，死後也希望互成連理樹，枝葉交疊的一同生長。許許多多的思量，到了最後一刻，就是放棄；因為自己無力，只好寄望他人可以照顧自己的所愛。換句話說，就是放棄了重聚的想法。說來好像「溫柔敦厚」，其實是畏縮自卑。繆蓮仙就像許多傳統的文人，只會空想，不敢或者無力實踐，所以只會在客途哀歎：「虧我心似轆轤千百轉，空繾綣」！

八　結語：情文相生與互補

以上從文學角度分析《客途秋恨》最重要的〈上卷〉，分別探討過本篇如何在敘事架構上設定抒情的方向，以至在抒情主導下的情景措置和敘事策略。本文後半部比較集中處理曲中故事世界的主要行動人（agent）的心理變化及其言說的對應。這兩部分的分析是試圖揭示《客途秋恨》作為文學文本之所以特別受到「文人」歡迎的原因。「抒情」主導以及「情景」措置，是中國文學傳統中最廣受重視的環節；《客途秋恨》一曲的文辭和筆法，在在顯示出其足以廁身文學之林而無愧色的素質。另一方面，這一曲南音的主角繆蓮仙，其思其行，又具備傳統文人在不得志時的典型風格：懷才不遇，有志難伸；幸得紅顏憐才愛惜，於是由「愛情」肯定自己「文章」的價值。假若「愛情」不能圓滿，尚有「文章」還可哀詠招魂，

由是「文章」又可以彌補「愛情」的遺憾。「愛情」「文章」，因而有最佳的結合。作爲聽眾或者讀者的「文人」，很容易在這一曲南音中找到自己的需要，由是《客途秋恨》就吟唱不絕，一直流傳下去。

引用書目

中文部份

仇兆鰲。《杜詩詳注》。北京：中華書局，1979。

方滿錦編。《客途秋恨》。台北：天工書局，1998。

白駒榮。《客途秋恨》。鐳射唱片。廣州：中國唱片廣州公司，1988。

石竣。〈《客途秋恨》初校〉。《藝林叢錄》第四輯。香港：商務印書館，1964。294-299。

石竣。〈《客途秋恨》與繆蓮仙〉。《藝林叢錄》第三輯。香港：商務印書館，1962。217-220。

余嘉錫。《世說新語箋疏》。上海：上海古籍出版社，1993。

李南。《正宗瞽師地水南音：客途秋恨・雙星恨》。鐳射唱片。香港：樂韻唱片公司，1996。

李碧華。《胭脂扣》。香港：天地圖書公司，1998。第十九版。

李潔嫦。〈《客途秋恨》：語言聲調與旋律的關係〉。《香港地水南音初探》。李潔嫦。82-91。

李潔嫦。《香港地水南音初探》。香港：進一步多媒體有限公司，2000。

汪辟疆校錄。《唐人小說》。香港：中華書局，1985。

波多野太郎。〈《客途秋恨》校注〉。《東洋大學大學院紀要》。第14集（1977）。159-194。

施叔青。《她名叫蝴蝶：香港三部曲之一》。台北：洪範書店，1993。

班固。《漢書》。北京：中華書局，1962。

張錯。〈秋恨〉。《聯合報》。2000.11.7。《聯合副刊》版。

梁培熾。〈南音發展的一些認識〉。《市政局主辦南音演唱》場刊。
　　杜煥主唱，何臣拍和。大會堂劇院，1974.8.19。

梁培熾。〈客途秋恨及其作者問題〉。《南音與粵謳之研究》。梁
　　培熾。63-96。

梁培熾。《南音與粵謳之研究》。三藩市：舊金山州立大學族學院
　　亞美研究學系，1988。

許鞍華。《客途秋恨》。電影，1990。吳念眞編劇。

陳志清。〈南音的源流與研究〉。《南音粵謳的詞律曲韻》。陳志
　　清。17-23。

陳志清。《南音粵謳的詞律曲韻》。香港：香港文學報社，1999。

馮公達。〈有關南音〉。《市政局主辦南音演唱》場刊。杜煥主唱，
　　何臣拍和。大會堂劇院，1974.8.19。

葉航。《瞽師南音：客途秋恨·雙星恨》。錄音帶。香港：星島全
　　音，1982。

董啓章。〈永盛街興衰史〉。《香港短篇小說選：九十年代》。298-323。

簡又文。〈「南音」之王——《客途秋途》〉。《星島日報》。1971.10.8。
　　《文學天地》版。

關錦鵬。《胭脂扣》。電影，1988。李碧華、邱戴安平編劇。

外文部份

Genette, Gérard. *Narrative Discourse*. Ithaca, Cornell UP, 1980.

Rimmon-Kenan, Shlomith. *Narrative Fiction: Contemporary Poetics*.
　　London: Methuen, 1983.

附　錄

創造世界

——結構主義與符號學

雷夫科維茲（Lori Hope Lefkovitz）著

陳國球　譯

前　論

　　因為事物的本質不一定如表象，所以我們常常要譯解（decoding）我們的世界。我們詮釋各種動作姿勢，譯解簡單的話語：例如「天氣看來很不錯」的意思可能是指「我寧可不去看電影。」製作文本（無論是語言的、視覺的、或其他類型的）要遵從一定的規則（如語法、禮儀、藝術準則、或者屬於更深層次的潛意識），所以我們常常要就我們的世界編碼（encoding）。其中有些運作是非常基本的程序；對於同一文化經驗的人來說，是那麼的天經地義，理所當然。結構主義者或符號學家會稍稍退身，再審思那些似乎不驗自明的事理。因為，事物本質既不必如其表象，亦不必依其現存方式運作。與文本保持一個距離，我們就可質疑一些文化現象或者藝術成品的表面的理所當然，例如教科書中屢見的詩篇就必然是優秀的審美對象

（aesthetic objects）這一類看法。五六十年代以來在學術界流行符號學，與新批評（New Criticism）的作法迥異，不再將藝術定義為mimesis（模擬），為客觀現實的再現，而專注於 Semeosis（符指過程），也就是重整文本的二度的（secondary）深層的表義過程（signification）。

在《詩歌符號學》中李法特爾（Michael Riffaterre）就循著這個方向描述讀詩的兩個階段。首先我們把詩中語言「當作」普通語言來閱讀，然後回過來處理文本中各不連貫的地方，那就是詩篇中違背習常邏輯的時候。當我們試圖在語言岔出的凌亂中索求法理時，就會發現那些使表相的荒謬（李法特爾稱之為 "ungrammaticalities"〔非語法性質〕）產生意義的訊碼（code）。巴爾特（Roland Barthes）的小說分析，並不從現實主義小說就是現實「模仿」的假設出發，反而追問小說如何達致「如真的效果」，探查藝術一直以來怎樣指導和影響了我們對現實的想像。因為現實由符號中介，批評家可以根據文本所顯示出來的資料去判別作家所援用的訊碼。

文學批評要追問文本的意義是「甚麼」（what）；符號學與結構主義卻追問語言和文學「如何」（how）傳遞意義，是提出這個疑問的最早期理論之一。不同的理論對這個問題提供不同的答案。結構主義與符號學發現，繼承同一文本歷史（textual history）的社群能夠就事物的意義達成共識，原因是他們共用了一套表情達意的訊碼和成規。這共識也會有一定程度的限制，因為各人於同一訊碼會有不同的經驗。於是，雖然你和我對「朋友」一詞有共同的基本概念，但一旦想及「朋友」時，你我心中出現的意念、形象、或人物當然會不同。再者，不同時空的不同人物對所處世界作編碼的方

式，也不能完全一致。一個文本的意義，在乎它如何在整個文本系統中定位。

意義是互文性的（intertextual）；換言之，某一文本通常指涉其他文本。這就解釋了爲何讀者能夠憑小量的資料作推理，就可以掌握文中意義。❶讀者從符號尋出意義。艾柯（Umberto Eco）曾描述一本沒有寫出來的文化百科全書。他指出一個文本之中必定有許多指涉是我們不費氣力就可以明白的，這百科全書就是我們索解這些意義的根據。部分符號學批評家（如李法特爾）逕說指涉系統是封閉的；語言的指涉對象就是語言本身而不是語言背後的世界。其他論者（如洛特曼〔Lotman〕、史寇斯〔Scholes〕）宣稱，我們所了解的意義源自我們的語言或語言之外的（extralinguistic）經驗。❷ 無論根據那一種說法，我們對一個特定文本的相關訊碼（語言學的、文體的、歷史的、社會的）愈熟悉，閱讀所得的經驗就會愈豐富、愈完整。由是，符號學很注重直指義（denotation）（一個字詞的字典義或在特定環

---

❶ 參見 Umberto Eco,《讀者的角色：文本符號學的探索》*The Role of the Reader: Explorations in the Semiotics of Texts* (Bloomington: Indiana University Press, 1979)，尤其第八章 "「本事」中的講者"，有關「推理散步」及幽靈章節的討論。

❷ 有關指涉性質的爭辯（這是關係重大的辯論），見 Robert Scholes，《符號學與詮釋》*Semiotics and Interpretation* (New haven: Yale University Press, 1982)，37-56。Scholes 令人信服地辯解，說我們的文學經驗應能帶引我們進一步認識這個世界。有關指涉的辯論引來社會批評家的關注，他們認爲結構主義和符號學理論助長了自滿的心態。參見 Scholes,〈文本與世界〉,《文本的力量：文學理論與英文教學》*Textual Power: Literary Theory and the Teaching of English* (New Haven: Yale University Press, 1985)，74-85。

境的表面意義）和內涵義（connotation）（字詞所包容的聯想）的區別。過往，新批評認為閱讀作品可以脫離作品的語境而行；符號學家否定這種觀點，他們發覺文義只是個相對的，因而把文學作品重新置存到語境中。再說，即使在單一個文本之中，其意義也是由相對的關係表現出來；故此結構主義者和符號學家也就究心於文本中的種種內在結構，追問意義究竟由那些類別的內在結構表達，其間又如何組合。

沿 革

在本篇或其他文學理論的探討文章中，結構主義與符號學都會被相提共論。因為二者緊密相關，同時又關係到所謂「後結構主義」的發展。❸ *Structuralism*（結構主義）、*semiotics*（符號學）、和 *semiology*（符號論）分別帶有不同的內涵意義。因為這些術語有時使人聯想起不同的理論創建人，不同的起源活動，不同的參與者，甚至不同的學術訓練；雖然在歷史進程中，三者隨時有交互影響，也經常互有重疊。❹本篇的目的，固然在廣泛介紹符號學和結構主義的一些對

❸ 例見 Terence Hawkes, 《結構主義與符號學》 *Structuralism and Semiotics* (Berkeley: University of California Press, 1977)，或 Terry Eagleton, 《文學理論導論》 *Literary Theory: An Introduction* (Minneapolis: University of Minnesota Press, 1983)，第三章，〈結構主義與符號學〉。

❹ 雖然很多人都像 Hawkes 一樣認為符號學和結構主義大略同指一個範疇，Thomas Sebeok 認為這種看法是對符號學的有關事實、歷史和發展的根本誤解。John Deely, Brooke Williams, and Felicia K. Kruse 合編的選集《符號學的疆界》 *Frontiers in Semiotics* (Bloomington: Indiana University Press,

文學研究有重要影響的觀念，而不在細別其中的差異；不過，對這些活動的歷史作出簡要勾勒，可以幫助我們引介其中的基本觀念和理論前提，以便下文分別詳論。

結構主義語言學的創建者索緒爾（Ferdinand de Saussure），發現除了少數擬聲詞（onomatopoetic coinages）之外，一般字詞與所指稱事物之間的關係，是武斷隨意的。我們互相了解的原因是大家都認同某些音聲組合的意義。再者，我們對事身的了解又有賴我們能感知此物與他物相異。（例如 "car"〔車〕不是 "cat"〔貓〕，因為我們知道 "r" 不是 "t"。）這裏最重要的卓見是：意義就在能被感知的差異之中。索緒爾又留意到能操一種語言的人可以創製無限的話語（即 *paroles*〔語言行為〕）；但所有語言為都遵從這個語言系統（即 *langue*〔語言結構〕）的規則。在無限的陳述背後，存在一個支援各種陳述的有限的規則系統。索緒爾又區分了組合（syntagmatic）與聚合

1986)，反映了後者的觀點；書中追溯符號學的哲學淵源，和本文所標的立場不同。該選集的撰作人將自然的符號系統（動物的符號運用，即動物符號學 [zoosemiotics]）和其他符指系統並列等觀。我的析論目的在介紹影響文學批評家最深的理論，對於 Deely 等人的立場，實難同意。這幾位編者解釋他們的目標說：「我們尋求一個全面的『典範的轉移』（paradigm shift），把大眾意識中的狹隘的文學的、結構主義的，和索緒爾式的範式轉移到包容的生物學的、哲學的和皮爾斯式的領域。」依我看來，引文中對大眾意識的交代並不客觀。文學符號學的課題不包括生物學研究，原因和這種索緒爾和皮爾斯的錯誤區辨無關。文中最誤導的莫過於對索緒爾語言學的指摘。皮爾斯的確專注發展了一套不同於索緒爾的語言學，但我確信人類的語言系統促成了所有其他傳意系統，並且成為這些系統的基礎結構。

（paradigmatic）兩種關係。從組合的關係說，詞的意義由其在句中的位置，與前後字詞的關係對照中得來。從聚合的關係說，詞的意義從它與可以在同句中取代它的字詞，說話者可以選用而實則未用的系列（如同義詞、反義詞，可替換的話語）所構成的關係映照出來。例如，在「約翰打球」一句中，「約翰」的意義來自兩個條件的配合：一、它的位置「前於」「打」一詞；二、處於這位置的詞不是「祖兒」，也不是「一個男孩」。索緒爾推動了並時（synchronic）研究法（即探討語言在一個特定的時間內如何運作），與《普通語言學教程》（由索氏學生集合他上課的講稿整輯而成）在 1915 年出版時流行的歷史語言學（索緒爾稱之為歷時〔diachronic〕語言學）有極大的歧異。

結構主義由句子的層面移向言文的較大單位之後，辨認出一個系統中個別的「表層」現象，有共同的「底層」結構，並且提供了分析的分法。結構主義人類學，特別是李維史陀勞斯（Claude Lévi-Strauss）的神話研究，是結構主義的重要應用和擴展。研究者發現不同神話的類同結構，從而領悟神話製作（mythmaking）的廣泛社會功能。索緒爾說意義是相互關聯的；結構主義人類學又根據故事和儀式的體現情況，指出文化中的二元對立（binary opposition）。既然故事可以舒緩不可調合的對立，神話製作自然可算是一種求生的策略。❺

索緒爾認為他的研究可以作為大型心理學研究的基礎。他清楚了解到語言是一個表義過程，其中字詞（即 signifiers〔符徵〕）武斷隨

---

❺　又參見結構主義人類學家 Mary Douglas 的研究。

意的指向事物（即 signified〔符旨〕）──符號和符旨合成符號（sign）。基於這個認識，索緒爾考慮過多種符號系統（如具象徵意義的儀式、軍事上應用的訊號等）的研究可行性。他製造了 *semiology* 這個術語，以指稱有關符號的學問（源自希臘文 *sēmeîon*，意即「符號」）。這一門索緒爾曾經設想，但尚未開展的科學，將會顯示出「符號由甚麼組成，被甚麼法則限制」。語言學只是其中的一支。

當這些卓越的見解應用到文學之上時，人文學者就深受研究「科學化」這個講法困擾。他們雅不願對藝術施用一些嚴格的分析分法。然而，事實上沒有一個批評家可以完全棄用任何方法。再說，符號學帶來了一個重要的進展：讀者學會選定作爲自己閱讀所據的規則和信仰。雖然傳統人文學者對「個性」（individuality）的假設備受符號學的挑戰──後者認爲「個性」也是文化的產物，但因爲符號學要求讀者認識自我，故此對個別的表達方式也非常重視。

雖然索緒爾僅僅將語言學研究視爲符號論的一個分支，但不少符號學家自比得出一個結論，認爲語言是最基本的，其他意指系統（signifying systems）都在語言結構的基礎上模塑而成。有些符號學派不滿這種「語言中心論」（logocentrism）。語言確似規劃了我們對一切外物的感知，因此我認爲那些斷定語言爲意指系統基礎的說法非常有力。這見解在文學研究的領域尤其有影響力。❻符號科學

---

❻　名稱創造思想，而且語言規劃我們對外物的感知，這是語言學家 Benjamin Lee Whorf 的洞見。他發現愛斯基摩人描述雪的字彙比說英語的人多。因爲他們的語言能對雪作出細緻的區辨，所以他們能「看」到有關雪的種種情況比我們多。語言及其習套同時創造和限制我們的視景。需要補充的是：有很多社會因素可以用來解釋愛斯基摩人之所以要區辨雪，但我們能

的重要發展方向，已經趨向訊碼的研究，和資訊組合方式的研究。
後者的重點在於探討這些組合方式如何使意義在一個社群中成爲共
識。

在文學研究的領域中，索緒爾震盪很快就感染到被稱爲俄國形
式主義及布拉格學派中的批評家。形式主義究心於文學形式，把敘
事體（narratives）約縮至基本的功能單位。他們可說是文學結構主
義的前驅。這類著作的一個示例是普拉普（Vladimir Propp）的《民
間故事形態學》（原俄文本，1928）。普拉普抽繹民間故事共有的特
徵，鑑定不同角色的種種敘事功能，以及揭出表面相異的故事底下
潛藏的形式類同處。在俄國形式主義影響力以外的英國，雷格蘭
（Lord Raglan）著有《英雄》（1936）一書，比較區辨了文學英雄
的一些共同特徵。雖然這本書比不上形式主義著述那麼嚴謹，但在
英語傳統的地區卻很有影響力；特別值得注意的，是對佛萊
（Northrop Frye）那本一反新批評方向的《批評的剖析》（1957）
的影響。佛萊指出敘述英雄行動的五種可能（myth〔神話〕、romance
〔傳奇〕、high mimesis〔高模仿〕、low mimesis〔低模仿〕、和 irony
〔反諷〕）。他的原結構主義（protostructuralism）已成爲英美文學
批評傳統的主流部分。

形式主義與後來的結構主義研究有所不同：前者很少會留意類

夠重建這個已經被我們的語言規劃的世界，則這些「未現事物」的被辨識
及重新分類一定非常有用。Thomas S. Kuhn 在《科學革命的結構》*The
Structure of Scientific Revolutions* (Chicago: University of Chicago Press,
1962)中證明科學的創新有賴分類系統的突破，因爲這些分類系統局限了
科學實驗的觀察角度。

同結構間存在差異的重要性。結構主義理論有時也會蒙上化約主義（reductionism）的罪責。然而當符號學和結構主義的方法具體地應用於文本上時（例如巴爾特〔Barthes〕在《S／Z》中對巴爾札克小說的讀解，或史寇斯在《符號學與詮釋》中的分析），就清楚地反駁了這種指控。結構主義最具深義的目標在於發掘人類心靈的結構——這是個最細微的基本結構；我們根據這個結構再轉化（transform）以衍生（generate）各種獨特的達意方式（所有人類的產物不外是有限數量的主題〔themes〕的變奏〔variations〕）。更加實際的功效，是發現了束縛文化的前提、偏見和神話（myth，據巴爾特的看法，是充斥於文化的每一個角落而成為習常所見甚至不再被注意的現象）。在《神話學》一書中，巴爾特就像打開行李箱般翻看我們的文化，以數不盡的令人驚異的方式，展示其中的器物；書中各篇的論題包括摔角比賽的意義，愛恩斯坦的腦袋，肥皂、酒和牛奶，以及雜誌廣告。讀者由此看到其中義蘊的複雜程度。再者，在〈今日的神話〉這篇總結性的重要理論陳述之中，巴爾特向我們解說他判定二度表義過程（second-level signification）的方法。

符號學分析之能夠有豐碩收成，也得助於一個俄國形式主義首先推廣的概念：史考洛夫斯基（Victor Shklovosky）的陌生化（defamiliarization）觀念。史考洛夫斯基提出這個術語，目的想說明藝術的職份在使我們的陳熟經驗重獲生氣，讓我們從一個新的角度去看清楚這個世界。用他的話說，藝術應能使石頭看來更像石頭（make the stone stony）。符號學批評家如巴爾特等更進一步，用「批評」去達致陌生化的效果。他們將文學詮釋為眾多成規和訊碼系統的一份子，由此揭露了那些似是真理的文學成規。從這種局外人的

角度看作品，批評家可以閱讀每一頁的文字，同時也看到那些人和物不斷被貶謫到邊緣位置去。

　　形式主義的敘事理論區別出故事（story）和情節（plot）。故事是敘事體中事件實際發生的原有秩序，而情節是事件呈示於讀者面前的樣式，通常以時序錯雜的方式出現。這個分野有助於批評家更準確地評述達成敘事效果的方法。後期的結構主義者，特別是傑內特（Gérard Genette），把這個區分再作系統修訂。他認為敘事體中有故事（那是向讀者呈示的敘述）和敘事者的實際言說。傑內特這些細緻的分析，在實際應用到小說讀解，尤其普魯斯特（Proust）的小說讀解時，就可以顯示出其中的效用。

　　我最後要介紹的形式主義與結構主義語言學的貢獻，是雅克慎（Roman Jakobson）極具影響力的傳意模型：

語境（context）

訊息（message）

發訊者（addresser）--------------------------受訊者（addressee）

接觸（contact）

訊碼（code）

每一個傳意行動需要有發訊的人和接受訊息的人，訊息本身，訊息傳遞所處語境的知識（因為同一詞語在不同的語境有不同的意義），對有關訊碼（比方說，英語、科學語言，或者，如果訊息是一張藥單）的認識，和一個接觸的渠道（如書頁中的字詞、電話機）。傳意過程於這六方面的其中部分有所偏重，直接令訊息產生相應的變化。雅克慎的模型

就幫助我們把注意力放在這些相應的關係上。例如：日記的重點在
於訊息的發出者，廣告則在於接受訊息者，問題如「你聽到我嗎？」
偏重於接觸點，諸如此類。雅克慎據此再將這傳意模型的對應功能
表列：

指涉的（referential）

詩的（poetic）

宣情的（emotive）----------------------------感染的（conative）

溝通的（phatic）

後設的（metalingual）

雖然上面的圖表不能總括所有意義表達的元素及其中的微妙之處，
但已經提供了一種描述及區辨文本和文本細部的方法。這兩個模型
還帶來一套詞彙，可以清晰地顯示言說模式的不同偏向，有助閱讀
和寫作的教學。例如批評式的言說，專注於訊碼（如文體類型、語言
的應用），而且主要應用的是後設語言（有關語言的語言）。從形式主
義開始，經過當代符號論的發展，索緒爾的遺緒實在非常豐富。

　　大概與索緒爾同時，但未相聞問的美國哲學家皮爾斯（Charles
Sanders Peirce），開展了一門稱作 *semiotics*（符號學）的有關符號的
科學。皮爾斯與索緒爾同樣力求探求意指系統受制於規則這一特
點；但前者的符號學比較詳密。他分辨出三種符號：符象（icon）、
指標（index）和象徵（symbol）。符象形似其代表的對象（例如圖
畫、照片、圖表）。指標能夠與對象聯繫起來，因為詮釋者可以辨識
到其中的聯繫功能（正如我們懂得朝著手指指著的方向觀望，知道某種皮

膚斑疹意味著有毒的長青藤）。至於象徵則以武斷任意的方式與對象構成關係（言詞就是最好的例子）。

皮爾斯再描述另一個三向的關係：符號（sign）、詮釋體（interpretant）及對象（object）。符號對「有些人」來說，代表某些事物（即對象）；這特定的某些人，能夠明白符號如何代表某一對象的，就是詮釋體。皮爾斯由是特別究心於符號所衍生的「思想的傳遞」，指出其間的一個無盡的表義過程：一個詮釋體變成一對象的符號，這符號又衍生另一個詮釋體。根據皮爾斯的看法，我們只能間接地，透過這種表義過程來認識外在世界，而這個過程又受整個社群制約。

皮爾斯說：「人本身就是一個符號。」這句話可說是他的符號原理最激進的延伸。每個人類主體（human subject）既是在語言系統之中構建而成，也是由語言所構建而成；每一個人都是自己的話語的總和，因為生命的一切和現實的一切只不過是連串的思想構合。拉岡（Jacques Lacan）的心理學由這個前提出發，而傅柯（Michel Foucault）戲劇性的宣言——人類的歲月已近尾聲，也是因為我們曉得這樣設想：人類主體只是意指系統的「產品」，而不一定如今天我們設想的模樣。❼當代符號學家都要感謝索緒爾和皮爾斯提出的這些基要的卓見。現在國際學界用「符號學」這個名稱；然而，有時也會用上「符號論」一詞，以示對法國創建人的尊重。

---

❼　關於符號學在這方面的發展，及其於文學和電影的應用，Kaja Silverman 的《符號學的主體》 *The Subject of Semiotics* (New York: Oxford University Press, 1983)有極好的析論。

建　構

　　結構主義與符號學於文學研究方面最重要的發現是，文本由生產到耗用（production and consumption）都受一定規則的制約。因為意義只能透過各種關係的系統表達，所以一切傳意溝通以至文學，都必然屬於系統的模式。所有文本都是它們本身所源出的系統的參與者，也是表現出這系統的價值的文化製成品（cultural artifacts）。這個發現使有關文本的過程不再處於神秘的境界。文學的「魔力」和「奧秘」等講法，頓成疑問。符號學和結構主義研究消除了文學和讀寫程序予人的神秘感覺。

　　艾柯（Umberto Eco）在《符號學的理論》中，把符號系統定義為任何可以用來說謊的事物。語言就是這樣的一個系統；文學也是。文學中的類型，正如其他傳意模式，也是由各種意指系統組成。根據這個說法推論，符號學正要教人知道某人如何受騙或者如何說謊。（廣告創作人早已懂得實踐符號學的理論；他們操縱訊碼，來引發消費者的欲望，以推銷貨品。）除了把符號系統形容為可以用來說謊的東西外，符號學批評家如巴爾特和克麗絲特娃（Julia Kristeva）還採用過引誘（seduction）這個比喻。正如現實主義文學能哄使我們更易於承納外物，故事可算有誘人的力量：人人都喜歡一個好故事；很多人去看電影是為了逃避，要躲入眼前的虛構領域。事實上，因為電影很需要一種能夠辨識它的多重系統（如劇本、音響、影像、剪接）的理論，符號學對於一日千里的電視研究來說，顯得特別重要。其中有關觀眾心理學的發展，更令人振奮。當我們享用任何故事而未

作符號學的分析時，我們會接受作者的假設、道德教訓，和價值觀，其中部分可能是潛意識的，所以在心理分析家讀解我們的故事時，會令我們大為驚訝）。所以我們要克制文本帶來的快感，轉而對此掌握控制。❽佛洛伊德心理學（潛意識／意識）與馬克思主義經濟學（基礎／上層建築）早已描繪出制約深層結構和表層現象之間關係的規則。這些卓識是後人所稱的「前期結構主義」的最佳說明。再者，我們由此也見到一個有強大解釋能力的理論建構怎樣變得理所當然。❾例如佛洛伊德依敘事體的形式把他自己和他的病人的經驗組織起來；他對這些敘事體的讀解，顯示出表面上難以解釋的一些身體徵兆如何與深層的心理因素關連。語言是他的必要線索，因為它有能隱藏也能揭露的閃爍本質；同時他又為象徵作譯解，以詮釋例如夢一類的、被多重限定（overdetermined）的心靈事件。今天多數人能夠理解佛洛伊德的詮解；在往日如維多利亞時代，讀者卻不會找到那些伊底帕斯式的解釋（Oedipal explanations）。至於馬克思對經濟關係的解釋，也大致相同；他所揭示的只是另一類別的「替代」（displacements）和「對等」（equivalences）而已。

　　符號學家或者要退一步，就產生佛洛伊德和馬克思這些早期符

---

❽　因為符號學家對文學體類的界線抱懷疑態度，所以他們時常採用戲謔的語言，以藝術製作的方式寫批評。最受符號學威脅的批評家就斷言這門學問毫不認真。例如 Harold Brodkey 對 Roland Barthes《語言的蕭颯》*The Rustle of Language* 的書評，見《紐約時報書評》*New York Times Book Review*，1986 年 4 月 20 日，13。

❾　例見 Richard and Fernande De George 編《結構主義者：從馬克斯到李維史陀勞斯》*The Structuralists from Marx to Lévi-Strauss* (Garden City, N.Y.: Doubleday [Anchor Books], 1972)。

號學家的文化，提出幾個疑問：為什麼結構主義在這個時候出現？為什麼不相關的學科訓練出來的思想家會有同類的想法，考慮到一件事物是另一些事物的替代？為什麼他們會同時論及拜物主義（性或商品）？在點出這些類同處之餘，符號學再會想到，那些看來最自然不過的學術分類的問題：一度是所有學科中最尊貴的神學，今天已罕能立足於美國文學院的學系之中；心理學和文學課程會講授佛洛伊德的學說，但經濟系卻不會，雖然這種學說明顯與馬克思的思想有共通之處。這些學問的界劃是武斷任意的。隨著時間遷移，分類的系統有所改變，學科訓練的整治方式有所改變，甚至美感的理想也會改變。一時間我們信以為永恆的、可以解釋的、合理的、及自然而然的，稍遲都可能被視為過去的錯誤概念而輕易抹殺。再遲些時這些事理或會重現，被重新體認為真理。

符號學與結構主義是理論性的學問，其中方法自有其相應的意識形態。這些意識形態本身又跨越傳統的學科界限，甚至向這些界限挑戰。結構主義者就曾對各種學科的派分提出疑問。至於符號學的範疇更是超學科的（transdisciplinary）；它的一套詞彙一直不易為人接受。常見的投訴是：有些符號學家愈來愈依仗專門的術語（jargon）。雖然我不特別喜歡專門術語，不過，正如佛洛伊德或馬克思主義文學批評家的訓練離不開醫學、心理學、或經濟學的術語，同樣道理，符號學與結構主義的一套基本詞彙來自語言學和哲學等範疇，也是可以理解的；而語言學和哲學的理論實際上對所有學術訓練，包括自然科學、社會科學，以至人文科學和文藝，都有深遠的影響。

符號學家習慣了追查所有的文化反應，於是對符號學備受歡迎

這個現象，也會查證一番。在我們週遭的資訊與時俱增，甚至愈趨混亂；面對這個世界，我們自然亟思整理。符號學與結構主義正好迎合了我們這個期望。這一種理論宣稱文學、時裝、語言，甚至人類心靈都是從一個普遍共通的架構而來，並且依循一定的規則而轉化；難怪它能夠在本世紀〔二十世紀〕初科技革命的時期紮根。在喬治艾略特（George Eliot）的《密度馬治鎮》書中，對一切都漠不關心的卡沙邦（Casaubon），一直在追尋「所有神話的一個最終的解釋」，而讀者一定記得，他努力的方向是如何謬誤。隨著其他信念的崩潰，十九世紀的人文主義不再相信那些系統化工作是可行的，有人說今日的結構主義者也犯了卡沙邦的錯誤。

說來很諷刺，結構主義居然要面對兩項互相對立的指控：⑴欠缺人性，因為它對文學作科學化的分析；⑵過於理想化，因為它追求普遍的通則，又重視並時系統多於歷史變化。後一項指控主要出自馬克思主義批評家口中。❿然而據我看來，符號學與結構主義不應受責，因為這兩項控罪本就互不相容。索緒爾帶給我們並時的觀念，也帶來歷時的觀念；訊碼的分析，也承認意義系統必會經歷新變這一特點。雖然各種組織系統的普遍性得到體認，而這又證明了非透過系統分析不能顯現的文化與社群的關聯，但最終的結論還是：人性是文化變遷中的產物。這個看法，當然是人文主義的傳統思維方式的一大挑戰。

---

❿ 見 Eagleton,《文學理論》*Literary Theory* 或 Frederic Jameson 的評論，見《語言的牢房》*The Prison-House of Language: A Critical Account of Structuralism and Russian Formalism* (Princeton, N.J.: Princeton University Press, 1972)。

開場白

這裏有兩個關於訊碼編製的寓言：

(1)魯賓申請一份工作，希望予人這樣的一個訊息：他是最優秀、最有才幹、最勤奮、最恰當的申請人。他在第一封求職信中花了許多字句去讚美自己，但卻沒有帶出他所期望的訊息，反而令人覺得他高傲自滿、過份緊張，或者不成熟，又或者他完全不懂得求職信的寫作規則。結果是，另一個有較好寫作訓練的申請人得了那份工作。

(2)茜蒙兒進大學後，把這一個週末的時間花在參加學校舞會上。她原先承諾了兩個人要保持聯繫，於是她一連寫了兩封信，把當晚的事情描述了兩次；一封信給中學時的摯友，另一封信給祖母。可以想像的是，這兩封信所寫大不相同，雖然嚴格說來兩封信都沒有不實之處。茜蒙兒的室友在她背後看到她寫的話而捧腹大笑，但收信的兩個人，看見所記懷的人的來鴻，都很高興。故事的尾聲是：茜蒙兒後來當了校園報的專欄編輯。

這兩段故事是為了在寫作課堂上應用而虛擬出來的。故事的教訓是：愈能駕馭訊碼，就愈能在家庭、朋友、學校，和商業等文化機制上得到成功。⓫聰明的讀者和作者曉得模擬和改編那些公認有

⓫　其中應用符號學原理的寫作課本有 Robert Scholes and Nancy Compley 的
　　《寫作實習》*The Practice of Writing.* 第二版（New York: St. Martin's Press,
　　1986）。

效的言說，因爲這些言說又仿似其他有價值的言說。專業讀者和教師的職責就是教授這些訊碼；換句話說，教人複製有價值的東西。魯賓不會因爲他缺乏茜蒙兒獨有的稟賦而永遠找不到工作。所謂稟賦是可以透過熟習言說模式而獲得的。吊詭的是，當我們熟習了言說的規則後，我們反而免受規則的制約：我們已經歷了陌生化的過程（defamiliarized）。即使如茜蒙兒這個成功的作家也不是樣樣皆能，有可能因爲學詩的經驗不足以致有需要時寫不出救命的詩篇。當然她不一定需要寫詩，但我們常常要因應不同的場合而自製恰當的形象，有時知道某種言說的規則，眞的可以挽救生命，或者可以挽救一份工作、挽回面子。

言說的方式會有變化，事實上也一直在變。所謂眞理，也隨之而變。從這角度看來，或者其他角度都可以，我們的語言創造了這個世界，也創造了這個世界的一切人物。我們以語言創造了自己，也以語言去描述其他人從而創造了他們。正如巴爾特談及文學作品中的角色時說：書中人物不外是帶有形容詞的專有名詞，或是其他附有含蓄字詞的專名。❷

對文學研究而言，結構主義和符號學帶有方法學和意識形態上的含意。傳統的人文學者對這兩方面都加以排斥。再者，那些自覺的（或者被人標榜的）結構主義者、符號學家，或符號論者，對方法學和意識形態的立場亦無法認同，各不相讓。❸布朗斯基（Marshall

---

❷ Barthes,《S／Z：一篇論文》*S/Z: An Essay* (New York: Hill and Wang, 1974)，67；較早 E. M. Forster 的《小説面面觀》*Aspects of the Novel* (New York: Harcourt Brace, 1927)，44，也有類似的看法。

❸ De George and De George 在《結構主義者》的導言說：「作爲一個運動，

Blonsky）最近的選集《論符號》，展示出這門學問的範圍如何廣闊，以及符號學如何自早期的界限開拓發揚，因為界限的劃定適足以顯出突破的可能。布朗斯基在序文中說：「現代符號學的建立是為了使神話能夠被人『簡易地』讀解。……因為符號學認為自然語言在解釋世界的過程中居間調停，事理先要能說出，思考才可進行。」（xviii）他繼而指出符號學演變的第二階段是：「一段令人鼓舞的日子；這時可以見到這個（可敬的）世界的語意組織如何發揮功能；這時掌握的不是意義，而是意義的如何製成，是『表義過程』，是那些支配建築、城市研究、繪畫、詩歌、敘事文學、電影、儀態、儀式的條款，是這些文化現象的深層生命、真理，以至正式的意義。」布朗斯基根據適用於符號學的自覺意識來編選論文；這些論文的作者都「將他們的聰明才智轉向身體（body）、笑（langhter）、空間和土地、朝左向右的意向性（intentionality）、成功和失敗的機制、管制和銷售的系統」等的研究。

這種研究作業似乎對偉人並不特別尊重，而人文學者就因此而深感困擾：如果托爾斯泰只懂得那些訊碼規則，則他的小說只會是他所屬的文化系統底下的製成品，而不會是揭示普遍真理的特異天才的結晶。對符號學家來說，要評估托爾斯泰的藝術成就應該別有根據，要看他如何將自己所屬的文化中的真理，造成「看似」普遍

結構主義是一個多面體。每個層面有不同的領導者，而領導者之間都否認大家有任何關涉，各人旗下又有一群忠誠的追隨者。……如果他們互相排斥如鬩牆的兄弟，又為逃避惡名而爭鬥，大量輕俗之士就乘機加入戰團，學會那套術語，胡亂或隨意應用或誤用有關技法，以求與存在主義以後的另一學術時髦拉上關係。」

的眞理。文學激生了讀者的期望，然後使他們因爲期望得到滿足或者因落空而生錯愕，又從而得到樂趣。

當然，無論通俗或者「高級」藝術，都可以依上述方式令讀者喜悅。比起《花生漫畫》，《戰爭與和平》之所以被視爲更有價值，只是因爲有強大的讀者群贊同選擇史詩式小說而不選擇漫畫。固有價值觀備受挑戰，使得有些人不安，而至認爲符號學批評只適用於通俗文化，而不合用於藝術。但符號學並不承認任何文本的神聖地位，故此致力於追索爲何一個文學建制將部分文本正典化（canonized），但其他文本則被貶逐到寂靜地帶。有些團體（例如女性主義批評家）有充份的理由反抗現狀，他們向文學正典的挑戰，是結構主義對學院建制的影響指標。批評的職任不是欣賞藝術，而是消除藝術的神秘感。符號學家不會追求永恆的美和眞理，它只說明我們的美和眞理的判斷如何得來，以及這種美學究竟爲誰人的利益服務。

結構主義的符號學研究一直朝著多個方向推進；在批評方面也發展成各自獨立但相關的文學理論。拉岡的心理分析批評由「主體在語言中組成」這個概念發展而來，伊瑟（Iser）或費許（Fish）的讀者反應理論則發展自「社群共識」和「訊息接收者的主觀成分」這些觀念；女性主義理論則運用「訊碼製作」的觀念，解釋女體如何被負面地鑲嵌入一個有二元對立和等級梯次（hierarchy）的文化中，其間的運作如何不斷的壓迫文本中和生活中的女性；德希達（Derrida）的解構論（deconstruction）發現文本中有多個「互相爭持的意指系統」，他們互相抗衡而至消減了文本原有的意義。「言說問題也就是訊碼問題」這個認識，使文體批評再度興旺，托鐸洛

夫（Tzvetan Todorov）的奇幻文體研究和史寇斯的科幻小說研究都是明證。阿圖塞（Althusser）和詹明信（Jameson）的結構馬克思主義也源自符號學和結構主義，所以也標誌了這些學理的貢獻。

重讀「起初」：
《創世記》第一至二章的符號學分析

　　開始，好比終結，在結構分析中佔有一個特殊的地位。一片沉寂或一頁空白都可能有豐富的義蘊；打破沉寂的方式也促生了對後事的期望；文章開始落筆也就規限了下文發展的空間。豐盈的潛能和無義的空虛，同一時間向形式和意義屈從。正因為被我們派定為開始的環節，有這麼一個預設的重要地位，每一個文化系統當然會嘗試回溯從前，重寫這個環節，再創造一個能符合新變的價值觀的「起初」。經過不少層疊累積，一個文化的「起初」已不像早期那麼容易為人解讀；最後，再沒有辦法回到從前。每一次回溯，與過往的論述必定有相應的關係，而回溯的意義也是因應這個關係而產生。

　　聖經就是這一類的開始。習慣上它被讀解為西方文化傳統其中一支的源頭。自從有關「萬物始源」的第一次被描述以後，無數的重述、潤飾、品評、模繪、圖畫、塑像、電影，甚至廣告等不同的編整修訂，像罩幕一樣掩蓋了我們想讀解的原典。照原來故事內裏的解釋，這是人類第一次被置於這個世界；但據文學批評的說法（佛萊之說），這是人類第一次被置存入「偉大的法典」

（the Great Code ⓮）之中。這是非常重要的一刻，是宇宙間的符指事件。

聖經以「起初」一語（"In the beginning"）開卷。我們很難想像一個時刻是沒有「以前」的。故事假設這就是「起初」，因爲我們所知的世界還沒有出現，沒有任何事物有意義，只有「空虛渾沌」。創造和評價都要透過語言的作用。故事中的英雄——上帝，爲萬物命名，萬物就出現了，而且它們都是「好的」。命名的行動就是作出區辨的行動，正如上帝的聲音達於渾沌，把光暗分開，天地分開，地水分開。在語言中出現的創造就是命名、就是區辨；更具體地說，創造就是清晰地說明對立面。

這些光與暗、天與地等等的對立，將渾沌抽繹整理，由此說來，上帝創製了一個分類的系統，以顯明世界的事物，使無意義的變成有意義。在這許多年以後，這些對立我們來說顯得自然而然；但這些被命名的對立不見得是絕對的；每項事物的體認和評價只由對立的關係顯示出來。例如，在下的旱地先與上天對立，後來又與濕潤的海水分開。與天相對的不一定地；在作者認爲相關的時候，地獄也可以與天對立。每一次，意義都是由可感知的相異點決定。再者，每有相異之處，也就有等級梯次。讀者每碰上一個對立組，而能感覺到其中區分的意義，是因爲知道有一半是高等的，另一半是低等的：光勝於暗，天勝於地，日勝於月；其他所有已命名和已創造的事物，都如此類。

⓮　〔譯者注〕　"Code" 可以譯作法典，也可以譯作訊碼；作者在此兼用了兩個意思。

最重要的創造行動在這過程的近尾部分出現；相對於動物生命的創造，人被造成：「上帝……造男造女。」（"male and female created He them"）男女性別之間沒有重大的區別、沒有等級之分，因為人只被賜予一個名稱。一直到《創世記》第二章，另一個有關創造的故事出現，人類的第一個才被視為男人。依據第一章的經文，每一類屬的創造已同時包括了兩種性別。

在《創世記》第二章第五節，編撰人回到「起初」，重頭再敘述故事一遍。在讀者面前展現的，是創造故事的第二個，但可算是較早的版本。這裏出現的境地縮減了許多許多；從宇宙天地移到世界的微型縮影——在地上一隅的伊甸園。這樂園是所有人類歷史衍變的源頭。樂園故事增加了兩組重要而且有深刻意義的對立：男與女之別，和更深層的，知識與袒露之別。即使佛洛伊德對心靈的研究也離不開這伊甸園式的分劃。

故事中，男人，而不是人（男性和女性），由塵土造成，再被安置於伊甸園。男人在這裏就是根本。這節以下交代了當時的歷史。故事告訴我們的不止是「為何事物如其然」，更是「為何事物之不得不然」。創造，或者說，意義的製造，是一項實務。這故事向它的讀者頒示「後伊甸園」世界的生活方式，建立起稱作「存有秩序」（the Great Chain of Being）的等級梯次：植物生命、動物生命、女人、男人、上帝；其前者要為後者服務。男人命定要在可厭的土地上終身勞苦，才能養活一家；女人註定要受生育之苦，而且一家要順從她的丈夫。

在這第二個「起初」，亞當被賦與命名這種神聖的特權。上帝向亞當陳示各種動物，使亞當辨識。正如經命名的宇宙為上帝所有，

這世界也爲亞當所有。當亞當創造自己的世界時，他希望找到一個伴侶，但沒有一個合適。上帝先使亞當入睡，然後特具深義的，從亞當的腹中取出第一個女人。亞當給她一個名稱，於是也擁有了她。在這個「創造」故事中，更具體地說，在這個有深刻文化意義的性別創製和性別區辨的故事中，上帝的主要功能是創造生命。在絕對違反事實的情況下，上帝肯定生命並非由女體中來。與其後的生物現象相反，第一個女人自男人的腹中生出。於是，夏娃在故事結尾時懷孕，就可以被視爲詛咒而不是祝福了。這故事的背後，隱藏了對女性的恐懼和懷疑。每一種對立都衍生出一個逆轉來舒緩這個恐懼，以撫慰這個原始神話創製者的焦灼的心靈。

上帝訓誡亞當不要吃知識樹上的果實，聲言吃了會帶來死亡。這時讀者知道亞當一定會吃禁果，因爲禁忌必會引來犯禁的行爲，否則不成故事。夏娃由是被塑造成犯罪的教唆者。蛇前來說，吃了禁果會帶來神聖的知識，而不是死亡。及至亞當和夏娃眞的吃了禁果，他們沒有死也得不到即時的神聖知識；他們的眼睛明亮了，但他們沒有學到星相、物理或者專業的農務秘訣。他們僅得的知識是知道自己是赤身露體，知道自己的性別。這個文本建立了一組對等：死亡等於知識等於性。這個程式已在語言學上得到確立，例如「如聖經意義的認識」，例如伊利沙白時代英文委婉語（euphemism）中的「死」，或如法文中的委婉語 *un petit mort*（小死），意義通指性的交合。長時間以來性都被設想爲慢性自殺；生物學的教導是：男人的生命之液流失到女人身上去。

雖然在故事中是女人引誘男人，破壞了他在伊甸園的平靜生活，使得他要出外勞苦，但究其實，是男性還是女性作誘惑的行爲

這一點，並不是毫無可疑。引誘夏娃的是那會說話、會行走的、直豎的蛇。由這個故事的觀點，即是男性的觀點看來，女人是對上帝忠誠和個人安寧的最大威脅；她帶來身體赤裸的知識。同一時間，在故事的潛意識層面，還是男性先引誘了女人。在表層，男人戀慕女性而致墮落；但這個事實通過上帝降罪的行動，就隨意逆轉為上帝宣稱女人必要戀慕丈夫，而男人必管轄女人。

在《創世記》第一章創製的種種對立（天地、陸地海洋、日夜、日月等）之後，第二章製造了最重要的文化區辨：男與女的對立，純真與經驗的對立；女人破壞了純真，帶來純真的另一對立面：罪惡。在連鎖的表義過程中，經驗相等於罪惡。在男人所擁有的世界中，女人是男人虔敬的威脅，這是我們都熟悉的道德教訓。男人要駕馭女人，不因為她犯罪，更深入地說，只因為這個故事提出如果文學不能駕馭女性，女人就不斷破壞。

結構主義與符號學的理論價值，並不停留於結構批評家的各種讀解上面。這種理論已向人文主義的分類系統作出挑戰，由此而提供了一個觀察事物的方法。這理論若能幫助我們擺脫有害的文化預設，當然值得讚賞；但當我們揭露一組預設時，往往會忽略其他部分，而且一定會製造了我們自己的另一些預設。

〔本文原題 "Creating the World: Structuralism and Semiotics"；載 G. Douglas Atkins and Laura Morrow, *Contemporary Literary Theory*, 1989〕。〕

後　記

　　本書以「在香港讀文學」爲題，意在向讀者表白個人長期以來感知「文學」的位置、立場，與限制。

　　第一輯五篇論文，以「文學史」爲中心。〈傳統的睽離〉一篇，透過對五四以來「白話文學史觀」的檢視剖析，思量此身此時與文學、文化傳統睽隔的無奈。〈敘述、意識形態與文學史寫作〉以一本在殖民地香港曾經流行一時的「文學史」教學用書爲分析對象，發現在求問眞理的教與學的畛域之內，還是免不了語言的操弄；「文學史」所傳遞的「眞相」，既有書寫傳統習套的牽引，也受政治時勢的左右。〈詩意與唯情的政治〉則追述另一位「文化遺民」別具特色的「文學史」；雖則他在香港的居停時間，比前半生流離歲月中任何一次停泊都要來得長，但心理上還是沒有「家」的感覺。他的「文學史」書寫一直在追尋一個「自主自由」的文學空間，究之不外是一種漂流中的幻覺而已。對許多逼不得已流寓此間的人來說，「香港」只是暫借的茅舍。當另一個世代的香港人，開始意識到抓一把「吾土」的文化意義時，發覺此身此生所奇，原來是一座「浮城」。〈書寫浮城〉一篇，就以這個世代的一位香港文化人，如何在「超現實」的浮城與「現實」的香港之間，慢慢建立「本土」的文學史意識。另一篇〈收編香港〉則描述一種不再讓「浮城」繼

續漂浮的努力。

　　第二輯七篇包括兩類文章。一是「浮城」香港中的學術光影的散記；其中〈文學香港與李碧華〉追記一位到來香港感受脈動的日本學者所引發的討論，〈蒼涼的想像〉是「華麗而蒼涼的閱讀」的閱讀，〈窺意象而運斤〉記述本地一種文學批評風尚的開發。另一類文章則圍繞個人因閱讀而興的感喟；〈從惘然到惆悵〉感歎回憶的不可憑藉，〈文本、言說與生活〉思考「語言」與「生活」的距離，〈視通萬里，思接千載〉欣羨一種超遠的神思，〈涼風有信〉以蕩漾於往昔到今日之間的音符，認清空嗟歎的文人之軟弱。書末〈創造世界〉一篇的附錄，著眼點也在於面前「世界」如何被「創製」的究問。

　　以上只是兩輯文章以及附錄之「感傷」情緒的補充解釋，目的在於洩露這種「情緒」背後的文化政治。其實各篇文章還別有一種面貌，相信讀者不難感知當中的學究氣味，於此就不勞申述了。

　　筆者在撰寫本書各篇的歷程中，曾經得到許多師友的提點和鼓勵，雖然未及在此一一記述，但其中每一感動，都已深深銘刻於中。至於身旁的默默支持，更是我繼續前路的扶杖。筆者將會以更多更大的努力，來報答大家的關懷。此記。

二〇〇三年七月一日寫於愛音響徽島上的時刻

國家圖書館出版品預行編目資料

感傷的旅程：在香港讀文學

陳國球著. – 初版. – 臺北市：臺灣學生，
2003[民 92]
面；公分

ISBN 957-15-1184-6 (精裝)
ISBN 957-15-1185-4 (平裝)

1. 中國文學 – 論文，講詞等

820.7   92011751

感傷的旅程：在香港讀文學（全一冊）

著　作　者：陳　　　國　　　球
出　版　者：臺　灣　學　生　書　局
發　行　人：盧　　　保　　　宏
發　行　所：臺　灣　學　生　書　局
　　　　　　臺北市和平東路一段一九八號
　　　　　　郵政劃撥帳號：00024668
　　　　　　電　話：(02)23634156
　　　　　　傳　眞：(02)23636334
　　　　　　E-mail：student.book@msa.hinet.net
　　　　　　http://studentbook.web66.com.tw
本書局登
記證字號：行政院新聞局局版北市業字第玖捌壹號
印　刷　所：宏　輝　彩　色　印　刷　公　司
　　　　　　中和市永和路三六三巷四二號
　　　　　　電　話：(02)22268853

定價：精裝新臺幣四九○元
　　　平裝新臺幣四二○元

西元二○○三年八月初版